LA BRIGADE DU SURNATUREL

T.1 LIMBUS PATRUM

Ouvrage publié sous la direction de Stéphanie Chabert

45, chemin du Peney, 73000 Chambéry

Gestion de projet : Gaëlle Giroulet
Couverture © Zariel
Mise en page : Audrey Gineux
Correction : Marie Marquez

Pour découvrir l'univers de La Brigade :
www.labrigadedusurnaturel.fr

ISBN : 978-2-37686-3-571

Loi n° 49-956 du 16 juillet 1949
sur les publications destinées à la jeunesse.

FLORIANE
IMPALA

LA BRIGADE DU SURNATUREL

NAOS

Aux femmes de ma vie :
Mère, soeur, amies,
Modèles, guides, confidentes, piliers,
Licornes.

CHAPITRE 1

LA BMS

IL EST CINQ HEURES DU MATIN et je suis déjà levée depuis trois bonnes heures. À la BMS, la Brigade de la Magie et du Surnaturel, on ne compte pas ses heures. Ou, plus justement, on oublie de compter, le résultat foutrait la migraine. Mon job fait partie de ceux qu'il faut aimer – vraiment aimer – sans quoi, on se fait vite dézinguer.

Dire que je suis bien réveillée serait un brin optimiste. J'ai passé une nuit trop courte et trop agitée ; cela ne doit pas manquer de se remarquer. Traits tirés, yeux bouffis et cheveux sales, que j'ai tout de même tenté de discipliner dans un chignon strict. Prendre une douche n'aurait pas été du luxe, mais chez nous, on ne gaspille pas son temps en savon parfumé.

Je vérifie encore une fois que mon rutilant Benelli M4 Super 90 est bien chargé et que je dispose d'assez de munitions pour ce qui est à venir. La cartouchière fixée à la ceinture de ma combinaison est si lourde que je pourrais monter un coup d'État à moi toute seule. J'ai de bonnes raisons d'être lestée de plomb : lorsqu'on bosse à la BMS et qu'on côtoie la folie et le meurtre chaque jour, on ne lésine pas sur les moyens. Au risque d'y laisser sa peau. Et son cerveau. Au propre comme au figuré.

À mon poignet, la LED verte incrustée à ma manche est allumée, preuve que le bouclier qui m'enveloppe de sa gangue protectrice et empêche la magie de m'affecter est en marche. Chacun de mes hommes en est équipé. C'est une mesure de sécurité vitale pour les membres de la BMS.

Je porte mes doigts à ma tempe avant d'appuyer sur le bouton de mon oreillette.

— Okay, les gars, récap'. Le suspect est sans doute un IT. Je n'ai donc pas besoin de vous rappeler qu'il est dangereux. Nous n'avons aucune idée de l'étendue de ses pouvoirs donc je ne veux personne qui se la joue Chuck Norris pendant l'intervention, compris ?

Dans l'appareil intra-auriculaire, les voix désincarnées de mes équipes d'intervention grésillent. Les gars ronchonnent leur agrément et tout redevient calme.

Certains diraient « trop », mais j'ai toujours apprécié ces brèves secondes d'accalmie avant la tempête. Elles me recentrent, façonnent ma concentration, tamisent tout ce qui provient de l'extérieur et qui m'est inutile, canalisant mon faisceau intérieur sur ma cible.

Je savoure l'instant d'une profonde inspiration. Je n'ai pas peur. Je suis sereine, c'est mon élément. Je sais que je fais le métier le plus dangereux de ma génération, pourtant, je suis fière d'être là où je suis aujourd'hui. Fière d'être l'un des inspecteurs les plus jeunes et plus prometteurs de mon époque, toutes brigades et tous départements confondus.

Je sens l'adrénaline monter un degré après l'autre, remplir mes veines, bouillir mon sang et faire accélérer mon cœur. Je vendrais mon âme pour une clope. C'est con, j'ai arrêté.

Quelle foutue idée !

À la place, je gobe l'un de ces chewing-gums à la nicotine qui a l'air de me faire autant d'effet que si je voulais me shooter à l'Evian.

D'après nos toutes dernières informations, le suspect s'est réfugié dans ce vieil entrepôt de produits importés chinois, à l'écart de la ville. Au moins, aucun civil ne sera touché. De toute façon, l'assaut aurait pu avoir lieu en plein centre-ville, il n'y aurait pas eu un chat ; les civils ne se frottent pas à la magie. Ils l'évitent comme le choléra ou la peste. Et ils ont raison…

Une légère brise dégage quelques mèches de mon chignon. Je replace dans mon casque celles qui me bouchent la vue et, relâchant mon souffle, je me mets debout.

Le bruit de mes pas est étouffé par le caoutchouc spécial de mes bottines renforcées. Même les flaques d'eau qui crèvent le sol n'émettent qu'un très faible clapotis lorsque moi et les trois autres policiers d'élite de mon détachement marchons dedans.

Ce soir, nous nous sommes séparés en trois groupes de quatre. L'un s'est placé sur la verrière du toit, prêt à en briser la surface, et l'autre prend la porte de service. Mon détachement passera par l'entrée principale.

Nous nous arrêtons devant la porte de hangar. Michael et Lucas se placent de part et d'autre des lourds battants coulissants, mains sur les poignées, tandis que Bérénice, la seule autre femme de l'équipe, couvre mon flanc droit. Je cale mon Benelli contre le kevlar qui protège mon épaule. La prise sur mon fusil est sûre. J'ai fait ça des dizaines de fois.

Je fixe le jeune homme aux yeux pétillants qui tient l'une des poignées. C'est la première intervention de Lucas sur le terrain. Je sens qu'il trépigne dans sa combinaison. Un peu plus et il foncerait tout seul dans l'entrepôt et me ramènerait le suspect entre ses dents comme un chiot joueur et surexcité.

Son aîné, Michael, me sourit puis me lance un clin d'œil. Je lève les yeux au ciel, mais mon sourire en coin ne lui a pas échappé. Ce doit être les seuls gars au monde à aimer les risques liés à leur métier. À courir chaque jour vers une mort certaine et à en redemander. Je n'aurais pu rêver une meilleure équipe.

Je ferme un instant les paupières, et les rouvre. Ma propre détermination se reflète dans les yeux de chacun de mes hommes. Si un regard pouvait faire fondre le métal, je suis certaine que la porte de l'entrepôt aurait déjà été percée par les nôtres.

— *Go*, murmuré-je pour mon groupe et ceux à l'autre bout de mon oreillette.

Une poignée de secondes plus tard, la verrière de l'entrepôt explose et la première équipe se jette dans le vide à l'aide de filins métalliques.

La deuxième équipe a fait voler la porte arrière. Des coups de feu retentissent.

Merde, déjà !?

L'adrénaline dans mes veines a atteint son apogée. Les tripes nouées, je lance mon équipe d'un mouvement du menton.

Les regards sont durs. Concentrés.

Les portes glissent dans un rugissant éclat de métal rouillé.

À l'intérieur, les balles volent. L'obscurité est déchirée par les flashes des fusils d'assaut. Le bruit est assourdissant.

Des cris. Des râles.

Je ne vois rien, mais j'entends tout. Et ce que j'entends me glace le sang. Je me jette dans la mêlée suivie par Michael, Lucas et Bérénice, qui ferme la marche.

Le feu des automatiques crache comme un 14 juillet.

Pourquoi mes équipes se sont-elles mises à tirer comme dans la scène centrale d'un vieux western ?

Il n'y avait qu'un seul suspect, une balle dans la tête suffisait. Pour ce genre de cas, on abat sans sommation. On ne peut plus rien pour les IT, ceux qui souffrent d'infections en phase terminale.

J'appuie sur mon oreillette.

— Équipe Bravo, rapport !

Mais seul le sifflement des balles me répond. Je tente à nouveau :

— Équipe Charlie, combien sont-ils ? Répondez !

Sans succès.

Un jet de magie me frôle le côté de la tête. Je me jette au sol et, dans un roulé-boulé, me relève. Main sur mon casque, je tapote sur un bouton afin d'augmenter la luminosité de ma visière. Rien ne se passe.

Merde…

Le jet a dû griller le système. Tant pis, je vais devoir y aller à l'ancienne. J'avise une pile de lourdes caisses de bois et plonge derrière. Mes semelles craquent sur des dizaines de paquets de nouilles instantanées éventrés.

Mais c'est quoi ce bordel !

Les cris retentissent et se déploient en échos dans le grand espace. J'ignore ce qu'il se passe. J'ai l'impression d'être une gamine qu'on aurait perdue dans une fête foraine. Sauf qu'ici, les manèges sont bien moins divertissants et les stands de tir balancent des plombs de plus gros calibres.

Un coup brusque contre mon épaule m'apprend que l'un de mes hommes vient de s'affaler à mon côté.

Michael grimace en soufflant comme un taureau. De larges perles de sueur gouttent de son casque à visière. Empressé, il défait le clip sous son menton et le jette au sol. Un trou fumant l'a presque entièrement traversé.

— Putain, c'est pas passé loin !

— Remets ton casque, Mika ! lui ordonné-je. Tu vas te faire zigouiller !

Dans un geste machinal, il passe la manche de sa combinaison sur le front. Ses cheveux bruns mêlés de sel sont collés à son crâne par la transpiration.

— Y a un trou gros comme un cul de baleine dedans, je crois que je suis mieux sans.

Je le fusille du regard, mais capitule. À la place, je demande :

— Il se passe quoi, devant ? Je pensais que le suspect était seul ?

Michael hausse les épaules avant de vérifier son chargeur, qu'il replace dans un léger « clic » métallique.

— J'sais pas, cheffe.

— Où sont les autres ? Les communications semblent bloquées. Des nouvelles du QG ?

— Si tu veux mon avis, on est tombés dans un foutu piège.

Une caisse explose au-dessus de nos têtes. On s'aplatit au sol par réflexe avant que l'un de nous deux ne perde une précieuse partie de sa boîte crânienne. Il se met à pleuvoir des nouilles. Mika redresse la tête. Il attrape un aggloméрat sur mon épaule et le porte à sa bouche.

— Crevette. Mes préférées, m'indique-t-il avec un sourire.

Je l'ignore. Je n'ai pas le cœur à plaisanter. À vrai dire, l'humour et moi, on n'a jamais vraiment accroché. C'est pas faute d'avoir essayé pourtant.

— On va contourner les caisses, et les prendre à…

Une nouvelle explosion nous écrase sur la dalle. Des éclats de bois entaillent la face de Mika.

— Remets ton casque !

Mais cette fois, mon coéquipier voit rouge. Il grogne, ses épais sourcils froncés, la bouche tordue de contrariété.

— Ils vont pas continuer longtemps à nous canarder comme des dindes à Thanksgiving, c'est moi qui te l'dis.

Et avant que je n'aie le temps de l'attraper par le bras pour le retenir, il contourne notre abri de fortune puis s'élance dans un cri de guerre magistral. Son chargeur se déverse dans l'obscurité de l'entrepôt. Les balles sifflent, hurlent, crachent. S'il y avait des adversaires en face, ils sont désormais aussi troués que des râpes à fromage. Personne ne riposte. Je me redresse, les doigts grippés sur mon fusil comme une vieille chaîne de vélo rouillée.

Sur les lèvres de Mika, un léger sourire.

Puis un éclair. Son corps s'affaisse et percute le sol. La moitié de son visage a fondu. Son œil encore intact se pose sur moi. Je plaque une main contre ma bouche pour ne pas hurler.

Je crois que je n'ai jamais rien vu d'aussi dégueulasse.

Je connais Mika depuis mon entrée dans la brigade. Une tête brûlée de cinquante piges qui carbure un peu trop aux blagues salaces et aux chemises à motifs floraux. Le premier à m'avoir acceptée ; le premier qui n'a pas bronché lorsqu'il a fallu travailler sous les ordres d'une femme.

Je détourne le regard, le visage fondu de Mika en impression 3D sur ma rétine. Mon estomac fait un bond, ma langue goûte la bile. Seule ma volonté empêche mes larmes de dévaler mes joues.

Mika…

L'entrepôt redevient silencieux. Pas le silence d'avant le grand saut, non, un silence pesant, presque palpable, qui sent la mort.

Je me relève, peinant sous le poids de mon équipement. Mes jambes flageolent ; je n'avais jamais perdu un coéquipier auparavant. Ça fait un mal de chien. Un mal qui te donne envie de crever ou de crever l'ordure qui vient de le buter.

Je serre les dents. Mon Benelli bien en main, je sors de ma planque, clairement décidée à vendre ma carcasse à un prix exorbitant.

Devant moi, il n'y a plus que deux silhouettes sombres se détachant sur les ténèbres de l'entrepôt. L'une est enveloppée dans une combinaison de la BMS, l'autre porte une simple tenue de ville : jeans, T-shirt, baskets. Je la mets en joue.

— Inspecteur Defontaine, BMS ! Je vous demande de vous éloigner de mon coéquipier et de placer vos mains sur votre tête ! Dans trois secondes, je tire !

Le fusil-mitrailleur saute brusquement de mes mains. Hors de portée.

Putain de magie !

Je ne me démonte pas et sors un large coutelas du fourreau attaché à ma cuisse. Je fléchis les genoux, lame en avant.

— Où sont vos associés ? Vous n'étiez pas seul.

— Si, je l'étais. Mais vous m'avez sous-estimé. Vous, les types de la Brigade Surnat', vous vous pensez invincibles dans vos belles combinaisons anti-magie. Vous n'êtes pas des super-héros, vous n'êtes qu'une bande de couillons shootés à l'adrénaline.

Une lumière crue illumine soudain l'entrepôt.

Je bats des cils et, lorsque mes yeux réussissent enfin à s'habituer à mon nouvel environnement, je retiens mon souffle. Mes doigts se resserrent convulsivement sur le manche de mon couteau.

Autour de l'IT, les membres de mon équipe sont éparpillés comme des paquets de linge sale. Dix corps sans vie. Leur sang macule le béton brut et continue sa lente progression. Je marche dedans. Un mouvement instinctif me fait reculer hors de la mare de sang. Mon estomac se retourne violemment et je vomis la seule chose que contient mon estomac : du café. Le goût est âcre, amer, mais pas autant que la culpabilité qui déferle brusquement dans ma poitrine.

Marc, mon commissaire, m'avait conseillé d'attendre. Nos infos étaient trop minces. Je lui ai dit de me faire confiance.

« Je sais ce que je fais », lui ai-je rétorqué.

Il m'a suivie, aveuglément, tandis que je menais ses hommes, *mes* hommes à l'abattoir.

— On a l'estomac fragile ? me lance l'IT, le regard brillant d'humour, tandis que, suspendu à quelques centimètres du sol, au bout de son bras, les yeux terrifiés de Lucas sont fixés sur moi dans une prière muette.

Son visage vire progressivement au cramoisi, mais il est vivant. Je tends mon coutelas vers l'avant, galvanisée par l'idée que l'un des miens soit encore en vie et qu'il me reste une chance de le sauver.

— Lâchez-le !

— À quoi bon? Sa combinaison est inactive et je l'ai touché. S'il vit, la BMS devra l'exécuter d'ici quelques semaines.

Je baisse les yeux sur la LED au poignet de Lucas. Elle est éteinte.

Merde !

Des larmes coulent sur les joues du jeune homme. Il tremble, gémit et suffoque tout à la fois. Sa terreur m'assèche la bouche.

— Ne crains rien, Lucas, lui lancé-je sur un ton doux, malgré ma gorge sableuse. Je vais te…

Un craquement sinistre retentit dans l'entrepôt, et le corps du jeune policier s'écroule comme une poupée de chiffon.

Je hurle.

— Ne faites pas de promesse que vous ne pouvez pas tenir, répond l'homme en se frottant les mains comme pour les dépoussiérer.

— Espèce de sale pervers dégénéré ! Je vais…

— Relativisez, *inspecteur*. Dites-vous que je viens de vous ôter une corvée future.

— Vous n'êt…

Je n'ai pas le temps de finir ma phrase ; d'un battement de cils, l'homme a parcouru les quelques mètres qui nous séparent et m'attrape à mon tour par la gorge. Son autre main m'a déjà empoigné l'avant-bras, m'empêchant de lui porter un coup de couteau.

L'air commence à me manquer tandis que je me débats vigoureusement.

Il me sourit. De ce sourire fou, commun à tous ceux touchés et empoisonnés par la magie. Une pression vicieuse me fait lâcher mon coutelas.

— Et si je désactivais votre si utile champ protecteur, hein ? demande-t-il, sirupeux. Si je l'éteignais, vous laissais la vie sauve et vous admirais, petite fleur dégénérescente, faner avant l'heure ? Ne serait-ce pas merveilleux ? Regarder lentement la magie prendre possession de votre corps et de votre esprit ? Vous contempler alors que votre folie tuera ceux que vous protégez depuis des années ? Je m'ennuie tellement, soupire-t-il dans une imitation dramatique d'un Néron sanguinaire et dépressif.

— Vous… êtes… cinglé, je réussis à formuler, le souffle court.

— Ça, ce n'est pas un scoop, inspecteur.

Il penche légèrement la tête sur le côté, semble réfléchir. Son haleine se dépose sur ma bouche. Si la folie possédait une saveur, elle aurait définitivement ce goût-ci.

D'une pichenette, il remonte la visière de mon casque. Son doigt frôle ma joue, mon nez, mes lèvres. Je ne bouge plus, tétanisée par ce qu'il se passerait s'il me touchait. Ma peur doit elle aussi avoir un goût et une odeur pour lui, puisqu'il semble s'en délecter, les yeux à moitié clos comme un junkie déjà en train de planer à la seule idée que son prochain fix est imminent. Puis ses paupières s'ouvrent sur une nouvelle idée.

— Finalement… vous allez mourir.

Sa seconde main rejoint la première sur ma gorge. Une grimace de concentration fronce ses sourcils tandis qu'il s'évertue à me tuer. Ses doigts m'écrasent. Je suffoque. Mes yeux se remplissent de larmes de douleur, ma vision déraille comme un stroboscope défectueux. Ma mort se reflète dans ses yeux fous. On sait tous les deux que, dans une poignée de secondes, il ne restera plus de moi qu'un pantin désarticulé.

Alors que je sens ses doigts se resserrer inéluctablement sur ma trachée, la pression se détend soudain. Ses mains s'ouvrent. Il me lâche et, dans un cri de douleur, recule en titubant. Ses paumes sont plaquées contre ses tempes. Il hurle comme si quelque chose tentait de sortir de ses oreilles. Son nez se met à saigner. Il tombe à genoux à mes pieds.

Sa magie est en train de le tuer.

Alors que je recule en toussant, le bras de l'IT s'élance vers moi et me crochète la cheville, me basculant sur le dos. Ma combinaison et mon casque amortissent le plus gros du choc, mais je suis sonnée. À bout de forces. J'ignore même par quel miracle je suis encore consciente.

— Je ne partirai pas… seul, inspecteur. Vous… tombez avec moi.

Une seconde main empoigne ma cheville. Il la remonte lentement comme une bouée de sauvetage, se tractant de toutes ses forces jusqu'à mes hanches. Ses doigts agrippent ma ceinture.

Je bats des jambes, mais le poids de mon assaillant est trop lourd pour que je puisse me dégager.

Je tente encore de m'échapper. Mes ongles se plantent dans les irrégularités du sol, mais le sang qui le poisse m'empêche d'assurer ma prise. L'homme est maintenant à hauteur de ma poitrine.

— N'ayez pas… peur. Je vais vous donner… le pouvoir. La puissance… Rien… ne pourra pl…plus vous arrêter.

Ma paume se pose sur un objet métallique. Je resserre ma prise dessus. Je n'aurai qu'une chance.

— Vous verrez… le pouvoir… c'est si… grisant ! Personne pour vous d…dicter votre… conduite. Per…personne pour… vous dire… qu…quoi faire…

Dans un râle, je me redresse et lance mon bras. Les yeux de l'IT s'écarquillent de surprise, puis la douleur prend la place. Il tente de fixer le couteau qui s'est fiché dans sa gorge, mais les nerfs de sa nuque sont sectionnés.

Du sang s'échappe de sa bouche tandis qu'il tousse, qu'il essaye de parler. La moindre goutte de sang sur ma peau nue et je deviendrai comme lui.

Le temps semble suspendu. Et enfin, dans un dernier râle, il s'écroule sur moi.

Je reprends de douloureuses goulées d'air vicié par l'odeur du sang et des tripes. J'en ai la nausée. D'une poussée, je me dégage du cadavre, essaye de me relever. Mais je suis trop faible.

À genoux, les mains à plat dans le sang de mes partenaires, de mes amis, je me sens vidée. Je pleurerais bien afin d'expulser le chagrin, le choc, pourtant, les larmes refusent de monter. Mes yeux sont secs.

On doit nettoyer ce merdier avant que la population ne commence à paniquer. On doit brûler tous les corps.

On ne sait jamais. La magie aime vous surprendre aux plus mauvais moments.

J'appuie sur mon oreillette.

— Marc ?

Quoique anormalement rauque, ma voix est calme. Étrange comme le choc peut refouler le plus puissant des raz de marée émotionnels.

— Defontaine ? Putain de merde, qu'est-ce qui se passe ? On a perdu le contact depuis quarante bonnes minutes !

Est-ce que ma vie, ma carrière viennent d'imploser en seulement quarante minutes ?

Ma gorge se serre. Mes yeux se brouillent. Ma lèvre tremble. Être en vie, ça fait si mal.

Ne craque pas, Defontaine. Ne craque pas.

Demain. Je pleurerai demain.

CHAPITRE 2

L'INTRUS

L'EAU CALCAIRE RUISSELLE SUR MON VISAGE à gros bouillons, rougissant et giflant ma peau. Les paupières résolument closes, je tâtonne à la recherche du mitigeur.

Ce n'est pas encore assez fort. Pas encore assez chaud.

La poignée pivote à fond sur la gauche, vers ce petit point rouge qui – *il le faut* – étouffera ma peine. La pomme de douche crache son contenu à toute puissance et le martèlement redouble tandis que le nuage de vapeur s'épaissit.

Là… là oui. C'est mieux.

Désormais, le débit est si fort que je peine à entendre le chanteur pop qui, dans la petite enceinte posée sur le rebord de mon lavabo, me susurre des paroles langoureuses, me promettant mille amours à l'arrière de sa voiture de sport.

Habituellement, je n'hésite pas à pousser la chansonnette, au grand dam de mes pauvres voisins qui, derrière les cloisons trop fines du vieil immeuble, doivent avoir la désagréable impression qu'on égorge une truie dans l'appartement d'à côté. Mais ce soir, je n'en ai pas la force.

Paumes et front appuyés contre la faïence de la salle de bain, j'essaye de réprimer les souvenirs. Ils poussent contre la barrière, plus pressants, plus douloureux.

Le regard terrifié de Lucas est imprimé sur mes rétines, son cou brisé, ses membres pendants dans le vide comme une marionnette aux fils sectionnés. Derrière mes paupières pourtant closes, le visage fondu de Michael grimace son sourire de mort.

Un sanglot m'échappe.

J'ouvre brusquement les yeux, mes ongles se crispent sur la céramique rose à petites fleurs. Mon cœur tambourine contre ma cage thoracique, tente de me traverser la poitrine. À défaut, il réussira sûrement à ressortir par ma bouche. Je sens l'horreur me submerger.

Mes jambes flanchent soudain et je glisse dans la baignoire. Genoux repliés, bras passés autour de mes cuisses, je ne retiens plus mes larmes.

Je ne veux plus…

Je ne veux pas.

Malgré mes efforts pour me contenir, mon corps commence à trembler. Ce ne peut pas être de froid : l'air de la salle de bain est si saturé de chaleur humide que j'en ai presque du mal à respirer. Mon souffle se fait plus court, plus hachuré. Alors que le pommeau continue à cracher son jet brûlant, je tends la main à l'aveugle. Sur la cuvette rabattue des toilettes, mon holster attend. Dans l'étui, sous ma paume fébrile, je sens le métal rude de la crosse de mon Smith & Wesson caresser la pulpe de mes doigts.

La panique reflue lentement. Mon cœur affolé s'apaise. Le toucher tiède du pistolet me rassure – ça a toujours été le cas. Je m'ancre à cette sensation familière et, lentement, brique par brique, mon mur mental se reconstruit.

C'est ma façon de faire. Depuis des années. Depuis la mort de mon père.

J'abaisse finalement le mitigeur et me redresse, les yeux rivés sur mon arme de fonction. L'intérêt de vivre seule et de ne pas avoir d'enfant, c'est que l'on n'a pas besoin de garder son flingue dans son casier au poste ou planqué dans un tiroir de bureau verrouillé à double tour dans la peur constante qu'un de ses marmots se troue le pied avec une balle perdue. Ou tire sur le chat.

J'attrape ma serviette puis l'enroule autour de ma poitrine. Enjambant le rebord de la baignoire, je glisse sur le carrelage détrempé et, avant que mon corps épuisé ne réussisse à me rééquilibrer, je m'échoue sur le tapis de douche. Mes paumes à plat dans une flaque, mon monde change de couleur. Pensées noires, sang rouge.

« Defontaine. Defontaine ! »

Je relève le menton. Un visage sur fond de souvenirs est penché sur moi. Encore maintenant, je peine à me rappeler à qui il appartenait. Un agent anonyme de la BMS, celui qui m'a ramassée, pathétique, misérable, dans mon entrepôt, dans ma mare de sang et dans mon absence de larmes.

Demain. Tu pleureras demain.

J'étouffe. Je ne veux plus entendre. Ressentir. C'est trop douloureux.

Je tente de me redresser en agrippant le bord du lavabo, mais c'est mon enceinte qui dégringole tandis que le chanteur déverse des paroles venimeuses à propos d'une ex sur un texte poético-larmoyant. L'objet explose, batterie et pièces métalliques dégueulent sur le tapis. Le chanteur s'est tu, mais c'est loin d'être le cas des voix dans ma tête.

Cette fois, j'arrive à me hisser sur mes jambes. Le corps plié en deux, j'attends que mes tremblements passent et que mes oreilles cessent de bourdonner.

Lorsque l'équipe de secours est arrivée sur les lieux du carnage, une vingtaine de minutes après mon appel, l'un des secouristes m'a proposé d'appeler le service de soutien psychologique opérationnel, la SSPO, dédié à la BMS ; j'ai refusé.

Le débriefing psychologique n'est pas obligatoire, c'est une demande volontaire, et je ne le suis pas. Si Marc, mon supérieur, me voit dans cet état, il n'aura aucun scrupule à m'envoyer bouler sur le sofa d'un de ces suceurs de pensées névrosées.

Volontariat, mon cul !

Je dois me calmer. Il est hors de question qu'on me foute en congé forcé ! Je *dois* pouvoir retourner travailler. Je sais pertinemment que l'inaction et ma propre compagnie dans mon appartement vide me rendront barjo.

Ouvrant la pharmacie, j'attrape une boîte et fais glisser un cachet dans le creux de ma main. Depuis l'intervention, je revis chaque moment, comme un vieux disque rayé. Et chacune des lectures est plus vive, plus douloureuse que la précédente.

Les yeux de Mika me fixent.

Un deuxième cachet roule dans ma paume.

Le corps de l'IT se tracte lentement jusqu'à moi, un sourire fou au coin de la bouche.

J'attrape un troisième cachet.

Le sang glisse sous mes semelles. Je n'arrive pas à me dégager.

Avisant une autre boîte reléguée au fond de ma pharmacie, j'en sors un quatrième cachet et les avale tous. Aux grands maux, les grands remèdes.

Le regard rivé à la porcelaine du lavabo, j'attends que les médicaments me soulagent. Peu à peu, les visages ensanglantés de mes collègues s'estompent.

Inspirer. Expirer.

Mon reflet dans le miroir est brouillé par une buée épaisse. Je passe la paume sur la vitre. Une version de moi dégoulinante me fixe. Mais qui es-tu, putain ?

Je ne sais pas.

Je ne reconnais pas cette femme aux traits tirés et aux cernes caverneux. Ma peau est blanche, presque grise, et mes yeux noisette sont éteints.

Qui es-tu ?

Je me détourne. Je n'aime pas voir la mort et le chagrin se refléter en moi. Sur la cuvette des toilettes, mon S&W m'attend sagement dans son holster d'épaule. Toujours fidèle au poste.

« Moi, je sais qui tu es. Un flic. La meilleure. Attrape-moi et tu ne l'oublieras plus », me susurre-t-il.

Je fronce les sourcils.

Pourrai-je de nouveau circuler dans mon propre appartement sans avoir à passer d'une pièce à l'autre avec mon arme ?

J'attrape mon revolver avant de sortir de la petite pièce embuée.

Dans mon salon, les volets sont fermés et les rideaux tirés. Bien qu'il fasse jour dehors, il ne filtre qu'une très légère lumière des lames du store et la salle est plongée dans l'obscurité.

Je m'apprête à appuyer sur l'interrupteur quand un frottement suspend mon geste. Ce n'est qu'un bruit infime. Une seconde à peine, mais suffisante pour mettre mes instincts de flic au garde-à-vous. Au bout de mon bras, mon poing se contracte autour de mon Smith & Wesson.

Je vis dans un vieil appartement du centre-ville. Tout dans sa structure grince, craque, gémit. J'ai l'habitude des bruits de mon foyer : le cliquetis du chauffe-eau qui s'éteint, une canalisation crissante ou encore un rongeur creusant une galerie dans mon mur. Mais ce bruit est différent. Mon cœur s'affole, ma sueur s'épaissit. Mes muscles tétanisés me soufflent que quelqu'un s'est introduit chez moi. Et ce quelqu'un, en se redressant, a fait grincer le cuir du vieux fauteuil club que j'ai hérité de mon grand-père et qui est posé juste en face de moi.

— Qui est là ? couiné-je comme une souris apeurée avant d'employer un ton plus ferme :

— Qui que vous soyez, je vous demande de vous annoncer. Vous êtes dans une propriété privée. Toute effraction est un délit puni par la loi.

Oui, là, c'est bien mieux.

Je n'ai pas tremblé et ma voix était sûre. J'ai une chance pour que l'intrus n'ait pas remarqué l'hystérie dans ma première question.

Je laisse passer une dizaine de secondes : seul le silence me répond. Dans mon esprit, les rouages de mon imagination se sont mis à tourner frénétiquement.

Aucun de mes amis et collègues n'aurait attendu silencieux dans le noir que je veuille bien sortir de ma salle de bain ; ils me connaissent trop bien pour me faire ce genre de blague à la con. Aucun de mes amis et collègues ne possède les clefs de mon appartement. Luc, mon ex, m'a rendu les siennes il y a plus de huit mois. Ce qui veut dire que celui qui est assis dans l'ombre n'est ni un ami, ni un collègue, ni un ex. En conclusion, c'est une menace.

Je ne me ferai pas surprendre deux fois dans la même journée. Si j'ai survécu à un massacre, ce n'est pas pour finir violée et dépecée dans mon propre appartement.

Mon pouce crochète la sécurité de mon holster et la pression s'ouvre dans un bruit feutré, que seule une oreille coutumière aurait pu déceler. En face, l'intrus ne bouge pas. Bien. Il n'est donc pas un habitué des armes à feu. Ce qui me laisse une chance de survie plus élevée. Si j'écarte légèrement les doigts, l'étui de mon arme glissera au sol, et cette dernière sera immédiatement utilisable. Je me remercie intérieurement de ne pas avoir mis en plus la sécurité du pistolet.

Le bras tendu et les doigts à un souffle de l'interrupteur, je retiens ma respiration.

Lorsque les spots de mon salon s'allument, cela ne fait plus aucun doute : quelqu'un est bien assis dans le fauteuil en cuir marron, jambes croisées et menton posé sur le bout de ses doigts.

L'étui de mon S&W tombe sur le parquet dans un bruit mou et je pointe mon arme sur l'inconnu.

L'homme, puisque c'en est un, sourit et, prenant appui sur les larges accoudoirs du fauteuil, se redresse d'un bond leste.

Je n'ai pas le temps de réfléchir à ce que je suis en train de faire ; je tire.

Le coup retentit. Puissant. Assourdissant. Il sonne si fort qu'il me semble que tout le pâté de maisons l'a entendu. L'homme est propulsé dans le fauteuil par le contrecoup du tir.

Les yeux écarquillés d'horreur, je prends la mesure de ce que je viens de faire. Tétanisée, j'assiste, passive, à l'épanouissement d'une fleur carmin sur la chemise blanche et bien coupée de l'intrus.

Merde… le fauteuil est foutu !

L'idée est étrange et déplacée, j'en ai conscience, mais c'est tout ce qui me traverse l'esprit à cet instant. Puis mon cœur s'accélère soudain lorsque finalement je réalise que je viens de flinguer un inconnu. Un braqueur et sûrement un tueur en série en prime, mais un homme désarmé et qui n'a montré aucune agressivité à mon encontre. Si ma carrière paraît déjà être descendue au ras des pâquerettes après le carnage de l'entrepôt, là, elle est carrément enterrée. Elle bouffe littéralement des pissenlits par la racine. On ne tue pas un civil désarmé.

Un gémissement rauque me sort de ma transe.

Il est vivant ?

Le cœur gonflé d'espoir, je rejoins le blessé, tombe à genoux devant lui en posant mon S&W au pied du fauteuil. La balle semble avoir évité le cœur, mais au moins l'un des poumons est perforé. L'homme redresse la tête qu'il a basculée sur le dossier, une pellicule de sueur macule déjà son visage.

— *Helvítis frú !* éructe-t-il, le souffle court, dans une langue qui m'est inconnue, mais qui m'a tout l'air de couvrir une insulte. Vous tirez toujours… avant de poser les questions ?

Au bord de la crise de nerfs, je me sens obligée de me justifier.

— Vous m'avez foutu la trouille, bordel ! Je n'ai pas réfléchi !

Je plaque mes paumes contre la plaie qui continue de suinter et d'imbiber sa chemise. Mes cours de secourisme en première année me reviennent en mémoire par flashes. Décousus et confus, d'abord, avant que je réussisse à en extraire une idée plus nette.

Stopper l'hémorragie.

J'ai cruellement besoin de temps. L'hôpital le plus proche n'est qu'à trois kilomètres de mon appartement, ce ne sera qu'une question de minutes pour que les secours arrivent et prennent en charge le blessé. Je vais peut-être pouvoir sauver mes fesses…

Je tourne la tête de tous sens afin de trouver un torchon, un vêtement, n'importe quoi pourvu que cela endigue le flot continu qui s'échappe de la plaie. À travers l'encadrement de la porte de ma salle de bain, j'aperçois le tas de tissus que j'ai laissé gisant sur le carrelage.

Une serviette !

Je me redresse.

— Ne bougez pas ! ordonné-je.

Malgré la douleur, les yeux de l'homme se mettent à pétiller.

— Je ne risque pas… de me faire la malle en volant, *frú*… Je vous rappelle que… vous m'avez épinglé au fauteuil comme… un papillon de collection, me répond-il, narquois.

Mais je ne l'entends pas. Je me suis déjà engouffrée dans ma salle de bain et en ressors avec la serviette humide qui m'a servi à essorer mes cheveux.

— Désolée, je n'ai plus que celle-ci. Je n'ai jamais pris le temps d'en racheter d'autres après ma séparation.

Je sais que je raconte n'importe quoi, et que l'homme en train de péricliter dans mon fauteuil se fout comme de sa première couche sale du nombre de serviettes de toilette que je possède, mais j'ai besoin de parler – d'évacuer. Et pour le moment, *n'importe quoi* semble être une bonne idée.

Je place le tissu éponge contre la blessure tandis que le cambrioleur – ou qui qu'il soit – serre les dents en grognant dans son étrange dialecte. Le blanc de ses yeux brille de fièvre.

— Lorsque celle-ci sera trop… imprégnée, reprend-il en capturant de petites goulées d'air, vous n'aurez qu'à utiliser… celle-là…

Un instant, je ne saisis pas. Puis, suivant le regard appuyé qu'il porte au renflement de ma poitrine, je sursaute, les joues en feu.

Est-il vraiment en train de me draguer alors que je lui ai tiré dessus ?

— Vous allez devoir tenir la serviette en place pendant que j'appelle une ambulance. Est-ce que vous vous en sentez capable ?

Un éclair de peur traverse le regard de l'inconnu. Il se penche si vite que je n'ai pas le temps de reculer et m'agrippe le bras. Sa poigne est si brusque, que je grimace à mon tour.

— Non !… Pas d'hôpital !

Je tente de me dégager, mais la subite adrénaline qui vient de se déverser dans ses veines lui octroie une force considérable.

— Vous me faites mal. Lâchez-moi.

Il soupire, mais s'exécute, reposant sa nuque contre le cuir vieilli, à bout de forces.

— Je… je ne peux pas aller à l'hôpital.

Je fronce les sourcils, les muscles tendus. Peu d'individus refuseraient de se faire transporter à l'hôpital et la majorité possède un casier épais comme un Tolstoï.

— Pourquoi ?

— Ils seraient… incapables de me guérir. Mais vous le pouvez.

Ma moue suspicieuse se fait surprise.

— Je ne suis pas médecin. Je suis flic. Je ne peux pas…

La sonnette de la porte d'entrée retentit soudain, nous faisant tous deux sursauter.

— Police ! Ouvrez !

Je me mords la lèvre, le cœur accéléré.

— Merde, merde, merde ! je jure en sautant sur mes pieds.

Comme je le pensais, les voisins ont appelé les renforts lorsqu'ils ont entendu le coup de feu. Et avec ma chance – évidemment –, une patrouille était déjà en train de quadriller mon quartier. Ma vie ne pouvait pas se passer sans anicroche pour une fois ?!

J'attrape un coussin gisant sur le sol et planque mon arme dessous.

— Police ! répète la voix masculine entre deux coups de boutoir sur la porte.

Sous mon crâne une tempête fait rage. Je viens de tirer sur un civil : je peux dire adieu à ma plaque. Ce boulot, c'est tout ce que j'ai, je ne peux pas le perdre.

Comme s'il avait deviné mes pensées, l'homme chuchote :

— Vous ne m'amenez pas à l'hôpital, vous acceptez… sans condition de m'aider à… guérir et je me ferai plus discret… qu'une souris lorsque vous irez ouvrir. Vous garderez votre emploi.

J'hésite. C'est mal. Je n'ai jamais brisé les lois, je n'ai même jamais eu un PV de ma vie.

Il insiste.

— Vous voulez garder votre place, *inspecteur* ?

Mon cœur fait un bond. Comment peut-il savoir qui je suis ? J'aurais parié mon badge qu'il avait choisi mon appartement au hasard sans savoir qu'il tomberait sur un flic et encore moins sur un inspecteur de la brigade d'élite qu'est la BMS. Apparemment, j'ai eu tort.

— Police ! Ouvrez immédiatement ou on enfonce la porte !

Je me penche par-dessus l'homme, les doigts crispés sur les accoudoirs. Je plonge mes yeux noisette dans une eau turquoise. Malgré la douleur qui y surnage, je comprends qu'il est sérieux. Il ne cille pas tandis que je fouille un peu plus loin en lui. Nos visages sont si proches l'un de l'autre, que je sens son souffle tiédir ma joue. Ma peau frémit. Je me redresse.

J'hésite encore un instant avant qu'un hochement de tête de l'homme ne me mette en branle. Je cours vers mon évier afin de faire disparaître le sang sur mes mains. Je vérifie ensuite qu'aucune goutte n'a taché la serviette blanche dans laquelle je suis drapée et disparais dans le petit couloir qui sépare l'entrée du salon.

Une dernière inspiration.

Les verrous cliquettent et la porte s'ouvre sur deux policiers aux visages graves.

— On nous a indiqué qu'un coup de feu avait…

Le premier, un quinquagénaire grisonnant, s'arrête au milieu de sa phrase. Ses yeux se sont rivés sur ma tenue. Trop légère. Ses oreilles, ses joues et son large cou rougissent d'un seul tenant avant qu'il ne reporte précipitamment son attention sur mon visage parfaitement neutre. Il faut dire que j'ai parié là-dessus afin de couper court au plus vite à l'échange.

— Veuillez… nous excuser, madame, bredouille-t-il. Vos voisins nous ont appelés. Il semblerait qu'un coup de feu ait été entendu il y a quelques minutes. La source en serait votre appartement. Vous permettez qu'on jette un coup d'œil ?

C'est à cet instant que j'aurais presque tout donné pour être dans l'une de ces séries policières américaines où l'absence d'une simple feuille de papier signée par un procureur empêche les forces de l'ordre d'entrer dans des propriétés privées. Malheureusement pour moi, nous sommes en France, et en France, rien n'empêche un policier soupçonneux de défoncer votre porte.

Ma tête tourne tandis que mes paupières pèsent soudain plus lourd que du plomb. Merde, que m'arrive-t-il? J'ai besoin de l'ensemble de mes capacités afin de les faire déguerpir au plus vite de mon entrée. Si seulement je pouvais réfléchir correctement!

Je place pudiquement mes doigts sur ma serviette et souris, chassant mon malaise du mieux que je peux.

— Je n'ai rien entendu, brigadier. Une télé trop forte, peut-être? Mon voisin de droite joue souvent à des jeux de shoot le son à fond. Et avec tous ces nouveaux engins de réalité augmentée, qui peut encore faire la différence entre un tir réel et un tir factice, hein?

Il hoche la tête. L'explication semble lui convenir. Et, j'en mettrais ma main à couper, moins longtemps il restera en face d'une femme presque nue, mieux il se portera. Il fait partie de la vieille école; respectueux et poli jusqu'au bout de ses Mephistos vernies.

— Nous allons vérifier. Toutes nos excuses pour le dérangement, madame.

Il fait signe à son collègue au visage fermé et amorce une retraite.

Le soulagement bondit presque en dehors de ma poitrine tandis que je referme le battant. Mon cœur semble sur le point d'exploser. Ce qui est certain, c'est que je viens de l'échapper b…

Alors que j'ai presque entièrement refermé ma porte d'entrée, le bois butte contre quelque chose de dur. Je baisse aussitôt les yeux sur la pointe d'une bottine noire. Relevant la tête, je plonge dans le regard du second policier. Ce dernier, plus jeune que son collègue d'une bonne vingtaine d'années, n'a pas l'air impressionné par mes atouts. Derrière son visage presque juvénile, je perçois le pitbull, le jeune loup qui ne lâchera pas sa proie avant de l'avoir acculée dans un coin de mur, agonisante.

Merde…

C'est bien ma veine d'être tombée sur un bleu dont l'ambition, nettement visible sur ses traits, paraît presque sur le point de défoncer ma porte. Il n'est pas lassé comme son collègue. Et il n'est pas dupe. Si la jolie fille en face de lui semble être une personne à qui on donnerait le bon Dieu sans confession, il doit percevoir à ma posture, à ma façon de crisper les doigts sur ma serviette et à l'intonation dans ma voix que je ne suis pas à l'aise à l'idée d'avoir deux flics trop longtemps devant ma porte. Et ceux qui ne veulent pas de flics devant leurs portes ont souvent de bons vieux squelettes planqués dans leurs placards.

Ce n'est pas le moment de paniquer. Un sourire faux étire mes traits.

— Veuillez nous excuser une nouvelle fois, madame, mais je serais plus rassuré de vous laisser seule si nous pouvions vérifier que rien ne s'était passé de fâcheux chez vous.

Ce n'est pas une demande, mais un ordre.

Je jure intérieurement, puis mon sourire de façade redouble, faisant de l'ombre à celui du bleu. Au jeu de celui qui sera le plus joyeusement hypocrite, je n'ai rien à lui envier.

— Je suis touchée par votre prévenance, sous-brigadier, mais tout va bien. Vous pouvez repartir rassurés.

Mais le policier n'est pas du même avis. La pression sur la porte s'intensifie. Je fais levier de mon côté. Nous nous scrutons, nous jaugeons, joutons sans échanger un seul mot, nous nous traquons à l'arrêt. Une veine saille sur la tempe du jeune loup. Je pousse un peu plus fort contre la porte, il n'a aucune intention de me céder le moindre pouce de terrain. Ma main tremble sur le bois. Peut-il le sentir ? Peut-il discerner l'odeur de ma peur sur sa langue comme un prédateur celui du sang ?

Lorsqu'un tic fait tressauter la paupière du policier et qu'un très léger sourire soulève ses lèvres, je n'ai plus le moindre doute : je sais que je suis en train de perdre notre combat. Mon seul espoir réside en la lassitude de son collègue. Je botte en touche et laisse glisser mes yeux brillants d'une incompréhension toute choquée vers l'autre policier. Ce dernier se racle la gorge, gêné.

— Allez, Simon, lance-t-il, posant une grosse paluche sur le bras de son cadet. Laisse la dame refermer sa porte. Tu vas lui faire peur.

Le policier se dégage d'un mouvement d'épaule irrité. Puis, l'ignorant, il plisse les paupières, ses pupilles suspicieuses toujours rivées sur moi.

— Il y a eu un coup de feu dans votre immeuble. Comment pourriez-vous ne pas l'avoir entendu ? Où étiez-vous ?

— Si ma tenue ne vous met pas sur la voie, vous êtes stupide !

Je regrette immédiatement mon éclat de voix. Le jeune policier est déjà suffisamment méfiant, pas la peine de mettre le feu aux poudres en insultant son intelligence. Qu'est-ce qui me prend ?

Je serre des mâchoires douloureuses ; ma nausée et mon mal de tête couvent toujours.

— Ceci est mon dernier avertissement. Écartez-vous ou nous entrons de force.

— Je ne vous permets pas de…

Et avant que son collègue ou moi-même ne puissions réagir, il a déjà ouvert la porte d'un puissant coup d'épaule et s'engouffre dans le couloir.

— Simon, putain ! crie l'autre policier avant de se jeter sur les pas de son collègue zélé.

Mon cœur se lance dans une monstrueuse cavalcade tandis que je vois, impuissante, deux policiers se ruer dans mon salon où un homme blessé par balle les y attend. Un homme désarmé sur lequel *j'ai* tiré.

Depuis l'affaire de la petite fille tuée par un flic démangé de la gâchette, quelques semaines plus tôt, les juges sont plutôt du côté des civils dans les affaires de débordements policiers, et il y a fort à parier que celui qui rendra son jugement dans cette affaire-ci voudra faire de mon cas un exemple. Surtout que, dans le milieu, on n'apprécie pas plus que ça les flics de la Brigade Surnat'. Une monstrueuse hypocrisie quand on pense que c'est nous qui balayons les merdes dont personne ne veut s'occuper devant la porte des autres.

— Inspecteur Defontaine, BMS ! Vous venez d'entrer dans une propriété privée sans cas de flagrant délit ! lancé-je sans grand espoir et sans y croire moi-même.

— Si vous êtes flic, vous savez qu'un coup de feu est un cas de flagrant délit ! me jette le jeune policier d'un œil mauvais avant de débouler le premier dans le salon.

Vide.

L'homme n'y est plus, et l'on a négligemment jeté un plaid épais sur le dossier du fauteuil, là où une balle calibre .38 a fait un trou et qu'au moins un demi-litre de sang a imbibé le cuir.

La pièce est *clean* et sans bavure.

Le jeune sous-brigadier se tourne vers moi, les yeux brûlants.

— Je suis certain que vous cachez quelque chose !

Son collègue l'attrape par les épaules.

— Bordel, Simon ! Tu n'as pas entendu ! C'est un inspecteur de la BMS !

— Montrez-moi votre badge ! me lance-t-il sans se démonter.

Je me dirige à pas lents vers ma salle de bain entrouverte et fouille dans le paquet de vêtements sales. Lorsque je reviens et fais rutiler mon insigne devant les sourcils froncés du sous-brigadier, ce dernier lâche un juron.

— Calme-toi avant de te retrouver au placard, petit ! l'adjoint mon aîné.

Je croise les bras sur ma poitrine. Je jubile. À l'instant même où j'allais lancer une pique fumante du genre : « C'est souvent là que se retrouvent les bleus trop zélés », deux paumes chaudes se posent sur mes épaules et les pressent doucement.

Alors que ma surprise me pousse à sursauter, je me force au calme et me contente de sourire lorsqu'un baiser est déposé dans mon cou. Un frisson ondule sur ma peau.

— Mon ange ? fait une voix douce. J'ai entendu du bruit. Que font deux policiers dans notre salon ?

Mon intrus se tient désormais près de moi, une main glissée sur ma taille. Il porte le peignoir marron de Luc, semble nu dessous, et sourit comme s'il n'avait pas une balle enfoncée dans la poitrine en train de lui chatouiller l'aorte. Seule la fine goutte de sueur qui coule le long de sa tempe pourrait trahir à quel point il doit souffrir. Avec ses cheveux mouillés, on pourrait croire que nous venons tous les deux de sortir d'une douche crapuleuse.

D'un seul coup, l'histoire du coup de feu que je n'ai pas entendu prend tout son sens. Je me maudis de ne pas y avoir pensé plus tôt. L'aîné des deux policiers se racle la gorge ; il vient lui aussi de comprendre. Je lui coupe la chique – il est grand temps que je reprenne les rênes.

— Je crois qu'ils étaient en train de partir. N'est-ce pas, messieurs ?

Le jeune sous-brigadier ouvre la bouche, mais je l'arrête aussitôt.

— À moins que vous souhaitiez finir votre carrière à la circulation ?

Le bleu soutient le regard glacial que j'ai posé sur lui quelques secondes puis abandonne, les épaules voûtées et les yeux examinant soigneusement les rainures entre les lames du parquet.

Le nez de mon inconnu glisse jusqu'à mon oreille, sa main se positionne sur ma hanche et il me plaque imperceptiblement contre lui. Son murmure est juste assez audible pour nos deux spectateurs :

— Ne traîne pas trop…

Ma peau frissonne sous le second baiser qu'il dépose sur ma nuque avant de disparaître dans la chambre.

Le brigadier rougit de plus belle si c'est possible et bafouille :

— Veuillez nous excuser, inspecteur. Ce jeune loup a tendance à être un peu trop enthousiaste. Il s'emporte. Vous savez ce que c'est ? finit-il par demander en haussant les épaules.

Je hoche sombrement la tête tandis que les prunelles en biais du jeune policier flamboient d'une honte rageuse. Il *sait* que je mens pour me couvrir, même s'il ignore de quoi. Je dois lui mettre le coup de grâce.

— Vous n'ignorez pas que ce genre d'écart doit être consigné dans un rapport, laissé-je en suspens tandis qu'ils répriment tous les deux un hoquet de peur.

Je laisse planer ces mots quelques instants, les faisant gagner en poids et en conséquence.

— Mais… je ne reporterai pas cet incident, messieurs. En ce moment, le procureur n'est pas tendre lorsqu'il s'agit de débordements policiers…

Je sais que je suis injuste, que le sous-brigadier a fait un travail remarquable ce soir. Dans une autre situation, je l'aurais félicité pour son sang-froid et sa ténacité. Des recrues comme celle-ci, c'est ce que recherche la BMS. Mais, à cause de moi, à cause de mes conneries, il n'aura jamais la chance d'accéder à mon service : je ne peux pas risquer ma carrière pour la sienne.

Le vieux policier acquiesce, reconnaissant, malgré la grimace qui tord la bouche de son collègue. Il l'attrape par le bras et disparaît dans le couloir non sans m'avoir lancé un énième signe du menton obligé.

Lorsque la porte d'entrée claque enfin, je relâche mon souffle. Ma respiration est sifflante, ma peau couverte d'une sueur qui pue la peur. Je ne suis pas passée loin de la suspension. Si l'inconnu n'avait pas eu la présence d'esprit de mettre en scène cette mascarade…

La main sur mon cœur mi-affolé mi-soulagé, j'attends que les battements ralentissent et que mon appartement cesse de tanguer. Puis, jetant un coup d'œil à la porte de ma chambre entrouverte, je décide de m'y engouffrer malgré les alarmes qui sonnent sous mon crâne.

L'homme est allongé sur le lit, le peignoir est entrouvert sur sa poitrine ensanglantée. Il ne porte plus qu'un caleçon en satin noir. Le visage maculé de sueur, il relève légèrement la tête et se force à sourire.

— Et si… vous honoriez votre part… du marché ? halète-t-il.

Sa tête tombe en rebondissant sur le matelas tandis que je grimpe sur le lit et, fébrile, vérifie son état.

C'est mauvais.

— Vous n'auriez jamais dû vous lever. Vous n'étiez pas en état.

Il bat des cils comme si ses paupières pesaient trop lourd.

— Si je n’étais pas… intervenu, ils auraient fouillé tout l’appartement.

— J’aurais pu m’en sortir, commencé-je, de mauvaise foi.

— Si vous le dites. Quoi… qu’il en soit, j’honore toujours mes promesses. Et… vous ?

Il plonge ses yeux si bleus dans les miens et l’étincelle qui y brûle me défie de dire non.

Je hoche le menton.

— Pas d’hôpital. J’ai compris. Que dois-je faire dans ce cas ?

— Embrassez-moi.

La Géhenne

La Géhenne s'étendait à perte de vue, verte, étroite, profonde. Des chênes et des conifères verdissaient ses flancs, et une rivière serpentine et paresseuse y avait fait son lit. Des troupeaux paissaient ses herbes et fleurs sauvages, des vautours guettaient en cercles hypnotiques les brebis égarées susceptibles de glisser dans une ravine et de s'y briser le cou. Au loin, le hurlement d'un chacal doré cherchant compagne ; tout près le croassement rauque d'une corneille mantelée au bec fort et aux pattes robustes.

La vallée vivait paisiblement, à son rythme ; un Éden planté de dattiers et d'oliviers, peuplé de mille et une vies – chacune essentielle à son équilibre.

La fin d'après-midi projetait sa brute chaleur sur la Géhenne. Un filet d'air embaumé d'amande rendait ce si chaud printemps supportable.

Ils avaient trouvé refuge sous un amandier en pleine floraison dont les boutons blanc rosé s'épanouissaient par grappes épaisses au-dessus de leurs têtes. Un tapis de fleurs virginisait l'herbe tout autour à l'image du voile immaculé qui couvrait la peau intouchée et intouchable des vestales romaines.

Elle était là, étendue, nue, belle à se damner. Sa peau laiteuse captant chaque rayon de soleil. Sa chevelure de feu capturant sa chaleur.

Une branche d'amandier à la main, il caressait de ses pétales la courbe d'un mollet, le vallon d'une cuisse, la butée d'une fesse, le ravin d'une chute de rein. Puis son voyage fut interrompu par un rire chatouilleur.

— Si tu continues, je te l'enfonce dans la gorge ! le menaça-t-elle, ses sourcils ombrageant la pointe de ses cils roux.

Mais ses yeux riaient. Et elle n'en pensait pas un mot.

Il choisit la plus belle fleur de sa branche, la cueillit du bout des doigts et la déposa derrière son oreille. Les pommettes de sa compagne rosirent.

— Sais-tu ce que représentent les fleurs d'amandier ? lui demanda-t-il.

Elle fronça le nez pour toute opinion et, dans un soupir, roula sur le côté, la tête posée dans sa paume pour l'observer.

— Des questions, tant de questions ! Pourquoi ne peux-tu pas simplement profiter de nos instants sans t'encombrer l'esprit de choses inutiles ?

Elle dut se contenter d'un sourire en coin avant qu'il ne répondît à sa propre question.

— Elles symbolisent l'amour et la virginité.

Elle gloussa.

— Vraiment ? Alors il n'y a qu'un seul de ses aspects qui puisse nous représenter.

— Tu es insupportable !

Il se pencha sur elle, la faisant basculer sur le dos. Elle fit mine de vouloir lui échapper, mais leurs bouches se capturèrent dans un baiser langoureux. Elle croisa ses chevilles sur ses reins, caressant son dos. Sous ses paumes, elle sentit les cicatrices d'un ancien combat dont elle n'ignorait rien. Les plaies étaient refermées, mais elle savait que, certains jours, elles pouvaient inexplicablement se mettre à saigner.

Il la pressa plus fort contre lui, comme s'il voulait qu'elle enfonce ses ongles dans sa chair meurtrie. Elle s'exécuta et il hurla d'une douleur teintée de plaisir.

Elle se cambra sous lui pour l'accueillir au creux de son corps et il la pénétra dans un râle impatient.

La vallée accueillit leur passion brûlante, pressée, affamée. Ils *devaient* aller plus vite, plus fort, plus loin.

Il lui mordit la chair au niveau de la clavicule, faisant enfler son plaisir.

Ses boucles brunes se mêlèrent à ses mèches rousses, peignant l'herbe de couleurs automnales. Ses va-et-vient redoublèrent de vigueur, leurs cris de plaisir gagnèrent en intensité, puis dans un ultime sursaut, leurs corps entiers se tendirent.

Elle emprisonna son visage dans ses mains, elle ne voulait rien perdre de son abandon tandis que l'orgasme le prenait comme une déferlante. Ce visage-là était à elle. Rien qu'à elle.

Il déposa un baiser sur ses lèvres.

— À quoi penses-tu ?

Elle plissa les paupières avant de lui embrasser le bout du nez.

— Ma première pensée ne te plairait pas, mais la suivante était qu'il nous faut trouver une autre fleur. Une qui puisse nous représenter. En existe-t-il une dans la vallée ?

Il sembla réfléchir un instant, puis s'assit dans l'herbe, jambes croisées. Elle l'imita et l'observa dessiner entre eux une arabesque de la main. Entre ses doigts apparut une fleur aux six grands pétales aussi flamboyants que la chevelure de sa compagne.

— Elle est magnifique ! s'exclama-t-elle. D'où vient-elle ?

— Je l'ai créée. Pour toi. Pour te représenter. Ses longs pétales parfaitement symétriques symbolisent ta beauté et ta majesté. Elle est le miroir de ta jeunesse et de ta féminité. Elle possède une robe aussi rouge que ton feu intérieur. Elle sera l'apologue de ton nouveau départ, de ta renaissance. C'est une promesse. Celle de mon amour éternel.

Elle saisit délicatement la fleur puis caressa du bout de l'index ses soyeux pétales.

— A-t-elle un nom ?

— Lys.

Elle sourit sans la quitter des yeux. Il l'avait nommée d'après son propre nom.

Il glissa une paume derrière sa nuque.

— Tu es le centre de mon monde, mon Lys.

— Mon Lys…

Elle fit rouler le mot sur sa langue en savourant la prononciation et la signification.

— Et si je ne voulais pas être seulement le centre de ton monde ?

— Que désires-tu ?

— Je veux être ton tout. Ton univers. Je veux que tu plantes des lys partout. Sur chaque continent, dans chaque monde. Que l'on se rappelle par-delà nos terres que tu es à moi comme je suis tienne.

— Je le ferai, mon Lys.

— C'est une promesse ?

— C'est une déclaration. Ma déclaration d'amour.

CHAPITRE 3

LE SURNAT'

— QUOI ?! Mais vous débloquez ! C'est *absolument* hors de question !

Je me redresse d'un coup et bondis hors du lit comme s'il était habité par un serpent à sonnette. Ce qui, d'après ce que je viens d'entendre, n'est pas si loin de la vérité.

— Écoutez-moi, plaide l'homme.

Sa main se soulève un instant, puis retombe mollement sur le matelas. Je ne l'écoute pas, trop sonnée par sa demande.

Que croit-il ? Que je suis à vendre ? Qu'il peut disposer de moi à sa guise ? Que je lui dois une… *faveur* ?

Tandis que je sens la colère monter brusquement jusqu'à mes joues, je commence à faire les cent pas entre le lit et la porte de ma chambre. Je sais que je dois avoir l'air d'une folle. Mes cheveux humides sont presque secs et hérissés sur ma tête. Je sens que mes paupières sont lourdes et mes yeux gonflés. Et pour couronner le tout, ma nausée et mon mal de crâne ne m'ont pas quittée ; ils viennent même d'empirer. Pourtant, je suis si remontée qu'il me semble que je pourrais balancer l'inconnu sur mon épaule et le jeter au bas de mon immeuble sans effort. Méthode radicale, que je commence sérieusement à envisager.

— Vous savez où vous pouvez vous carrer votre faveur sexuelle ? grogné-je sans cesser de déambuler dans la chambre. J'aurais dû me douter que vous n'étiez qu'un pervers qui se sentait…

— Inspecteur, vous ne comprenez pas…

— … au-dessus des lois. Je n'aurais jamais dû accepter de jouer cette vulgaire comédie. Vous ne pouvez pas rester ici, je…

— C'est le seul moyen de… me guérir…

— … vais appeler l'hôpital. Et tant pis si j'en perds ma plaque. J'ai été stupide d'entrer dans votre jeu, je dois assumer mes responsabilités. Et vous, vous devez garder vos sales pattes là où je peux les voir.

Faisant le tour du lit, je me rapproche de la petite table de chevet en bouleau sur laquelle est posé mon smartphone.

— Moi qui pensais que cette putain de journée ne pouvait pas finir plus mal. Mon Dieu, je me suis tellement plantée. Il…

Cette fois, la voix du blessé se fait plus puissante. Il puise dans ses dernières forces, afin que ses mots franchissent la barrière que j'ai érigée et qui m'empêche d'entendre ce qu'il a à me dire.

— JE SUIS UN INCUBE !

Les doigts à quelques millimètres de mon écran, je me fige. Lentement, comme dans une scène filmée au ralenti, ma tête tourne vers l'inconnu dont les yeux brûlent de douleur, la tête inclinée dans ma direction.

Ai-je bien entendu ?

— Q…quoi ?

— Je suis un… incube, répète-t-il d'un filet de voix épuisé.

— Un incube, comme… comme dans : « Bonsoir, jeune pucelle, je suis un démon du… sexe » ?

Une étincelle d'amusement pétille derrière les prunelles du blessé, puis il ferme les paupières en gémissant. Une sueur épaisse macule désormais son visage.

— Je n'en ai plus… pour longtemps, inspecteur. L'ambulance… ne sera pas… là à temps.

Je repose mon téléphone. Il a raison. Appeler les secours est inutile. Les mots qui sortent de sa bouche sont à peine audibles. Il les murmure d'une voix rauque et entrecoupée. Sa poitrine se soulève péniblement et des tremblements parcourent ses doigts agrippés au drap. J'ai déjà contemplé de nombreux mourants, et l'homme allongé dans mon lit qui lutte avec la force du désespoir pour tenir quelques minutes, quelques secondes de plus, en est un.

— Je sais que c'est beaucoup à encaisser… mais…

Il s'interrompt, chaque syllabe lui coûte, chaque son qu'il émet le rapproche un peu plus de la mort. Mais je n'ai pas besoin d'en entendre plus.

— Je vous crois.

Une brève surprise éclaire son visage.

J'ai la prétention de pouvoir affirmer que je ne suis pas une femme impressionnable. Je ne crois pas en grand-chose si ce n'est mon badge et ce pour quoi je le porte, pourtant je le *crois*. Car je sais depuis l'enfance qu'il existe un monde de mythes et de légendes. Et que ce monde m'a pris mon père.

Une colère que je connais bien, qui me nourrit depuis des années, s'éveille et se met à ronronner dans mon ventre.

Si l'homme est un incube, alors c'est un démon. La question est donc : les démons peuvent-ils mourir ? Ne le sont-ils pas déjà ?

Je me masse les tempes. J'aurais dû être plus assidue lors de mes cours de catéchisme, au lieu d'enrouler ma langue dans la bouche de Roland au fond de la classe, planquée entre mon livre d'Éveil à la foi et ma Bible illustrée.

Tandis que je cogite, l'incube ferme les paupières un long instant, puis les rouvre dans un effort visible. La peur distille le bleu de ses yeux.

— Je ne… veux pas… mourir.

J'ai ma réponse : les démons peuvent mourir. Comment ? Pourquoi ? Mille questions se bousculent sous mon crâne. Je sens ma migraine gonfler.

Cette journée infernale ne finira-t-elle donc jamais ?

Je me mords la lèvre avant de m'agenouiller sur le matelas près de lui. Attrapant un oreiller, je le vide et place la taie sur la plaie. Il gémit, mais ne me quitte pas de ses prunelles turquoise. Malgré la souffrance qui y vibre, ce bleu luit d'une sauvagerie inexplorée.

— Merde, pourquoi a-t-il fallu que je tombe sur une saleté d'incube ? lancé-je à voix haute afin de tenter d'apaiser et ma colère et la brusque gêne qui vient de me rosir les pommettes.

Il hausse un sourcil, l'air de se demander quel être doué d'une libido active ne voudrait pas rencontrer la personnification de ses désirs les plus secrets, avant qu'une quinte de toux ne fasse tressauter son corps et éjecte un mince filet de sang d'entre ses lèvres sèches. Je l'essuie de mon pouce avant de prendre une longue inspiration.

Mon esprit cartésien a besoin d'éclaircissements avant de prendre une décision que je risque de regretter.

— Si je vous embrasse… vous guérirez ?

Il hoche la tête, désormais trop faible pour parler tandis que je réfléchis à toute allure, rassemblant les maigres informations que je possède sur les succubes et les incubes. Autant dire, une bonne grosse pelletée de conneries, tirées de divers films de seconde zone et de séries B.

— Et je perdrai des années de vie ? Ou mon âme sera damnée ? Vendue au… diable ?

Un frisson inconscient parcourt mes bras, ma colère sursaute au creux de mon ventre, ma nausée enfle. Je ne dois pas penser à *lui*. Je dois me calmer. Réfléchir de façon sereine et observer les événements à travers le prisme de ma pondération.

L'homme tourne lentement la tête de droite à gauche, puis ses yeux se ferment de nouveau. Je lui tapote légèrement la joue sans obtenir de réaction.

— Fait chier ! je jure en me rendant compte qu'il vient de sombrer.

Le temps me manque cruellement pour peser le pour et le contre, mais je suis certaine d'une chose : je ne supporterai pas de voir quelqu'un d'autre mourir aujourd'hui. Qu'il soit un inconnu à mes yeux, qu'il soit un cambrioleur, un violeur sanguinaire ou un… incube, je ne veux plus me sentir inutile. Coupable d'être en vie.

Sans réfléchir davantage, je pose mes lèvres sur celles du démon.

Sa bouche a un goût de bonbons avant le repas du soir. Le goût des échappées nocturnes après le couvre-feu. Des liaisons extra-conjugales. Des décolletés pigeonnants à la messe.

Le goût de l'ivresse.

Elle me fait revivre mon enfance, mon adolescence. Elle fait ressortir de cette petite boîte fermée à clef, mes désirs et mes envies cachées, oubliées – réprimées. Elle me donne envie de m'aventurer plus loin. De vivre plus fort.

De lâcher prise.

C'est si bon que je me sens prise de vertige.

Posant une main sur la joue de l'inconnu, je la caresse du bout des doigts, entrouvrant sa bouche avec la pointe de ma langue. Ce baiser me remplit et me vide, tout à la fois. Sans la voir, je sens mon énergie couler de ma bouche pour s'engouffrer en lui. La sensation est grisante et terrifiante ; par cette intimité qu'elle noue entre nos deux corps et par l'aisance avec laquelle j'accepte de m'abandonner. De m'offrir tout entière. Corps et âme.

C'est si vertigineux que j'abaisse le temps d'un baiser lascif le mur que j'ai construit brique par brique, déception après déception, autour de moi.

Lorsque l'incube ouvre enfin les yeux, une étincelle indomptée fait briller ses iris. Il glisse ses doigts derrière ma nuque et presse nos figures l'une contre l'autre, me rendant mon baiser, plus profondément. Il me teste, me goûte et me dévore.

À cet instant, je me fais la réflexion qu'il ressemble à un junkie du sexe et que je lui sers de fix. Mais cette idée ne dure qu'une poignée de secondes avant que mes sensations n'absorbent mes réflexions comme une terre depuis trop longtemps asséchée.

Mon excitation gonfle au creux de mon ventre et caresse une zone qu'aucun mâle n'a touchée depuis longtemps. Si je compte bien, cela fait plus de huit mois que je n'ai pas été au lit avec un homme, et même pour un bourreau de travail comme moi, qui a autant de vie sociale qu'un geek vivant dans le sous-sol de ses parents, ça commence à faire long. Je ne m'en étais pas rendu compte avant ce soir, avant de sentir le corps vigoureux du démon se presser avec envie contre moi. Assister à son empressement, assouvir sa soif en répondant à ses caresses avec autant de vigueur et me sentir désirée déclenche mon propre feu.

Il me fait me sentir plus femme que je ne l'ai jamais été.

Le temps m'échappe tandis que je sens les mains de l'incube me pétrir les hanches ; ses lèvres avaler ma bouche ; son sexe se presser contre mon pubis.

Ma peau s'embrase, mon corps s'enfièvre, mon monde vacille.

Sommes-nous encore dans ma chambre ? Je l'ignore. Je ne veux pas le savoir. C'est si bon que je me drape dans cette si bienvenue luxure sans plus avoir besoin de penser à des détails inutiles. À tout ce qui me crierait d'arrêter immédiatement.

L'obscurité qui nous enveloppe se lève et les couleurs s'enrichissent autour de nous. Nos corps accélèrent, nos respirations convulsent, nos muscles s'exaltent. Je sens sous mes doigts les frissons de plaisir qui piquettent sa peau ; sur ma bouche sa barbe naissante qui me griffe et me caresse. Sa main roule sur ma cuisse, joue avec le tissu éponge de ma serviette.

Est-ce que je viens de gémir ? De l'encourager ?

Alors qu'il m'agrippe les hanches et me retourne sans ménagement sur le lit, s'allongeant sur moi et m'écartant les jambes, mon désir se teinte soudain d'appréhension. L'incube me remonte les bras au-dessus de la tête, son corps fait pression sur le mien.

J'étouffe.

Je sens que ma réalité est sur le point d'éclater la bulle de verre que mon plaisir a érigé autour de moi.

Il ne me dominera pas. Il ne me possédera pas. Personne ne me possède, je me répète comme un mantra vieilli par des années moroses.

Une peur irraisonnée s'empare soudain de moi. Je cligne des paupières plusieurs fois. Je halète. Je refuse d'être possédée – c'est trop, trop tôt ! Ma panique gonfle dans ma gorge. Je laisse échapper un couinement.

L'incube se redresse, s'assied entre les draps froissés puis me juche sur lui. Il m'observe un instant, sans un mot ni un geste. Seuls ses yeux magnifiques parlent. J'y lis combien il me trouve belle et désirable. Et à cet instant je me moque de savoir s'ils peuvent mentir.

Je glisse mes doigts dans la soie bouclée des cheveux de l'incube. À leur contact, mon appréhension s'envole tandis que ma panique reflue. Je m'accroche à son regard et reprends peu à peu mes va-et-vient langoureux tandis qu'il se met à embrasser ma gorge. Il a l'air d'avoir retrouvé sa fougue en même temps que sa santé. Il marque ma nuque de ses lèvres et de ses dents, me faisant gémir et y laissant de petites fleurs violettes. Les muscles de mes cuisses se contractent et j'ondule du bassin cherchant un contact plus poussé. L'incube sourit devant mon laisser-aller, y répondant dans un nouveau baiser sauvage, me plaquant plus étroitement contre lui. La serviette entre le pouce et l'index, il tire le tissu, découvrant la courbe de mes seins.

Je cligne des paupières comme si je sortais d'un rêve. Ma chambre a repris ses fades couleurs. Mon cerveau se rallume et envoie une puissante décharge à travers les nerfs de mon bras sous la forme d'une gifle.

— Espèce de salopard !

Je me dégage puis saute du lit, plaquant mes bras contre ma poitrine. Ma tête tourne et j'ai du mal à focaliser ma vision sur un point précis.

Est-ce que je viens de rêver tout *ça* ? Est-ce l'effet des médicaments que j'ai pris avant l'intrusion du démon dans mon appartement ?

Ma gifle l'a tant surpris, qu'il reste un instant pantois avant de se frotter la joue en grimaçant.

— Ouch… Je n’avais pourtant pas la sensation d’être le seul à prendre du plaisir !

— Vous m’avez utilisée ! Je me défends en reculant contre mon armoire tandis qu’il hausse les sourcils.

— Avec votre accord, si ma mémoire est bonne.

— Vous… Vous avez usé de votre… votre mojo d’incube sur moi !

— Ah non… ! Ça, *frú*, ce sont vos hormones à moitié fossilisées qui en sont les principales responsables.

Je hoquette sous l’insulte.

— Espèce de…

— … salopard ? Vous l’avez déjà dit.

Cette fois, je suis à court d’arguments. Je me suis fait moucher et je n’en ai pas l’habitude. Pire, je déteste ça. Ma migraine vient frapper sous mon crâne à grand renfort de marteaux et de casseroles.

Je fonce vers ma commode avec hargne et en sors les premiers vêtements qui me tombent sous la main – des sous-vêtements en coton crème, un chemisier blanc à fines rayures noires et un jeans brut – et, sans prendre la peine de me retourner, je disparais derrière la porte de ma salle de bain. Verrou enclenché.

Ouvrant mon armoire à pharmacie, j’en sors une aspirine et l’avale d’une gorgée d’eau, directement pêchée au robinet. La boîte de somnifères qui trône dans l’évier à côté de celle du Xanax me rappelle que j’ai déjà englouti quatre cachets un peu plus tôt. Un cocktail dangereux dont les premiers symptômes se sont déjà manifestés. Je me sens tout à coup nauséeuse et épuisée au-delà du possible.

Merde, merde, merde.

Si je ne pensais pas jusque-là que la phrase « ça ne peut pas être pire » dite à voix haute avait un réel pouvoir de karma, j'en suis désormais persuadée. Cette journée devenait pire à chaque instant.

Je fais partie du groupe des personnes calmes et rationnelles. J'ai toujours trouvé une solution dans les situations les plus désespérées. Celle-ci n'assombrira pas le tableau immaculé de mon sans-faute.

Récupérant un élastique posé dans ma corbeille à accessoires, je noue mes cheveux en une queue-de-cheval haute. Mon reflet me lance un regard de bulldog en colère.

— Tu ne peux t'en prendre qu'à toi-même ! lui rétorqué-je. Et ça ne se reproduira plus.

L'incube m'a prise par surprise. Mon corps a réagi instinctivement sous ses caresses. Mais désormais, je suis prévenue. Il gèlera en Enfer avant qu'il réussisse à me glisser dans son pieu.

La main sur la clenche, j'expire une dernière fois avant de m'engouffrer dans ma chambre.

L'incube est allongé sur le lit, les bras relevés et placés sous sa tête, il sourit. Son visage irradie presque dans la pénombre qui enveloppe la pièce aux volets clos. J'allume et ses paupières cillent. Sur son torse déserté par le peignoir, il ne subsiste rien d'autre que du sang séché, témoignant de sa blessure par balle.

En parlant de balle, c'est celle qui a traversé sa poitrine qu'il fait rouler entre ses doigts comme une curiosité.

— Je vais la garder, décrète-t-il avec bonne humeur. Comme un porte-bonheur.

Je le dévisage, étudiant ses traits. À la lumière des spots, il est encore plus beau que ce que je m'étais imaginé lorsque mes mains ont caressé les courbes de son visage.

Des boucles d'un roux chaud, presque chocolaté, tombent devant ses yeux, jouant et dissimulant ses iris turquoise, lui donnant un air tellement sensuel que je peine à contrôler mon bas-ventre qui se contracte.

Putain, Claire ! On n'est pas dans un documentaire animalier ! Tu peux contenir tes hormones !

Il plisse légèrement les yeux et je me pince les lèvres, tentant de retrouver une expression neutre. Visiblement sans grande réussite puisqu'il sourit en coin.

— Vous voulez remettre ça ?

— Plutôt m'enfoncer les yeux dans le crâne avec ma propre matraque.

Il se redresse, paumes sur le matelas.

— Vous savez… c'est une réaction naturelle.

Je hausse les épaules.

— Quoi donc ?

— Votre corps qui réclame le mien.

— Je ne… commencé-je dans un hoquet, incapable de continuer.

— Je suis un démon du sexe, vous vous rappelez ? Je sais quand un humain a envie de moi. Inutile de le nier. Je vois vos cuisses, serrées l'une contre l'autre. Cette petite veine qui palpite sur votre nuque. Vos yeux, qui dévorent mon visage. Votre cœur accéléré qui pousse contre votre poitrine. Vos tétons qui tendent le tissu de votre chemisier…

Cette fois, il est allé trop loin. Je crie :

— Stop ! Encore un mot déplacé et je jure que je vous passe les menottes !

J'ai croisé les bras sur ma poitrine, mais au regard qu'il pose sur moi, je sais que je viens de dire une connerie. On ne parle pas de menottes à un démon du sexe… Autant tendre une sucette à un enfant diabétique ! Mais il ne dit rien et se contente de me fixer comme s'il pouvait voir au travers de mes vêtements, pire, à travers mon âme pour y pêcher mes désirs les plus inavouables.

Mon Dieu ! Qu'il ne puisse pas, par pitié !

C'est le moment de reprendre le contrôle. Je ne suis pas arrivée où j'en suis aujourd'hui en rougissant comme une pucelle à la moindre paire d'abdominaux. Je me suis coupé une part de lion dans un monde essentiellement masculin. Dans un monde de testostérone et de blagues graveleuses. J'ai vécu pire et je vais le lui prouver – non, je vais me le prouver à moi-même. Qu'importe l'avis du démon.

— Pourquoi avoir pénétré chez moi ?

Il saute souplement du lit pour venir se camper devant moi.

— *L'Enfer* vous veut, inspecteur ! lance-t-il en ouvrant les bras de façon théâtrale.

Je sens les poils de ma nuque se hérisser. Est-il venu récolter mon âme ? Je recule. Mon arme est dans le salon. Me préparant au pire, je serre les poings.

— Enfin… façon de parler, rectifie-t-il.

Ma poitrine se gonfle de soulagement. Je viens de gagner un peu de sursis. L'incube n'a aucune idée du combat acharné auquel il vient d'échapper. Je n'aurais sans doute pas fait le poids face à un démon, mais j'aurais chèrement vendu ma peau. Et mon âme.

— Quelque chose ou quelqu'un tue des êtres surnaturels, m'explique-t-il, on m'a envoyé vous chercher afin de trouver le responsable. Mon patron a décidé que vous étiez l'homme de la situation. Et lorsque le boss investit, il met tout en œuvre pour protéger ses intérêts.

— Donc, je suis une marchandise fâcheusement pourvue d'une paire de nichons sur un poste à haute teneur en testostérone ? De mieux en mieux.

D'autres auraient vu leur patience depuis longtemps effritée par mes piques caustiques, mais le démon semble posséder un flegme à toute épreuve. C'est bien ma veine.

— Vous comprendrez mieux lorsque vous aurez eu une discussion avec votre commissaire.

Un vertige trouble un instant ma vision. Je m'appuie contre le mur pour ne pas tomber. Mes paupières s'alourdissent. L'incube m'observe, les sourcils froncés. Il a tendu les bras vers moi, mais je recule d'un pas. Il n'est plus question qu'il me touche.

— Je ne pensais pas vous avoir pris autant d'énergie, commente-t-il, la mine soucieuse.

— La gourmandise est un vilain défaut, lancé-je afin de détourner son attention.

Je déteste que l'on me voie dans de tels états de faiblesse. Mais ça ne prend pas. Il s'avance.

— Inspecteur, vous êtes certaine que vous allez bien ? Vous devriez vous allonger un instant.

Je préfère avoir les yeux bien ouverts pour vous garder dans mon champ de vision.

Je sens ma réponse bouillir dans mon estomac, grimper le long de mon œsophage et jaillir hors de ma bouche.

Pliée en deux, je vomis sur les pieds nus du démon.

— Je vois que vous faites dans les préliminaires originaux.

J'essuie ma bouche, ma vision troublée.

— Je ne me…

— Inspecteur ? Qu'est-ce qui vous arrive ?

Je suis incapable de lui répondre, la gorge sèche. Il enveloppe mes joues de ses grandes mains avec une étrange douceur et dresse mon visage vers lui, me dévisageant.

— Qu'est-ce que vous avez pris ?

— Pourquoi avez-vous éteint la lumière ?

Lorsque je m'effondre, inconsciente, c'est pour me couler dans les bras de l'incube. Autant pour ma résolution de ne plus le toucher.

CHAPITRE 4

LA SCÈNE DE CRIME

SON CORPS EST BERCÉ CONTRE LE TISSU du siège avant par les cahots réguliers de ma voiture. Sa tête dodeline comme les petites figurines kitsch en forme de chien de ces fabuleuses années 80. L'inspecteur Defontaine gémit dans son sommeil. Je sens qu'elle est sur le point de se réveiller, mais que cette obstination qui lui semble plus que naturelle – instinctive – refuse d'ouvrir ses paupières.

J'allume l'autoradio et mets quelques secondes à trouver une station sans grésillement – ma vieille Titine n'aime pas qu'on la bouscule de trop. Elvis Presley se met à murmurer avec langueur qu'il ne peut s'empêcher de tomber amoureux d'elle. Qui peut résister au King ? Elle va forcément émerger sous peu. Pour l'encourager, je commence à chantonner gaiement.

À la moitié de la chanson, l'inspecteur ouvre finalement les yeux. Mettant sa main en visière pour se protéger de la lumière trop agressive, elle se redresse avant que son buste ne soit bloqué et son corps repoussé par la ceinture de sécurité du siège auto. Elle cligne des paupières, le temps de s'habituer aux rayons du soleil qui apparaît et disparaît entre les frondaisons des arbres qui longent la route. Du coin de l'œil, je la vois froncer les sourcils. Elle doit s'être rendu compte que nous avons quitté la ville et son agitation pour les champs et les regards mornes des vaches laitières.

Palpant son côté, ses doigts glissent sur le cuir de son holster d'épaule, et elle pousse un discret soupir de soulagement en sentant le métal tiède de son arme de fonction.

Oui, c'est quelque chose que j'ai remarqué ; elle ne se sent pas complètement elle-même sans son vieux Smith & Wesson. Encore un détail qui fait d'elle un vrai bourreau de travail qui passe beaucoup trop de temps au poste, au lieu de faire fructifier sa vie sociale. Dommage qu'avec une telle frimousse, elle ait le comportement d'un vieux flic quinqua et divorcé. Un vrai gâchis, si on me demande.

Je lui laisse un temps d'adaptation, concentré sur la route. Mais en apparence seulement : je connais le chemin comme ma poche.

Elle a l'air de se demander comment sa plaque rutilante, son arme et son blaser noir ont fait pour se retrouver dans la voiture avec elle. Et je sens que si je lui explique que je l'ai habillée et équipée pendant qu'elle était inconsciente, je vais me faire passer un savon. À raison, je dois bien l'avouer.

Elle grogne de frustration. Il est temps que je me manifeste.

— Bonjour, Rayon de soleil. Bien dormi ?

Elle sursaute dans une volte-face qui l'aplatit contre la portière de ma vieille Alpine de soixante-dix. Si elle l'avait pu, elle aurait sûrement repoussé la tôle afin de mettre autant d'espace que possible entre elle et moi. Il faut dire que l'habitacle est restreint et que j'encombre une bonne partie de sa surface. Ses yeux manquent de lui sortir des orbites. Mais l'inspecteur reprend vite ses esprits et me fusille de ses jolis yeux noisette.

Sa mémoire des derniers événements semble lui être revenue et elle n'a pas l'air d'en apprécier la tournure.

Aïe.

— Est-ce que vous venez… de kidnapper… un agent de police ? me menace-t-elle du doigt, en détachant chaque partie de sa phrase afin de les marteler dans mon cerveau.

— J'ai pensé qu'un petit tour de voiture vous ferait du bien. Vous m'avez quand même vomi dessus avant de vous évanouir. D'ailleurs, il y a des chewing-gums dans le vide-poche… Vous refoulez comme une vieille bouche d'égout.

Heureusement que j'ai toujours des changes dans le coffre. Si j'avais dû faire le voyage couvert de vomi, ça aurait fait désordre. Ma période borderline m'est passée depuis un ou deux siècles.

— Arrêtez la voiture ! hurle-t-elle si fort que je fais une embardée.

Mon Alpine couine en se garant sur le bas-côté d'une route de campagne anonyme.

L'inspecteur se rue hors de l'habitacle comme si elle avait un *démon* aux fesses. Je me sens visé.

Dépliant les jambes, je sors de la voiture à mon tour et l'observe s'éloigner à larges foulées, les épaules carrées, déterminée comme un taureau de corrida.

— Le patelin le plus proche est à une quinzaine de kilomètres !

Son majeur m'indique tout le bien qu'elle pense de moi.

— Inspecteur, s'il vous plaît ! Nous devons…

Cette fois elle fait volte-face, la mine furieuse.

— Il n'y a aucun « nous », démon ! Je n'ai aucune idée d'où vous m'emmenez et je ne vous connais pas !

Je pose une main sur mon cœur, l'air affecté.

— Je suis attristé, inspecteur. Vous ne me connaissez pas ? Et moi qui pensais que nous avions partagé quelque chose de fort tous les deux. Un moment intense, court et… humide. N'ai-je donc été qu'une passade pour vous ?

Elle fronce les sourcils, de trop mauvaise humeur pour accorder le moindre sourire à ma tentative d'humour. Elle est encore plus coriace que je ne le pensais. Ça ne va pas être une partie de plaisir.

— Jetez un coup d'œil à votre téléphone, vous voulez ? Ça nous épargnera du temps et quelques joutes verbales.

Les sourcils en berne, elle déverrouille l'écran. Lorsqu'elle redresse la tête, son expression est toujours furieuse, mais il flotte au coin de ses yeux une surprise teintée d'intérêt. Tout est bon à prendre.

— Ça me dit « RDV ASAP au QG », pas qu'on m'envoie une escorte qui doit m'attendre en mode Blofeld dans mon fauteuil, rétorque-t-elle.

Je souris à la référence. Qui n'aime pas un bon *James Bond*? Puis je hausse les épaules.

— Où m'emmeniez-vous ?

— Sur la première scène de crime.

— Je ne peux pas m'imposer sur une scène de crime sans l'aval de ma hiérarchie !

Je lève les yeux au ciel.

— Et qu'aurais-je dû faire, d'après vous, inspecteur Defontaine ? Vous déposer inconsciente sur le bureau de votre commissaire ? C'est ce que vous auriez voulu ? Lui montrer combien votre dernière mission vous a fait péter un plomb au point d'avoir avalé assez de médicaments pour assommer un buffle ?

Elle hoquette.

— Comment… ? commence-t-elle sans réussir à poursuivre.

Ses pupilles se sont dilatées, sa respiration s'est accélérée, à l'instar de son rythme cardiaque, et sa température corporelle est montée subitement. D'habitude ce sont des changements que je note lorsqu'une bouffée de désir s'empare des âmes auxquelles je suis affectée, mais j'ai appris avec les années, que ça fonctionne également avec d'autres émotions fortes, comme le stress ou la peur. Ici, j'ai affaire à un savant mélange des deux.

— Ça fait quelques semaines que je vous observe. Nous voulions être certains que vous étiez la meilleure. Et mise à part votre boulette de cette nuit, vous possédez un tableau de chasse immaculé. Ce serait dommage de le gâcher pour un fugace instant d'égarement.

Je la sens serrer les poings. Ses lèvres se sont réduites à deux minces lignes pincées. Elle rebrousse chemin. Je ne suis pas certain que je vais apprécier ce qui arrive sur moi à toute berzingue.

— Harcèlement, effraction, enlèvement, chantage… Votre tableau de chasse à vous est celui d'un vrai enfant de chœur. Même si vos intentions étaient nobles – et franchement je commence à en douter –, vous n'employez pas les bonnes méthodes.

— Je suis un démon, inspecteur. J'use rarement de *bonnes* méthodes. Et je ne pense pas devoir recevoir de leçon de vie de la part d'une *bouchère* de la Brigade Surnat'.

Je pensais à cet instant que sa colère se gonflerait de rage, mais elle se contente de baisser les yeux sur sa plaque épinglée à sa ceinture, la caressant du pouce.

À quoi pense-t-elle ?

— Nous ne sommes pas des bouchers, murmure-t-elle comme pour s'en convaincre puis, relevant les yeux pour me dévisager, elle reprend : Nous tu… neutralisons pour sauver des vies innocentes. Et si ce que je suis vous rebute tant, pourquoi vous adresser à mon service ? Vous n'avez pas votre propre… police ?

— Remontez en voiture et je vous dirai tout.

Elle m'adresse un regard irrité. Un long moment, le gazouillis des oiseaux est la seule chose qui nous arrache à son silence acéré.

— Bien, lâche-t-elle finalement en dégainant son arme. Mais je garde mon jouet en main.

Je tourne le volant, nous faisant prendre une sortie qui mène au cœur d'un bois privé.

— L'affaire nous dépasse et nous avons besoin d'un œil neuf. Vous êtes humaine, votre impartialité fait de vous un atout précieux.

L'inspecteur gamberge, son cerveau analyse le moindre de mes mots, leur signification et leur conséquence. Son flingue posé sur les cuisses, elle récupère discrètement le paquet de chewing-gums dans la boîte à gants et en gobe deux.

La laissant digérer, je me reconcentre sur ma conduite. Il faut dire que les amortisseurs de ma voiture de collection paraissent presque inexistants sur le chemin de terre que nous empruntons.

Elle ouvre la bouche, la referme. Une question lui brûle la langue.

— Pourquoi moi ? finit-elle par lâcher.

— Je vous l'ai dit. Vous êtes humaine et vous êtes la meilleure dans votre domaine.

Elle grimace.

— Quoi ? je lâche. Bon, vous m'avez démasqué, inspecteur ! J'ai ouvert un bottin, choisi une page au hasard et posé le doigt sur votre nom. Voilà !

Je quitte la route des yeux un instant pour la dévisager. Elle se détourne, le regard rivé sur un défilé de conifères.

— Quand on conduit, on regarde devant soi, se renfrogne-t-elle.

— On y est, de toute façon.

L'inspecteur se penche en avant afin d'avoir une vue d'ensemble de la grande ferme qui se trouve au bout du chemin.

Construite sur deux étages, en pierre beige, elle possède une dépendance qui servait autrefois d'étable et qui forme un L avec la partie principale. Ses volets rouges ont été fraîchement repeints, et un petit puits agrémenté de géraniums trône au milieu de la cour recouverte de gravier moussu. Un vrai petit Paradis à la mode Blanche-Neige.

J'éteins le moteur et sors de l'habitacle avec souplesse. L'inspecteur Defontaine n'a pas autant de grâce et manque de s'étaler de tout son long dans la poussière avant de se rattraper de justesse à la poignée de la voiture. Je ne peux m'empêcher de sourire devant sa maladresse. Elle me lance un de ses regards noirs à faire fondre le métal avant de se masser la tempe droite de l'index. Sa migraine ne semble pas être passée.

— Je ne sais pas ce que vous recherchiez comme cocktail médicamenteux, mais mélanger anxiolytiques, hypnotiques et antalgiques, ça fait rarement bon ménage à forte dose.

— Je ne cherchais rien du tout, se défend-elle avec agressivité. J'avais une migraine. Et la prochaine fois, vous me ferez le plaisir de ne pas fouiller dans mes affaires personnelles.

L'inspecteur est en colère – en colère contre elle-même – et je la comprends. Elle a autant conscience que moi que si elle n'avait pas vomi ses cachets, elle ne tiendrait probablement pas debout à cet instant. C'est toujours plus facile de se décharger sur autrui.

Je hausse les épaules en glissant ma clef dans la poche arrière de mon pantalon. Si elle ne souhaite pas s'étaler sur le sujet, c'est son choix. Tant qu'elle est capable de faire le job, je me fous de ses sautes d'humeur. J'ai côtoyé – et je côtoie – pire.

— Au fait, au cas où ça vous intéresserait, je m'appelle Keziah.

Elle hausse un sourcil par-dessus la carrosserie bleu électrique de mon Alpine qui flamboie comme un petit soleil.

— Drôle de nom.

— C'est biblique.

— Très... *à propos* pour un démon. Et très... féminin, glousse-t-elle nerveusement.

— Et c'est la femme qui porte un nom de comptine pour enfants qui parle ? C'est facile de voir la paille dans l'œil du voisin…

L'inspecteur plisse les yeux.

— Bon ! Où est mon cadavre ?

Je la regarde du coin de l'œil, passant la main dans mes boucles rousses.

— Votre enthousiasme fait froid dans le dos, dis-je en me dirigeant vers la porte rouge, le gravier crissant sous mes chaussures cirées. Et ce n'est pas « cadavre » au singulier.

J'aurais voulu ne jamais avoir à repasser cette porte, mais le boss possède un sens de l'ironie et de la torture bien affûté. Ma main tremble sur le bois. J'entends que l'inspecteur s'est arrêtée juste derrière moi. Elle attend que je pousse le battant.

Après une longue inspiration, je déverrouille puis entre dans le hall, ma fliquette sur les talons.

On sent qu'elle a vu pire, mais à cet instant précis, tandis que ses prunelles sont fixées sur un amas sanguinolent à peine identifiable, je perçois un changement sur son visage neutre : une légère décoloration des joues ainsi qu'un tic au niveau de la mâchoire. Elle s'est figée dans l'entrée. Son regard balaye la scène sans s'arrêter sur aucun détail. Sa main s'est instinctivement glissée sous son blazer, là où se trouve son arme de fonction.

— Vous allez bien ? lui demandé-je en posant une main sur son épaule.

Elle sursaute puis dresse le menton vers moi, ses paupières cillent comme si elle émergeait d'un rêve, ou plus probablement de souvenirs. De ceux qui sont douloureux au-delà du possible. Trop récents, trop vifs pour ne laisser aucune marque à l'âme.

Mais il semble que rien ne peut entraver son professionnalisme, pas même une scène de crime façon steak tartare et le traumatisme que celle-ci réveille en elle. Elle inspire un grand coup, hoche la tête et reporte son attention sur le salon plongé dans la pénombre.

Ce qu'elle a devant les yeux, même un policier chevronné – ou un démon – ne souhaite pas le contempler plus d'une fois dans sa vie. Et pour moi, ça fait deux.

Elle s'est déjà accroupie au-dessus d'un cadavre enveloppé dans un costume gris anthracite. Elle l'observe un instant avant de passer au suivant dans son fourreau carmin.

Puis au suivant.

Puis au suivant.

Le salon dévasté est jonché de cadavres. Je sais qu'il y en a plusieurs dans les chambres et deux derniers dans la véranda.

Ceux-là ont échappé au pire. Car sur les six corps démembrés qui s'étalent au rez-de-chaussée sur les dalles en pierre de Bourgogne, aucun n'est identifiable.

L'inspecteur s'est finalement arrêtée devant le dernier corps – celui qui trône au centre de la vaste pièce. S'il n'était pas vêtu d'une robe bain de soleil, ornée de petites fleurs blanches, et chaussé d'une paire de sandales à talon, on n'aurait pu jurer qu'il s'agit d'une femme.

Elle est allongée, bras en croix, sur un épais tapis persan aux riches couleurs chamarrées tellement imbibé de sang pourpre, presque noir, que les motifs symétriques en sont estompés. La table basse en bois de manguier est renversée et un vase en cristal déverse ses lys fanés sur les dalles du salon. L'atmosphère est tamisée par de lourds rideaux de velours bleu roi qui masquent les larges fenêtres de la pièce, seulement éclairée par un lustre fait de centaines d'éclats de verre multicolores. L'ambiance me rappelle celle des boudoirs de la fin du XVIIe siècle.

— Vous avez des gants ? me demande l'inspecteur Defontaine après un moment.

Comme je fais non de la tête, elle soupire et se dirige vers la cuisine ouverte sur la pièce principale. Elle fouille le placard sous l'évier, en sort une paire de gants roses en latex, les enfile, puis vient se replacer devant le dernier cadavre, celui de la femme au bain de soleil.

Pourquoi faut-il que ce soit celui-ci sur la douzaine de cadavres qui jonchent la maison ? Pourquoi elle ?

— Est-ce que quelqu'un est venu avant moi ? Est-ce qu'on a déplacé quoi que ce soit ?

Je réponds, les lèvres pincées :

— Non, la scène a été mise en stase dès que les corps ont été découverts. Nous vous attendions.

— En stase ?

— Un sort arrête le temps dans toute la ferme. Les corps sont donc aussi frais que lorsque nous les avons découverts quelques heures après les faits.

Elle assimile ce qu'elle vient d'entendre avec le stoïcisme d'un gastro-entéro en consultation matinale. Mais son esprit est en ébullition derrière ses yeux brillants.

— Quand sont-ils morts ?

— Il y a deux jours.

Elle se reconcentre sur le cadavre tandis que je pêche un verre d'eau dans le vaisselier, le remplis au robinet et le vide d'un trait. Je déboutonne les deux premiers boutons de ma chemise puis tire sur le col. La chaleur est étouffante, sans parler de l'odeur qui se dégage des cadavres malgré la mise en stase.

J'attrape une éponge et nettoie mon verre, l'essuie et le repose dans le vaisselier. C'est ce qu'*elle* aurait voulu. Elle était toujours si méticuleuse, si soignée. Voir sa maison – son foyer – dans cet état l'aurait rendue hystérique. Mais je ne peux rien faire, rien bouger. Je n'ai même pas pu la couvrir afin de préserver sa pudeur.

Dans mon dos, j'entends les grincements des gants de l'inspecteur. Je sais ce que ses mains touchent, ce que ses yeux voient ; les détails sont gravés dans ma mémoire au fer rouge.

Son beau visage a été comme lacéré au couteau à pain. Les plaies sont trop sales pour avoir été causées par une lame lisse.

Des morceaux de chair pendent sur le côté du crâne, laissant à vif les muscles en dessous. On aperçoit même le blanc de l'os de l'une des pommettes. Son ventre est ouvert, comme explosé de l'intérieur. Le trou béant met à nu organes et viscères qui dégueulent sur le tapis persan qui lui a été offert par l'un des princes de la dynastie achéménide. Un morceau d'intestin pend du plafonnier en cristal.

Mes doigts se contractent sur le rebord du plan de travail en granite. Mon corps de démon ne me permet pas de vomir ; si j'avais encore été humain, j'aurais vidé mes tripes dans l'évier. Et pourtant, j'ai déjà assisté à cette scène.

Lentement, l'inspecteur passe ses mains sous le corps, puis fouille les deux poches de la robe. Elle en ressort un téléphone portable qu'elle déverrouille sans difficulté et explore silencieusement. Au bout de quelques minutes, elle se redresse en silence, pose le téléphone sur le comptoir de la cuisine, retire ses gants, les retourne et les fourre dans sa poche.

— Qui est-elle ? Vous avez des détails sur sa vie, sa famille, ses fréquentations ?

Je me détache du meuble de cuisine sur lequel je me suis adossé et m'avance. Je reste néanmoins à cinq bons mètres du cadavre. Sa vision est trop douloureuse pour que j'y jette plus que de vagues et rapides œillades. Elle ne perd rien de mon manège, doit se demander quel genre de démon se sent mal à l'aise en présence de macchabées. C'est bien connu, nous sommes des serviteurs du mal, toujours prêts à violer les pucelles et à enlever les nouveau-nés pour les dévorer au clair de lune.

Navré de vous décevoir, inspecteur, mais je n'ai pas le cœur si bien accroché que ça.

— Elle s'appelle… s'appelait Éden Villier. C'est… c'était un succube. Elle organisait ici des parties fines. Très prisées parmi les hautes sphères. C'est comme ça qu'elle gagnait sa vie.

— Un succube organisateur d'orgies échangistes ? Comme c'est original, commente-t-elle à voix basse en prenant des notes sur son téléphone.

Je garde ma réplique acerbe ; je n'ai pas besoin de me la mettre plus à dos. Mais je n'en pense pas moins. De quel droit se permet-elle de juger sans connaître ?

— Famille ? Amis ?

— Pas de famille. Je suis… j'étais l'un de ses amis.

Cette fois, l'inspecteur dresse brusquement la tête et me dévisage. Son regard brille, une fine ridule marque l'espace entre ses sourcils.

— Je suis désolée, murmure-t-elle d'un filet de voix. Je ne voulais pas paraître… condescendante. C'est ma façon à moi de me détacher de… (elle enveloppe la scène de crime d'un large geste du bras) tout ça.

Elle semble vraiment touchée. Je lui adresse un sourire, mais je sais que ce dernier est salopé par le chagrin.

— Vous étiez proches ?

Je hoche le menton, passant une main plus nerveuse que coquette dans mes cheveux.

— Nous avons fait les quatre cents coups ensemble pendant les *Roaring Twenties* à Hollywood. C'était au début des années 1920.

Éden était plus qu'une amie. C'était mon mentor, mon guide, mon roc, ma complice, mon amante à l'occasion, lorsque la solitude se faisait trop impérieuse.

Nous étions tous deux des vaisseaux de désir et de plaisir, toujours entourés d'humains, chaque nuit à caresser le corps d'une nouvelle conquête, puis au matin se mettre en quête de la suivante. Pourtant, la solitude, ce sentiment de vide – d'absence –, était et est toujours une maîtresse vorace et fidèle. C'est cette ironie qui guide notre existence.

Nous avons partagé tant de moments que chaque image se presse contre ma rétine, faisant défiler des siècles de souvenirs communs en accéléré. Certains sont vifs, d'autres passés, comme des clichés en argentique décolorés par le passage des siècles.

Éden était vivante, fraîche, douce. Elle possédait encore, même après deux millénaires et demi d'existence, le feu de son humanité. Elle chérissait la vie bien plus que la plupart des humains, pourtant si éphémères.

Éden était comme ces peintures de maître, sans âge, mystérieuses, et si pleines d'émotions. Elle savait faire ressortir le meilleur comme le pire chez les autres. Elle sondait une âme en un battement de cils.

Éden était bien plus qu'un succube organisateur « d'orgies échangistes », mais ça, je le garde pour moi. L'humaine pleine de préjugés qui se dresse devant moi n'a pas besoin de le savoir. Elle ne le mérite pas. Elle ne la mérite pas.

Mes pensées n'ont duré qu'une poignée de secondes, le temps d'avaler ma salive et d'enchaîner :

— Une idée sur ce qui a bien pu se passer ici ? Un amant jaloux ? Un client furieux ? Un ou une rivale ?

L'inspecteur Defontaine secoue la tête.

— Un meurtre passionnel aurait été une configuration logique pour expliquer l'état d'Éden et des autres ; on défigure rarement des inconnus par pur sadisme. Mais ça ne colle pas.

— Pourquoi ?

— Parce qu'habituellement le meurtrier cherche à ce que sa victime se retrouve seule, et non pas au milieu d'une orgie. Il arrive qu'une famille entière se fasse décimer par l'un de ses membres, mais ici, les victimes n'ont aucun lien de parenté. Il manque un mobile.

— Avez-vous trouvé quelque chose dans son portable ?

— Non, j'ai parcouru ses mails, ses messages, ses profils sur différents réseaux, aucun échange ne laisse présager qu'elle a été harcelée par un amant éconduit, un client insatisfait ou même un maniaque. Au contraire, les messages sont plutôt élogieux quant à ses… hum… performances. Elle n'a pas non plus reçu un nombre d'appels excessif d'un numéro unique qui l'aurait harcelée et sa boîte vocale est vide.

— Un cambriolage, alors ?

Oui, je sais que ça n'a aucun sens, on n'a jamais vu un cambrioleur prendre le temps de torturer et éviscérer ses victimes sans piquer l'énorme collier en or blanc agrémenté d'un diamant gros comme un œuf de pigeon qui scintille au cou de la maîtresse de maison. Et c'est précisément ce genre de bijou qui orne la gorge mutilée d'Éden.

Aucune raillerie ne fait briller les yeux de l'inspecteur. Je ne dois pas être le premier proche de victime ayant pété un câble qu'elle interroge. À la place, elle reprend d'une voix douce :

— Personne n'est rentré ici. J'ai vérifié chacune des portes et fenêtres du rez-de-chaussée, elles sont toutes verrouillées de l'intérieur et aucune n'est fracturée.

— Donc l'assassin s'est téléporté. Ou il a tout aussi bien pu sauter ou voler jusqu'à l'une des fenêtres du premier.

Une lueur d'étonnement s'allume brièvement dans ses prunelles ; elle ne doit pas encore être tout à fait habituée au fait que ce genre de pratique fasse désormais partie des effractions plausibles. Ses doigts volent sur l'écran de son portable tandis qu'elle inscrit ces nouvelles données. Elle se relit plusieurs fois, semblant réfléchir.

— Mon instinct me souffle que personne n'est entré ou sorti d'ici entre l'arrivée des invités et *l'incident*. Le fait qu'il n'y ait aucune trace de pas avec tout ce sang qui macule le sol et les murs, c'est ce qui me dérange le plus. Même en ayant été extrêmement méticuleuse, je n'ai pas pu éviter les plus larges, fait-elle en me désignant l'empreinte partielle de l'une de ses bottines qui souille la pierre claire à nos pieds.

— Certains Surnat' sont capables de voler. Je viens de vous le dire.

— Oui, mais voler et tuer en même temps ? Je doute que ce soit si facile. Et puis les corps… leur disposition. Le fait que le corps le plus abîmé soit celui d'Éden… Je pense qu'ils sont tous morts en même temps. Comme une sorte de *réunion* morbide.

— De quoi ?

La bouche de l'inspecteur se tord. Sa grimace a été plus que fugace, mais pas assez pour que je la manque. Mes yeux s'assombrissent de compréhension et ma voix gronde de colère lorsque je prends la parole à sa place.

— Si vous suggérez qu'il s'agit d'un suicide collectif orchestré par Éden… vous vous trompez *méchamment*, inspecteur. Je la connaissais depuis *très* longtemps. Elle n'aurait jamais fait une chose pareille.

Elle secoue la tête.

— Ce n'est pas ma seule piste, mais regardez la disposition des corps, les traces de sang sur les murs, la forme et la gravité des blessures. Éden se trouve au centre de la pièce. Au centre du cercle des victimes.

En effet, les cadavres sont éparpillés en cercle autour d'Éden, leurs membres sont désarticulés comme si on les avait jetés dans la pièce sur plusieurs mètres. L'un d'eux a été projeté si fort que son corps est toujours encastré dans un buffet en chêne massif.

— Quelqu'un a assassiné Éden et ses invités, inspecteur. Un… un poseur de bombe ou… Vous devez avoir manqué quelque chose dans son portable, protesté-je en le récupérant sur le comptoir.

— J'ai vérifié. Il n'y a rien.

— Je refuse d'y croire !

— C'est pourtant une piste à suivre. Et je n'en écarte jamais aucune avant qu'un nouvel élément la réfute tout à fait.

— Mais vous l'avez, votre élément irréfutable ! On ne se mutile pas le visage jusqu'à l'os pour se suicider, enfin !

L'inspecteur Defontaine hoche la tête en silence. Sa grimace m'indique le contraire.

— J'ai déjà lu des rapports qui faisaient l'étalage de suicides tout aussi glauques. Cet homme en instance de divorce, par exemple, qui a attaché une corde autour d'un arbre puis autour de son cou. Il a ensuite pris sa voiture et a accéléré brusquement, se décapitant d'un coup.

Sa froide logique et son argumentaire hasardeux ont raison de ma patience.

Le smartphone fend soudain l'air du salon à une vitesse prodigieuse et se brise sur une reproduction de *L'Origine du monde* avant que le tableau ne vacille et ne s'écrase à son tour sur le sol.

L'inspecteur n'a pas bougé, mais je sens malgré tout sa propre colère poindre juste derrière son flegme.

— Vous venez de détruire une preuve.

— Qu'importe puisque c'est un suicide !

— Vous m'en voulez.

Je commence à faire les cent pas devant le comptoir de la cuisine. Je marche dans des litres de sang, mais je m'en contrefous. Ma colère et ma frustration sont si vives qu'elles font trembler mon corps entier.

— C'est une réaction naturelle, Keziah. La plus naturelle et la plus fréquente lorsque l'on annonce la mort d'un proche à son entourage, lâche l'inspecteur. Elle est proportionnelle au degré d'attachement.

— Épargnez-moi votre psychologie de comptoir !

Je m'arrête, rageux, juste devant l'inspecteur. Je ne l'avais pas remarqué jusque-là, mais elle est très grande pour une femme, même de cette époque et, malgré ma carrure qui frôle les deux mètres, je ne la surplombe que d'une tête.

— Je n'ai pas fait l'école de police, mais je sais lire. Et j'ai eu pas mal de temps libre au fil des ans. C'est merveilleux, ce que l'on peut apprendre dans le manuel du parfait petit agent de police.

Elle lève un sourcil.

— Si c'est trop à encaisser pour vous, je peux finir seule. Vous n'avez qu'à m'attendre dehors. Nous continuerons cet entretien dans la voiture quand vous vous serez calmé.

Est-ce qu'elle vient de m'infantiliser, blesser mon ego et me remettre à ma place en moins de trois phrases sans même cligner de l'œil ?

Diable ! Cette femme est un vrai démon !

— Posez vos questions.

— Vous êtes sûr ?

Je lui lance un regard sans équivoque.

— La thèse du suicide n'est pas ma seule piste. Elle est simplement sur ma liste. Ma question va peut-être vous paraître bizarre, mais…

— Posez toujours.

— Vous avez sans doute déjà assisté à ce genre de… hum…

Elle balance un signe de tête vers le salon.

— Bacchanale ? En effet.

— Bien, bien. Vous savez donc si votre amie, Éden, s'adonnait à des rituels ?

Je pince les lèvres. Je sens que je vais encore moins apprécier cette thèse que celle du suicide d'Éden.

— De quel genre ? demandé-je avec méfiance.

— Du genre… satanique ?

C'est plus fort que moi, j'explose de rire.

Elle doit me prendre pour un vrai cinglé du genre maniaco-dépressif à tendance bipolaire. Pourtant, encore une fois, elle n'a pas cillé.

Non, pas un démon, un robot.

— Nous n'avons pas besoin de recourir à des rituels sataniques, inspecteur, nous travaillons déjà pour l'Enfer. Nous laissons ça aux emo et aux fans de vampires. Pourquoi cette question ?

— Je pensais à un rituel qui aurait mal tourné. Éden semble avoir explosé de l'intérieur. À mon avis, c'est cette explosion, cette décharge de pouvoir qui a soufflé toute la maison. Plus les victimes étaient proches d'elle, proches du centre névralgique du pouvoir, plus leurs corps ont été abîmés.

— Les succubes et les incubes ne possèdent pas de pouvoirs magiques.

— Pourtant vous pouvez bien vous guérir.

— Parce que je me suis nourri de l'énergie – du désir humain. Je ne peux pas créer ma propre magie, je dois la prendre à un autre.

L'inspecteur prend quelques notes rapides sur son téléphone, puis relève la tête.

— Avez-vous des photos de la scène ? Un rapport ?

— Oui, au QG.

— Bien, nous en avons donc fini. Vous avez d'autres cadavres ayant subi le même sort ?

Je grimace.

— Décidément, vous aimez bien trop votre travail.

— N'est-ce pas pour ça que vous m'avez choisie ? demande-t-elle avant de reprendre, réfléchissant à voix haute : Vous devez me ramener au poste. Je dois avoir une discussion avec mon commissaire.

Je l'entraîne vers la sortie. Les talons dans le sol, elle se retourne sur le corps d'Éden.

— On laisse le corps comme ça ?

Je suis son regard, et fixe réellement pour la première fois depuis que nous avons passé la porte le cadavre de mon amie.

Adieu, ma douce.

Prenant une longue inspiration, je réponds :

— Nous avons une équipe de nettoyage.

Mort d'Éden
?
Circonstances ?
Suicide collectif
Réunion morbide
Rituel satanique
Succube = ♀
Incube = ♂
Pas de pouvoirs magiques
Clean
pas d'ennemi
pas de griefs connus
Keziah + Éden
Démons
Acheter des serviettes de toilette
LE SUSPECT PEUT :
voler
se téléporter
sauter sur plusieurs mètres de haut
ÉDEN SEMBLE AVOIR IMPLOSÉ DE L'INTÉRIEUR
Comment ?

CHAPITRE 5

LA MISE À PIED

ALORS QUE MA MIGRAINE s'est faite plus discrète sur le chemin du retour nous menant en centre-ville, je la sens lacérer de nouveau le fond de mes yeux tandis que je pose un pied hors de la voiture. C'est si soudain que j'en perds un bref instant l'équilibre avant de me raccrocher à la carrosserie.

L'incube a garé son Alpine dans l'un des parkings du centre, à deux pas des bureaux de la BMS. À mesure que nous nous en rapprochons, je vois sa haute stature gonfler et se dresser en fond des petits immeubles de trois étages qui façonnent le quartier. La bâtisse en briques rouges se confond avec le ciel orangé de la fin d'après-midi.

Ma mère, architecte reconvertie en matriarche sédentaire, aurait mille détails à prodiguer sur un tel bâtiment : style Art déco typique des années 1920, fronton à volutes, huisseries en bois peint blanc, fenêtres du rez-de-chaussée barrées de garde-corps en fer industriel, larges baies au dernier étage en pavés de verre. Elle s'attarderait un long moment sur la finesse des éléments ornementaux comme ces bas-reliefs aux motifs géométriques représentant des végétaux ou des corps de femmes stylisés. Elle se pâmerait devant la sublime frise en carreaux de céramique dans les tons ocre, jaune et rouge qui fait le tour de la bâtisse, et la corniche en briques moulurées posée dessus. Elle irait même jusqu'à révéler une ou deux anecdotes comme le fait que le toit-terrasse est une nouveauté du début du XXe siècle et qu'il était destiné, à cette époque, à accueillir toit-jardin, solarium, terrain de sport ou même piscine.

Je me rends compte que, finalement, je n'ai rien à lui envier : ses bouquins d'architecture ont baigné mon enfance et je suis presque aussi capable qu'elle d'en faire une description poussée.

Je n'avais d'ailleurs jamais vraiment pris le temps de m'arrêter sur ce genre de détail. Lorsque j'entre habituellement dans le bâtiment, c'est le pas vif et pressé. Toujours sur une nouvelle enquête ou focalisée sur ma prochaine intervention.

Aujourd'hui, un nœud serre mon estomac, ma gorge est sèche et mes paumes moites. Je vais devoir faire face, je vais devoir traverser le hall et les bureaux vitrés.

Ma migraine pousse plus fort derrière mes yeux. Je sais que c'est somatique, que mon stress, ma peur, mon appréhension et, encore plus, ma culpabilité dérèglent mon métabolisme. Comme si le fait de ressentir une douleur physique était un exutoire à mon chagrin. Je laisse mon corps vivre mon deuil à la place de mon esprit, incapable de faire face au choc. Et ça me ronge plus encore. Je devrais être forte, je devrais pouvoir faire face, mais j'ai l'impression que chacun de mes pas me vole un peu plus de mon courage et de ma volonté.

Si j'entre là-dedans, ce qui s'est passé cette nuit aura encore plus de poids : ce sera tellement réel ! Aussi réel que la paperasse administrative et le rapport noir sur blanc que je devrai rédiger, aussi terrifiant que les appels aux familles de mes camarades morts pendant l'assaut, aussi vif que les regards en coin de mes collègues qui me cracheront que j'ai merdé.

Que ce soit ma faute ou pas, j'avais été chargée de cette mission. J'étais responsable de la vie de mon équipe. Et responsable de leur mort…

— Inspecteur…

L'interlude avec l'incube m'a servi pendant quelques heures d'échappatoire. Pendant le temps qu'a duré mon inspection de la scène de crime, je n'ai plus eu besoin de ressasser, de parler au conditionnel en ajoutant des « Et si » à chaque début de phrase : *et si je m'étais mieux renseignée ? Et si j'étais passée en premier ? Et si je n'avais pas attendu planquée derrière ces foutues caisses de nouilles ? Et si… ? Et si… ?*

Me noyer dans le travail, enquêter, ça a toujours été mon oasis, mon moyen de prouver que je me suis construite seule et que ma vie n'appartient qu'à moi. Ma vie et… mon âme. Ma putain d'âme.

— Inspecteur !

Je sursaute, éjectée de mes pensées. Je me tourne vers l'incube, les sourcils en point d'interrogation. Au regard inquiet qu'il pose sur moi, ce ne devait pas être la première fois qu'il m'appelle.

— Pardon, j'étais…

Il hoche la tête.

— Vous avez besoin de quelques instants ?

— Non, pourquoi ?

— Vous êtes immobile depuis deux bonnes minutes.

Il dit vrai. Nous nous trouvons juste au pied de la volée de marches qui nous sépare de la double porte en verre de la BMS. Je m'y suis arrêtée sans vraiment m'en rendre compte, perdue entre pensées et souvenirs.

— Allons-y.

Je passe la porte, menant la marche. Le hall est étriqué, encombré d'une salle d'attente vitrée, de plusieurs distributeurs de snacks et café et d'une vaste banque d'accueil en contre-plaqué sombre derrière laquelle se tient le réceptionniste de jour. Il me lance un coup d'œil rapide avant de replonger le nez derrière son écran. Mais la grimace au coin de sa bouche ne m'a pas échappé.

S'il sait, tout le monde sait.

Ça commence bien.

Nous sommes en fin d'après-midi, donc l'heure de pointe pour les porteurs de plainte. Le hall d'accueil est bourré à craquer et toutes les chaises de la salle d'attente sont prises. Nous sommes obligés de faire des pieds et des mains pour rejoindre la cage d'escalier bloquée – tout comme l'ascenseur – par un verrou biométrique. Ce système est la seule chose qui doit avoir moins de cent ans dans le commissariat. Chez nous, même les ordis datent du Paléolithique.

— Il y a toujours autant de monde ? demande l'incube tandis que je pose mon pouce sur le boîtier.

— Depuis que la magie est apparue, il y a trois ans, nous sommes un tantinet débordés et les effectifs gonflent difficilement.

— Personne n'a envie de renvoyer de l'IT *ad patres* ? Ou de bannir du poltergeist ?

— Nous préférons parler de « résidus de plasma psychiques ». Nous ne voulons pas apeurer la population plus que nécessaire. Et non, les flics de la BMS n'ont pas bonne réputation. Il n'y a pas beaucoup de volontaires lorsqu'il s'agit de se frotter à quelqu'un qui côtoie chaque jour une magie dégénérative et hautement contagieuse.

La porte s'ouvre et nous nous engouffrons dans les escaliers. Le bureau de Marc se trouve au troisième et dernier étage. Je le soupçonne de l'avoir choisi parce qu'il dessert directement le toit-terrasse sur lequel ont été installés des transats et une table de ping-pong.

— Franchement, « résidus de plasma psychiques » ? Je ne comprends pas cette manie de tout périphraser dans cette société moderne du « politiquement correct », se plaint l'incube. Appelons un chat, un chat. Et un fantôme, un fantôme. C'est comme votre IT, votre individu en phase terminale. Quelle idée ! Je hausse un sourcil.

— Et vous les appelleriez comment ?

— Je ne sais pas… des magicoman ? Des drog-mages ?

— Remplissez un formulaire, je le ferai passer en priorité et en haut lieu.

Le sourire mi-outré mi-taquin qu'il me lance est si naturel que je pouffe comme une collégienne.

Je ne m'étais pas rendu compte de combien j'avais eu besoin de ce moment. Une seconde pour relâcher la pression, la tristesse et les remords qui m'assaillent.

— Et vous, inspecteur, qu'est-ce qui vous a fait choisir un métier de pestiférés ?

— J'ai mes raisons, rétorqué-je tandis qu'il soupire comme un poète en peine.

— Un jour il faudra que vous me laissiez… pénétrer votre jardin secret.

— Personne ne pénètre mon jardin.

Nous sommes arrivés dans un vaste espace moquetté de beige et quadrillé de petits box en verre contenant un à deux bureaux métalliques.

Comme si elles avaient senti notre arrivée, une bonne partie des têtes se dressent. Je sens les regards de mes collègues qui pèsent sur mes épaules comme mille enclumes. Certains sont de nature trop discrète – ou trop lâche – pour me fusiller du regard directement, mais d'autres ne s'en privent pas.

La large ombre de Keziah se déploie tout autour de moi. Les regards bifurquent vers lui. Les plus curieux doivent se demander qui il est, ce qu'il fait au siège de la BMS et pourquoi il m'accompagne. Ils n'en sauront rien tant que je ne l'aurai pas appris moi-même.

J'inspire une profonde bouffée de courage puis traverse le couloir central qui sépare les box, les épaules carrées, le menton fier et le regard droit. Le bureau du commissaire Marc Lefèvre se trouve tout au bout. J'ai l'impression de vivre ma propre marche de la honte. À la façon Cersei Lannister, dans *Game of Thrones*.

Arrivée devant la porte, je toque deux fois. Une voix bourrue me parvient étouffée.

— Entrez !

Je ne me fais pas prier malgré l'appréhension qui me tord les tripes. Lorsque la porte se referme dans notre dos à tous les deux, Marc a les yeux plongés dans un document administratif – de ceux qu'il doit remplir toute la journée et qui n'étaient pas vraiment le genre de corvée dont il rêvait lorsqu'il a passé le concours de commissaire de police.

Aujourd'hui, Marc porte une chemise à manches courtes kaki associée à une cravate sur laquelle de petits teckels affublés de vestes en tweed gambadent joyeusement. C'est immonde, il le sait, tout le monde au poste est d'accord, mais rien ne lui fera jamais passer cette manie de porter des cravates à motifs. J'ose à peine imaginer l'apparence de ses caleçons.

Il dresse le menton et ses sourcils se froncent. Il était pourtant censé être bien au fait de ma venue.

— Ah, c'est toi, Defontaine. Je t'attendais un peu plus tôt.

— Tu voulais dire que tu attendais qu'on me *kidnappe* un peu plus tôt ?

Ses sourcils s'abaissent encore. Si je continue à le mécontenter, ses yeux disparaîtront sans doute derrière.

— Je t'ai envoyé plusieurs SMS.

— Plutôt laconiques, tu en conviendras. Et je ne les ai reçus qu'après coup. De toute façon, même si je les avais lus, je n'aurais jamais imaginé qu'un *démon* m'attende assis dans mon salon pour m'escorter à ton bureau.

L'incube fait un signe de la main à Marc en secouant les doigts.

— Ledit démon s'appelle Keziah et il est ravi de faire enfin votre connaissance, commissaire.

Marc se racle la gorge, je sens une gêne poindre.

— C'est… hum… réciproque.

Son regard glisse de nouveau vers moi. Il soupire comme si tout le poids du monde venait d'être déposé sur ses épaules ou que sa fille cadette avait fait le mur pour se rouler dans les bottes de paille avec son petit copain dans le champ d'à côté.

Marc Lefèvre est ce qui se rapproche le plus d'une figure paternelle, pour moi. Il a été présent dès mon premier jour à la BMS et m'a pris sous son aile sans que je sache vraiment pourquoi. Il m'a poussée à toujours donner le meilleur de moi, m'a fait confiance sur des interventions impossibles.

Nos échanges peuvent paraître familiers, voire déplacés entre un commissaire et l'un de ses officiers, mais nous n'avons jamais réussi à communiquer autrement. Je le fais sortir de ses gonds comme une fille récalcitrante et il m'agace comme un père coq.

— Marc, tu me dois un sacré paquet d'explications. (Je saisis le dossier de la chaise qui se trouve face à son bureau sans attendre qu'il m'invite à m'asseoir.) À commencer par le fait que tu sois au courant que les démons existent.

— Claire, soupire-t-il de nouveau, je suis à la tête d'une brigade qui contient « magie » et « surnaturel » dans sa dénomination. Bien sûr que je suis au courant que le surnaturel ne s'arrête pas au culte satanique, aux esprits frappeurs et aux illuminés qui se baladent recouverts de sang de poulet dans les cimetières les soirs de pleine lune.

Je croise lentement les jambes, époussette mon jeans, puis le fixe quelques secondes avant de lancer :

— Il existe donc une section spéciale ?

Il hoche le menton.

— Dédiée aux débordements surnaturels.

— Et pourquoi je n'en ai jamais entendu parler ?

— Parce qu'il s'agit d'une unité hautement secrète et que tu n'en fais pas partie.

Je me renfrogne. Ma colère m'aide à garder la tête haute et froide – froide, surtout. Si j'écoutais les autres émotions qui me submergent en arrière-plan, je serais sans doute en train de hurler, recroquevillée sur le sol, bonne pour l'asile.

Marc a dû lire en moi comme dans un livre ouvert puisqu'il se radoucit.

— J'avais prévu de… t'introniser d'ici un à deux ans, Claire. En cas de succès, cette affaire est une chance unique d'accélérer le processus de recrutement.

— Si tu ne devais me mettre au courant que dans plusieurs années, pourquoi moi, pourquoi aujourd'hui ?

Marc lève les mains au ciel, l'air de dire qu'il n'y est pour rien.

— Ils te veulent.

— Qui « ils » ?

— Les membres du Conseil Céleste.

C'est l'incube qui a pris la parole. Je me tourne sur ma chaise. Il s'est adossé à la porte, bras et chevilles croisés, comme s'il posait pour *GQ*.

— Le… Conseil… Céleste ? C'est une mauvaise blague ?

Keziah secoue la tête.

— Constitué d'êtres immortels – dieux et anges pour la plupart – qui roulent les dés des Mondes depuis le commencement des temps. Ils vous ont choisie, vous, pour les raisons que je vous ai déjà expliquées, afin de résoudre cette affaire de meurtres sur des Surnaturels. En vérité, c'est plutôt simple. Vous signez un petit papier de confidentialité, vous résolvez ces meurtres et, comme l'a si justement évoqué le commissaire Lefèvre, vous faites un bond de carrière comme jamais vous ne l'auriez espéré, même avec vos talents innés. Après tout, la police n'est pas réputée pour sa parité lorsqu'il s'agit de sièges haut placés.

Il marque un point.

Je me tourne vers mon commissaire.

— J'ai merdé, Marc. Si j'étais la candidate idéale avant, depuis… cette nuit, je doute que ce soit encore le cas. Ils ne doivent pas être au fait des derniers événements… là-haut.

— Détrompez-vous, inspecteur, ils savent, déclare l'incube dans mon dos. Ils ont tout de même choisi de s'en remettre à vous.

— D'accord, mais…

Je ne sais pas pourquoi je mets des bâtons dans mes propres roues. Je n'ai jamais eu le goût de l'autosabotage. Mais il semblerait que cette ère soit révolue. J'ai l'impression qu'ils n'ont pas compris, que c'est à moi de leur ouvrir les yeux sur mes échecs. Je tiens le couteau qui remue dans la plaie.

— … mes confrères ne comprendront pas que je sois immédiatement affectée à une enquête classée dont aucun d'eux n'aura les tenants et aboutissants, je reprends comme si je ne m'étais jamais arrêté de parler.

Marc croise les doigts sur son bureau, la mine grave. Mon cœur fait un bond. Je le connais par cœur ; cette grimace, il ne la réserve qu'aux jours de pluie.

— C'est pourquoi tu vas devoir me rendre ton arme et ton insigne.

Le choc me paralyse. Ma mâchoire reste suspendue à la soudaine terreur qui me submerge. Malgré mes protestations, je ne voulais pas en arriver là. Pas ça. Ma crainte la plus profonde vient tout juste de se matérialiser dans la bouche de mon commissaire.

Il me suspend. Mon Dieu, il me suspend !

Non, pire, bien pire, il va me renvoyer. Ils vont ouvrir une enquête disciplinaire, juger que j'ai commis une faute grave dans l'exercice de mes fonctions et me foutre à la porte. Non, ils ne peuvent pas me renvoyer. J'irai ramper dans le bureau de la direction générale de la Police nationale, s'il le faut. Mais je refuse de rendre mon badge.

— Defontaine, tu vas pas gerber sur mon tapis tout neuf ?

Je bats des cils, la vision troublée.

— Que… quoi ?

— C'est pour la galerie, Claire, tente Marc afin de me rassurer.

— Je… mais…

Un verre d'eau apparaît soudain devant mes lèvres. D'où peut-il bien provenir ?

— Buvez, m'ordonne-t-on d'un ton sans appel, mais dénué d'agressivité.

Je m'exécute comme un automate. L'eau fraîche a un effet immédiat ; je sens que mes neurones se reconnectent lentement.

— Ça va mieux ?

Je lève les yeux sur la moue concernée de l'incube et hoche le menton.

— Merde, Defontaine, grogne Marc dans une barbe qu'il rêverait d'avoir, mais qui refuse catégoriquement de pousser autrement que de façon ridiculement disparate. Si j'avais su que tu réagirais comme ça, je ne l'aurais pas formulé de cette façon. Tu vas me remettre ton arme et ton insigne ici et maintenant pour la *galerie*.

Je lance un coup d'œil en périphérie de ma vision. Le bureau de Marc est vitré. Habituellement, lorsqu'il se trouve en rendez-vous, il tire les stores afin de préserver une certaine intimité, mais aujourd'hui, notre échange est largement épié par mes camarades faisant mine de rédiger des rapports derrière leurs écrans d'ordinateur. Ils n'en perdent pas une miette et, vu la mine défaite que je renvoie, ils doivent se douter que le commissaire Lefèvre n'est pas en train de m'offrir un bon pour un repas gratuit à la cafèt' du poste.

— Personne ne doit savoir que tu vas bosser sur cette enquête, Claire, poursuit-il. C'est trop délicat. Tu entres dans le secret des Dieux. La moindre fuite et ce sera la panique générale. Tu comprends ?

Je hoche la tête. J'ai repris quelques couleurs, mais je suis encore incapable d'aligner un mot. L'incube récupère le verre vide et le pose sur une console avant de se recoller à la porte.

— Je te mets à pied pour dix jours, me sentence Marc.

Je frissonne. Même si c'est pour la galerie, ça fait un mal de chien. Et tout au fond de moi, je sais – je sens – que je le mérite. Si cette enquête surnaturelle ne m'était pas tombée dessus, c'est exactement ce qui me serait arrivé. Sur mon tableau immaculé, je décèle une tache. De celles qui ne partent pas, même en programme intensif.

— Une enquête va être ouverte à propos de… cette nuit ? demandé-je, ayant retrouvé l'usage de ma voix.

— Une enquête va être ouverte, oui. C'est la procédure. Mais je sais qu'elle ne mènera nulle part.

— Mais Marc, j'ai… j'ai merdé !

Il se masse les tempes comme si j'étais à l'origine de son mal de crâne.

— Claire… J'ai confiance en toi, d'accord ? Alors, aie un peu confiance en moi aussi de temps en temps.

J'ose ouvrir la bouche. Il claque une main impérieuse sur son bureau. J'ignore si c'était pour la galerie, cette fois, mais c'est drôlement bien joué. J'avale ma salive.

— Nous ne reviendrons pas là-dessus, Defontaine. Donc, ferme ton clapet et écoute-moi !

Je me renfonce dans ma chaise. Habituellement, j'aurais dégainé les griffes, mais aujourd'hui, je suis physiquement et psychologiquement vidée.

— Bien, commissaire. Que dois-je faire ?

— Revenir à ton premier amour et enquêter. Tu as dix jours. Dix jours qui passeront comme une mise à pied aux yeux de tous. Le démon…

— Qui s'appelle toujours Keziah, intervient l'intéressé avec un clin d'œil à notre intention.

Marc grogne une seconde.

— Keziah va te mener à son supérieur. Tu auras toutes les informations dont tu auras besoin pour commencer là-bas. Si tu as d'autres questions, pose-les-lui, je ne suis qu'un intermédiaire. En revanche, je veux que tu m'appelles sur mon portable perso tous les jours pour checker, c'est compris ?

Je hoche le menton.

— Ton enquête se trouve en dehors de mon champ d'action. Tu seras seule sur le coup, mais reviens en un seul morceau, Defontaine. Ça foutrait le merdier que l'un de mes agents se foute en l'air alors qu'il est censé être en *congé*.

Je sens poindre un léger sursaut railleur au coin de ma bouche.

— Tu veux dire que je te manquerais trop…

Il grogne en retour ; ses yeux acquiescent.

— Bon, maintenant, dépose ton arme et ton insigne sur le bureau et dégage de là, la queue entre les jambes, tu veux ?

Je m'extirpe de ma chaise. Je n'ai pas besoin de simuler combien cette comédie me pèse. J'ôte mon blazer, le plie méticuleusement et le dépose sur le dossier de mon siège. Les lanières de mon holster glissent sur mes bras, l'étui de cuir échoue dans mes mains en coupe. Mon menton tremblote.

— Marc… une dernière chose, fais-je, les yeux rivés sur mon si cher Smith & Wesson. Si je me loupe… Si je suis destituée. Je veux que ce soit toi qui le récupères. Toi et personne d'autre. D'accord ?

Il acquiesce.

Mon arme de fonction échoue sur le bureau métallique de Marc. Mon cœur se pince. Je dégrafe mon insigne de ma ceinture.

Épinglé à un morceau de cuir noir, l'insigne ovale et doré est surmonté d'une étoile à cinq branches, retournée tête en bas. Au centre, l'acronyme BMS est gravé en lettres majuscules et argentées. Autour, un serpent se mord la queue. Je passe le pouce sur la devise de la Brigade Surnat', comme l'appelle le commun : « *Être un bouclier au chaos* ». C'est ce que j'aurais dû être : un bouclier pour mon équipe.

Mon insigne retrouve son compagnon sur la surface lisse et froide. J'ai les larmes au bord des yeux.

C'est toute ma vie qui gît sur ce bureau. Tout ce pour quoi je me suis battue. Toute ma hargne, ma colère, ma combativité. Je sais que ce ne sont que des objets, c'est ce qu'ils représentent et que j'abandonne qui me fait le plus mal. J'ai l'impression d'être amputée d'une partie de moi.

Je recule jusqu'à la porte, la queue entre les jambes. L'incube m'ouvre. Pour un regard extérieur, il ressemble à un maton extrêmement bien sapé, me guidant jusqu'à ma sanction. Dans le jargon policier, on l'appellerait un bœuf-carotte : un membre de l'IGS, la police des polices. C'est lui qui mènera mon interrogatoire. C'est d'ailleurs de là que vient l'expression « bœuf-carottes », de cette manie des flics de l'IGS à faire mijoter leurs suspects avant de les interroger.

Le fait que mes collègues pensent que l'incube fait partie de la police des polices est encore plus dur à supporter. Mais c'est la couverture parfaite, et mon ego doit s'y plier.

J'emprunte le couloir de la honte dans l'autre sens. Les flics de la BMS sont absorbés par leurs tâches administratives. Mais je sais qu'ils en ont seulement l'air.

Le cœur et la fierté en lambeaux, je pose mon pouce contre le boîtier biométrique de l'ascenseur. Il nous descendra directement au sous-sol où se trouve le garage. Il est hors de question que je supporte une seconde traversée du hall. Nous passerons par la petite porte.

Les battants de l'ascenseur se referment et Keziah se penche vers moi.

— Vous le saviez, n'est-ce pas ?

— De quoi parlez-vous ?

— Du monde Surnat'. Vous le saviez. Vous n'avez pas paru plus choquée que cela lorsque je vous ai dit que j'étais un incube ni quand le commissaire Lefèvre vous a indiqué qu'il existe une section secrète de la BMS. Et vous prenez un peu trop bien cette nouvelle affectation.

— Un peu trop bien ?

— Je commence à comprendre votre fonctionnement, inspecteur. Ce job, c'est votre fix à vous. Si la sanction avait été réelle, vous auriez fait une combustion spontanée.

— Je n'en suis pas loin.

— Mhmmm. Du coup, je vous le demande : comment avez-vous su pour les Surnat' ?

— Je ne discuterai pas de ça avec vous.

— Pourquoi ?

— Parce que ce ne sont pas vos putains d'oignons !

La porte de l'ascenseur est ouverte depuis quelques bonnes secondes et l'incube est planté à l'intérieur.

— Bon, on y va ou vous attendez le dégel ? grogné-je.

— Attendez-moi à la voiture. J'ai un petit arrêt à faire avant de vous emmener au boss.

— Vous vous foutez de moi ?

Son large sourire disparaît derrière la double porte.

Putain de démon !

CHAPITRE 6

LA PORTE ENTRE LES MONDES

La voiture a repris sa route vers l'inconnu dans un silence pesant. La tension dans l'habitacle est palpable et je perçois au-dessus de ma tête le poids d'un couvercle invisible.

L'incube m'a rejoint une dizaine de minutes après m'avoir laissée en plan devant l'ascenseur. Je ne sais pas ce qu'il a bien pu faire dans ce laps de temps, mais je doute qu'il soit allé pêcher un sandwich au distributeur de la salle d'attente.

Sentant une brusque gangue de fatigue brouiller mon esprit et ma vision, je me redresse sur mon siège puis bats des paupières afin d'en chasser le sommeil. Je jette un coup d'œil à l'horloge de la voiture ; elle m'indique que je suis debout depuis plus de vingt-huit heures. Les épreuves de la nuit passée couplées à celles de cette journée m'ont harassée. Sans parler de ces foutus cachets qui ont quand même dû avoir le temps de passer en partie dans mon organisme avant que je ne les vomisse.

Un frisson dévale la pente de mes bras et ma gorge se serre.

À quoi pensais-je ? On ne se rachète jamais d'une action par une autre action… La première est marquée au rouge dans notre chair et on a beau tenter de l'effacer, elle perdure. Autant s'écorcher vif dans ce cas, car la mort elle-même n'efface rien ; le corps pourrit, la marque reste.

Je tourne un peu plus mon visage vers la fenêtre, s'il peut entendre mes sanglots étouffés, l'incube ne verra pas mes larmes. Plutôt crever.

Mika et Lucas sont morts. Les autres membres de mon équipe sont morts, et j'aurais beau me foutre en l'air, ça ne changera pas cette foutue réalité de merde !

J'ignore si cette enquête sera la première pierre à paver le chemin de mon salut, mais je *dois* essayer.

Essuyant mes larmes, je jette un discret coup d'œil à l'incube et à son visage impassible, concentré sur la route. Il excelle dans la dissimulation, je suis néanmoins bien armée par mes années de police. Et l'intérieur du démon est loin de ressembler au long fleuve tranquille que sa mine joviale laisse transparaître. Ses yeux sont tristes. Et les yeux ne mentent jamais – il n'y a qu'à voir les miens.

Il doit encore penser à son amie, le succube… Éden ?

Instinctivement, ma main se lève. Et si je ne m'étais pas reprise, je l'aurais sans doute posée sur son bras. À la place, je l'enfouis entre mes cuisses. Je peux comprendre sa peine. Mais la prendre en compassion, ce serait *le* trahir, *lui*.

J'appuie sur le bouton de l'autoradio dans un geste impulsif. D'apparence neuve, il a sûrement été ajouté il y a peu à l'antique tableau de bord de l'Alpine. Je doute qu'il y ait eu des enceintes connectées dans les bagnoles des années 70. La dernière chanson jouée résonne soudain dans l'habitacle sur des airs de guitare country, et la voix galopante d'un cow-boy du dimanche nous enveloppe, cassant brusquement le lourd silence.

Malgré moi, un léger sourire naît sur mes lèvres.

— Je ne vous pensais pas du genre country. Vous avez aussi un chapeau à larges bords et des santiags dans le coffre ?

Keziah sourit à son tour sans quitter la route du regard. Lorsqu'un feu passe au rouge, il s'arrête et tourne la tête vers moi.

— J'ai pu être un bon nombre d'hommes dans mes multiples vies, répond-il, laconique, avant d'appuyer sur l'accélérateur et de faire sauter l'Alpine dans un ronron gras et bien huilé.

La voiture a beau avoir près de cinquante ans, elle en a encore sous le capot.

« Un bon nombre d'hommes… »

Je continue de l'observer à la dérobée tandis que, les yeux plissés, il suit l'itinéraire que ses souvenirs dictent à ses mains posées sur le volant en cuir. Il a l'air d'un géant dans l'habitacle bas de plafond de sa voiture de collection. Le haut de son crâne effleure le tissu tendu et ses épaules larges dépassent du siège, venant presque frôler les miennes, bien plus étroites. Ses boucles rousses qui tombent négligemment sur sa nuque, son menton carré et esthétiquement mal rasé, et ses yeux céladon me font penser à ces anciens barbares venus du Nord pour envahir des contrées plus chaudes et des littoraux plus cléments.

A-t-il des ancêtres vikings ? Non, la bonne question serait plutôt : est-il Viking ?

Alors que je le dévisage comme une bête curieuse, Keziah se tourne vers moi et ses sourcils redressés me questionnent. Je reporte rapidement mon regard vers le pare-brise, faisant mine de m'intéresser aux immeubles qui défilent derrière. La vitrine d'un magasin de luminaires me renvoie furtivement mon reflet avant que nous ne le dépassions et tournions sur une nouvelle rue adjacente. J'ai l'air d'un zombie.

Bien que je connaisse la ville comme ma poche ou presque, j'ai du mal à me repérer à travers les venelles de plus en plus étroites qu'emprunte l'incube. Je repose mes épaules contre le siège ; la musique country continue à animer l'intérieur de la voiture de son chant guilleret.

— Donc… (Je décide de rompre ce silence qui me met à mal.) Si j'attends la prochaine chanson, je suppose que j'entendrai des chants celtes, du Frank Sinatra ou encore de la… lyre grecque ?

— Je suppose que vous ne le saurez pas tout de suite ; on y est, m'annonce-t-il en éteignant le moteur et fourrant les clefs dans la poche de son veston.

Son ton n'a rien d'agressif, ses gestes sont précis et calmes, pourtant je ne peux m'empêcher de penser que ce n'est pas lui. Où sont les bravades ? L'exubérance ? Les jeux de mots vaseux ? C'est étrange, mais soudain, ça me manque.

Son visage apparaît dans mon champ de vision. Je n'ai pas bougé, le pouce sur la sécurité de ma ceinture.

— Bon, on y va ou vous attendez le dégel ?

Je plisse les yeux.

— Vous volez mes répliques, maintenant ?

— Seulement les meilleurs. Donc ne vous en faites pas, je vais rapidement être à court de munitions.

Sans me laisser répliquer, il ouvre la portière et s'extrait de son Alpine.

Je me penche afin d'avoir une vue d'ensemble de l'extérieur. Et tout ce que je peux en dire, c'est que je n'ai aucune idée de l'endroit où nous nous trouvons. Sur le petit immeuble de trois étages qui fait de l'ombre à la voiture, la plaque – à moitié effacée par le mauvais temps – annonce en lettres blanches que nous sommes dans l'impasse Limbus Patrum. Malgré une fouille minutieuse de la carte de la ville gravée dans ma tête, je suis encore incapable de nous situer avec précision.

Je sais que nous avons tourné une première fois à l'angle de mon restaurant de bagels du vendredi soir et que nous avons ensuite pris à gauche, passant devant le pressing à qui je confie mes tailleurs et mes chemisiers. Ensuite, nous avons tourné et tourné, passant d'une artère à une autre sans que je n'arrive à me remémorer l'itinéraire exact. La frustration me fait froncer les sourcils, mais je décide d'ignorer ce sentiment pour le moment, le gardant dans un coin de mon esprit.

Je sors de l'Alpine et contemple, les yeux plissés, la vieille devanture devant laquelle nous nous sommes garés. Apparemment, d'après l'enseigne démodée et défraîchie, et le petit panneau « ouvert 24/24 h, 7/7 j » collé sur la vitrine, on loue encore des DVD en ce bas monde. Autant pour moi, Netflix, Disney+ et Prime Video n'ont pas encore envahi tous les foyers et les petits commerces vivent encore.

La devanture est si mal entretenue que la peinture bleu roi se détache par plaques entières jonchant le trottoir à mes pieds. La vitre est sale et l'on a du mal à voir ce qui se trouve derrière.

Derrière, justement, à quatre pattes et les fesses relevées vers le plafond, une pin-up en carton plume me regarde de ses yeux ourlés d'un large trait d'eye-liner, m'incitant à venir acheter son dernier film d'art et d'essai. J'ai de sérieux doutes quant au côté « artistique » de l'œuvre en question, mais après tout, l'art est subjectif.

Lorsque je me retourne, réussissant à détacher mon regard des cache-tétons en forme de cœur de la pin-up, Keziah me transperce de ses prunelles turquoise. Je carre les épaules afin de me grandir et de me donner une contenance.

— Dans quelle partie de la ville sommes-nous? Je n'ai jamais mis les pieds ici.

— C'est parce que vous ne pouvez pas le trouver. Le quartier entier a été conçu par Dédale.

— Le mec du labyrinthe et du Minotaure?

— Le mec du labyrinthe et du Minotaure, acquiesce-t-il avec un sourire en coin. Voyez cet endroit comme une réplique moderne du labyrinthe que Dédale a créé afin d'emprisonner le Minotaure. Sans fil d'Ariane pour vous guider, vous ne pouvez pas trouver votre chemin au travers.

— Et vous êtes mon fil d'Ariane.

— C'est ça. Ou plutôt, c'est ce qui fait de moi un Surnat' qui joue le rôle du fil. Ça fait partie de mon… hum… Comment exprimer ça ? ADN.

— Donc… si je voulais revenir ici, seule… ?

— Vous ne pourriez pas.

Noté.

Ce qui explique pourquoi je suis incapable de me souvenir du chemin que nous avons emprunté.

— Et ce quartier général ?

— Vous êtes devant.

Je lève les yeux afin d'avoir une vue d'ensemble du bâtiment qui se trouve derrière l'incube, sur le trottoir d'en face. C'est une haute bâtisse du milieu du XIXe siècle avec ses fenêtres en alcôve joliment grillagées et sa façade majestueuse. Au-dessus de l'entrée, un écriteau en filigrane d'or sur marbre gris indique qu'il s'agit d'une banque. Oui, j'imagine très bien les serviteurs du Ciel et de l'Enfer faire la queue devant un guichet aux barreaux de cuivre face à une secrétaire à l'air réprobateur et au chignon strict qui les ferait passer dans une salle d'attente pour ange et démon.

Alors que j'esquisse l'ombre d'un pas en direction du noble bâtiment, Keziah me pose doucement deux mains sur les épaules et me retourne d'un seul mouvement face à la pin-up en carton. Les talons carrés de mes bottines protestent et, avant que j'aie le temps de le faire moi-même, il m'annonce d'un large et théâtral mouvement du bras :

— Voici l'une des Portes Entre les Mondes, cher inspecteur.

Est-ce qu'il est en train de se foutre de ma gueule ? Mais le démon a déjà poussé la porte du glauque et très peu net magasin de location de DVD. Je m'y engouffre à sa suite.

L'intérieur est bien ce qu'on peut attendre d'un commerce qui aurait déjà dû s'éteindre et mettre la clef sous la porte, il y a de cela deux bonnes décennies. Il se découpe en plusieurs rangées de présentoirs bas sur lesquels des jaquettes au coude à coude sont classées par genre, ou ordre alphabétique pour les inclassables. Le coin pour adultes a même le droit à un néon rose où clignotent trois X majuscules et un présentoir recouvert d'un tissu en velours rouge de mauvaise qualité.

Glauque.

Pas étonnant que les gens préfèrent pirater leurs films de cul.

— Si vous m'avez amenée jusqu'ici pour me séquestrer et violer mon cadavre encore chaud, je vous préviens que, malgré mon arme manquante, j'ai *toujours* un taser sur moi.

— Gardez-le dans votre poche. Une balle dans la poitrine, c'est bien assez dans la journée d'un homme, fût-il un démon.

Je garde le silence, hermétique à sa pique, pendant que Keziah me dépasse puis s'approche du comptoir derrière lequel un jeune homme à peine sorti de l'adolescence lit un *comics* d'un air morne, la tête enfoncée dans sa paume. L'incube pose ses deux mains sur le meuble caisse.

— Salut, Heimdall. Quoi de neuf ?

Le jeune homme avec sa mèche d'un blond cendré tombant devant ses yeux marron et son T-shirt arborant le portrait moustachu de Freddie Mercury relève mollement la tête de sa bande dessinée. Lorsqu'il reconnaît l'incube, un sourire rayonnant fend son visage juvénile. Il ferme son *comics*.

— Hey, Keziah ! Bah écoute, la même rengaine que d'habitude. Mes mères essayent de me caser avec une nouvelle nymphe et je décline, prétextant que je suis encore trop jeune pour me marier.

— Toi ? Jeune ? Tu aurais pu semer la graine du pommier d'Adam et Ève.

Il hausse les épaules.

— Tu as trouvé ce que tu étais venu chercher chez les mortels ?

L'incube me désigne du menton puis il sort une vieille carte magnétique de sa veste tandis que j'avance vers le comptoir.

Le dénommé Heimdall me fixe de ses yeux sombres un instant et je n'ai soudain plus aucun doute quant à son âge réel. Des prunelles comme les siennes, on n'en scrute que rarement, et elles appartiennent souvent aux anciens pleins de sagesse qui ont tout vu et tout entendu au cours de leur longue existence. Un frisson fait vibrer ma colonne vertébrale jusqu'au moment où il détourne les yeux afin de prendre la carte qu'on lui tend. Il la glisse ensuite dans un vieil ordinateur qui ressemble trait pour trait à l'antique Windows 2000 qui ronronnait et crachotait, à l'époque de ma petite enfance, dans le bureau de mon grand-père. La machine fait le même bruit de ventilateur grinçant qui me fait soupçonner qu'elle est sur le point de rendre l'âme. Mais elle tient bon et, après une *brève* minute, Heimdall rend sa carte à l'incube.

— Allée 6, place 115. *La Grande Vadrouille*.

Keziah hoche la tête en réponse puis, me prenant par le bras, s'enfonce entre les rayonnages du magasin.

Derrière nous, Heimdall ouvre son *comics*, s'y replongeant.

Lorsque l'incube s'arrête devant la section « Comédie » à la lettre G, je ne peux empêcher mon air sceptique de modeler l'expression de mon visage.

— Je ne nie pas que De Funès fut un grand comique à une époque, mais franchement ? Que faisons-nous ici ? Je croyais que nous devions aller voir vos supérieurs, pas mater des classiques en mangeant du pop-corn !

Il m'ignore, se contentant d'attraper la jaquette entre ses deux mains comme s'il voulait vérifier que le DVD était bien dedans.

— Accrochez-vous à mon bras.

— Quoi ? Pourquoi ?

Il soupire.

— Inspecteur… Faites-moi un peu confiance ! Agrippez mon bras.

Je fais la moue, mais m'exécute malgré tout.

— Franchement, je vous ferai confiance quand les cochons voleront… marmonné-je au moment où il ouvre la jaquette.

Je sens brusquement mon estomac se tordre comme si je venais de boire du lait tourné et, alors que je tente de me remémorer si j'en ai mis dans mon café, les rayonnages du magasin commencent à toupiller devant mes yeux, prenant de plus en plus de vitesse. Ma poigne se resserre sur le bras de l'incube, enfonçant mes ongles courts dans sa chair. Et alors que je ressens de plus en plus le besoin impérieux de vomir, un éclair zèbre mon champ de vision et nous disparaissons.

Tandis que mes pieds foulent un sol bien différent des dalles de lino mouchetées qui recouvraient le sol du magasin de location, je fais quelques pas incertains, une main plaquée sur mon ventre douloureux. Ma tête tourne follement et, dans ma bouche, ma salive s'est faite plus présente et plus épaisse. J'avance encore d'un pas puis m'arrête brusquement. Les spasmes dans mon estomac me forcent à me pencher en avant et, dans un réflexe aussi fulgurant que malheureux, au pied d'un mur de briquettes rouges, je rends le contenu de mon estomac. C'est-à-dire : pas grand-chose, mis à part un peu de bile.

Des mains récupèrent les quelques mèches qui se sont échappées de ma queue-de-cheval et les placent derrière mon oreille. La paume chaude de l'incube me frotte le dos en un mouvement circulaire et rassurant. Je lui mettrais bien une gifle, mais, à cet instant précis, ce serait présumer de mes forces et de ma précision. À la place, je grogne de dépit et espère qu'il entendra l'insulte sous-jacente.

— J'aurais dû vous prévenir, s'excuse-t-il d'un ton où pointerait presque une note de remords. La première fois secoue toujours un peu.

Je crache avant de me relever.

— Vous auriez dû… en effet… je réponds, dépitée, avant de me retourner et d'appuyer mon dos contre le mur, les jambes encore trop faibles pour tenir debout et sans trembler.

Plongeant la main dans son veston, Keziah en ressort un mouchoir en tissu blanc plié en quatre et me le tend.

— Vous êtes vraiment d'un autre âge, soupiré-je en acceptant néanmoins le carré de coton et en m'essuyant la commissure des lèvres avec. Je parie qu'il y a même vos initiales brodées dessus.

Il hausse les épaules.

— À une époque, les femmes aimaient ces gestes de galanterie.

— À une époque, elles n'avaient pas le droit de faire des études ou d'exercer une profession, ni même d'éternuer sans l'autorisation écrite d'un mâle tout-puissant.

Je plisse les yeux en secouant la tête, exaspérée, puis me décolle du mur. Maintenant que mon malaise est passé, je voudrais savoir dans quel étrange endroit j'ai atterri.

Non, « étrange » n'est pas le mot. Familier, plutôt ? Car où que se pose mon regard, je reconnais les formes, les lumières et les courbes. Je connais l'angle de cette rue, la façade beige et rouge de ce marchand de journaux, ce fleuriste aux étals chamarrés et ce feu tricolore qui semble toujours durer une éternité, voire deux. Pourtant l'atmosphère paraît différente de ce dont j'ai l'habitude. Ce n'est pas mon quotidien que j'ai sous les yeux, ici. L'air miroite lorsque j'esquisse un geste, le fendant en deux. Le bruit de la ville, ses klaxons, ses moteurs, ses chiens qui aboient, ses automobilistes qui s'insultent, tout ça je ne l'entends pas. Je vois les citadins qui marchent d'un pas assuré vers un lieu qui leur est propre, mais ils semblent différents. Moins… ordinaires.

Je lève les yeux. Le ciel n'est ni bleu ni gris teinté d'orage, il est d'un rose pâle qui ondule et fonce lorsqu'il disparaît derrière ce qui ressemble à de gros cumulus de barbe à papa. Devant moi, un petit café laisse s'échapper de sa porte vitrée des effluves de grains torréfiés. C'est dans ce commerce-ci que je me rends chaque matin, avant d'aller au poste, pour y pêcher mon second café de la journée.

Enfin, non… Ce n'est pas *exactement* celui-ci.

Je pointe d'un doigt tremblant le haut bâtiment de briques qui se trouve sur le trottoir juste en face de celui du café.

— Pour… pourquoi est-ce que cet endroit ressemble trait pour trait aux locaux de la BMS ?

L'incube se penche vers moi. Son grand corps effleure mon dos.

— Bienvenue dans les Limbes, inspecteur, souffle-t-il à mon oreille alors que je sursaute.

Je tourne la tête. Nos visages se font face à quelques centimètres à peine. Les lèvres de l'incube ont frôlé les miennes. Il sourit et, dans ses deux billes turquoises, je lis qu'il a conscience de l'effet que notre proximité a sur moi. Je le repousse, les deux paumes sur son torse.

— Cessez vos petits jeux ! Ce n'est *vraiment* pas le moment, démon !

En vérité, je suis terrifiée. Je suis dans les Limbes. *Les Limbes* ! Nom de Dieu !

Mon rythme cardiaque s'est accéléré, ma peau s'est humidifiée, je peux presque sentir l'odeur de ma peur dans ma transpiration. Qui sont ces gens qui nous dépassent sans nous voir ? Des âmes en perdition ? Des démons ? Qu'est-ce qui m'a pris d'accepter ce rendez-vous ?

— N'ayez pas peur, me rassure l'incube. Les Limbes ne sont pas aussi sinistres que le dépeint l'imaginaire collectif.

— Pas d'âmes en perdition attendant le jugement qui les fera aller au Paradis ou en Enfer ?

Je ricane, aussi peu rassurée qu'une poule dans un terrier de renard. Il quitte mon dos pour venir se placer à mon côté.

— Soit vous avez vu trop de films, soit les cours de catéchisme que vous avez sans aucun doute suivis pendant votre pieuse enfance ont un peu trop bien payé. Non, les Limbes sont simplement un Entre-Mondes.

Devant mon air perdu, il poursuit :

— C'est une porte, si vous préférez. Le passage obligé de toute créature qui voudrait se rendre du Paradis à la Terre ou de la Terre en Enfer, et inversement. Mais pas que. Le Paradis, l'Enfer et la Terre ne sont pas les trois seuls Mondes qui coexistent. Il y en a des centaines. L'Homme n'en *connaît* seulement qu'une infime partie.

— Et pourquoi les Limbes ressemblent-ils trait pour trait à mon quartier ?

— Parce que c'est un Monde Miroir. Il prend l'apparence de ce qui vous est familier.

Tandis qu'il m'explique, je sens peu à peu ma peur se tarir afin de laisser place à ma curiosité. Je n'aurais jamais pensé un jour m'approcher si près du Surnaturel. Savoir qu'il existe est une chose, mais y plonger les deux pieds en avant en est une autre. Je sens poindre l'excitation.

— Si le paysage urbain que j'ai devant les yeux reflète *mon* familier, que voyez-vous ?

Son regard glisse lentement vers un paysage que je ne peux guetter autrement qu'au travers du turquoise de ses yeux flous.

Nostalgie, regret, mélancolie passent tour à tour sur ses traits figés par quelques souvenirs lointains.

— Rien qui ne serve à l'enquête.

Je n'insiste pas, mais je suis piquée par l'intérêt.

— Comment pouvons-nous évoluer dans deux milieux différents sans nous prendre le poteau ou le tronc d'arbre du monde familier de l'autre ?

Un sourire fleurit sur sa bouche, tandis qu'il enfonce nonchalamment les mains dans ses poches de pantalon.

— La magie, inspecteur.

— C'est évident… Pourquoi n'y ai-je pas pensé plus tôt ? C'est bien connu, la magie peut tout expliquer ! La voie 9¾, tout ça.

Il me lance un clin d'œil, je lui renvoie un roulement d'yeux.

— Vous avez de la chance que ma fatigue ne me permette pas de réfléchir à propos de la théorie de la relativité générale et de la courbure de l'espace-temps. Mais vous ne perdez rien pour attendre.

Il lève les mains en l'air, faussement désolé. Mais ses yeux pétillants démontrent qu'il s'amuse follement de la situation.

Chaque foulée fait naître un peu plus en moi ce sentiment de familiarité mêlé de discordance qui me désarçonne. Lorsque nous passons devant, l'odeur de mon café envahit mes narines. Elle est identique à celle que je hume tous les matins, mais possède ce petit quelque chose qui m'échappe.

Je suis une créature d'habitudes. Je possède un agenda, des manies, une routine. Et dès que je sens le moindre changement dans mon habitat, le moindre grain de sable dans le mécanisme bien huilé de ma vie, je ne peux m'empêcher de paniquer.

Il est sans doute là, mon petit quelque chose, celui qui m'échappe ici : mes yeux voient mon quotidien, mais mon esprit sait qu'il est trompé.

J'ai l'impression de déambuler au ralenti, comme dans un rêve. Mes pas sont aussi rapides qu'à l'accoutumée, pourtant l'atmosphère semble plus lourde, le temps plus lent, presque… suspendu. Les pulsations de mon cœur se sont faites lointaines. Elles sont si ténues que je pose une main sur ma poitrine afin de m'assurer qu'il bat toujours.

Nous traversons la rue parée du rose du ciel et montons l'escalier qui, dans mon Monde, barre l'entrée du QG de la Brigade de la Magie et du Surnaturel. Un pied de nez, dont l'ironie ne m'échappe pas.

Alors que je passe la porte à la suite de l'incube, je me stoppe d'un coup sec, comme si mes talons s'étaient pris dans de la mélasse ou qu'un mur invisible venait de m'emboutir le coin de la tronche. Je suis trop éblouie pour continuer.

La pièce est immense. Rien à voir avec le petit hall étriqué de la BMS, sa petite salle d'attente, son petit bureau où tapote à l'ordinateur son petit réceptionniste ou ses petites chaises inconfortables sur lesquelles des petits porteurs de plainte doivent patienter. Ici, le hall ressemble plutôt à celui d'une gare. D'une gare aux proportions monstrueuses dans laquelle se dressent de fines et monumentales colonnes de marbre d'un beige chaud.

Dans un coin de mon esprit, je me demande comment une si grande pièce peut entrer dans un bâtiment qui, de l'extérieur, semble bien moins vaste – Bonjour J. K. Rowling –, mais mon attention est parasitée par la merveille architecturale qui se trouve devant mes yeux.

La salle doit s'étendre sur une surface au moins égale à un terrain de football. De chaque côté, deux couloirs séparés du gros de la pièce par des colonnes reliées à des arches desservent un nombre impressionnant de portes de la couleur du bronze oxydé. Le plafond en ogive, cumulant à une vingtaine de mètres au-dessus de nos têtes, est peint d'une fresque splendide aux couleurs chatoyantes. Elle représente un combat épique où deux camps se font face. La scène est si détaillée que j'ai presque l'impression qu'ils vont s'animer et continuer leur lutte céleste d'une seconde à l'autre. Au fond de la salle, un escalier à double révolution aux marches de marbre veiné de beige et or dessert un premier palier avant de tourner à cent quatre-vingts degrés et de disparaître dans une nouvelle volée de marches.

L'architecture fin XIXe du lieu est contrastée par une décoration extrêmement moderne, mais loin, très loin, d'être dépouillée. Des sculptures colorées, déstructurées, en Plexiglas trônent un peu partout. De la plus petite posée sur la courbe blanche d'un bar de palace, à la plus phénoménale, suspendue au-dessus de nos têtes comme un mobile pour enfant de deux mètres sur trois. Ses morceaux de plexi transparent cyan, magenta et jaune me font penser qu'il pourrait être le fruit de l'union incestueuse d'une œuvre de Joan Miró et d'une peinture de Mondrian.

Un mur végétal dégueule de la coursive du premier étage, une fontaine en céramique bleue jaillit du sol en marbre, des tapis aux motifs géométriques dallent l'espace de noir et blanc.

Des sérigraphies de chevaux de course ont été accrochées à intervalles réguliers sur les murs.

Il y a tant de choses à voir, à observer, à décortiquer que je me sens au bord de la crise d'épilepsie. Et pourtant, l'ensemble est d'une rare cohérence.

Mes yeux finissent par s'arrêter au centre de cette délirante débauche architecturale et artistique sur un comptoir anthracite.

À mon retour de « mission secrète », il faudra vraiment que je fasse part à Marc des quelques menus changements et améliorations que j'entraperçois pour l'aménagement des bureaux, là-bas, sur Terre. L'humain a de quoi apprendre de… de qui, d'ailleurs ? Des démons ? Des anges ? Des créatures célestes ?

Derrière le comptoir se tient une très belle femme qui pianote sur un clavier avec l'habileté d'une championne de dactylographie.

Sa peau est cuivrée et ses longs cheveux d'ébène lui tombent en cascade parfaitement maîtrisée sur les épaules. Elle est moulée dans un chemisier col Mao blanc et une jupe crayon rouge. Sur ses épaules, elle a négligemment jeté une veste cintrée en peau de reptile. Un plastron et de larges boucles d'oreille en métal frappé ornés de motifs tribaux complètent sa tenue. Elle a le look de la fille sage-coquine, autant chatte que panthère. Plus que sa beauté, son allure est à couper le souffle.

Sans se rendre compte que je me suis arrêtée, Keziah a continué son chemin et s'est immobilisé devant le comptoir où il s'adresse désormais à la réceptionniste. Je le rejoins juste au moment où il lui sort une phrase, apparemment pleine d'esprit.

— … main, tu sais ce que c'est ?

La splendide brune, à la beauté tout orientale, s'esclaffe et je crois entendre résonner dans mon âme les trompettes célestes du Jugement dernier. Alors, je me fais la réflexion que mon rire à moi s'apparente à celui d'un cochon grippé.

— Tu m'as manqué, lance-t-elle, en posant ses ongles laqués de rouge sur la chemise de l'incube.

— Comment, mon orchidée du désert ? Tu n'as pas de cœur.

Son nez se fronce d'une façon adorable. Ses doigts courent le long du tissu, y traçant des lignes imaginaires. Keziah attrape sa main et pose ses lèvres sur ses phalanges.

— Ce serait plutôt à moi de protéger le mien, Ammout.

« Ammout… » Pourquoi ce nom éveille-t-il quelque chose en moi ? Où ai-je bien pu l'entendre ?

La brune s'empare du col de l'incube et l'attire à elle. Le buste penché au-dessus du comptoir, il lui sourit.

— Aurais-tu peur que je le dévore ? demande-t-elle alors que ses lèvres pulpeuses effleurent celles de l'incube.

— C'est déjà fait.

Un son de gorge satisfait, presque ronronné, s'échappe de la bouche glossée d'un *nude* léger. Ses doigts se coulent dans la crinière rousse de l'incube, jouent avec les boucles de sa nuque, dessinent sa mâchoire, pincent son menton pour enfin se poser sur sa bouche tremblante et affamée. Ses yeux ourlés de longs cils de jais observent chacune des réactions du démon, chacun de ses soupirs, le moindre frisson. Il attend tandis qu'elle lui fait miroiter d'un regard tout ce qu'elle peut lui offrir en un seul de ses baisers.

La scène est intime, sensuelle, saturée d'ondes sexuelles. J'en ai retenu ma respiration. Dans l'attente. Comme Keziah. Mon propre désir s'éveille et mord ma lèvre.

Pourquoi joue-t-elle avec nous de la sorte ?

Après une danse qui m'a paru durer toute une vie, Ammout dévore enfin notre bouche. Elle mord, suce, lèche.

Elle dépose sa seconde main sur nos côtes, derrière notre veste, sous notre chemise. Notre peau s'échauffe à son contact. Son énergie caresse nos lèvres, joue avec sans jamais nous pénétrer. L'énergie n'appartient qu'à elle. Nous ne pouvons pas nous en nourrir.

Nous fronçons les sourcils de frustration. Mais la sensation est si puissante, si pure que nous oublions vite. Tout ce qui importe se trouve entre nos deux peaux. Nous nous moulons plus étroitement à elle.

Trop de tissu s'étend encore entre nous. Si elle pouvait tout simplement nous les arracher et nous envelopper de son corps doux, de son corps si chaud… Il éteindrait le feu qui nous consume depuis tant d'années. Nourri, toujours nourri, sans arrêt, sans relâche, mais jamais éteint, jamais consumé.

Jamais assouvi.

Une bouffée de jouissance explose dans ma gorge. Je vacille avant de me raccrocher à ma propre réalité. Mes jambes tremblent et le bas de mon ventre est contracté au point de lancer des vagues chaudes dans l'ensemble de mon corps essoufflé. Mes réactions sont si semblables à celles provoquées par un orgasme que j'en halète.

Je reporte mon regard sur le couple. J'ignore comment elle s'est assise sur le comptoir, mais ses jambes dorées, gainées de nylon, sont attachées au bassin de l'incube.

Le rouge aux joues, je me détourne.

Que s'est-il passé ?

Je sens encore le feu de mon plaisir brûler entre mes cuisses. Un orgasme vécu par procuration, comme un parasite.

Nom de Dieu !

Reprenant peu à peu mes esprits, je jette un coup d'œil autour de moi. Apparemment, le fait qu'un couple soit pratiquement en train d'entamer des préliminaires en plein milieu d'un hall bondé de monde n'a l'air de gêner personne. Des hommes en costume trois pièces passent près de nous sans s'arrêter, leur serviette sous le bras. Des femmes en tailleur moulant franchissent les fameuses portes en bronze et disparaissent en nous ignorant. Le monde continue de tourner tandis que je me sens de plus en plus mal à l'aise.

Les joues cramoisies, je fixe mes pieds, changeant de jambe d'appui. Je ne veux plus les regarder et risquer de me faire happer de nouveau. L'étrange plaisir me place face au désert de ma vie sexuelle depuis huit mois. J'avais oublié ce que l'on ressent. Combien c'est grisant de se sentir désiré.

Un raclement gêné sort de ma gorge, faisant se tourner deux visages vers moi.

Ammout plisse le nez, le sourire groggy, ivre de l'abandon. Ses yeux en amande brillent derrière le rideau soyeux de ses cheveux. Elle ne semble pas déçue d'avoir été interrompue, juste curieuse de l'objet de cette interruption. L'un de ses sourcils se redresse.

— C'est elle, l'humaine ? demande-t-elle d'un ton curieux, les ongles grattouillant la nuque de l'incube.

Il s'éloigne à regret et reporte un sourire étourdi sur moi.

— En chair et en os.

Ils rient tous deux comme après une bonne blague et je me sens comme un enfant dans une conversation d'adultes.

— Elle m'a l'air simplette et maigrichonne. Es-tu certain qu'elle soit de taille à mener une telle enquête ?

L'incube hausse les épaules, l'air de dire qu'il n'est pas le donneur d'ordre, mais un simple outil, et que, si ma mission venait à échouer, il n'en serait pas responsable. De mon côté, j'enrage. Je n'ai pas l'habitude d'être ouvertement injuriée. Instinctivement, mes doigts se glissent sous ma veste, là où devrait reposer mon S&W. Ce n'est pas le cas. Je maudis Marc en silence.

— Prends garde, elle adore menotter les gens, lui glisse Keziah.

Je le fusille du regard tandis que la brune se place à quelques centimètres de moi. Juchée sur des talons de douze bons centimètres, elle arrive presque à ma hauteur.

Presque.

— Le Conseil a misé sur toi pour résoudre cette affaire. Je n'étais pas d'accord. Je ne pense pas qu'un humain soit de taille à affronter une réalité qui le dépasse. Tu sembles avoir la tête sur les épaules, mais le cœur fragile.

Elle me détaille tout en monologuant, puis ses yeux sombres s'arrêtent sur ma poitrine. C'est étrange, mais je comprends qu'elle n'est pas en train de me reluquer le bonnet, elle cherche… *autre chose.*

— Si tu ne craques pas dans les vingt-quatre heures, j'en serais sincèrement étonnée, reprend-elle.

Je serre les dents.

— Ammout… temporise Keziah, peu convaincant.

— Je ne fais qu'exposer des faits.

Cette fois, je ne peux m'empêcher d'intervenir.

— Basés sur quoi, au juste ? Les douze secondes où vous n'avez pas eu la langue collée à la glotte de Keziah ?

Ses yeux rient à ma pique.

— Tu sens… (Elle prend une longue inspiration dans mon cou.) La solitude et les regrets.

Je recule d'un pas. Sa proximité me met de plus en plus mal à l'aise. Mais elle avance et, avant que je n'aie le temps de réagir, Ammout plaque sa paume contre ma poitrine.

Soudainement, ce sont des images par centaines qui m'assaillent. Des images de ma vie. De ma petite enfance à ma vie d'adulte. Je me revois dans mon uniforme d'officier de police à ma remise de diplôme par le sous-directeur du personnel de la Sûreté nationale. Je revois mon second rencard avec Luc, et le yaourt à la fraise que j'ai renversé sur son pull blanc tout neuf. Je me revois à cinq ans apprendre à nager avec mes brassards « girafe ». Je sens l'odeur de beurre fondu sur les crêpes de ma mère. Je pleure la mort de mon premier chien, Bonnie, percutée par une voiture. Je me vois ouvrir la lettre que mon père m'a laissée, les mains tremblantes, le cœur meurtri, l'âme déchirée.

« Ces mots sont les tiens. Tu ne dois en parler à personne, pas même à ta maman. Elle ne comprendrait pas. Tu es une grande fille, désormais, je sais que tu pourras garder notre secret pour toi. »

J'ai l'impression de me noyer dans mes propres souvenirs. Il y a trop d'images, trop de sensations. Je suffoque.

Je me souviens soudain où j'ai déjà entendu ce nom : Ammout. Dans un livre d'histoire. Les allusions aux cœurs humains, au Nil. Cette peau dorée, ces longs cheveux lisses et noirs. Elle est Égyptienne.

Ammout, la « Dévoreuse d'âme », la déesse qui, lors de la pesée du cœur, dévore l'âme des humains jugés indignes de continuer à vivre dans l'au-delà.

Si je n'étais pas déjà sur le point de défaillir sous l'assaut de mon passé, je me serais sans doute évanouie.

— L'incube ! Dans mon bureau !

L'ordre, donné avec autorité, en fait presque sursauter la déesse. À regret, elle retire sa main de ma poitrine. Je puise dans mes dernières forces pour ne pas m'écraser au sol. Reculant de quelques pas, l'esprit encore embrumé, je plonge la main sous ma veste et en ressors mon taser, à défaut de posséder encore mon arme de fonction. C'est mon habitude qui a retiré la sécurité et le brandit à bout de bras, pas moi. Je me sens trop faible pour ça. Malgré tout, l'embout de l'appareil s'est pointé sur la poitrine de la déesse. Juste entre ses deux seins.

Son sourire dévoile de belles et longues dents blanches.

— Tu sais que tu ne peux pas me tuer, et surtout pas avec ce ridicule engin, n'est-ce pas, petit chacal ?

— Peut-être pas, mais je peux sans doute creuser un trou fumant dans le silicone qui vous sert de poitrine.

Ammout s'esclaffe. Un son magnifique qui me fait trembloter les genoux.

Loin derrière nous, la même voix au ton plein d'autorité résonne de nouveau. Mais cette fois, elle est teintée de menaces.

— Calmez l'humaine ! Keziah, j'ai dit : dans mon bureau ! IMMÉDIATEMENT !

Une porte claque, mais je n'ai d'yeux que pour celle qui me dévisage, probablement en train de se demander à quelle sauce elle va dévorer mon cœur.

— J'ai pesé ton cœur ; je sais tout.

Tandis qu'elle m'observe, je comprends qu'elle dit vrai. Mon souffle se coince dans ma gorge, mon cœur accélère, mes mains se contractent sur mon arme de fortune.

Ce secret, je ne l'ai jamais raconté à personne. Pas même ma mère. J'ai promis à mon père. Je le porte depuis mes huit ans, je l'ai recueilli, nourri, fait grandir et, en échange, il m'a permis de me construire. Grâce à lui, je pourrais enfin…

— Ce n'est pas la solution, lâche Ammout, les yeux vibrants.

J'ouvre la bouche.

— Inspecteur…

L'incube apparaît soudain dans mon champ de vision. Main sur le taser, il me le fait doucement baisser jusqu'à ce qu'il pende mollement au bout de mon bras.

— Inspecteur, j'ai besoin de vous en vie. Ne faites pas de bêtise.

Ses doigts s'enroulent autour des miens, me faisant peu à peu lâcher mon arme. Lorsqu'il la récupère enfin, il ouvre ma veste et, avec des gestes lents et assurés, replace le taser dans la poche intérieure de mon blazer. Posant ensuite une main sur ma joue, il me regarde dans les yeux, un sourire indulgent sur le visage.

— Si vous laissez vos émotions prendre le dessus dans un endroit pareil, vous ne ferez pas long feu, inspecteur. Ce serait dommage. Moi qui étais à deux doigts de vous remettre dans mon lit…

Sa dernière phrase a le mérite de me sortir de ma transe. Je bats des cils et grimace.

— Quand les…

— Oui, je sais, m'interrompt-il. Quand les cochons voleront.

Je hoche la tête.

— D'ailleurs, j'ai un cadeau qui pourrait être utile.

Je le regarde ouvrir un pan de sa veste et en récupérer un objet. Il arrête son geste à mi-chemin.

— Mais vous devez me promettre de ne pas jouer avec ici.

— Je ne promets jamais rien sans en connaître les tenants et les aboutissants.

Il secoue la tête, exaspéré, mais en sort néanmoins l'objet. J'écarquille les paupières.

— Mon arme ! m'exclamé-je. Vous… vous l'avez *volée* ?

— Votre verre est-il toujours à moitié vide ?

— On appelle ça du rationalisme.

— J'aurais dit du pessimisme, mais on nous attend. Pas le temps de parlementer avec le coffre-fort qui vous sert de personnalité.

Il me fourre mon holster entre les mains avant d'aller pêcher mon badge dans la poche arrière de son pantalon.

— Et voilà, vous êtes de nouveau vous-même.

Il ne croit pas si bien dire. À la seconde où j'ai pu apprécier le poids de mon S&W entre mes mains, je me suis sentie rassurée, protégée comme s'il venait de remettre mon armure en place.

Je glisse mon badge à ma ceinture, retire mon blazer, passe les bretelles de mon holster, l'ajuste et soupire de contentement. Keziah m'a regardée faire, l'un de ses sourcils arqués. Il peut bien penser ce qu'il veut, je m'en cogne.

— Y allons-nous ?

J'acquiesce.

Lorsque nous passons devant Ammout, l'incube mime un téléphone à son oreille. Elle lui répond d'un hochement de menton.

Je lève les yeux au ciel.

CHAPITRE 7

LE CONTRAT

LORSQUE NOUS GRAVISSONS LES MARCHES du double escalier de marbre qui donne sur le hall, je sens peu à peu mes forces me revenir. Ce n'est pas tous les jours qu'une déesse d'un autre âge tente de vous sucer l'âme par la moelle, mais je trouve, toute modestie mise à part, que je ne m'en sors pas trop mal. En tout cas, je ne suis pas repartie sur un brancard, et c'est déjà une petite victoire à cocher dans la *très* courte liste des choses s'étant bien déroulées pendant cette journée apocalyptique. Je compte les heures jusqu'au moment où je pourrai me délasser dans mon bain moussant afin de doubler le score.

Arrivés en haut de la seconde volée de marches, nous nous retrouvons face à un bureau derrière lequel siège une autre secrétaire/standardiste/possible et très probable déesse aztèque.

Concentrée sur l'écran de son ordinateur, elle nous accueille sans même relever les yeux. Sur le verre de ses lunettes à monture « écailles de tortue », j'aperçois le reflet d'un Solitaire. Apparemment, même les secrétaires Surnat' s'ennuient comme des poissons rouges dans un verre d'eau. Enfin une chose universelle. Du menton, elle désigne une porte-miroir sur notre droite.

— Il vous attend.

On peut difficilement faire plus laconique et moins chaleureux.

Keziah, imperturbable dans son rôle, lui sourit néanmoins, ses belles dents blanches luisantes tels des phares dans la brume. Elle l'ignore et je réprime un sourire en coin. Le visage de l'incube exprime la frustration un bref instant puis son masque de bonne humeur se remet en place. Il s'efface pour me laisser passer en premier. Son attitude de pseudo gentilhomme frôle la névrose. Mais je dois bien avouer que ses manies désuètes possèdent quelque chose de rafraîchissant dans une société où le mâle pense qu'être féministe, c'est refuser qu'un homme vous tienne la porte.

Nous nous retrouvons face à la porte close. Elle est marquée d'un large écriteau à la calligraphie empâtée. Je plisse les paupières, déchiffrant le nom qui y est inscrit.

« Satan Vaderet, directeur général du Bureau des Tentations, Âmes et Cie. »

La surprise me fige sur place. J'agrippe la manche de l'incube, les yeux rivés sur les lettres noires et rutilantes qui s'étalent sur la plaque argentée.

— Keziah…

Ma langue est sèche comme si je venais tout juste de sortir d'une retraite silencieuse. Il glisse un regard interrogateur vers moi. Je ne dis plus rien. Mon cerveau tourne à mille à l'heure.

— Vous allez bien ? me demande-t-il.

Non.

— Votre « boss », c'est… Satan ?

Il passe une main dans sa nuque, l'air ennuyé.

— Pour le moment, oui. Pour faire court, j'ai été… *prêté* à Vaderet. C'est… un peu compliqué.

— Pourquoi ne pas me l'avoir dit ?

— Qu'est-ce que ça aurait changé ?

Tout, putain ! Tout ! Je ne suis pas prête !

Mais je garde mes pensées pour moi, contrôlant mon hystérie intérieure. J'ai attendu ce moment toute ma vie. J'ai seulement été prise de court – chose que je déteste. Je sais exactement ce que j'ai à dire. Ce que j'ai à faire.

Je dresse le menton vers lui, un sourire s'affiche sur mes lèvres, je suis même certaine qu'il pousse jusqu'à mes yeux.

— Pas grand-chose. Allons-y.

L'atmosphère est feutrée. Les murs sont recouverts d'un lambris sombre en bois luxueux. Des rideaux en brocard bleu nuit et argent masquent de hautes et étroites fenêtres. Un lustre en cristal tombe en une pluie chatoyante du plafond moulé et le sol en chêne massif est recouvert de plusieurs tapis berbères et persans. Deux gros fauteuils club en cuir font face à une vaste cheminée en brique, tandis qu'un bureau marqueté style Art nouveau trône au centre de la pièce, complétant la décoration cosy. Un homme debout nous attend derrière le bureau, ses doigts écartés posés sur la surface transparente.

Il est à la fois terrifiant et terriblement séduisant. À la manière d'un Christoph Waltz jouant le nazi dans *Inglorious Basterds*.

Ses cheveux châtains gominés miroitent à la lueur du feu qui crépite dans l'âtre. Son corps mince, mais athlétique, est fusé dans un costume trois pièces gris à fins carreaux blancs, rehaussé par une cravate en soie bordeaux, un mouchoir de la même couleur et des chaussures parfaitement cirées valant sans doute le PIB du Bangladesh.

— Monsieur, fait Keziah en penchant humblement tête et buste. Je vous ai ramené l'humaine que vous m'aviez envoyé chercher.

— Qu'est-ce qui t'a pris autant de temps, incube ?

L'intonation n'est ni plus ni moins celle de l'interrogation, mais j'ai appris à déceler la menace sous toutes ses formes. La voix est celle d'un homme qui n'a pas l'habitude d'être déçu. Ou plutôt, qui ne laisse personne en vie assez longtemps pour le décevoir. Je vois presque Keziah tortiller sa grande masse sur place tandis qu'il cherche une réponse appropriée… ou un trou pour s'y planquer.

— Nous avons eu un… contretemps. On m'a tiré dessus et j'ai dû recharger mes batteries à la hâte.

Je me demande pourquoi il passe sous silence que *je* lui ai tiré dessus et que *je* lui ai rechargé ses batteries à la hâte, mais je me garde de le corriger. J'observe et j'emmagasine pour ce qui va suivre. La connaissance est souvent la meilleure de toutes les offensives.

« Connais ton ennemi et connais-toi toi-même ; eussiez-vous cent guerres à soutenir, cent fois vous serez victorieux », a dit Sun Tzu. Et c'est exactement ce que je compte faire.

Je reporte mon regard derrière le bureau. *Il* ne dit rien.

À le voir mutique, hautain, je sens monter une haine tenace, une rage et une colère nourries par les années.

— Autre chose, incube ?

Keziah secoue la tête, mains dans les poches, tête enfoncée dans les épaules.

— Tu peux sortir. Reste néanmoins dans les environs. Tu raccompagneras l'inspecteur Defontaine lorsque nous aurons fini d'évoquer les détails de sa mission.

Est-ce que le démon vient d'exécuter une révérence ? Il recule vers la porte et je capte un instant son regard. Puis il disparaît derrière le battant avant que j'aie eu le temps de déchiffrer son expression.

Satan contourne son bureau et y pose une fesse, jambes et bras croisés. Je reste plantée face à lui. Son attention est désormais focalisée sur moi, me détaillant comme une pouliche dans une enchère équestre. Ce qui est aussi agréable que je me l'étais imaginé.

Je serre les mâchoires, réussissant difficilement à soutenir son regard acier. Je m'étais promis de faire passer un sale quart d'heure à celui qui a détruit ma vie et celle de ma famille, mais, alors qu'il me fixe avec une intensité presque brûlante, je sens mes genoux mollir.

Merde ! Je suis inspecteur de la BMS ! Je ne suis pas arrivée là en caressant des chatons, bon sang ! J'oblige mes jambes à se raffermir et soutiens son regard inquisiteur.

— J'ai lu votre dossier, reprend-il après une minute de silence. Il paraît que vous êtes la meilleure dans votre domaine.

Il n'y a aucune interrogation dans sa phrase ; pourtant, je sens que je dois me justifier et, tout à coup, je ne suis plus aussi sûre de mes capacités.

— L'êtes-vous, inspecteur Defontaine ? Je dois en être absolument certain. Nous ne pouvons pas laisser n'importe qui…

— Je ne suis pas n'importe qui.

Ses yeux se plissent par-dessus un sourire suffisant.

— Voilà qui me rassure. Maintenant que cela est dit, permettez-moi de…

— Je souhaite passer un marché, le coupé-je de nouveau.

Cette fois, je sens poindre un léger, mais néanmoins décelable, agacement. Je parade intérieurement. Chapeau en carton et cotillons sont de sortie.

— Un marché ? demande-t-il, intrigué.

— N'êtes-vous pas versé dans ce domaine ?

Il hoche le menton puis, attrapant une poussière imaginaire sur sa veste de costume, la laisse tomber sur le sol avant de reporter ses yeux froids sur moi.

— Puis-je vous demander de quelle sorte ?

— Je souhaite récupérer les droits sur mon âme.

Le sourire de Satan dévoile ses dents. Elles sont tout à fait dans la norme, mais je jurerais les avoir vues rayer le parquet.

— Dois-je comprendre qu'Arthur Defontaine n'a pas su garder sa langue dans sa poche ?

Je ne réponds rien, ravalant une colère qui pousse mes larmes au coin de mes cils. Je ne veux pas parler de mon père. Pas avec *lui*. Pas avec celui qui a causé sa mort.

— Mon âme en échange de la résolution de cette enquête.

Il quitte son assise pour se diriger vers un bahut sur lequel est posée une véritable collection de carafes en cristal. Après quelques secondes de réflexion, il en choisit une et verse une boisson ambrée dans deux verres. Du rhum ou du whisky, vraisemblablement.

Il me tend l'un d'eux avant d'enfin mettre un terme à sa torture silencieuse.

— Pourquoi devrais-je passer un tel marché alors que vous mènerez l'enquête quoi qu'il en soit ?

Tu peux toujours te brosser !

Je ne suis pas Arthur Defontaine. Jamais je ne me vendrai pour une avancée de carrière ! Je me suis construite seule. Ce que je suis, je ne le dois à personne et encore moins à un pacte satanique.

J'ai pardonné à mon père ce qu'il nous a fait – ce qu'il m'a fait. Ça aura mis des années. Par contre, *lui*, c'est une autre histoire.

— Qu'est-ce qui vous rend si confiant ? demandé-je d'une voix atone.

Il hausse les épaules, le verre toujours suspendu au bout de son bras.

— Votre nature profonde, Claire. Vous souffrez du syndrome de l'héroïne couplé à un besoin pathologique de reconnaissance.

— Vous vous trompez.

— Peut-être, admet-il avec un sourire. Mais je sais que vous prendrez cette affaire. Parce qu'il y a eu des morts et qu'il y en aura encore si vous ne faites rien.

Je le toise. Cette fois, il comprend que je n'ai aucune intention d'accepter son coup à boire. Il pose le verre sur son bureau avant de porter le sien à ses lèvres. Un soupir de contentement lui échappe.

— La Favorite, cuvée spéciale de la Flibuste, commente-t-il comme si nous nous trouvions à un salon du vin. Ce rhum a votre âge, Claire. Vous devriez au moins y goûter.

— Je ne bois jamais en mauvaise compagnie.

Le rire qui lui échappe est si frustrant que j'en grogne presque. Ne peut-il pas s'étouffer de rage dans son alcool hors de prix ?

Dans ses yeux s'efface soudain tout amusement.

— Vous êtes divertissante, Defontaine. Mais prenez garde à ne pas franchir la ligne qui vous rendrait agaçante.

Cette fois, je sens la peur s'insinuer jusque dans ma moelle osseuse. Je fais bonne figure, le visage neutre, mais je sens dans son regard qu'il n'est pas dupe. Il porte de nouveau son verre à ses lèvres, me dévisageant par-dessus.

— Saviez-vous, Claire, que le contrat qui lie Arthur Defontaine à l'Enfer ne fait ni mention du prénom de l'enfant ni de sa date de naissance ?

Ses mots baignent de suffisance. Ce qu'il vient de lâcher, c'est une bombe. Elle me ravage l'intérieur et il en a parfaitement conscience.

Une sueur froide dévale mon échine tandis que je prends conscience avec un effroi non dissimulé de ce que cela implique : n'importe lequel de mes frères et sœurs pourrait se voir réclamer par Satan.

— C’est une menace ?

Ma voix est ferme, mais je n’en mène pas large. S’il s’en prend à ma famille, je ne jure plus de rien. Il ne peut pas. Ils sont tout pour moi. *Tout.* Je ne laisserais personne, pas même le seigneur des Enfers, mettre la main sur eux. Plutôt crever en essayant de l’arrêter.

— Un bâton, plutôt.

Cette fois, il m’a perdue. Et pas uniquement parce que je manque cruellement de sommeil.

— Quel est le rapport ?

— Vous n’êtes pas très métaphore, n’est-ce pas ? Je vous ai laissée choisir, Claire. À travers mon offre plus que généreuse, votre commissaire vous accorde une avancée de carrière inespérée pour la résolution de cette enquête. C’est ma carotte. Mais si cela ne vous motive pas plus que ça, j’ai d’autres outils à ma disposition. Vous vous doutez que le bâton en fait partie.

— Vous êtes un être abject.

Il secoue tristement la tête, faisant tournoyer le rhum dans son verre. À la lueur du feu, ce dernier semble prendre vie.

— Je ne suis qu’un commerçant soumis à l’offre et la demande. J’offre uniquement lorsqu’il y a demande. Et pour un prix ridicule, qui plus est. Vous seriez surprise de savoir combien l’humanité déprécie la valeur d’une âme. L’une d’elles m’a été proposée en échange d’un camion rempli de pizzas hawaïennes. Triste, mais vrai.

Mon sens aigu de la justice ne peut s’empêcher de répondre à ma place. Je sais que c’est inutile, mais protester m’aide à garder la tête froide.

— Vous ne pourrez pas toujours vous en tirer.

— J'ai déjà chuté une fois, Claire Defontaine, je n'ai pas l'intention de recommencer.

Satan me quitte un instant du regard pour poser ses yeux sur la main qui pend le long de mon flanc.

— Il ne vous sera d'aucune utilité, lance-t-il d'un ton monocorde.

Je baisse à mon tour les yeux sur ma main. Entre mes doigts blanchis et crispés, repose mon arme de fonction. Je ne me suis rendu compte de rien. Malgré l'avertissement de Satan, je lève soudain le bras et pointe le canon vers lui.

— Je ne suis pas un pion que l'on peut déplacer à sa guise sur un échiquier.

Il n'a pas l'air plus ébranlé que ça par le canon de mon Smith & Wesson et je hais instantanément le sourire satisfait qu'il affiche, car il n'indique pas vraiment l'envie de me déposer un baiser affectueux sur le front pour me souhaiter une bonne nuit. L'habitude tend mes muscles. Sous mes doigts, mon arme me démange.

— J'aimerais vous montrer quelque chose, lâche-t-il en posant son verre puis me contournant.

Chacun de mes os me hurle que je ne vais pas aimer, néanmoins je baisse mon arme.

Satan s'approche d'une sorte de bénitier en granite que je n'avais pas vu jusque-là et qui repose dans un coin du large bureau. Après avoir retiré, plié et accroché sa veste à une patère avec minutie, il relève la manche de son impeccable chemise puis plonge la main à l'intérieur. Il en ressort une petite boule de lumière blanche qui ondule dans l'air et tourne sur elle-même à un souffle de sa paume tendue. Il me la présente.

— Qu'est-ce… qu'est-ce que c'est? soufflé-je, le cœur palpitant.

Il hausse un sourcil. Dans sa grimace complaisante, je peux lire : « Ne t'en doutes-tu pas ? »

Alors que la réponse chemine à toute vitesse dans mon esprit, m'enserrant la gorge et me fauchant presque les jambes, je fais tomber mon propre couperet.

— Mon… âme.

Satan replace doucement, presque avec tendresse, la petite boule de lumière dans le bassin et reboutonne sa manche.

— J'accepte votre marché, m'informe-t-il en revenant à son bureau et tapotant le plateau du bout des doigts. La pleine liberté de votre âme contre la résolution de l'enquête. Et comme je suis bon joueur, vous aurez, malgré votre gourmandise, droit à cet avancement de carrière promis par votre commissaire.

— N'essayez pas de m'entourlouper.

Je n'aime pas ce qui est trop beau pour être vrai. Les croisières cinq étoiles en Méditerranée gagnées via des concours postaux, ça n'a jamais fait autre chose que de sentir le poisson.

— Néanmoins, reprend-il, si vous échouez…

— … elle est à vous.

J'ai besoin de le dire. Ça me terrorise, mais ma peur me sert de carburant. Et puis, après tout, je n'ai rien à perdre.

— J'y appose toutefois une condition, me prévient-il.

Je l'aurais parié.

— L'enquête doit être résolue en dix jours à compter de ce soir minuit.

— Pourquoi ? demandé-je avec méfiance.

Une *deadline* n'est jamais de bon augure et cache bien souvent une belle anguille.

— J'ai été chargé de cette affaire par le Conseil. Ils sont sur les dents, et la communauté surnaturelle bien plus encore. Je crains donc des débordements. Et croyez-moi, vous ne voudrez pas être en première ligne dans votre jolie combinaison lorsqu'une horde de harpies se mettra à saccager les rues autant par peur que par vengeance. Si vous n'attrapez pas le coupable sous peu, je ne pourrai rien faire pour retenir les plus véhéments.

Je hoche le menton, déjà focalisée sur ma demande.

— J'ai également une condition.

Il lève son verre comme pour porter un toast et le finit d'un trait.

— Je n'en attendais pas moins.

— Le contrat entre vous et mon père doit préciser le nom de l'enfant. Si j'échoue, je veux que vous preniez *mon âme*.

— Je pense pouvoir m'y plier.

Voyant qu'il ne dit rien, je change de jambe d'appui, mal à l'aise.

— Et maintenant ? Vous claquez des doigts, un rouleau de parchemin apparaît et je le signe avec mon sang ?

Il me sourit comme si j'étais une petite fille mal informée. Dans ma tête, j'entends presque Keziah me murmurer, sardonique, que j'ai vu trop de nanars fantastiques.

— Ma secrétaire se chargera de vous faire parvenir le contrat dans les plus brefs délais. Nul besoin de sang, un bon vieux Bic fera amplement l'affaire. Et inutile de vous préciser que cette affaire est hautement sensible et donc confidentielle. Votre seule liaison avec les humains se fera par le biais du commissaire Lefèvre. Les miens ne sont pas encore prêts à faire leur *coming out*, comme on dit sur Terre. Vous m'écrirez un rapport journalier. Je veux connaître votre avancée heure par heure. Est-ce entendu ?

— Oui, oui. Parfait.

J'ai l'esprit ailleurs. Je sais que je ne devrais pas, mais… je ne peux m'empêcher de penser que c'est peut-être ma seule chance.

Ses yeux gris se posent sur moi, il ne dit pas un mot pendant de longues secondes, m'observant sans se dérober.

— Vous pouvez me poser la question qui vous consume, Claire.

Je n'ai pas besoin de parler pour qu'il sache exactement ce que je veux. Je me demande pourquoi j'en suis encore étonnée. Je me racle la gorge. Je *dois* savoir.

— Où est mon père ?

— Dans l'endroit qu'il mérite.

— Ce n'est pas une réponse, m'insurgé-je.

— Et pourtant, c'est celle que je vous donne.

Je croise les bras pour que ma main ne s'aventure pas de nouveau vers mon flingue. Si je veux avoir une chance de réponse, je dois me contenir.

— Je voudrais lui parler.

— Ce n'est pas dans notre contrat.

— Vous ne faites jamais rien sans ? demandé-je avec plus d'effronterie que je n'en possède réellement à cet instant.

En vérité, sa réponse m'a fauché les jambes. Malgré son suicide, j'ai toujours pensé que mon père finirait dans un meilleur endroit. Pas forcément au Paradis – je n'y ai jamais vraiment cru – mais dans un Au-delà de paix.

« L'endroit qu'il mérite. »

Je réprime une folle envie de fondre à chaudes larmes tandis que mes ongles s'enfoncent dans mes paumes.

De son côté, Satan ignore ma question. Il aime mener la danse. Son visage feint la sollicitude tandis qu'il penche la tête sur le côté.

— Si vous vouliez parler à votre défunt père, Claire, vous auriez dû le faire mentionner dans notre accord. Vous parliez d'échiquier tout à l'heure… On gagne rarement une partie contre un adversaire plus expérimenté sans stratégie et sans savoir exactement où placer ses pions. Ayez toujours un coup d'avance, inspecteur, et vous gagnerez toutes les parties.

La frustration me pousse au silence tandis que mon cerveau carbure façon Corvette.

— Qu'adviendra-t-il de moi si je ne parviens pas à résoudre l'enquête dans le temps imparti ?

Il hausse les épaules.

— Rien de bien méchant. À votre mort, vous viendrez me servir en Enfer.

Je me retiens de lui balancer une insulte à la gueule. J'ai ce que je suis venue chercher : une chance de reprendre ma vie en main et d'empêcher Satan de poser ses sales pattes sur l'âme de mes frères et sœurs. Je dois avouer que je lui aurais néanmoins bien visité le cerveau d'une balle, mais je suppose que les anges, même déchus, ne se dézinguent pas avec du calibre .38.

— Bien. Si vous en avez fini, j'ai une foule de réunions du comité de direction qui m'attend.

Avant que le bureau ne disparaisse, j'ai juste le temps de voir Satan, le bras levé qui fend l'air comme s'il chassait un nuisible volant.

Lorsque mes pieds touchent de nouveau le sol, deux choses sont certaines : je ne suis plus dans les Limbes et je vais sans doute finir par vomir mes intestins si l'on continue à me trimballer de Monde en Monde.

Dix jours
pour boucler l'enquête
Là ça va chauffer
Je me demande ce que penserait Vaderet de mes talents d'artiste si je lui glissais ce dessin dans mon rapport journalier…
Satan Vaderet =
….?
de
des
Q
Keziah
Nom de famille ?
Arrogant
Bêcheur
Lubrique
Con fini
Ya pas à dire je suis bien entourée
De Funès
Poudlard
ACCÈS AUX LIMBES IMPOSSIBLE SANS UN SURNAT'

CHAPITRE 8

LE CAFÉ

JE POUSSE LA PORTE D'UN PETIT ÉTABLISSEMENT aux tables de bois clair. L'atmosphère hume les grains torréfiés et les cookies chauds. Du lierre en pot coule sur les murs carrelés effet « métro », les ardoises annonçant les spécialités du jour sont joliment calligraphiées et des coussins aux motifs urbains recouvrent chaque centimètre carré des banquettes.

Je n'ai pas choisi mon café habituel à l'ambiance « kitsch » et « néon », même si j'en crève d'envie ; j'aurais bien eu besoin d'une dose de réconfort supplément routine et triple chantilly.

Mon café se trouve à quelques rues à peine de la BMS et croiser des collègues entre deux machines à expresso quand on est censé être mise à pied, supporter leurs paroles de réconfort et leurs regards qui disent tout le contraire, ça aurait été le Lego sous la plante de pied de cette bonne grosse journée de merde.

Je ne voulais pas non plus rentrer de suite chez moi et me retrouver seule. La solitude ne m'a jamais vraiment dérangée, mais pour le moment, je préfère le bruit de la petite cloche annonçant un nouveau client, le chuchotement du mousseur à lait et le bruit des conversations.

Passé les portes en verre, mes yeux de flic sondent la salle. La soirée commence et le café est déjà à moitié rempli ; sûrement en vue de l'*happy hour*. Un groupe de travailleurs en costume discutent allègrement autour d'une bouteille de côtes-de-provence, le nez rose et les yeux brillants d'alcool. Des étudiants finissent leurs derniers rendus en tapant frénétiquement sur des ordinateurs portables tout en jonglant avec leurs cafés maxi-format. Quelques couples rient et flirtent tandis qu'un homme assis seul fait tournoyer les glaçons de son Coca, les yeux perdus dans le vide et les lèvres articulant des paroles inaudibles.

Encore un qui aura trouvé sa femme au lit avec un autre, je pense, avant de m'asseoir sur la banquette d'une table vide et d'attraper un menu.

Je le parcours en diagonale avant de soupirer. Je ne suis pas vraiment étonnée que ma mixture habituelle ne s'y trouve pas, mais la déception n'est pas toujours accompagnée de bon sens.

— Un grand café au lait de riz, cannelle et sirop d'érable, c'est possible ? demandé-je à la serveuse, vingt-cinq ans grosso modo, cheveux rouges Louboutin.

Elle reste silencieuse un instant, tapotant son carnet avec le côté de son stylo, l'air de penser : encore une chieuse incapable de se satisfaire des huit cafés aromatisés, des douze lattes et des seize mochas – sans parler des macchiatos – disponibles à la carte.

— Je peux vous le faire au miel pour remplacer le sirop et c'est vache, soja ou amande.

Je masque ma frustration par un sourire. Ça vaudrait presque le coup de me faire choper par un collègue.

— Miel et soja, ce sera très bien. Merci.

La serveuse déchire sa petite feuille avant de s'éloigner et de l'épingler sur le comptoir à l'intention du barista.

J'ai choisi une table avec banquette dans un angle du café, assez éloignée du reste de la salle pour ne pas être dérangée.

Après quelques instants à contempler le plateau de bois de ma table et les anciennes auréoles brunes que des clients ont laissées dessus au fil du temps, je sens contre ma poitrine le froissement de papier, celui qui ne me quitte pas depuis vingt ans. Je pourrais réciter chaque ligne, chaque mot, chaque lettre par cœur. Je sais que ce n'est que le fruit de mon imagination, mais je peux sentir son eau de Cologne émanant de la lettre et sa paume chaude caresser ma joue chaque fois que je l'ouvre.

« Ne fais pas les mêmes erreurs que moi, ma paupiette. Ne cède jamais à la facilité. Travaille dur. Mérite ce que tu possèdes. Ta volonté et ta détermination te mèneront où tu veux. Donne-toi un but et n'en dévie jamais. »

Plus facile à dire qu'à faire, hein, papa ?

« Suis ton propre chemin. Tu n'appartiens à personne. »

Personne… Pas même au diable.

Je me suis juré que lorsque je passerais l'arme à gauche, ce serait en pleine possession de mon âme. Je l'ai juré sur cette lettre.

J'ai trouvé mon père, pendu à la poutre du garage. J'avais huit ans. Ma mère m'a immédiatement emmenée voir un pédopsychiatre. Il m'a suivie deux ans. La lettre, je l'ai dénichée dans le gros livre que mon père avait l'habitude de me lire pour m'endormir. Elle se trouvait entre deux pages du conte du Nain Tracassin.

Oh, douce et amère ironie…

J'ai toujours su que mon père avait vendu mon âme au diable. Je lui ai pardonné. Je lui ai même pardonné son suicide ; je n'imagine pas vivre avec ce poids-ci sur la conscience.

C'est son marché avec Satan qui m'a poussée à devenir flic. Et plus encore flic de la BMS. J'ai toujours espéré que le Surnaturel me tomberait un jour sur le coin du nez et que ce serait mon ticket jusqu'au big boss.

J'avais tout planifié. Tout sauf l'état dans lequel je serais lorsque j'aurais rouvert cette blessure.

Car ça fait foutrement mal.

À côté de moi, l'homme au Coca s'esclaffe bruyamment, faisant tourner quelques têtes curieuses vers lui, puis se replonge immédiatement dans son monologue névrosé. Ma commande arrive dans la foulée et je bois une longue gorgée de café. Il n'est pas exactement comme je l'aime, mais ça fera l'affaire.

La clochette de la porte tinte. Un nouveau client vient de rentrer. Et ce dernier possède une carrure familière.

Mais bordel, il m'a posé un GPS ou quoi ?

Lorsque Keziah se glisse sur la banquette face à la mienne, je ne dis rien, le nez plongé dans ma tasse.

— Vous buvez quoi ? me demande-t-il afin de briser le silence.

— Un truc qui gagnerait en saveur avec du sirop d'érable, de la cannelle et du lait de riz.

Il fronce le nez avant de lever le bras à l'intention de la serveuse.

— Qu'est-ce que je vous sers, mon chou ?

— Une pinte de blonde pression, fait l'incube avec un clin d'œil.

— Vous me suivez ? demandé-je.

— Satan m'envoie. Je suis votre nouveau garde du corps.

— Non.

— Nounou ?

Je grogne dans ma tasse.

— Je sais ! Coéquipier.

— Je n'ai pas besoin de coéquipier.

— Pas de garde du corps, pas de nounou, pas de coéquipier. Vous êtes difficile, inspecteur !

— Exigeante.

— Très bien. Et comment comptez-vous vous y prendre sans mon aide ? Savez-vous traquer une goule ? Naviguer entre les Mondes ? Connaissez-vous la différence entre un changeling et un métamorphe ?

J'ouvre la bouche pour répliquer, puis la referme. Il est inutile de lui apprendre qu'en effet, je possède une certaine connaissance du Surnaturel. Mes notions ne sont peut-être que théoriques et fumantes pour certaines, mais je me suis préparée toute ma vie.

Keziah prend mon silence pour de l'ignorance. Sa commande est déposée sur la table. Il attrape sa pinte et boit une longue gorgée de sa bière avec un soupir de satisfaction.

— Aaaah, exhale-t-il, si toutes les blondes étaient comme cette bière…

Je lève les yeux de ma tasse, la mine désabusée.

— Vous ne vous arrêtez jamais ?

— L'éternité semblerait bien morne si l'on ne pouvait pas l'égayer avec quelques fameux traits d'esprit, vous ne trouvez pas, inspecteur ?

Il sourit et bascule en arrière, les bras coulés le long du dossier de sa banquette, sa bière en main.

Je hausse les épaules.

— Bien, puisque vous êtes là que je le veuille ou non, rendez-vous utile. Commençons à rassembler nos informations. À moins que vous ne préfériez continuer à lancer des bons mots dans le vide ?

— Je ne suis que consultant dans cette affaire. C'est vous le super flic. Super-fliquez donc, que l'on puisse boucler ce dossier au plus vite. J'ai une foule de choses à faire.

Je lève un sourcil.

— Comme ?

— Séduire quelques vierges effarouchées.

— Je ne sais même pas pourquoi j'ai posé cette question.

Il boit une gorgée de sa bière.

— Parce que je vous fascine.

Son air confiant me hérisse le poil. Il est temps de mettre les choses au clair.

— Ce qu'il s'est passé dans mon appart' ne se reproduira jamais. J'ai fait ce que j'avais à faire afin de vous sauver la vie. Rien de plus. Je ne m'acoquine pas avec les démons.

— Tous les démons ne sont pas des ordures, vous savez ? Et vous gagneriez à vous laisser aller un peu, inspecteur. Votre aura pue la frustra…

Je l'interromps d'un regard qui ne souffre aucune réplique. Mon humeur grise vient subitement de tourner à l'orage. Je me cogne de son opinion. Je suis la seule maîtresse de mes états d'âme et de mon corps. J'en dispose à ma guise et, si je décide de ne rien en faire, ça me regarde. Ce n'est pas un type louche rencontré quelques heures plus tôt qui me fera la morale ! J'ai envie de laisser exploser ma colère, mais ce n'est pas l'endroit pour faire ça.

— Un mot de plus et vous devrez expliquer à votre patron comment le trou dans votre genou est arrivé là.

Mes mains tremblent sur ma tasse. Dans les yeux de l'incube, je lis combien il me trouve tarée. Ce n'est pas la première fois que j'aperçois cette lueur dans les yeux de quelqu'un. Elle m'enveloppe – m'accuse – chaque fois que l'on apprend que je shoote de l'IT pour vivre. Les gens pensent qu'on y prend notre pied. C'est faux. C'est un mal nécessaire pour la sécurité et l'équilibre de notre société. Comme il faut des croque-morts pour ramasser les cadavres et des fossoyeurs pour les enterrer.

Les professions liées à la mort dérangent. Mais elles font partie de la vie. C'est la plus vraie et la plus belle des oxymores.

Je fais bonne figure et soutiens son accusation silencieuse.

Il ouvre la bouche. Je sais qu'il va lâcher une saleté. Mon système défensif se met immédiatement en place et je vide mes cartouches en premier d'une voix glaciale :

— Tous les démons ne sont peut-être pas des ordures, mais vous deviez en être une bien avant de devenir un démon.

Toute couleur déserte son visage.

— Vous ne savez *rien* de moi.

— Suffisamment pour n'avoir aucune confiance en vous et pour savoir que je ne travaillerai pas avec vous.

Je fixe le démon comme si je pouvais le vaporiser d'un regard quand, loin derrière ses prunelles furibondes, une fêlure s'élargit. Je n'ai pas le temps de comprendre d'où elle provient qu'il se dresse par-dessus la table et me fait face de toute son impressionnante hauteur. Il serre les dents. Mon humeur noire semble contagieuse. À cet instant, je contiens difficilement le frisson qui me parcourt. C'est facile d'oublier que Keziah est un démon lorsqu'il lance des blagues potaches ou qu'il fait la cour à son harem.

— Si vous faisiez fondre ce glaçon qui vous sert de clitoris, ça nous faciliterait grandement la mission.

Je hoquette.

— Comment osez-vous ?! Espèce de… de…

Il hausse un sourcil, attendant la foudre.

— Je me casse ! lancé-je en me levant d'un bond, incapable de trouver répartie plus finaude à notre jeu du roi des cons.

Je suis certaine que tout le café doit avoir l'oreille tendue vers nous.

Au moment où, fulminant d'une rage mal contenue, je me prépare à tourner des talons, une lettre volette entre nous.

Tombée de nulle part, elle tournoie un instant comme une feuille d'automne, et se pose délicatement entre nos deux boissons. Nous la fixons, immobiles, avant que Keziah ne la ramasse.

— Qu'est-ce que c'est ? demandé-je, ma curiosité piquée au vif malgré la colère qui bouillonne dans mon estomac.

Il me lance un regard narquois que je tranche d'un : « Oh, fermez-la ! » puis d'un rapide : « Ouvrez-la, bon sang ! » ; ce à quoi il rétorque en guise de final : « Il faudrait savoir ! Je la ferme ou je l'ouvre ? »

Je tente de lui prendre la lettre, mais la table entre nous et sa hauteur vertigineuse ne sont pas de mon côté.

— On n'arrive à rien ! Donnez-moi ça !

Sans m'écouter, il retourne l'enveloppe. Une grimace déforme ses traits. Il a l'air de reconnaître le cachet de cire noir qui la scelle.

— Oh, oh…

Je me penche, incapable d'ignorer ma curiosité une seconde de plus.

— Quoi, « oh, oh » ?

Cette fois, Keziah oublie son regard sarcastique.

— Ça vient des Limbes. Du bureau de Satan Vaderet, pour être plus précis.

— Pourquoi ce fumier nous envoie-t-il une lettre ? On vient de quitter son bureau.

— Les voies du Diable sont impénétrables.

Sans plus attendre, il décachette l'épaisse enveloppe en papier blanc et commence à parcourir la lettre des yeux. Je contourne la table, glisse de son côté et me tortille pour mieux voir, mais les mains de l'incube me bloquent la vue.

— Une lecture à voix haute serait la bienvenue… lâché-je avec exaspération, voyant qu'il n'a pas l'intention de me laisser lire par-dessus son épaule.

Il soupire, mais s'exécute :

« Par la présente, le bureau de Satan Vaderet vous informe que le contrat qui lie à l'Enfer Mademoiselle Claire Annette Sophie Defontaine, née le vingt mai mille neuf cent quatre-vingt-quatorze à Soissons dans le département de l'Aisne et signé par son tuteur et géniteur Monsieur Arthur Vincent Defontaine, sera considéré caduque et non avenu si et seulement si cette dernière retrouve et neutralise le tueur en série agissant parmi les êtres surnaturels, selon les termes de l'accord passé entre les deux parties représentées. Claire Annette Sophie Defontaine fera par ailleurs équipe avec Keziah, incube de son état, qui veillera au bon déroulement de son enquête. Nulle réclamation ne sera écoutée sur ce dernier point. Si la susmentionnée ne boucle pas l'enquête dans la dizaine, à savoir le vingt et un mai deux mille vingt et un à vingt-trois heures cinquante-neuf, son âme deviendra la propriété de l'Enfer, qui pourra en jouir comme bon lui semble pour l'éternité. »

J'ouvre la bouche lorsqu'une nouvelle enveloppe tombe du ciel. Plus grande et bien plus lourde que la première, elle s'écrase au sol en soulevant un épais nuage de poussière.

— Laissez-moi deviner, les dossiers des victimes ?

Keziah la ramasse et la soupèse.

— Il y a de fortes chances.

Je croise les bras, très peu encline à coopérer. L'incube soupire. Qui aurait cru que ce serait au *démon* de faire des compromis ?

— Bon, que pensez-vous de nous poser ici afin d'étudier les cas ? Il ne semble pas qu'on ait d'autre choix que de travailler ensemble de toute façon et, à voir les balises qui cernent vos yeux, vous avez grand besoin d'une autre intraveineuse de caféine. On enterre la hache de guerre ?

Je le détaille, l'air peu commode. J'ai horreur d'être poussée dans mes retranchements.

— Pourquoi Satan vous a-t-il choisi, vous ?

Il range l'enveloppe et le dossier sous son bras, évitant mon regard inquisiteur.

— Parce qu'il sait qu'il ne trouvera personne de plus motivé que moi pour venger la mort d'Éden.

Je ne dis rien et il se racle la gorge.

— Maintenant que nous sommes comme cul et chemise, pouvons-nous nous pencher sur cette enquête, inspecteur ?

— Donnez-moi le dossier.

Un cri, suivi d'un fracas de verre brisé, retentit soudain dans le café et suspend le geste de Keziah. De concert, nous tournons la tête pour assister à une scène qui m'est bien trop familière.

Au centre de la salle, l'homme au Coca observe l'aura flamboyante qui s'échappe par escarbilles de ses paumes, pendant que la serveuse, son plateau éparpillé à ses pieds, recule jusqu'à buter violemment contre le comptoir, les yeux exorbités par la terreur. Mais l'homme ne lui prête aucune attention ; il est fasciné par ses doigts qu'il fait bouger au-dessus du plateau de la table comme s'ils étaient doués de leur propre conscience.

— C'est… c'est beau, n'est-ce pas ? demande-t-il, sans vraiment s'adresser à quelqu'un en particulier. Ouiiii… Est-ce que l'on peut l'utiliser ? Pour quoi faire ? Je ne sais pas… peut-être… peut-être pour faire payer à Roger. Roger ? Oui, Roger. Tu sais ? Ton meilleur ami, celui qui se tape ta femme quand tu es au travail. Roger… Ouiii… Et on pourrait aussi se débarrasser de la voisine. La voisine ? Ouiii… Celle qui fait aboyer son chien toute la nuit. Celle qui marche en talons sur le parquet, celle qui…

Il poursuit son monologue, tandis que je glisse ma main sous ma veste. Le clic de la sécurité de mon holster résonne. J'ai l'impression que toute la salle l'a entendu, mais le temps s'est suspendu sous la tension.

Personne ne bouge, personne ne parle, mis à part l'homme aux mains illuminées qui discourt avec lui-même comme s'il était pourvu de deux personnalités distinctes. La serveuse, le barista, les clients, tous sont figés entre stupeur et effroi. Mais je sais que les cœurs s'affolent. Je sais que cet arrêt sur image ne va durer qu'un temps ; que le film se remettra bientôt sur lecture au moment même où les cerveaux auront assimilé la scène. Juste quelques secondes, et les cris se mettront à retentir dans tout le café. Alors, à ce moment-là, il y aura des morts. Car la magie est destructrice et l'homme qui la fait danser sur ses mains n'est plus sain d'esprit. Il est possédé par elle. Il veut tuer. Il *va* tuer.

C'est à moi de réagir pendant ce court laps de temps. C'est mon ouverture. Et notre seule chance de survie. Je dois être plus rapide que la magie.

Arme au poing, je m'extirpe en silence de la banquette, mon attention focalisée sur le dos de ma cible. Une main sur mon bras m'arrête avant que je n'esquisse mon premier pas en direction de l'homme, trop absorbé par la magie de ses doigts pour remarquer la policière armée dans son angle mort.

— Qu'est-ce que vous faites ? chuchote Keziah avec force en me retenant par la manche.

Je réponds sur le même ton :

— Mon boulot ! Lâchez-moi !

— Vous ne portez pas votre combinaison, inspecteur !

Je me dégage d'un coup d'épaule et me retourne vers la scène. L'homme a les yeux rivés sur moi. Je me fige, les doigts soudés à la crosse de mon arme. L'homme – l'IT – jette un coup d'œil intrigué à mon Smith & Wesson puis me lance un sourire plein d'indulgence, comme si je n'étais qu'une petite fille en train de s'amuser avec un pistolet en plastique.

Les IT et leur ego…

Dommage pour lui, ça fait longtemps que j'ai laissé mon enfance et mes jouets au placard.

Je le mets en joue, l'index sur la détente.

Au même instant, il lance ses bras vers le ciel. Un jet de magie pure sort de ses mains et frappe le plafond du café qui explose en un millier de gravats. Un bruit assourdissant éclate, des cris et des hurlements résonnent puis c'est l'apocalypse.

Alors que des morceaux de plafond s'écroulent au centre du café et enfouissent sous des centaines de kilos de gravats les victimes les plus malheureuses, je suis soudainement tirée en arrière. Des bras s'enroulent autour de mes épaules tandis que je me fais plaquer contre une poitrine. On me fait reculer contre un mur. La collision me coupe le souffle et me fait lâcher mon arme. L'odeur de Keziah envahit mes narines ; ce sont ses réflexes qui viennent sans doute de nous sauver la vie à tous les deux.

Je ferme les paupières. Des éclats de Placo, de bois et de ciment entaillent ma peau, la meurtrissant de dizaines de coupures. La main de l'incube se pose sur le haut de mon crâne, m'obligeant à baisser la tête afin de protéger mon visage et mes yeux.

Je perds toute notion du temps, ne ressentant plus que la morsure des éclats et mon sang qui perle puis coule le long de mes bras et de mes joues. Un morceau plus gros que les autres percute soudain mon épaule et je gémis de douleur. Je sais sans avoir besoin de vérifier qu'une profonde entaille perce désormais la chair de mon épaule.

Keziah resserre sa prise, m'enveloppant de sa chair. La poussière de plâtre commence à rendre ma respiration plus laborieuse. Je tousse, les yeux larmoyants.

La joue plaquée contre le torse du démon, j'entends des hurlements de peur et de douleur, puis les derniers morceaux de toit s'affaissent et un silence de crypte tombe brusquement sur l'établissement ravagé.

J'ouvre les paupières, battant des cils afin de chasser la poussière qui s'y est collée. Me dégageant des bras de l'incube, j'avance de quelques pas. Mes bottines à talon glissent sur les gravats qui recouvrent maintenant le centre du café. Ma peau est poissée de sang, mais rien qui n'engage mes pronostiques vitaux.

— Appelez les secours ! hurlé-je sans même me retourner.

Une épaisse poussière stagne dans l'atmosphère, diminuant considérablement la visibilité. Les yeux plissés, je balaye le sol ravagé, tentant de retrouver mon arme. Sans succès.

Merde !

Un appel à l'aide me fait faire volte-face. Un homme, les jambes coincées sous une large bande de plafond, tend la main vers moi. Je m'accroupis à son côté et, d'une poussée gonflée d'adrénaline, fais basculer le pan de plafond sur le côté, lui libérant les jambes. Il gémit et tousse. Sa bouche se teinte de rouge. J'agrippe sa main.

— Les secours arrivent. Tenez bon, d'accord ? Tout va bien se passer.

Il hoche péniblement la tête et grimace.

— J'ai… mal.

Un rapide coup d'œil me suffit pour constater que, malgré mes paroles encourageantes, l'homme en costume plus rouge que gris ne tiendra pas « bon ». L'une des barres de fer qui structurait le béton du plafond est plantée dans son ventre, juste au niveau du foie. L'estomac doit, lui aussi, être touché. Même si ses jambes étaient encore fonctionnelles, la barre, une fois retirée, entraînerait une importante hémorragie. Le sang sur ses lèvres n'est pas bon signe.

Je presse mes paumes contre la plaie, évitant de toucher à la barre en métal et renfilant mon masque de joueuse de poker.

— Tout va bien se passer, répété-je d'une voix douce.

Dans mon dos, l'ombre de Keziah s'élargit à mesure qu'il s'approche. Je lève le menton vers lui, tandis qu'il range son portable dans la poche de sa veste.

— J'ai prévenu les secours. Mais avec le foutoir que le toit a fait en s'écroulant, ils devaient déjà être en route.

Autour de nous, quelques survivants mal en point titubent entre les tables et les banquettes ravagées. Des appels à l'aide s'échappent de la gorge de ceux qui sont restés coincés sous les décombres. Des jambes, des bustes, des têtes dépassent des gravats dans toute la salle. Certains tressautent, d'autres restent immobiles. Des passants, plus courageux que la moyenne, enjambent la vitrine défoncée pour venir en aide aux rescapés. On soulève des pans entiers de plafond afin de dégager les corps.

Lorsque je reporte mon attention sur mon blessé, je croise un regard vide. Je presse sa main. Aucune réponse.

Ma colère se love dans mon ventre. Elle semble s'y plaire en ce moment. Et je l'accueille à bras ouverts ; c'est elle qui me permet de rester debout.

— Vous auriez dû me laisser l'abattre ! J'avais un créneau, murmuré-je les dents serrées, sans quitter les yeux voilés de l'homme en costume.

— Je ne pouvais pas risquer votre vie.

Je me retourne pour contempler la mine désolée de l'incube et fronce les sourcils. Les nuages de mon orage interne s'assombrissent.

— Pourquoi ? J'appartiens à l'Enfer de toute manière. Si je meurs plus tôt, c'est tout bénef, non ?

Je me tais et l'observe. Sur le visage de Keziah, je discerne une gêne. Ténue. Quelque chose qu'il garde pour lui.

— Qu'est-ce que vous me cachez ? Parlez, ou je vous jure que les quatre cavaliers de l'Apocalypse passeront pour des enfants de chœur à côté de moi.

L'incube évite mon regard, ses yeux balayent les décombres et les secours de fortune qui se mettent en place. Il enfonce ses mains dans ses poches de pantalon.

Je me redresse, poings serrés. Le sang du mort colle à mes paumes.

— Un coéquipier ? Tu parles ! Vous ne…

Une main s'éjecte brusquement d'un amas de gravats et empoigne la cheville de Keziah, stoppant net ma colère et me faisant basculer en arrière. L'incube grogne, tentant de se dégager, mais la poigne est trop puissante. Une seconde main surgit à son tour des décombres et s'empare de son autre jambe. Battant des bras sans résultat, il tombe lourdement à la renverse tandis qu'une tête et un buste rampent hors des vestiges, s'aidant de leur prise sur les jambes de Keziah pour s'en extraire. L'IT, le visage ensanglanté par une plaie ouverte au-dessus du sourcil et le nez presque enfoncé dans son crâne, crépite d'une aura de magie. Keziah lance brutalement l'une de ses jambes et écrase son talon sur le nez déjà cassé de l'IT, qui grogne de douleur. Un geyser de sang inonde le sol et le démon recule hors de portée.

— Ne pars pas, Roger, susurre-t-il, l'air mauvais, on vient juste de commencer à s'amuser. On a des choses à se dire, toi et moi. Ouiii… des choses. Des choses qui vont te faire mal, Roger !

L'IT part d'un rire dément tout en rampant sur des morceaux de verre qui lui entaillent la chair, mais dont il ne semble pas se soucier.

Je me relève, le contourne et aide Keziah à se redresser sur ses jambes. Pendant que l'IT s'extrait entièrement des gravats d'un mouvement d'épaule négligé, un nuage de plâtre se soulève du sol. La magie décuple ses forces en même temps qu'elle pompe sa raison. Il ne nous a pas quittés du regard. Son sourire fou redouble, élargi par une vilaine coupure qui lui a déchiqueté la joue. À travers la plaie, ses molaires sont serrées dans un rictus aliéné.

Nous nous faisons désormais face. Mes doigts cherchent mon Smith & Wesson, mais je sais bien que je ne l'y trouverai pas. Les yeux de l'IT suivent mon geste et il ricane.

— Tu as perdu ton jouet ?

D'un bond, l'IT nous a rejoints, et, d'une violente poussée, projette Keziah en arrière. Le corps de l'incube passe à travers de ce qui reste de la vitrine, éparpillant du verre sur l'asphalte, et atterrit lourdement sur la route au milieu de passants et de quelques survivants.

— Roger ne sera plus un problème entre nous, ma douce… Plus jamais… reprend-il en avançant les doigts vers mon visage.

Nous allons jouer. Ouiii… Jouer ! Marion ? Non, ce n'est pas Marion ! Siii. Tu lui ressembles, tu sais ? À qui ? À Marion. Ma femme. Tu as les mêmes cheveux auburn. Je me souviens du jour de notre mariage. Elle les avait attachés comme toi. Marion ? Ouiii… Elle est belle, Marion. Tu es belle, Marion. Ce jour-là, tu m'as promis fidélité, tu te souviens ?

Ses yeux fous se sont embués de larmes. Dans son esprit torturé, plusieurs réalités se culbutent, font s'écrouler le fragile équilibre de son château de cartes mental. Chaque IT est différent, leurs délires sont tous très personnels, mais ils ont en commun une hybris démesurée. Ils sont juge et bourreau. Redresseurs de torts. Protecteurs de la veuve et de l'orphelin. Ils sont l'alpha et l'oméga d'une humanité perdue, fragile et égarée. Le berger de notre troupeau de pécheurs. Tous à leur façon, ils souhaitent nous offrir le cadeau ultime : leur toucher. C'est pour cette raison que la magie est un fléau si virulent. Une pandémie qui a pris, mois après mois, année après année, une ampleur catastrophique.

Nul ne sait comment elle est apparue. Plusieurs labos indépendants, sans parler de ceux gouvernementaux, ont eu accès à la dépouille de celui que l'on pense être le patient zéro. Il n'avait rien d'anormal, si ce n'est que tous ses organes avaient lâché en même temps, provoquant l'hémorragie généralisée qui l'a tué. C'est comme ça qu'ils meurent tous.

Je recule, trébuchant sur une poutre en bois. Je l'enjambe et il me suit sans jamais me quitter des yeux.

— Tu m'as menti, Marion ! Tu ne m'as jamais aimé ! Tu préfères te faire baiser dans mon dos !

Je garde le silence. Je sais d'expérience que lui répondre ne ferait qu'empirer les choses. À la place, je préfère l'éloigner du centre du restaurant afin que les survivants aient le temps d'en réchapper.

« Être un bouclier au chaos. »

Alors que le bout de ses doigts se rapproche inexorablement de ma joue, une planche de bois explose entre ses deux omoplates. Derrière lui, Keziah jette son arme de fortune au sol. Mais avant qu'il ne trouve autre chose à abattre sur l'IT, ce dernier l'empoigne par la gorge. Le démon a beau dépasser l'homme d'une tête et peser bien plus lourd, il ne semble en rien gêné par les lois de la physique et le soulève du sol comme s'il était un ballon rempli d'hélium.

— C'est lui que tu baises, Marion ? C'est Roger ? hurle-t-il. J'ai vu comme il te regarde. Comme il te protège. C'est pour ça ? Bien sûr que c'est pour ça, imbécile ! Bien sûûûr ! Regarde-toi ! Tu es si faiiible ! Non ! C'est faux ! Je peux te protéger, Marion. Pourquoi, Marion ? POURQUOI ? Parce que c'est une puuuute… Non, non, ne dis pas ça… Marion, la catin ! Mais je l'aime ! NON ! Salope ! Marion, qui t'a laissé te glisser entre ses cuisses par avariiiice. Et toi, Roger ? Qu'est-ce que t'as de plus que moi, hein ? Réponds-moi, Roger !

Le corps de l'IT s'est mis à rougeoyer d'une magie pure. Il n'en a plus pour longtemps, mais suffisamment pour dessouder le démon. Et à ce moment-là, je doute que mon bisou de princesse suffise à ressusciter sa grenouille intérieure. Je dois trouver quelque chose pour…

Ma semelle écrase un objet métallique. Je baisse les yeux. Mon cœur s'accélère tandis que je le récupère.

Des larmes de douleur au coin des yeux, Keziah tente d'aspirer l'air qui commence à lui manquer cruellement. Ses mains posées sur celles, implacables, de l'IT, il tire en vain, ses jambes battant ridiculement dans le vide. Dans quelques secondes, il sera un démon mort.

Mon coup de feu retentit et sème son écho entre les quatre murs toujours debout du café de quartier. Autour de la gorge du démon, la prise se détend et il tombe comme une poupée de chiffon parmi les décombres. Le regard vaseux, il lève le menton sur le trou qui fume derrière le crâne de l'IT, qui s'écroule à son tour, immobile.

Je ne l'ai pas loupé.

Keziah tangue. Il tente de se relever, mais trébuche comme un jeune veau, les jambes fauchées. Je m'accroupis devant lui, gardant mes distances, et l'appelle à plusieurs reprises.

— Une minute… Juste une minute… baragouine-t-il.

— Est-ce que vous pouvez être infecté par la magie ? demandé-je.

— Hein ?

Il bat des cils. Sans doute afin de chasser les flashes qui crépitent devant ses yeux. J'aimerais l'aider, mais je ne peux pas prendre le risque de le toucher. Pas sans être certaine de ne courir aucun risque.

— Est-ce que vous pouvez être infecté par la magie ? redemandé-je d'une voix plus pressante.

— Je… Non, non. La magie n’a pas… de prise sur les démons.

Avec un soupir de soulagement, je me glisse sous son bras et enserre sa taille. Mon soupir se transforme bien vite en grognement. Il pèse son quintal, le salaud !

— Bien, venez, il faut qu’on se tire d’ici.

Keziah se redresse en toussant, une main sur sa gorge douloureuse.

— J’ai juste besoin d’une…

— Pas le temps !

Il ne doit pas comprendre l’urgence dans ma voix. Il ne voit pas la vingtaine de regards braqués sur nous. Des passants, des secouristes et des survivants qui ont tous assisté à la scène. Qui ont tous vu que l’IT l’avait touché. *Peau contre peau.*

S’il avait été humain, il aurait été infecté. Et moi avec. Mais Keziah n’est pas humain, et personne ne doit le savoir. Encore moins le camion estampillé LCI qui vient de se garer en trombe devant ce qu’il reste du café.

Les regards des témoins oscillent entre peur et curiosité. Un mélange atomique qui laisse rarement la place à la discrétion. C’est le principe des embouteillages aux abords des accidents. Une curiosité morbide pousse les automobilistes à ralentir. Ça leur donne l’impression d’être vivants. Importants.

— Keziah… je lui glisse. S’il vous reste ne serait-ce qu’une once d’énergie, c’est maintenant !

Il hoche la tête, puis se redresse maladroitement.

Si nous réussissons à filer à l’anglaise avant que l’un des témoins ne sorte son maudit téléphone pour tout filmer, nous sauverons peut-être des meubles métaphoriques à défaut d'avoir pu épargner ceux du café.

Nous bondissons hors de l'établissement par la vitrine brisée et nous éloignons à toutes jambes dans la rue.

Dans notre dos, des sirènes résonnent. Je les reconnaîtrais entre toutes.

Ce sont celles de la BMS.

CHAPITRE 9

LA FUITE

Je lève la main au-dessus de ma tête tandis que Keziah, appuyé sur moi, a du mal à tenir debout sans tanguer comme une vieille barque qui prend l'eau. Il n'est peut-être pas sensible à la magie, mais sa confrontation avec l'IT semble lui avoir pompé toute son énergie. Un premier taxi nous ignore royalement. Il doit penser que nous avons abusé de l'*happy hour* et ne veut pas que deux ivrognes, sans aucun doute sans-abri par-dessus le marché, retapissent sa belle banquette en cuir avec de la bière fermentée aux sucs gastriques et des morceaux de cacahuètes prémâchés. Je grogne de frustration puis assieds le démon sur le bord d'une poubelle de rue. Sortant un paquet de mouchoirs en papier de la poche de mon blazer, j'essuie les écorchures qu'ont semées les éclats de plafond sur nos deux visages.

— Rien qu'un peu de salive ne peut effacer, hein ? fanfaronné-je.

Je n'ai en retour qu'un faible sourire épuisé.

Merde, il est vraiment mal en point !

Je frotte nos vêtements à la va-vite et recule afin d'apprécier mon œuvre. Si l'on n'y regarde pas de trop près, nous avons simplement l'air d'avoir passé la journée à nous rouler et nous battre dans une cuve de plâtre – ce qui est naturellement très commun de nos jours. La poussière sur nos vêtements reste collée aux couleurs sombres que nous portons malgré mes efforts pour l'y déloger. Je me retourne vers la rue et replace mon bras bien en vue. Au troisième taxi vide qui passe sans nous prendre, je décide d'utiliser les grands moyens. Glissant mes doigts à ma ceinture, je tente d'attraper mon badge. Ça fait toujours son petit effet. Lorsqu'ils se referment sur du vide, une bouffée de chaleur me fait soudain oublier que nous sommes dans un mois de mai particulièrement frisquet et que je ne porte qu'un fin blazer de coton.

Putain ! J'ai paumé mon insigne !

C'est décidé, demain, je m'inscris à un cours de yoga/nettoyage de karma. Je dois avoir les chakras bien encrassés pour qu'autant de merdes se déversent sur ma vie en un laps de temps si court.

Je sais que je n'ai aucun moyen de le récupérer sans devoir passer un cordon de sécurité et une douzaine de flics qui auraient une pléiade de questions auxquelles je ne peux répondre sans griller l'identité de mon démon de coéquipier.

Grognant de plus belle, je prends l'incube – qui penche dangereusement en avant – par les épaules et le secoue.

— Keziah. Keziah ! Il va falloir m'aider, d'accord ? Aucun taxi ne nous prendra si vous paraissez avoir fait trois fois le tour de tous les bars de la ville.

Il hoche la tête puis serre les dents, se redressant. Ce n'est pas fameux, mais on s'en contentera. Je fais une nouvelle tentative. Cette fois, c'est la bonne. La voiture s'arrête en pilant presque devant nous. J'ouvre la portière et pousse l'incube dedans avant de m'y engouffrer à mon tour. Après avoir donné mon adresse à un chauffeur suspicieux, je me laisse aller contre la banquette. À côté de moi, l'incube s'est affalé contre la fenêtre, sa joue pressée contre le verre frais du véhicule. Rien d'étonnant à ce que le chauffeur hésite à démarrer. Je soupire et me penche en avant de sorte qu'il puisse bien voir le billet de cinquante que je lui tends.

— Si vous démarrez maintenant sans poser de questions et grillez quelques feux à la Paul Walker, je double la mise à l'arrivée.

Il prend le billet et le fourre dans une poche de son pantalon en toile. Ses yeux noirs sur un teint olivâtre restent plissés. Méfiants.

— Votre ami ne va pas salir mes sièges, au moins ? Il a l'air mal en point. (Il jette un rapide coup d'œil à ma propre tenue déchirée et poussiéreuse.) Vous aussi, d'ailleurs…

— J'ai dit « sans poser de questions ». Et je vous ai promis quatre fois le prix de la course. Vous aurez bien de quoi acheter un détachant tissu avec ça.

Le chauffeur grimace, le regard rivé sur son rétro dans lequel il contemple, avec désolation, le possible destin funeste de sa banquette arrière, puis se décide enfin à démarrer. Ce n'est pas trop tôt ! Un véhicule de police banalisé à la sirène hurlante vient de passer juste devant nous à toute berzingue.

À voir notre chauffeur slalomer entre les voitures comme s'il conduisait une dodoche et non pas une grosse berline Mercedes de trois mètres, je sens que mon billet n'a pas été dépensé en vain. Plus vite nous nous éloignerons de la scène du carnage et des nombreux témoins, plus nous aurons de chance de passer entre les mailles.

Alors que je bascule la tête en arrière et ferme les yeux, je sens soudain un poids sur mes jambes. Keziah a quitté sa fenêtre pour poser sa joue sur le haut de mes cuisses. Mon premier réflexe est de vouloir le virer d'un coup de bassin en ronchonnant sur ses manières, mais au son régulier que fait sa respiration et à son visage paisible, je n'ai pas le cœur à me tamponner une énième rossée verbale.

Instinctivement, mes doigts glissent dans les boucles rousses et soyeuses du démon. Il soupire de contentement puis enroule ses bras autour de mes mollets comme s'il enlaçait un édredon.

— Vous n'avez que dix jours pour boucler cette affaire. Croyez-moi, vous n'avez pas le temps de guérir naturellement.

Je soupire et m'assieds sur l'un des tabourets de bar. La blessure sur mon épaule est passablement moche, ma tête commence à tourner, les volumes de mon appartement sont distordus comme un lendemain de cuite sous LSD. Je ne me souviens plus tellement comment nous sommes montés jusqu'ici, dans ce salon où tout a commencé. J'ai dû m'assoupir à mon tour.

— Keziah, ce n'est rien. Je ne suis pas en porcelaine. Je peux survivre à quelques coupures.

Il secoue la tête.

— Bon. Imaginons que je me laisse faire… Comment vous vous y prendriez ? demandé-je, sceptique.

— J'absorberai votre énergie et vous la renverrai sous forme curative.

— Les incubes peuvent faire ça ?

— Je ne suis pas un incube ordinaire. Je possède une particularité dont mon espèce n'est habituellement pas pourvue.

À mes sourcils en arc de cercle, Keziah se sent obligé de pousser son raisonnement.

— Je suis ce qu'on appelle un « réservoir ». Les succubes et les incubes sont des voleurs d'énergie. Ils absorbent plaisir, émotions et désir lors d'un contact avec un humain afin de s'en nourrir. Lorsqu'ils ont aspiré cette énergie, elle se consume rapidement jusqu'à disparaître. Je peux garder en réserve l'énergie que j'absorbe, et même la transmettre dans une moindre mesure. Couplée à mon don naturel, elle guérira la majorité de vos blessures en quelques minutes. Vous ne pensez pas que ce serait préférable ? Vous n'êtes pas obligée de souffrir pendant des jours.

— Ne faites pas celui qui s'en soucie. Vous êtes un foutu démon. C'est votre travail de faire le mal.

Le tic au coin de l'œil de Keziah est si infime que j'aurais pu aisément le louper. Je soutiens son regard, j'attends la suite. Avec Keziah, j'ai appris que rien n'est jamais aussi facile. Il comprend immédiatement mon silence et soupire.

— Il suffit d'un baiser.

— Haha ! lancé-je, narquoise. Ça m'aurait étonnée de votre part. Je me suis déjà fait prendre à ce jeu-là. Je ne vous laisserai pas profiter une nouvelle fois de moi.

— Ce ne sera qu'un simple échange d'énergie. Vous me redonnez celle que j'ai perdue, et je vous la retransmets. C'est du gagnant-gagnant.

— Vous ne connaissez donc pas l'antiseptique et les bonnes nuits de sommeil ? Tout doit-il toujours se rapporter au sexe ?

— Pas de sexe. Je vous le promets.

Je hausse les épaules.

— Une promesse de démon.

Keziah tend la main et m'attrape doucement le poignet. D'une traction, il m'attire vers lui tandis que son autre main glisse sous ma nuque. Son pouce me soulève le menton afin de me faire redresser la tête. Alors que j'ai le regard plongé dans celui du démon, mon cœur s'accélère. Mon corps ne se souvient que trop bien de la dernière fois où nous étions collés l'un à l'autre.

— J'ai besoin de votre accord, inspecteur.

Son souffle sur mes lèvres contracte mon corps, réveillant mon désir. Je voudrais dire non pour un millier de raisons. Je ne lui fais pas confiance. Je ne *me* fais pas confiance.

Une classe en études de psycho s'éclaterait sans doute avec un cas d'école comme le mien.

Muselant mes appréhensions, je hoche la tête. Mon geste est si imperceptible que je pense un instant qu'il ne l'a pas vu, mais il se penche sur moi. Et lorsque, pour la seconde fois de la journée, il m'embrasse, je retrouve cette sensation de liberté absolue qui m'avait déjà emportée dans ma chambre.

Une aura de douceur m'enveloppe et je me laisse glisser dans une chaleur douce et moite, les jambes presque fauchées par le pouvoir de l'incube. Je le sens qui ondule le long de ma peau comme une ondée fraîche. Puis qui bouillonne au creux de mon intimité. Sur mon épaule, la douleur reflue. De nos bouches, je m'attendrais presque à ce qu'il en sorte des flashes électriques. Ma langue écarte les lèvres du démon et fouille de sa pointe en recherche de contact. Mon corps se plaque contre celui de Keziah et je gémis de plaisir. Jusqu'au moment où, mains sur mes épaules, il me fait doucement, mais sûrement, reculer.

— Pas de sexe, vous vous souvenez ?

Je bats des cils puis plaque mes mains sur mes hanches afin de me donner une contenance. C'est fou, ce qu'elles semblent m'encombrer quand elles ne glissent pas dans la soie bouclée de l'incube.

— Comme si j'en avais envie.

Il sourit en coin, mais ne dit rien.

Mon mensonge est bien évidemment plus gros que moi et nous en avons tous les deux conscience. Bien sûr que j'ai envie de lui. Une autre que moi lui aurait déjà arraché ses vêtements pour le chevaucher à même le tapis du salon. Mais comme je l'ai déjà dit : je suis un cas d'école. Luc l'a compris. Il s'est battu deux ans, puis a abandonné.

Peut-être… Peut-être une fois mon âme récupérée…

Oui, peut-être qu'à ce moment-là, je pourrai débouler dans le bureau de mon pédopsychiatre, l'embrasser sur les deux joues et lui dire que j'ai finalement réussi à abattre ce mur que j'ai bâti le jour où, pour la première fois, j'ai posé mes yeux d'enfant sur la lettre de suicide de mon père.

On sonne à la porte. Figés comme deux hérissons pris dans les feux d'un 4x4, nous hésitons même à respirer. Dans les yeux de Keziah, la question « Vous attendez de la visite ? » s'affiche tandis que mon visage exprime une peur mêlée d'embarras.

Non, je n'attends personne. À cette heure-ci, c'est plutôt le livreur de sushis qui sonne à ma porte. Et comme je n'ai rien commandé…

Plongeant presque sur le côté, je m'engouffre dans ma chambre. Je retire à la hâte mes chaussures et ma chemise afin d'enfiler un pull XXL qui couvrira le plus gros des dégâts, puis, passant les mains dans mes cheveux, je plaque les mèches qui rebiquent dans ma queue-de-cheval.

— Vous pensez vraiment que c'est le moment d'être coquette ?

Je pose mon index contre mes lèvres, sourcils froncés.

— Taisez-vous et allez vous planquer dans la chambre, murmuré-je en le chassant d'un mouvement de bras.

Après avoir pris une profonde inspiration, je me dirige vers mon entrée et me maudis de n'avoir jamais pris le temps de poser un judas. La main sur la poignée, je tire la clenche au moment même où la sonnette retentit de nouveau.

— Luc ? m'exclamé-je en ouvrant la porte sur un bel homme d'une trentaine d'années, les cheveux bruns, la peau basanée des types nés sur les bords de la Méditerranée et une fossette au menton.

Il grimace.

— Je dérange ?

— Euh… non. Non. Mais je… j'étais. J'allais prendre une douche.

Il pose ses yeux verts sur mon pull noir fraîchement enfilé, mais son regard scrutateur ne peut rater les traces de poussière blanche sur le jeans que je porte et les fines entailles en cicatrisation qui ornent mon front et mes joues. Il plisse les paupières sans émettre de commentaire, préférant reprendre :

— Je crois qu'elle peut attendre.

— Je ne sais pas ce que tu fais là, Luc, mais je n'ai pas le temps de t'inviter à entrer. Je dois…

— Ouais, j'ai compris : prendre la douche de ta vie. Mais tu voudras peut-être récupérer ça, avant. Je me trompe ?

Alors que le battant de la porte se refermait déjà sur les yeux froids de mon ex, je suspends mon geste, les paupières légèrement écarquillées. Entre les doigts de Luc brille mon insigne. Celui que je portais encore à la ceinture avant de rentrer dans le café, celui que je n'avais plus en sortant.

Merde ! Putain de putain de putain de merde.

— Où l'as-tu trouvé ?

Je connais la réponse. Je le sais pertinemment, mais une petite étincelle d'espoir tente vigoureusement de se frayer un chemin à travers mon pessimisme. Alors qu'il ouvre la bouche, mon cœur s'affole. Lorsque le couperet tombe, les yeux de Luc se font foudroyants.

— Dans les décombres d'un café à l'est de la ville. Un café dont le toit a explosé et où l'on a retrouvé le cadavre d'un IT au crâne percé d'une balle. On sait tous les deux que la balistique n'aura aucun mal à retrouver le flingue dont provient cette balle, n'est-ce pas ?

— Luc… commencé-je, sans vraiment savoir comment je vais pouvoir me justifier. Ce n'est pas ce que tu crois.

— Dans ce cas, je serais ravi d'entendre ta version, Claire.

D'un coup d'épaule, il me pousse et entre dans l'appartement que nous avons, dix-huit mois plus tôt, acheté ensemble avant que je ne lui rachète sa part après notre rupture.

— Tu fais toujours aussi mal le café ?

Je claque la porte avec humeur tandis que Luc entre dans le salon. Poings sur les hanches, je le fusille du regard. Sans se soucier de mon humeur de chien, il s'affalc sur lc vicux fauteuil en cuir toujours recouvert d'un plaid – et accessoirement taché du sang de Keziah. L'un de ses bras posé sur le dossier, il le tapote du plat de la main, sans se douter de ce que la laine cache.

S'il y a une justice en ce bas monde, faites qu'il ne bouge pas le plaid…

— Je n'ai jamais compris pourquoi tu refusais de te débarrasser de cette vieille chose.

— Et moi, je n'ai jamais compris comment j'avais pu tomber amoureuse de toi. Comme quoi… on a tous nos questions sans réponse.

Luc sourit, mais je sais que sa bonne humeur est factice.

Luc Habani est flic, comme moi, d'un rang supérieur, mais avec quelques accréditations en moins. Capitaine de police à la Crim', il bosse sur les affaires d'homicides. Et il est bon. Deux ans plus tôt, il a bénéficié d'une dérogation spéciale afin de pouvoir accéder avant ses trente-cinq ans au concours des officiers qu'il a réussi les doigts dans le nez. Aussi prometteur que moi – si ce n'est plus –, il aurait facilement pu entrer à la BMS, mais a préféré élucider des meurtres commis par des humains sans magie sur des humains sans magie, à mon inverse. Nous sommes sortis ensemble deux ans avant qu'il ne me plaque.

Il fait miroiter mon insigne dans la lumière du coucher de soleil qui filtre à travers les lames du store derrière lui. Puis passe le pouce sur la devise de la Brigade Surnat' : « *Être un bouclier au chaos* », avant de me le lancer. Je le rattrape d'une main et le fourre immédiatement dans ma poche. Dans l'espoir secret que l'histoire soit tout à coup oubliée. C'est comme lorsque je jouais à cache-cache, petite, avec ma fratrie et mon père. Les mains plaquées contre les yeux, je pensais qu'ils ne me verraient pas si moi-même je ne pouvais les voir. Une logique d'enfant. Qu'à cet instant, j'espérerais réelle. Mais Luc n'est pas connu pour ses concessions. Lorsqu'il tombe sur un os, il le ronge jusqu'à en faire sortir toute la moelle. C'est ce que j'ai de suite aimé chez lui. Aujourd'hui, ce serait plutôt l'inverse.

— Est-ce que tu vas me dire pourquoi tu t'es tirée du café avant qu'on arrive sur les lieux ?

En parlant de café… Je me dirige vers ma cuisine ouverte où ma Nespresso m'attend sagement. J'appuie sur le bouton d'allumage et enclenche une dosette. Ouvrant mon frigo puis mon placard, j'en sors une brique de lait de riz, une bouteille de sirop d'érable et un moulin à cannelle. Une fois ma mixture faite au fond de mon mug Cendrillon, je le positionne sous la machine et repose enfin les yeux sur mon ex qui attend patiemment que j'ai fini, la mâchoire contractée.

— Les dossiers de la BMS sont confidentiels, et toi, pas habilité à les lire.

Il se lève en bondissant presque et frappe du plat de la main l'îlot central placé entre nous.

— Arrête tes conneries, Claire ! J'ai appelé un de mes contacts, tu as été mise à pied.

Ah, Luc et le bulldozer qui lui sert de cerveau…

Je suis certaine que son *contact* lui a donné tous les détails, sans en omettre aucun. Les flics sont de vraies commères. Les pires. Mais un peu de compassion, une parole réconfortante ou un simple « Claire, j'ai appris pour ta mise à pied, je suis désolé. Si je peux faire quoi que ce soit… », ça aurait été trop demandé ?

Sans doute… On ne peut pas décoller un sol en faïence au marteau piqueur et vouloir conserver les carreaux intacts. Il faut choisir. Et entre les deux, Luc choisit toujours la solution de bourrin.

— Tu n'aurais pas dû être là-bas, reprend-il. Tu n'es sur aucune enquête. Officielle, du moins…

Je fronce le nez.

Foutu limier !

— *Hervé* parle un peu trop pour un lieutenant de la brigade la plus secrète du pays, grogné-je. De toute manière, où que je doive être en ce moment, tu n'es toujours pas habilité à entendre quoi que ce soit.

— Tu veux peut-être que j'appelle ton commissaire ? Je ne sais pas… pour lui dire que l'un de ses agents a décidé de bosser en solo et de zigouiller de l'IT de manière fort peu conventionnelle et en y impliquant des dizaines de civils ? Je suis certain qu'il appréciera et qu'il te récompensera en te trouvant un joli placard à balais dans lequel tu pourras trier des dossiers classés jusqu'au jour béni de ta retraite.

Carrant les épaules, je le défie du regard. Sur le plan de travail, la machine à café ronronne, déversant mon précieux liquide. Je me la suis offerte il y a quelques mois en remplacement de ma cafetière à filtre avec laquelle, soyons pragmatiques, je n'ai jamais réussi à réaliser autre chose qu'un fadasse jus de chaussette.

— Essaye, fais-je, bravache, mais pas fière.

— Ce n'est pas un jeu, Claire, soupire-t-il, me connaissant trop bien pour poursuivre sur cette voie. La balistique pourra facilement te replacer sur la scène. Ce n'est qu'une question d'heures. Coopère. Je ne veux pas que tu aies d'ennuis. Le travail était salement bâclé et ça pourrait te coûter cher. Comprends-moi, je veux simplement mener mon enquête sans que tu en sois un dommage collatéral.

— C'était le cas d'une infection en phase terminale, Luc. Ce n'est pas une affaire pour une brigade ordinaire. Pas même la Crim'. C'est à la BMS de s'en charger.

— Tu sais bien que, lorsque cette dernière croule sous les dossiers et les interventions, tes supérieurs font appel à nous. Ça ne devrait pas t'étonner : ce n'est pas une première. L'affaire du café est maintenant la mienne. Il y a eu pas mal de victimes, mais c'est un cas « classique ». Nul besoin de faire intervenir la crème de la crème…

Sa dernière phrase est prononcée avec aigreur. Je sais pertinemment ce qu'il pense de mon boulot, ce que le reste du monde pense des gars de la BMS. Je ne comprendrai jamais ce mélange d'animosité et d'envie que je lis dans le regard de certains flics, parfois. Surtout que ce flic-ci a eu sa chance.

— Claire. Dis-moi ce qu'il se passe, insiste-t-il d'une voix douce cette fois, en replaçant une mèche de cheveux derrière mon oreille.

Sa main s'attarde sur ma peau, juste un instant, mais c'est suffisant pour que ma mémoire sensorielle s'affole.

Mais ce n'est qu'un stratagème. Je sais qu'il nc mc lâchera pas tant qu'il n'aura pas ses réponses.

Je porte mon mug à mes lèvres, puis laisse échapper un soupir de contentement les yeux rivés sur le plan de travail.

J'entends le froissé d'un papier qu'on déplie, puis qu'on glisse sur le comptoir. Je mets moins d'une seconde à reconnaître de quoi il s'agit. Je m'étouffe dans mon mug.

— Raconte-moi, me demande-t-il simplement.

Je sens que ses yeux sont rivés sur moi, mais je suis incapable de lever le menton. Oublier mon badge, passe encore, mais y laisser la lettre de mon père…

Celle qui raconte qu'il a vendu son âme à Satan. Celle qui dévoile clairement qu'il existe, dans ce monde, plus d'une espèce, et que la magie dégénérative pourrait être le cadet des soucis de la race humaine. Ce secret, ces quelques mots, c'est le Hiroshima de l'humanité.

Je sais qu'il prend cette lettre très au sérieux. Mon père était un policier connu et respecté. Et Luc est loin d'être stupide. Mon cerveau tente de se reconnecter afin de trouver une excuse plausible. N'importe quoi pourvu que ça ait l'air vraisemblable. J'ouvre la bouche. Luc me devance.

— Si tu me dis que cette lettre est une blague entre toi et ton père, Claire, je te jure que je te fous au trou.

Merde, il me connaît trop bien.

— Je ne peux rien te dire, Luc. C'est… personnel.

— Au nom de tout ce qu'on a partagé ensemble, je t'en prie, vide ton sac. Je peux t'aider.

J'ouvre la bouche, hésitante. Mais c'est une voix d'homme qui répond à ma place.

— On ne vous a jamais dit qu'il était extrêmement malpoli d'essayer de tirer les vers du nez d'une dame ?

Keziah, l'épaule adossée contre le chambranle menant à la chambre d'ami, nous fixe tour à tour, un sourire contrit sur les lèvres. Luc l'observe un instant avant de froncer les sourcils.

— Ce n'est pas mon T-shirt Abercrombie, ça ?

Je me souviens brusquement que j'ai gardé un carton dans le placard qui contient le reste des affaires de Luc. Quelques babioles que j'ai retrouvées au fil des mois. Je devais le lui déposer, mais n'en ai jamais vraiment eu le courage. Ça m'apprendra à jouer les poules mouillées. Et il faudra aussi apprendre au démon la définition du mot « privé ».

Keziah s'avance dans la lumière. Bien qu'assez grand et large d'épaules, Luc n'a pas le gabarit de l'incube dont les pectoraux et les biceps gonflés tendent le tissu bleu ciel au point qu'on entendrait presque les coutures craquer.

— Il est un peu serré, dit Keziah, narquois.

Si la situation n'était pas si merdique, je m'autoriserais certainement un petit pouffement bien senti.

— Et vous êtes qui au juste ? lâche Luc, les yeux en mèche de dynamite.

— Keziah.

— Keziah… Comment ?

— Juste Keziah. (Il se tourne vers moi, qui bois mon café en silence.) Vous m'en faites un ?

— Et puis quoi, encore ?

— Ce n'est pas comme s'il suffisait d'appuyer sur un bouton, boude l'incube en levant les yeux au ciel.

— Je ne suis pas votre barista personnelle !

— Claire, qui est ce type ? demande Luc, dont la tête cesse enfin de faire la navette entre moi et l'antipathique apollon qui porte son T-shirt.

Keziah lui sourit comme s'il voulait décrocher le titre de Mister Univers devant un membre du jury peu commode, puis répond. Presque en ronronnant.

— Je suis son plan Tinder.

Je m'étouffe presque avec mon café et quelques gouttes filtrent de mes lèvres avant que je ne les essuie d'un revers de main.

Il hausse les épaules sans cesser de sourire, les yeux rivés dans ceux de Luc qui, les lèvres réduites à deux minces lignes, le fixe comme s'il pouvait le pulvériser d'une pensée.

— Je crois que vous allez tous les deux arrêter de vous foutre de ma gueule et me dire ce que c'est que cette merde ! crache-t-il en pointant la lettre du doigt. Ne m'oblige pas à user de mon badge, Claire.

Cette fois, je me décide pour l'attaque. Un détournement d'attention vulgaire et un peu brut, mais qui a souvent fait ses preuves.

— Tu n'as aucun droit sur un inspecteur de la BMS.

— Tu n'imagines pas comme je m'en cogne. Maintenant, tu me racontes ce qui se passe, ou je vous coffre, toi et ton gigolo.

— Je ne relèverai pas l'insulte, fait l'incube en s'avançant dans son dos. Mais je ne peux pas laisser de témoin.

Avec une rapidité surprenante, il passe son bras droit autour du cou de Luc et resserre sa prise jusqu'à le plaquer contre son torse. Luc se débat comme un beau diable, tentant de se dégager, mais son visage commence déjà à virer vers le cramoisi. La bouche entrouverte comme celle d'un poisson hors de l'eau, il ne parvient plus à respirer. Je m'élance au moment où les yeux de Luc se révulsent et que ses mains retombent le long de son corps. Keziah ouvre les bras et il s'affaisse sur le sol. Je bondis afin de le rattraper et d'éviter que son crâne n'embrasse douloureusement le plancher de mon salon. Je prends son pouls. Il est faible, mais bat toujours.

Glissant sa main gauche dans la poche arrière de son pantalon, l'incube en ressort un smartphone et le déverrouille. M'étant assurée que Luc n'a rien d'irréversible, je me redresse et m'avance vers lui. L'expression rageuse qui s'affiche sur mes traits a déjà fait trembler plus d'un de mes coéquipiers, mais l'incube ne me regarde pas, les yeux rivés sur son écran à la recherche d'un numéro.

— Vous venez d'agresser un officier de police, Keziah ! Est-ce que vous avez perdu la tête ?

— Rassurez-vous. Il se réveillera bien au chaud dans son lit avec une légère migraine et le souvenir un peu flou de cette journée en tout point similaire aux six autres de cette ennuyeuse semaine. S'il est sage, on lui fabriquera peut-être même le souvenir d'une nuit mémorable entre les cuisses d'une danseuse exotique.

— Putain ! Est-ce que vous avez été créé spécialement pour me pourrir la vie ?

— Techniquement, c'est le big boss, qui est à l'origine de vos misères, mais passons…

— Comment voulez-vous que j'avance si vous intervenez en solo et ne me révélez que la moitié des éléments ? Je ne connais pas votre monde, Keziah !

— Ah, vraiment ? Il m'avait pourtant semblé que vous étiez bien renseignée. Vous avez eu près de vingt ans pour vous y préparer, inspecteur.

Là, il marque un point. Ça sert d'écouter aux portes…

— Vous saviez dans quoi vous vous embarquiez, reprend-il. Alors, ne venez pas geindre quand on vous enlève les petites roues.

— Le fait que Luc ait pu retrouver cette lettre prouve que j'ai raison. On ne peut pas continuer sans que j'aie toutes les cartes en main.

L'incube soupire.

— Bien, nous discuterons. Néanmoins, je ne sais pas tout et je ne suis pas autorisé à tout vous révéler non plus. Sommes-nous d'accord ?

Je m'approche de lui, les paupières comme deux fentes. Attrapant le col de son T-shirt d'emprunt, je le tire vers moi jusqu'à ce que nos visages se frôlent.

— Nous avons un accord, mais quand j'aurai récupéré mon âme et que notre collaboration prendra fin, n'espérez pas que j'oublie cette petite aventure. Luc est peut-être teigneux dans son genre, mais je suis pire.

— J'en suis certain.

Je desserre les doigts. Se redressant, il appuie sur l'un des contacts enregistrés dans son répertoire, puis porte le téléphone à son oreille sans plus s'occuper de moi. À la seconde sonnerie, l'interlocuteur à l'autre bout de la ligne décroche.

La conversation ne dure qu'une minute, entrecoupée de légères pauses pendant lesquelles il se contente d'écouter.

— Letha ? Oui, c'est Kez. J'aurais besoin que ton équipe se charge d'un petit problème de… (il jette un regard morne sur le corps de Luc à ses pieds) parasite. Oui… Un immeuble du centre. Mhmmm… Tu peux tracer ma signature ? Parfait… Dans vingt minutes ? Je ne serai plus sur place, j'ai une affaire en route.

Il raccroche et range son smartphone dans la poche de son pantalon. Faisant volte-face, il disparaît dans la chambre d'ami et en ressort une poignée de secondes plus tard, sa veste en main. Il la passe autour de ses épaules et me fixe.

— Prenez quelques affaires, inspecteur. Je vous emmène dans un endroit plus sûr.

Je relève le menton.

— Il ne lui arrivera rien ? Vous me le promettez ?

— Promis. Il ne servira pas de déjeuner à un horla de passage.

Je tente de sourire à la référence, mais c'est trop en demander à mon corps et mon esprit épuisés. J'attrape un sac dans ma penderie que je remplis avec ma brosse à dents, des changes et mon holster de cuisse. Je le ferme, puis me ravise en y ajoutant, à l'insu de toute brimade de l'incube, mon lapin en peluche à l'effigie de Judy Hopps, la lapine flic de *Zootopie*. Une fois certaine que je n'ai rien oublié d'essentiel, je rejoins Keziah dans mon salon.

— Prête ?

— Autant que si j'allais me faire retirer les dents de sagesse.

Un sourire retrousse le coin de ses lèvres.

— Au fait…

— Quoi ?

— Joli doudou.

La promesse

Les plaies de son dos saignaient. Il y avait des jours, des jours moroses, où ses anciennes blessures se rouvraient pour pleurer. Aujourd'hui était un de ces jours.

Elle alla chercher la cuvette en cuivre qui chauffait son eau sur le feu et la déposa près de lui. Puis, s'asseyant derrière, elle entreprit de passer un linge humide sur sa peau. Il sursauta un instant, surpris par le contact, mais ses épaules se détendirent bientôt.

— Tu penses à ton père.

Ça n'avait rien d'une question. Elle le connaissait bien assez pour savoir que son dos ne saignait que lorsqu'un chagrin mêlé de nostalgie et de rage s'emparait de son amant.

Ses épaules se tendirent, se nouèrent de sentiments si violents que s'il l'avait voulu, toute la

Géhenne aurait été balayée d'un simple hurlement. Mais il se contenta de perdre son regard en contrebas, sur la vallée. C'était toujours mieux que de regarder vers le haut.

— Tu sais, reprit-elle, une hésitation dans la voix, nous pourrions…

Son hésitation se mua en peur. Peur d'un refus. Peur du rejet. Il resta lui-même silencieux. Elle ne sut si c'était dans l'attente qu'elle poursuive ou tout simplement qu'il ne l'avait même pas entendue. Son regard devait être perdu le long des flancs de la Géhenne, aspiré par ses souvenirs. Il regardait le paysage sans le voir, ct l'cntcndait, cllc, sans l'écouter. Il pouvait rester des heures ainsi, prostré, muré dans le silence, ignorant du temps. Quand cela lui arrivait, elle avait l'impression que devant elle se dressait une statue de marbre. D'une perfection presque insupportable et d'une froideur tout inhumaine. Car humain, il ne l'était pas et ce n'était jamais aussi évident qu'à ces moments-là.

— Tu voulais me dire quelque chose, mon Lys ? lui demanda-t-il d'une voix rauque tandis que sa bassine de cuivre se colorait de rouge.

Alors il l'avait entendue. Cela lui cotonna les genoux. Il aurait mieux valu qu'il l'ignore.

— Je sais combien ta famille te manque à certains moments. Je le vois bien. Tu es heureux et, l'instant d'après, tes plaies se mettent à saigner. Ils te manquent. Et je me disais. Enfin… Je pensais que nous pourrions…

Comment pouvait-elle formuler sa demande ?

— Peut-être que si nous avions… un enfant…

Sous sa paume, les muscles de son amant se contractèrent soudain. Cette fois, il avait bien tout de la statue de marbre. Elle était heureuse qu'il lui tourne le dos. Ainsi, il ne lui était pas possible d'apercevoir ses joues cramoisies.

— Je ne te suffis plus ? lui demanda-t-il.

Et dans son ton, elle entendit chacun de ses doutes comme des coups de tonnerre. Ils la percutèrent avec tant de force qu'elle dut s'accrocher à lui afin d'être certaine qu'il avait bien conscience qu'elle était là, juste derrière lui. Qu'elle serait toujours là. Car dans le passé, il avait été le seul à la voir vraiment. À la prendre comme elle était et non pas comme il voulait qu'elle soit. Il respectait – chérissait – son esprit rebelle et sa soif de liberté. Il l'avait ouverte à sa propre féminité, l'avait poussée à désirer sans honte. Quelqu'un d'autre l'avait modelée, mais c'est lui qui lui avait insufflé la vie. Et à son tour, elle l'avait aidé à se reconstruire après sa chute.

Désormais, il prenait chaque respiration à sa bouche, chacun de ses gestes en miroir des siens, et n'importe lequel de ses mots pouvait le remplir de félicité comme de douleur.

Elle puisa dans tout son courage, sa volonté, ses certitudes pour trouver la force de répondre. À quoi bon nier ? Elle ne souhaitait aucun secret, aucun mensonge entre eux. Ils s'étaient promis de toujours être honnêtes l'un envers l'autre.

La joue fondue à sa chair, elle secoua lentement la tête.

Il garda le silence. Si longtemps que cela lui glaça le sang. Elle qui n'avait peur de rien, elle si indépendante, elle qui avait tout quitté par conviction, elle tremblait de le perdre. Pour un autre que lui, elle se serait giflée de se sentir si démunie. Mais c'était *lui*.

— Non, mon Lys. Nous n'aurons pas d'enfant de notre sang. Jamais.

Le couperet était enfin tombé et il lui avait mordu la peau, tailladé les muscles, ravagé les chairs.

« Nous n'aurons pas d'enfant. »

Ses larmes coulèrent sur le dos de son amant.

Il se tourna vers elle, lui souleva le menton et avala ses yeux.

— Nous n'aurons pas d'enfant de notre sang, répéta-t-il. Mais je t'offrirai bien mieux. Tu en auras une multitude. Je rachèterai toute l'humanité, de sorte qu'aucune âme ne nous échappe. Je t'offrirai le monde, Lys, comme je te l'ai promis. N'ai-je pas déjà tenu le premier de mes serments ? N'ai-je pas ensemencé ce monde de ton lys ?

Elle fronça le nez. Il lui offrait des fleurs quand elle voulait sa semence.

— Comment comptes-tu acheter l'humanité entière ? Les humains grouillent déjà sur ce Monde-ci. Bientôt, ils seront des millions… des milliards !

— Avec patience et ruse. Nous avons tout le temps des Mondes.

— Tu as tout le temps du monde, le corrigea-t-elle.

Une colère impuissante scintilla au fond de ses iris tandis qu'elle se redressait sous les branches de leur amandier. Il resta assis, un demi-sourire au bout des lèvres, à la contempler. Si belle, si sauvage. Indomptée, comme la vallée désormais plantée de lys à leurs pieds.

— Je peux partager mon immortalité avec toi. Un sacrifice contre un sacrifice. Ma chair contre la fertilité de ton sang. Le sceau des amants. Nous n'avons besoin de personne. Viens. Pour que je puisse partager mon essence, je dois te nourrir de ma chair.

Il se leva, mais elle resta immobile, les pieds enracinés en terre, la main posée sur son ventre.

— Qu'y a-t-il, mon Lys ?

— Que va-t-il m'arriver ?

— Ton sang ne coulera plus à chaque nouvelle lune.

Sa main se crispa sur le drapé de son péplos.

— Et si le prix était trop grand ?

Il ne répondit rien à ses yeux humides et son menton tremblant, se contentant de la dévisager.

Les enfants d'Abraham seraient-ils plus nombreux que les étoiles, que ce ne serait pas assez pour combler le vide qu'il ouvrait dans son ventre. Mais elle savait également qu'elle pourrait vivre avec un vide, mais pas sans lui.

Elle se dressa pour avaler sa bouche et son murmure pénétra ses lèvres, porté par sa résolution.

— J'appose une condition, puisque tu me prives d'une descendance de mon sang.

Il se fit attentif, conscient qu'elle ne transigerait pas.

Elle leva le visage à sa vertigineuse hauteur afin de capter la moindre lueur dans son regard. S'il n'était pas parfaitement sincère, elle le saurait.

— N'offre jamais à une autre ce que tu me refuses. Ne fais jamais d'enfant à une autre femme. Si je suis sans descendance, tu le seras également. Promets-moi cela et je serai tienne à tout jamais.

PUTAIN PUTAIN PUTAIN
PUTAIN PUTAIN PUTAIN
PUTAIN PUTAIN PUTAIN

Succubes et Incubes

- Démons du sexe
- Dépendants de l'humanité
- Se nourrissent de l'énergie ou du désir humain
- Capacité spéciale (Keziah) → retransmettre l'énergie volée sous forme curative

Étonnant, hein ?

- [ ] Buter Luc → prendre un bain quand c'est fait.
- [ ] Buter Keziah
- [ ] Buter Satan

Le Café Parfait

- café
- cannelle
- lait de riz
- sirop d'érable

Là ya mon âme...

Si je meurs avant la fin de mon contrat, que se passe-t-il ?
Est-ce que Satan récupère automatiquement mon âme ?
Keziah refuse de me le dire. Je dois le faire parler.

CHAPITRE 10

LE MANOIR

LE SEUL ENDROIT DANS LEQUEL je me sente vraiment chez moi, c'est mon manoir. Il est suranné comme son propriétaire, un peu perdu dans son grand parc, hors du temps, hors du monde. Parfait pour moi.

C'est une bâtisse construite sur trois étages, en briques roses typiques de la région. Elle trône au milieu de plusieurs hectares de terre. Des buissons de buis taillés en sphères, des parterres de fleurs, des roseraies et de grands pins majestueux habillent une pelouse que j'entretiens avec tant d'application qu'on croirait que les brins ont été égalisés au coupe-ongles.

Le manoir se situe à une cinquantaine de kilomètres de la ville, mais la distance ne m'a jamais dérangé. Bien au contraire. C'est mon petit îlot de solitude, celui sur lequel je recharge mes batteries.

La façade est composée d'un bloc rectangulaire encadré par deux tourelles cylindriques aux toits en flèche recouverts d'ardoise d'un gris bitume. Les portes et les encadrements des fenêtres sont peints en blanc, faisant ressortir le rose poudré de la brique foraine. Une volée de marches mène à trois hautes portes vitrées en ogive. Au second étage, un balcon à la rambarde immaculée court le long du manoir pour en faire le tour. Des combles marqués par des petites fenêtres ovales aux carreaux colorés dans un camaïeu de bleu coiffent les deux étages.

Et j'en suis l'heureux propriétaire.

Je n'ai jamais eu de problème d'argent. C'est tout l'intérêt d'être le préféré de sa *mère* ; elle vous gâte et vous pourrit au-delà du possible.

J'ai acheté le manoir pour une bouchée de pain à la fin du XVIIIe siècle à une famille noble qui fuyait la France et sa fâcheuse tendance à décapiter tout ce qui portait des bas de soie. Ils étaient partis si vite qu'ils n'avaient pas pris le temps de vider la cave. Une belle affaire, je dois l'avouer. Il me reste encore quelques bouteilles de 1789. Je ne me risquerais pas à les goûter, mais elles me rappellent d'autres temps – pas plus faciles, mais moins effrénés. Aujourd'hui tout évolue si vite que j'ai parfois l'impression que si je ferme les paupières trop longtemps, je verrais se poser sur ma pelouse les vaisseaux tripodes de H. G. Wells.

Je sens au regard que l'inspecteur Defontaine pose sur la façade qu'elle n'aurait jamais imaginé que mon « chez-moi » serait si agréable à regarder. Elle pense sans doute qu'un démon habiterait un loft dans le centre-ville, en plein quartier bobo. Un lit à baldaquin phénoménal bardé de chaînes et de menottes trônerait sans doute au centre de la pièce principale. Une garçonnière dans laquelle je m'empresserais de refaire l'alphabet avec des femmes aux noms et origines exotiques.

— C'est… chez vous ? fait-elle, incrédule, lorsque je la rejoins devant l'entrée avec son sac de voyage.

— Ça vous étonne ?

— La seule chose qui m'étonne, c'est que ce soit de bon goût.

Tiens ! Qu'est-ce que je disais ?

Je ris sans me formaliser et lui fais passer l'entrée.

Le hall est étriqué. Rien de négatif à ça. C'est simplement le style d'une époque différente où l'on cloisonnait les lieux de vie par souci de confort afin de garder la chaleur qui émanait des différents foyers de la maison. Aujourd'hui, on a besoin d'espace, de grandes pièces à vivre ouvertes et aérées. Une belle contradiction alors que l'Homme moderne passe sa vie enfermé, les yeux rivés sur ses écrans.

J'ai fait repeindre toutes les boiseries et le lambris des murs dans des tons crème, ce qui agrandit l'espace. Le sol de l'entrée est habillé de tommettes octogonales en terre cuite à cabochons bleu roi. Un escalier en chêne mène aux étages et une porte vitrée laisse passer la lumière et mène au jardin d'hiver. Sur la gauche, une porte-vitrail s'ouvre sur la bibliothèque, la salle de billard et le bureau. Deux portes desservent en enfilade le salon, la salle à manger, la cuisine et le cellier. Le premier étage est divisé en cinq suites qui possèdent toutes leur propre cabinet de toilette. J’y ai fait installer de la plomberie moderne au début du xxe, car, si je ne vois aucun inconvénient à me débarbouiller au broc et à la cuvette de toilette, certains de mes invités préfèrent les avantages d’une douche moderne. Le second étage est occupé par une demi-douzaine de chambres de bonne. Enfin, on accède aux combles par un étroit escalier que je n’ai pas emprunté depuis des années. Ça ne m’étonnerait pas que je passe au travers de la première marche si je m’y risquais.

— Je vous montre votre chambre ?

— Tant qu’elle se trouve à l’exact opposé de la vôtre…

Je pousse un soupir à m’en fendre l’âme.

— Vous me brisez le cœur, une fois encore, inspecteur.

Elle esquisse un sourire. Petite victoire. L’inspecteur me rappelle cette nonne franciscaine que j’ai dû séduire au milieu du XVIIIe siècle afin de décrédibiliser sa famille, alors très influente à la cour de France. Ça m’a pris plus de six mois à la mettre dans mon lit. Un record que je ne compte pas dépasser, même si l’inspecteur Defontaine serait sans doute moins pudibonde affublée d’une guimpe blanche et assermentée à sa chasteté. Claire est décidément une énigme. Une ravissante – et butée – énigme. Une chance que je sois patient et *doué* dans la résolution de puzzle. Je la précède dans l’escalier. Après un premier palier, il dessert un couloir où une série de portes closes se succèdent. Je m’arrête devant l’une d’elles, ouvre le battant et m’efface pour la laisser passer.

— J’espère qu’elle est à votre goût ?

Elle entre sans un mot. Un lit cerné de voilages blancs trône au milieu d’une large chambre. À son pied, sur un sol dallé de carreaux de ciment dans les tons bleus et blancs, une baignoire sur pieds s'étend paresseusement, attendant qu'on la remplisse d'une mousse épaisse. Un bureau, une commode, une armoire et une coiffeuse style Louis XV meublent le reste de la pièce, tandis que des plantes grasses comblent les angles. Des reproductions tant modernes que classiques colorent les murs de la suite en un parfait mélange de styles. Trois hautes portes-fenêtres permettent d'accéder au balcon sur lequel a été installé un petit salon de jardin en fer blanc. Elles permettent également d'admirer la vue splendide sur le parc et les collines environnantes. Au loin, les lumières de la ville brillent sur fond sombre comme une constellation.

— Vous rigolez ? s'exclame Claire en pointant du doigt l'un des meubles en bois clair. J'ai connu des appart' d'étudiants qui rentraient dans cette commode !

Je la gratifie d'un sourire et pose son sac sur le lit.

— Parfait.

Je ressors dans le couloir. Claire me suit, posant une main sur le bois de la porte.

— On se retrouve demain matin. Pour le moment, vous avez besoin d'une bonne nuit de sommeil. Votre aura aurait du mal à illuminer un placard à balais.

Elle grimace. Apparemment, elle a un peu de mal à accepter mon don et mes incursions dans son intimité. Je lui expliquerais bien que je n'y peux rien, que pour m'empêcher de voir les auras, il faudrait que je me crève les yeux, mais bornée comme elle l'est, elle pourrait tenter l'idée.

— Le dossier, m'intercepte-t-elle alors que je recule.

Je hausse un sourcil interrogateur.

— Celui des victimes. J'en ai besoin.

— Maintenant ?

Elle hoche la tête tandis que je soupire.

— Vous ne vous arrêtez jamais ?

Glissant une main sous ma veste, j'en ressors l'enveloppe scellée qui a miraculeusement survécu à mon affrontement avec l'IT et la lui tends. Je suis certain qu'elle va y passer une bonne partie de sa nuit.

Avant qu'elle ne referme le battant, je frôle le dos de sa main de mes doigts. L'expression neutre que j'affiche ne l'empêche pas de retirer son bras de l'encadrement d'un geste soupçonneux avant de me fermer la porte au nez, le dossier pressé contre elle.

Oui, décidément, elle va être plus coriace que ma nonne.

Je redescends, attrape un cardigan en laine épaisse suspendu à la patère sous l'escalier de l'entrée, puis passe par la porte de derrière. Je passe d'un pas rapide sous la véranda du jardin d'hiver, puis en sors pour me diriger vers le fond du parc.

La nuit commence à tomber, mais les lanternes à énergie solaire marquent le chemin. Au bout d'une centaine de mètres, j'arrive au centre de ma propriété. L'endroit est coupé du reste du parc par une ceinture de pins si serrée que l'on ne peut la franchir qu'en passant par une grille dont je suis seul détenteur de la clef.

Je l'extrais de mon gilet et déverrouille la serrure. Le mécanisme s'enclenche docilement puis je pénètre au cœur de ce que j'aime appeler « mon jardin secret », avant de refermer derrière moi.

J'ai fait monter un kiosque en fer forgé par-dessus une fontaine de marbre rose de style antique. La structure de la fontaine s'organise autour de trois vasques en forme de coquillage et incrustées de nacre tandis qu'une naïade verse le contenu d'une amphore à son sommet. Son glouglou paresseux m'a toujours infiniment reposé.

Une silhouette de femme m'y attend comme toujours, assise sur le bord de la fontaine, de dos. Ses cheveux blonds coupés à la garçonne rebiquent en accroche-cœur sur ses joues pâles. Elle est penchée sur un livre à la couverture de cuir, dérobé parmi la vaste collection qui garnit ma bibliothèque, absorbée par son passage préféré. Je sais que si je m'approche pour lire par-dessus son épaule, elle restera immobile, sa figure concentrée, son nez froncé, son front plissé. Lucie a toujours été une grande lectrice, vivant par procuration des aventures que sa chair ne pouvait connaître.

L'air du soir embaume du parfum capiteux des roses. Une dizaine de rosiers grimpent le long de la structure du kiosque, le drapant d'une robe de bal d'un carmin vibrant.

Sans bruit, je me dirige vers la petite remise bleue dissimulée dans la barrière de pins et en ressors un seau, une paire de gants de jardinier et un sécateur. Les gelées tardives ont fait des ravages dans les jeunes bourgeons des rosiers. Si je ne les étête pas, ils pourriront sur branche et empêcheront les prochains de bien se développer.

Je commence mon œuvre en silence, seulement interrompu par le ululement d'une chouette et le murmure de la fontaine. Dans mes tempes, je peux entendre le son des battements de mon propre cœur.

Elle ne fait pas attention à moi.

— Il faut que je demande à Thomas de s'occuper des hortensias de l'entrée. Il faudrait épandre de l'engrais sur leurs pieds. J'ai l'impression que les grappes sont moins épaisses et les fleurs moins colorées cette année. Ce doit être dû à un manque d'arrosage.

Je commence toujours nos discussions par des sujets légers. La pluie et le beau temps. Les menus travaux à réaliser dans le manoir. Des choses bêtes et peu sérieuses qui ne nécessitent aucun travail de l'esprit et me permettent de me concentrer sur mon activité manuelle.

Les bourgeons fanés tombent dans le seau tandis que mon sécateur accompagne le bruit feutré de leur chute de son sifflet métallique.

Slaf ! Poc ! Slaf ! Poc !

— Il faudra aussi que je fasse venir un couvreur. J'ai remarqué qu'il y avait une légère fuite dans la toiture au niveau de la chambre aux lilas. Cette vieille baraque fera ma ruine.

Slaf ! Poc ! Slaf ! Poc !

— C'était une étrange journée. J'ai vu Éden. Son corps.

Slaf ! Poc ! Slaf ! Poc !

De longues minutes passent sans que je n'ouvre la bouche. Elle non plus. Le soleil coule ses derniers rayons sur la cime des pins.

Poc !

Le dernier bourgeon fané est tombé. Je m'arrête. Mes doigts commencent à être engourdis par le froid de la nuit tombée. Comme il m'arrive de venir ici le soir, j'ai fait installer des lampions sur la structure du kiosque. Ce n'est pas suffisant pour permettre à un humain de travailler, mais mes yeux de démon y voient très bien dans la pénombre. Et je trouve que cela confère à l'espace une dimension presque féerique.

La lumière chaude des lampions s'étale sur la peau blanche de Lucie, dans ses yeux mi-clos, sur sa bouche fine. Sa vision me fait toujours si mal au cœur qu'il m'arrive de ne pas la supporter et de repartir sans l'avoir saluée. Pas ce soir. Ce soir j'ai besoin d'elle et de son contact.

Posant mon sécateur dans le seau, je retire mes gants et m'accroupis face à ma compagne silencieuse. Des pétales de rose se sont déposés sur son livre ouvert. Je les y chasse puis dépose ma main sur la sienne. Elle est froide. Ça ne devrait plus m'étonner, et pourtant, je bute aujourd'hui encore devant la chaleur de sa main à jamais dissipée.

Je caresse le dos de sa main, son poignet, puis remonte le long de son bras, de son épaule. Je glisse ma paume sur sa joue. Elle n'a pas esquissé le moindre mouvement.

— Bonsoir, *ástin mín*.

J'ai pris l'habitude de glisser des mots dans ma langue natale lorsque je m'adresse à elle. Lucie a toujours adoré m'entendre « grogner », comme elle disait. Je n'ai jamais compris ce qu'elle entendait par là. Pour moi, le vieux norrois est la plus belle et la plus chantante des langues.

— J'ai fait la rencontre de l'inspecteur de la BMS dont je t'avais parlé. Je l'ai installée dans la chambre bleue. C'est un vrai coffre-fort. La fille… pas la chambre. J'ai rarement contemplé une femme à la fois si dure et pourtant si peu assurée.

Lucie reste figée dans sa lecture. Elle restera à jamais penchée sur son livre, assise sur cette fontaine, l'air concentré.

Car Lucie est une statue.

Elle ne l'a pas toujours été. Un châtiment froid et cruel a été la réponse de l'Enfer à un amour naïf que j'ai eu l'audace de partager. Un instant de faiblesse a suffi à transformer la douceur de sa peau en une carapace rugueuse dont mes yeux, éternellement coupables, ne peuvent se soustraire.

Lucie n'est pas morte, non, elle a subi bien pire.

Mon pouce frôle sa joue lisse, taillée dans le plus fin des marbres. Empoisonnée par le sang de Méduse, pétrifiée dans l'éternité de sa lecture.

Près d'elle repose toujours *la* tasse de thé ; je ne l'ai jamais déplacée. Depuis des années, elle ne contient plus rien que de la terre et quelques mauvaises herbes. Ce jour-là, elle contenait le sang maudit de Gorgone.

J'ai tout essayé pour la réveiller. Mais de mes stratégies puériles de contes de fées, aucune n'a engendré l'effet escompté.

Je prends congé d'un baiser. Sa joue est glacée, froide comme ma bouche, froide comme l'énergie qui fait battre mon cœur.

CHAPITRE 11

LES SURNATURELS

DES PLANTES EN POT agrémentent la véranda en fer forgé du jardin d'hiver. Le soleil matinal perce les vitres du plafond et passe à travers les feuillages des arbustes les plus hauts, créant un chassé-croisé entre ombre et lumière.

Il est huit heures et demie du matin. Je sirote paresseusement mon premier café lorsque l'on se racle la gorge. Je dresse la tête. L'inspecteur Defontaine me fixe, les yeux en canon de fusil. Ses cheveux sont nattés et elle porte un chemisier blanc rentré dans un pantalon de tailleur noir. On croirait qu'elle vient de sortir d'un catalogue La Redoute rubrique « Senior ».

— Quoi ? demandé-je, en trempant ma tartine dans mon bol de café noir.

Sans un mot, elle s'avance et plaque ses deux paumes sur la table de verre. Si elle avait été armée d'une règle en bois, le nez chaussé d'une paire de lunettes, j'aurais immédiatement déboutonné mon pantalon. Mais je préfère la jouer finaud avant qu'elle ne sorte son arme et me tire une balle entre les deux yeux.

— Un peignoir en soie, des serviettes propres et des boules pour le bain ont été déposés dans ma chambre cette nuit. Je jure que si vous êtes rentré pendant que je dormais…

— Je ne me le serais pas permis.

— Alors qui ?

Je hausse un sourcil amusé.

— Le fantôme du manoir.

— Le… quoi ?

Je ris devant son expression effarée.

— Reprenez des couleurs, inspecteur, je plaisante. J'engage du personnel de maison afin de m'aider dans les tâches quotidiennes et entretenir le manoir. Ils ont dû être laissés dans la suite par une femme de chambre avant votre arrivée et vous n'y avez pas fait attention. Café ?

Elle inspire un grand coup par le nez, la mine toujours soupçonneuse. Je sens qu'elle ne me croit pas, mais je peux lui assurer que je ne suis pas à l'origine de ces présents. L'odeur torréfiée qui plane sous la véranda a finalement raison d'elle et elle tire une chaise avant de s'asseoir devant un service complet de porcelaine qui croule sous les victuailles.

— Vous attendez une troupe de cirque ?

Je secoue la tête.

Je dois l'avouer, j'ai fait les choses en grand, à tel point que tout le village aurait pu être convié à notre petite sauterie matinale et qu'on aurait encore eu quelques restes pour le souper.

— Bien dormi, inspecteur ?

— Étonnamment bien.

— Vous m'en voyez ravi. J'étais certain qu'un petit séjour à la campagne vous ferait le plus grand bien. Vous n'êtes pas une citadine.

— Comment le savez-vous ?

— Je ne le savais pas. Mais entre campagnards, on se reconnaît.

Elle jette un coup d'œil au buffet.

— Vous avez préparé tout ça tout seul ?

— J'ai grillé les toasts, lui lancé-je dans un clin d'œil.

— Je me disais aussi. Et ce café que vous m'avez promis ?

Mon major d'homme, sorti d'on ne sait quel pli de rideau, verse soudain le contenu d'une cafetière en argent dans la tasse placée près de Claire. Elle n'a pas bougé un cil, mais je sens que l'apparition de mon personnel l'a surprise. Elle le remercie du menton, faisant mine d'avoir l'habitude d'être assistée par des serviteurs en livrée qui apparaissent quand on a besoin d'eux, tels des super-héros de *comics*.

Je bascule sur ma chaise, les chevilles croisées sur un repose-pied rembourré, les yeux baissés sur le journal du matin tandis qu'elle porte sa tasse à ses lèvres. Lorsqu'un soupire s'en échappe, j'esquisse un sourire. Le liquide d'ébène vient de faire son office.

— Mon Dieu ! gémit-elle de plaisir.

Tant que ça, hein ?

Je replie mon journal et le pose sur la desserte à roulettes qui se trouve à côté de moi.

— Vous avez fait préparer *mon* café ?

Je hausse les épaules et porte ma propre tasse à mes lèvres. Elle m'observe en silence. Je prends mon temps.

Enveloppé dans mon peignoir satiné bleu marine, j'ai tout à fait conscience que la couverture de *GQ* ferait torchon à côté de mon *packaging* matinal. Claire, elle, plisse les paupières.

Autant pour ma tentative rétrograde de séduction. L'inspecteur doit avoir une ceinture de chasteté vissée entre les cuisses et #MeToo a définitivement enterré le *sex appeal* des vieux mâles dominants. Ce n'est pas plus mal, mais plus difficile.

— Cannelle, lait de riz et sirop d'érable. J'ai bonne mémoire. Bien que je ne comprenne pas comment on peut noyer un arabica grand cru dans autant de cochonneries. Enfin… chacun ses vices.

Claire croque dans un croissant en silence, le mâchant avec lenteur, puis fonce, cornes en avant :

— Expliquez-moi, Keziah.

— Encore ! Arrêtez votre char ! Je sais que vous êtes bien plus renseignée que la plupart des humains sur « notre » monde. Même la BMS est moins rencardée que vous l'êtes.

— Bien, alors croisons nos informations. Je ne sais pas tout. Ce que j'ai appris, je le dois à des bouquins peu fiables. Je veux savoir dans quel foutu merdier je vais patauger pour récupérer mon âme. Vous m'avez promis des explications.

— Je n'ai rien fait de tel. Vous m'avez posé un ultimatum.

— Le résultat est le même. Déballez votre sac.

Je soupire, puis me lance tandis que l'inspecteur reprend un croissant.

— Comme je vous l'ai déjà dit, il existe une multitude de Mondes. La Terre et son système solaire n'en sont qu'un parmi des milliers. Le Valhalla, des Scandinaves. L'Éden, des catholiques. Le Shéol des Hébreux de l'Ancien Testament. Le Sidh, des premiers Celtes. La Douât de l'Égypte antique. Tous ces Mondes sont connus et nommés par les humains, mais la majorité n'y croit plus : c'est là que naît la mythologie. Pourtant, tous existent bel et bien. Je ne les connais pas dans leur ensemble. Je suis surtout affilié à la Terre. Les démons comme moi, qui se nourrissent de l'énergie vitale, ont une préférence pour votre espèce. Pour beaucoup, nous avons été humains avant de troquer nos âmes pour des faveurs. Votre père a agi de même avec la vôtre. C'est un cas assez rare, d'ailleurs. D'ordinaire, on ne peut offrir que ce qui nous appartient. Le contrat ayant été établi avant votre naissance, j'imagine que votre père et votre mère étaient en effet les « propriétaires » de votre âme. Je ne sais pas. Certains contrats sont bien plus complexes que d'autres…

Claire grimace avant de m'interrompre :

— Si je ne récupère pas mon âme au terme des dix jours, à ma mort, je deviendrai un démon ?

Je porte ma tasse de café à mes lèvres, la repose et hausse les épaules d'un air navré.

— Ça, ou autre chose, oui. Certaines espèces, les fées, les gnomes naissent ainsi. Ils possèdent des caractéristiques physiques ou des capacités qui leur sont propres. Ils sont « magiques » par naissance. Il en va différemment pour les humains. Mais une chose est sûre, vous appartiendrez à l'Enfer.

Sans possibilité de retour. Le marché que vous avez passé avec Satan est un cas exceptionnel. Vous ne réalisez sans doute pas la chance que vous avez. Peu d'entre nous ont eu ou se verront proposer cette alternative.

La grimace de Claire en dit long sur ce qu'elle pense de « sa chance », mais elle ne dit rien, me laissant poursuivre.

— Si l'on veut grossir le trait, disons qu'il existe deux clans distincts qui ont des motivations et un but différents. Le Bien et le Mal. Le Ciel et l'Enfer. Ce sont les noms qu'ont donnés les humains à deux entités complexes, aux ramifications alambiquées qu'ils ne comprenaient pas vraiment. L'Enfer a plusieurs desseins : il collecte les âmes par contrat ou par le biais d'agents, comme moi, afin d'augmenter ses troupes et de prospérer. Notre rôle est de « noircir » les âmes afin qu'au Jugement dernier, elles pèsent plus lourd. Mais nous utilisons aussi les humains pour nous *nourrir*.

L'expression de Claire se chiffonne, son croissant suspendu à quelques centimètres de ses lèvres comme si elle venait subitement de perdre l'appétit. En réponse, je secoue une tête amusée.

— Pas comme ça, inspecteur. Enfin... pas que... Beaucoup de créatures mangent, en effet, de la chair humaine, ou se nourrissent de leurs fluides, le sang, par exemple. Mais beaucoup se contentent d'absorber leur énergie vitale ou leurs émotions. On appelle cette énergie l'*Atma*. C'est le souffle vital qui anime chaque corps et qui nous permet de rester en vie. Je ne dis pas que je n'apprécie pas un bon steak-frites, mais, si je venais à ne plus me *nourrir* sur les humains, je perdrais peu à peu mes forces, puis mes pouvoirs, et disparaîtrais. Délesté de mon âme lorsque j'ai signé mon propre contrat, je ne serais plus qu'une enveloppe vide sans aucun *au-delà* pour m'accueillir. C'est pour cela que je ne dois pas mourir et que je ne vous remercierai jamais assez de m'avoir permis de me nourrir de votre *Atma*.

Claire repose son croissant puis secoue sa main d'un geste négligent.

— Boarf. Qui serais-je si je ne donnais pas un peu de mon âme à des inconnus pour les sauver d'une mort imminente ?

— L'âme et l'énergie vitale qui vous anime sont deux choses différentes, inspecteur. Vous n'êtes plus détentrice de votre âme, je n'ai donc pas pu la marquer ou la noircir.

— Quel soulagement, grogne-t-elle, amère.

— J'ai simplement pris la vitalité et l'énergie sexuelle dont j'avais besoin afin de me soigner. C'est de ça que se nourrissent les succubes et les incubes. De cette partie dans votre *Atma* qui recèle les désirs, les envies, les pulsions inavouables. Tous liés au sexe. Plus la personne les refoule…

Elle plonge ses yeux noisette dans les miens et je m'interromps.

— Et pour les hérauts du bien ? demande-t-elle.

— Dans l'autre camp, c'est un peu différent. Ils ne se nourrissent pas de l'*Atma* à proprement parler, mais plutôt d'émotions positives. De façon schématique, ils se nourrissent de votre droiture, de votre moralité, de votre bonté. Chacun de nous intervient en positif ou négatif dans vos existences pour en tirer un profit immédiat qui nous maintient en vie. Nous sommes en quelque sorte les roussettes de votre requin. Les grands patrons du CAC 40 céleste. Enfin… le camp du « Bien » se voit plutôt comme le Green Peace de la verdure morale quand nous serions les Sanofi de la criminalité. Pourtant, ce n'est pas celui que les humains pensent. Il n'est pas question de concurrence entre Dieu le père et son fils déchu. De batailles épiques. D'anges et de démons, ni de fin du monde. Notre but n'est pas d'engendrer le chaos. Ce serait l'extinction de votre espèce et la fin irrémédiable de nos deux camps. La Chine pourrait utiliser son milliard pour envahir le monde, mais elle doit maintenir le statu quo. Comme elle, nous avons besoin de vous pour prospérer.

Claire rumine un moment mes paroles.

— Et la magie, dans tout ça ? Pourquoi est-elle apparue comme ça, d'un coup, il y a quelques années ? Pourquoi rend-elle les gens cinglés et autodestructeurs ?

— Il peut y avoir beaucoup de réponses à cette question, inspecteur, malheureusement pour vous, je ne peux qu'avancer des hypothèses.

Elle sort son téléphone, les pouces suspendus au-dessus de l'écran, prête à retranscrire chacun de mes mots comme une greffière sous whizz.

— C'est mieux que rien.

— Cela peut être dû à une pandémie magique ou à un surplus de la population surnaturelle. Ça peut aussi venir d'un seul être doué de magie qui aurait, à dessein ou non, contaminé un humain en se nourrissant de lui ou en s'accouplant avec lui. Les choix sont nombreux. Cela peut être dû à un dérèglement environnemental. Les humains sont dépourvus de magie, mais leur Terre en regorge. C'est pour cela que bon nombre de créatures intimement liées à cette magie, après l'Exode, se sont installées ici, au nez et à la barbe des Premiers Hommes et de leurs descendants. Aujourd'hui, avec vos forages, vos déforestations massives, vos exterminations, votre pollution, votre béton, il se peut que Dame Nature veuille vous donner une déculottée pas volée.

— Vous sauriez comment l'arrêter ?

— Comme je vous l'ai dit, c'est une hypothèse parmi d'autres. Et même si elle s'avérait, il n'y a aucun moyen d'arrêter une telle entité. Elle existe, mais n'est pas réellement vivante. Elle n'a pas un cœur qui bat. Elle n'est ni un Dieu ni un être immortel. Elle n'est pas assujettie au temps qui passe. Elle est, tout simplement.

— Génial. Ma vie n'était déjà pas assez compliquée, comme ça.

J'attrape une pomme dans la corbeille devant moi, puis la frotte contre mon peignoir afin de la faire reluire.

— L'affaire est simple, en vérité, expliqué-je en ponctuant l'exercice par des bouchées de Pink Lady. Vous trouvez qui s'amuse à tuer des Surnat' dans les deux camps, vous récupérez votre âme pure et immaculée, et vous pouvez vieillir en paix jusqu'au Jugement dernier.

— Je n'ai pas l'ombre d'une piste. Je ne sais pas par où commencer et je ne sais pas ce qui pourrait tuer de cette façon. Sans oublier qu'il pourrait s'agir de suicides.

— On en a déjà parlé. Pas question de suicide ici.

Elle rempoche son téléphone et se lève, faisant racler sa chaise contre ma belle pierre de Bourgogne.

— Puisqu'il faut bien partir de quelque part et que je ne vais pas supporter longtemps d'être enfermée ici avec vous comme seule distraction, j'aimerais discuter avec des témoins potentiels de l'affaire. Le dossier n'en mentionne aucun. Serait-il possible que celui qui l'a rédigé ait oublié de les citer ?

— Il n'y a aucun survivant, inspecteur. Et même s'il y en avait eu, ils n'auraient pas parlé.

— Pourquoi ?

Mon trognon atterrit dans un bac à fleurs à quelques mètres de la table.

— Chez Sanofi & Cie, on se moque pas mal de ce qu'il peut arriver aux autres.

— Alors pourquoi Satan me veut-il sur cette affaire si la vie des siens est sans importance ?

— Au niveau purement personnel, il s'en cogne comme de ses premiers cothurnes. Il n'en reste pas moins le bras de la justice, inspecteur. Et il n'aime pas avoir à balayer devant sa porte. C'est mauvais pour les affaires.

— Des témoins de l'autre camp, alors ?

— Les adorateurs de licornes et de communication non violente ? Ce sont de petites choses timides. La plupart sont trop farouches pour se laisser approcher. Surtout lorsqu'on fricote avec Palpatine.

Claire pose ses mains à plat sur la table, l'air peu commode.

— Mettez-moi dix minutes dans une pièce avec l'un d'eux et je vous garantis qu'ils parleront.

Je m'ébroue presque sur ma chaise.

— Cette assurance, inspecteur ! m'exclamé-je. Je vous crois sur parole. Vous feriez parler un Michael Myers.

Je me lève puis attrape un croissant. J'en gobe un gros morceau et continue, la bouche pleine, en pointant Claire avec ma pâtisserie.

— Je sais exactement où nous devons commencer nos recherches. Mettez votre plus belle robe, inspecteur. Je vous emmène danser !

— Il n'est même pas neuf heures du matin, Keziah. C'est un peu tôt pour aller en boîte, non ?

— Il n'y a pas d'heure pour boire des vodka-orange et il n'y a rien de meilleur que de se trémousser contre des corps en sueur. Choisissez bien votre tenue. Votre décolleté doit attirer tous les démons du voisinage. Pour les besoins de l'enquête…

Tandis que Claire s'étrangle dans son « Quoi ?! » et m'adresse son regard le plus noir, je fais mine de l'ignorer et me dirige vers la maison.

— Ne vous en faites pas, inspecteur, si un vilain démon tentait de s'en prendre à votre vertu, j'éperonnerais mon destrier pour vous ravir à ses vilaines pattes.

CHAPITRE 12

LES LENDEMAINS DIFFICILES

JE POSE MES PAUMES DE PART ET D'AUTRE de mon crâne et presse mes tempes en poussant un râle qui parle de lui-même à mes collègues assis derrière leurs bureaux. Des œillades convergent abondamment vers moi et des sourires fleurissent au-dessus d'yeux cernés et de mentons mal rasés.

— Alors, Habani, fait une voix au-dessus de moi, tu sors en semaine ?

Les yeux rivés sur mon bureau à casiers métalliques, je me concentre pour ne pas vomir, mais je n'ai pas besoin de relever la tête pour savoir lequel de mes collègues vient de poser ses miches sur mon poste. En matière de vie privée, certains mettent en touche Google and Co…

— Sac à con, mais qu'est-ce que vous avez tous, ce matin ? éructé-je, n'écoutant que ma mauvaise humeur et le martèlement incessant derrière mes orbites.

C'est une putain de rave party, là-dedans.

Ma voix est rauque et ma gorge douloureuse comme si je m'étais enfilé deux paquets de cigarettes la nuit dernière. C'est plutôt con quand on sait que je n'ai jamais touché à une clope.

— Fais pas ton rabat-joie, je viens avec une offrande.

Un bruit métallique résonne à mes oreilles tandis que Morgan, mon coéquipier, pose une tasse fumante près de ma tête. J'ai la joue plaquée contre mon bureau. C'est tout ce que j'ai trouvé pour faire taire le DJ qui se déchaîne derrière mes paupières closes et les danseurs sous ecstasy qui sautent dans mon estomac au rythme de sa musique de tarés. Une délicieuse odeur de grains de café torréfiés titille mes narines. Comme un oiseau de proie sur le rongeur qu'il a repéré, je fonds sur le mug et porte avidement mon substitut de Doliprane à mes lèvres. Un soupir m'échappe et je replonge instantanément le nez dans mon café pour en pêcher une nouvelle gorgée.

Oh, terre promise…

Mon regard se perd dans la grande salle en demi-cercle dans laquelle travaille mon unité tandis que je sens le liquide providentiel couler dans ma gorge.

Le siège de la police criminelle a déménagé quelques mois plus tôt de son vieux bâtiment historique et infesté d'amiante pour des locaux rutilants et extraordinairement coûteux, bardés de verre et de métal, imaginés par un cabinet d'architectes en vogue qui préfère l'esthétique au pratique. Oh, je ne dis pas que notre nouveau bastion n'en jette pas, mais niveau praticité et discrétion, j'ai vu mieux.

Selon les points de vue, le bâtiment ressemble à une balle posée sur son culot, à une tête d'ogive nucléaire ou à un épais phallus au garde-à-vous, le tout entièrement vitré. Dans les trois cas, j'y vois toute l'ironie de lui faire héberger les bureaux de la police criminelle.

Les différentes parties s'articulent autour d'un escalier en spiral, sans doute inspiré du musée Guggenheim de New York. Les flics dont les bureaux se trouvent aux derniers étages font mieux de n'être sujets ni au tournis ni au vertige ; vomir sur les collègues du rez-de-chaussée, ça fait mauvais genre.

En parlant de vomir… je sens que ma propre nausée reflue légèrement.

— Mon pote, t'as la tête de celui qui s'est baigné dans de la tequila, me fait très justement remarquer Morgan.

— M'en parle pas, grogné-je en émergeant de ma tasse. Je ne sais même pas comment je suis entré dans ce club de strip'.

— Woah, woah, woah ! Une seconde ! s'exclame-t-il en tirant une chaise et s'asseyant en face de moi. Là, ça commence à m'intéresser. Un club de strip-tease ? Qui êtes-vous et qu'avez-vous fait de cet enfoiré de Luc Habani ?

— La ferme, Morgan.

L'intéressé lève les bras au ciel de façon théâtrale, sa jovialité en kevlar. Ses quinze années à la Crim' à se ramasser du macchabée n'ont rien changé. On pourrait lui tirer son portefeuille qu'il hausserait les épaules en disant que ça lui fait une bonne raison d'enfin changer l'affreuse photo d'identité de son permis de conduire. En même temps, cette photo… Avec son appareil dentaire tardif, sa grosse paire de lunettes sortie des années 70 et sa coupe de cheveux taillée à la serpe, on croirait voir Francis Heaulme. Heureusement, il s'est nettement amélioré avec les années, le Tuvier.

— Qu'est-ce que tu foutais dans un club pour « gentlemen » un jeudi soir ? Non, attends. Un jeudi soir, on s'en cogne. Qu'est-ce que tu foutais dans un club, tout court ? Je ne veux pas avoir l'air d'en rajouter, mais c'est pas ton genre.

Non, en effet.

Je tente de recoller les nombreux arrêts sur image qui garnissent mon crâne douloureux. Des spots, une ambiance tamisée, une machine à fumée, une enseigne au néon qui clignote, des paillettes, des strings en dentelle, des barres de *pole dance*. De grands yeux de biche, soulignés de noir, un piercing de nombril scintillant et de longs cheveux blonds. Mais tandis que mon puzzle de la nuit passée se repositionne peu à peu dans le bon ordre, je n'arrive toujours pas à y trouver un sens.

— Je ne sais pas. C'est flou.

— Tu m'étonnes. L'alcool n'est pas connu pour ses vertus mnémotechniques, mon frère.

Les yeux de Morgan pétillent et il se passe la main dans ses cheveux blonds coupés courts. À trente-neuf ans, c'est un jeune marié tardif. Il deviendra sans doute un jeune divorcé précoce d'ici un an ou deux, le temps que sa femme se rende compte qu'être mariée à un flic de la Crim' revient à vivre avec un oreiller inoccupé. Mais pour l'instant, le capitaine Morgan Tuvier rayonne d'un éclat amoureux qu'il aimerait contagieux. Il m'a toujours connu comme un premier de la classe. Toujours droit, toujours apprêté. Premier en tout. Le flic parfait. Il a sans doute du mal à croire que le « capitaine Habani » s'est enfin sorti le balai qu'il s'est lui-même enfoncé dans le cul et pas qu'un peu.

— Je me suis réveillé ce matin, dans mon lit. À poil. Aussi courbaturé qu'un punching-ball.

Morgan plisse les paupières. Je peux presque apercevoir les engrenages tourner sous son crâne tandis que son sourire tire sur un coin de ses lèvres.

Je fronce les sourcils, forçant le souvenir.

— Merde, je crois que j'ai ramené une fille. Une... danseuse.

Mon coéquipier se fend d'un grand sourire cette fois, jouant avec ses sourcils d'un air entendu.

— Ça, c'est mon pote ! Bien joué, Habani ! Mais quel bourreau des cœurs !

Je grogne. Ça n'a aucun sens. D'autres images défilent devant mes yeux. Une odeur de jasmin flotte dans ma mémoire. Je me souviens de la fille, de ses yeux, de ses cheveux, mais n'arrive ni à lui redonner un visage ni à retrouver son nom. Tout ce que je me rappelle, c'est la sensation de ses baisers, de sa langue, de ses caresses. Tout ça dans un maelstrom de sensations sans réel début et sans véritable fin.

Je me rappelle être arrivé sur une scène de crime. Un café du centre complètement explosé. Ensuite, c'est un trou noir jusque dans le club à l'ambiance confinée. Un nouveau black-out. La fille. Et mon réveil, au petit matin, avec une migraine carabinée et la bouche aussi pâteuse que si j'avais léché tous les bacs à sable de la ville.

Me sortant de ce mauvais film X, Morgan tapote mon bureau d'une pochette cartonnée. Je relève les yeux, la mine peu commode, mais interrogative.

— Au fait, les gars du labo m'ont filé les analyses que t'as demandées hier avant de mystérieusement t'échapper comme si t'avais le Diable aux trousses. Maintenant, je comprends pourquoi… À y réfléchir, t'avais plutôt le feu au c…

— Morgan… grondé-je, l'interrompant.

Il mime un zip sur ses lèvres et je lui tire la pochette à rabats des mains.

— Ils ont fait vite, commenté-je d'un air concentré, le nez déjà dans le dossier. D'habitude, il faut au moins attendre une semaine pour des résultats préalables.

Morgan siffle.

— Vu comment t'avais l'air en rogne, tu m'étonnes. Même moi, j'aurais bouffé ma propre mère si tu me l'avais demandé sur ce ton.

L'ignorant, j'ouvre la pochette à la première page et suis les lignes noires des yeux, les sourcils froncés par la concentration. Mais les flashes continuent à hacker ma mémoire.

La danseuse ondule sur mes hanches. Ses ongles laqués d'argent tressautent sur ma poitrine. Je lui empoigne le bassin, m'enfonçant plus profondément en elle. Ses cheveux me fouettent le visage tandis que sa bouche entrouverte gémit et halète.

Je ne situe pas la scène. Était-ce en plein club ? Est-ce que j'ai baisé une inconnue au milieu d'un club de strip-tease ?

Les stroboscopes crépitent, les néons nimbent sa peau moite. Son visage apparaît et disparaît au-dessus de moi en rythme, tantôt ombre, tantôt lumière artificielle. Chaque coup de hanche est plus brusque. Le plaisir prend le contrôle de nos corps. Elle est au bord de l'orgasme. Je ferme les paupières.

— Habani ?

Je cille. Morgan me scrute comme s'il attendait une réaction. Combien de temps a duré mon absence ?

— Rappelle-moi ce que je leur ai demandé et pourquoi ?

— La vache, t'es encore plus amoché que je ne le pensais !

Je fusille mon partenaire et la veine sur ma tempe se met à pulser énergiquement. Je n'ai vraiment pas envie de rigoler.

— Okay, j'ai compris ! Plus de blague sur ta nuit de bête de sexe. Pas la peine de me fixer comme si j'étais ton contrôleur des impôts. Sinon, pour en revenir à ta demande, rien d'inhabituel. Tu as demandé à la balistique de tracer la balle qui a été retrouvée dans le corps de l'IT qui a pété un câble et fait s'effondrer le toit du café sur une douzaine de civils.

Oui, c'est ça. Le café. J'ai été chargé d'une affaire d'IT ayant démoli un café au centre-ville. Mais alors, qu'est-ce que je foutais dans ce putain de club de strip-tease ?

Morgan pointe un tableau du doigt sur l'une des pages et poursuit :

— Ils ont étudié les sillons et les stries visibles sur la surface de la balle. Après un tir expérimental dans le puits de tir du labo, les gars ont…

— Abrège, moi aussi j'ai fait l'école de police, Morgan.

— Désolé. À ta tête, je me suis dit qu'une petite piqûre de rappel ne te ferait pas de mal. Bref. La « signature mécanique » retrouvée sur la balle qui a été extraite du corps démontre que l'arme est un calibre .38 spécial. Plus précisément un Smith & Wesson M13, une arme largement répandue dans la police… (il fait une pause, avant de reprendre) quand mon grand-père emballait ma grand-mère à l'arrière de sa Pontiac. Autant dire, plus depuis la guerre du Vietnam. À ma connaissance, aucun service n'utilise encore de telles armes. Donc soit on a affaire à un trafic d'anciennes armes de police, et là, le commissaire va voir encore plus rouge, soit…

— Je connais au moins une personne qui utilise ce type d'arme. Un détective de la BMS.

— La Brigade Surnat' ? Mais dans ce cas, si c'est un de leurs gars qui a descendu l'IT, pourquoi il n'est pas resté pour faire sa déposition ? Ça nous aurait foutrement facilité la vie ? Ils pensent vraiment qu'à leur gueule, ces crevards !

— Je ne sais pas, Morgan, mais quelque chose ne va pas dans cette histoire.

— On a interrogé les témoins qui se trouvaient à l'extérieur du café. Pour les victimes encore en vie, on va devoir attendre qu'ils sortent de chirurgie. J'ai dépêché deux gars à l'hôpital, ils m'appellent quand on pourra prendre des dépositions.

— Que disent ceux qui ont été interrogés ?

Morgan baisse le menton vers un second dossier qu'il avait gardé sous le bras et le parcourt du regard.

— C'est un peu confus, je t'avoue. Ils se souviennent d'une puissante décharge de pouvoir. Du plafond qui explose.

Ensuite, tous me disent qu'il y avait trop de poussière pour y voir quoi que ce soit avant qu'un coup de feu résonne et que deux individus sortent des décombres en courant. Un des secouristes a voulu les arrêter pour soigner le gars qui avait l'air mal en point, mais la fille qui était avec lui a refusé. Avant qu'il ne puisse les arrêter, ils avaient déjà disparu.

— Okay, donc ce sont nos deux principaux suspects.

Il hoche la tête.

— Autre chose ?

— Ouais. Si je me rappelle bien, t'as trouvé un papier intéressant sur les lieux. Une lettre, je crois. J'ai fouillé partout, je ne l'ai pas trouvée dans la salle des pièces à conviction. Yuri me dit que tu n'y as rien déposé. Tu ne saurais pas où tu l'as mise, par hasard ? Je sais que, dans ton état, t'oublierais le nom de ta mère, mais ça nous aiderait peut-être à retrouver nos deux fugueurs.

Un souvenir affleure à l'orée de ma mémoire.

« … toutes les créatures de tes contes existent. Mais les monstres aussi. Ils se cachent… »

« … toutes les créatures de tes contes existent. »

Sans savoir exactement pourquoi, un frisson dévale ma colonne. Afin de dissimuler mon malaise, j'ignore les questions de Morgan.

— T'as checké les hôpitaux ?

— Tu me prends pour un bleu ? Bien entendu. Mais sans vraiment savoir ce que l'on cherche et sans description précise de l'homme et de la femme, ils ne pouvaient me donner que quelques couples qui ont été admis entre vingt heures hier soir et six heures ce matin. Je vais creuser cette piste, mais je ne pense pas qu'elle nous mènera où que ce soit. Et tu ne m'as pas répondu pour la pièce à conviction.

Je ne l'écoute plus. Peu à peu, d'autres images se mêlent à celles de la sulfureuse strip-teaseuse. Le visage anguleux de la blonde platine se mêle à celui plus rond de Claire. Je me revois dans l'appartement qu'on a acheté ensemble. Je lui fais face. La scène m'échappe, mais je crois – je sais – que je suis venu la confronter. Pourquoi ?

— Habani ? Je sais que t'es sous pression, mon pote. On a des dossiers par-dessus la tête, ceux de la BMS en plus des nôtres. Sans parler du commissaire qui ne jure que par les affaires classées. Mais ressaisis-toi !

Je sursaute.

— Hein, quoi ? demandé-je sans l'écouter.

— Luc ! s'agace-t-il, voyant que je ne suis pas vraiment d'une oreille attentive.

Lorsque nos regards se croisent, Morgan me dévisage comme si un troisième œil m'était poussé au milieu du front.

— Désolé, je soupire. Je crois qu'il va me falloir un peu plus qu'un café pour me remettre de ma nuit. Pour la lettre, non, ce n'était rien. Je pensais que ça pourrait peut-être nous mener aux fugitifs, mais ce n'était qu'un vieux prospectus pour une cure thermale. Aucun nom dessus. Pas d'adresse. Ça ne mènera à rien.

— Okay.

— Tuvier ! Habani ! lance une voix haut perchée. On en est où sur l'affaire du café ?

Le nez plongé dans une pochette cartonnée, le commissaire se dirige vers nous sans même regarder où elle met les pieds.

Le commissaire Sarah Richter a la petite quarantaine, un carré plongeant teint en roux, des yeux sombres derrière des lunettes rondes et la cravate de son uniforme toujours parfaitement nouée. Ce n'est pas la première femme à tenir les rênes de la Crim', mais elle poursuit à merveille l'héritage de Martine Monteil. Et ce, même avec deux préados à gérer à la maison et cent dix adultes au boulot, de jour comme de nuit.

Morgan saute pratiquement de mon bureau pour se mettre debout. Le commissaire lève les yeux de son dossier, le sourcil interrogateur. Son regard passe de mon coéquipier à moi, l'air d'attendre une nouvelle – une *bonne* nouvelle.

— Justement, on était en train de débriefer, cheffe, fait Tuvier.

Le regard du commissaire s'attarde sur moi. Je me suis levé, mais ma posture a tout de la coque de noix qui prend l'eau. Ses paupières se plissent. Si elle apprend que j'ai la gueule de bois, je vais passer un putain de mauvais quart d'heure.

— Où est votre cravate, Habani ?

Le commissaire Richter est très à cheval sur l'uniforme – qu'elle ne quitte, elle-même, qu'à de rares occasions. Et même dans une brigade où les effectifs sont en civil la majorité du temps, elle considère que le port de la cravate est aussi essentiel que celle du badge ou de l'arme de fonction.

— Dans mon casier. Est-ce que vous voulez que j'aille…

— Non, ça peut attendre. Alors ? Mon café ?

— Vous voulez que je… ? demandé-je, confus, en pointant la salle de pause.

Elle repousse sa monture le long de son nez, l'air de se demander ce que sont devenus les esprits brillants des officiers de police.

— *L'affaire*, Habani.

Je suis officiellement à côté de mes pompes.

Morgan vient à ma rescousse avec sa pochette cartonnée et je le laisse se charger du brief tandis que je m'appuie discrètement sur mon bureau. Je viens de gagner quelques secondes de sursis.

Les visages de la strip-teaseuse et de Claire se superposent. Elle me sourit. Ses beaux cheveux auburn sont collés à son front et à ses joues rouges par la sueur. L'effort et le plaisir la rendent plus belle que jamais. Elle se mordille les lèvres tandis que son corps ondule et se tortille sur le mien. Le sang dans mes veines se met à pulser plus fort. Elle se penche et se met à me lécher l'oreille. Mes doigts se crispent sur ses hanches. Ou peut-être est-ce sur mon bureau ?

— … long que prévus, fait Morgan alors que mes souvenirs s'estompent de nouveau. Les dépositions sont en cours, mais nous avons déjà interrogé la plupart des témoins. Beaucoup de ceux qui se trouvaient dans le café sont encore en soins d'urgence. J'ai des hommes sur le coup. Vous aurez tout d'ici demain. Pour les témoins extérieurs, ils corroborent que l'IT a infecté un homme, grand, roux, caucasien, puis une femme, grande, châtain, caucasienne, avant que le couple ne prenne la fuite.

— Oui, je vois ça dans votre rapport. Les avez-vous localisés ?

— Non, pas encore.

— Appelez toutes les sociétés de taxi et de VTC de la ville. Si un chauffeur les a pris en course, il doit s'en souvenir. On ne ressort pas d'un chantier pareil sans être couvert de plâtre.

— Bien, cheffe, acquiesce Morgan en griffonnant dans son calepin.

« Couvert de plâtre. »

Mes souvenirs cognent derrière mes yeux comme s'ils voulaient s'extraire de mon cerveau, mais qu'on les en empêchait.

Le pantalon de Claire laisse paraître des traces blanches et poussiéreuses. Ses cheveux sont dans le même état. Elle me fait face dans notre – son – appartement. Elle ne me fait plus l'amour et son visage n'exprime plus du plaisir, mais de la crainte. Quelqu'un a passé son bras autour de mon cou. Je lutte, mais il est bien plus fort que moi. Je suffoque.

« Je ne relèverai pas l'insulte, mais je ne peux pas laisser de témoin. »

C'est la dernière chose que j'ai entendue avant de…

La strip-teaseuse tente de refaire une entrée. Elle me sourit, s'empale sur mon pénis. Mais c'est fini. Je comprends qu'elle n'a jamais existé. Je comprends qu'on a joué avec mes souvenirs. Mais qui ? Et pourquoi ?

« … toutes les créatures de tes contes existent. Mais les monstres aussi. Ils se cachent… »

— C'est une priorité, messieurs, reprend le commissaire. On ne peut pas se permettre de laisser de nouveaux IT s'échapper. Une pandémie nous pend au nez.

Elle se tourne vers moi et je me redresse instinctivement, comme si elle avait tiré sur ma laisse. Entre ma gerbe, mon mal de crâne, ma gorge qui crie grâce et différentes versions de ma nuit, j'ai l'impression que je vais exploser et repeindre les murs du poste en rouge.

— Habani, prévenez la BMS. Nous devons lancer un mandat d'arrêt pour le couple. Ils sont très probablement infectés. Vous avez toujours un contact à la Brigade Surnat' ?

Je grimace mon affirmation.

— Bien. J'appelle le commissaire Lefèvre pour l'informer que je vous mets sur cette affaire. Ce ne sera pas pour lui déplaire. Trouvez-moi ces fugitifs ! Tuvier, je veux l'identité de notre terroriste magique. Je veux savoir s'il a dc la famillc, des amis, des collègues qu'il aurait pu infecter. Qu'on me les mette tous en quarantaine.

Nous hochons le menton de concert. Quelques secondes passent sans qu'aucun de nous ne bouge.

— Allez ! lance le commissaire.

Je récupère ma veste sur le dossier de ma chaise.

Tout m'est finalement revenu. Claire, l'appartement, la lettre de son père et la révélation. Cette révélation qui fait froid dans le dos.

Je vais me faire un plaisir de retrouver mes fugitifs... D'autant plus que Claire et son putain de gigolo roux m'ont étranglé, probablement bourré de médocs pour me faire délirer et glissé à poil dans mon pieu pour se foutre de ma gueule.

Toi et moi, Claire, c'est plus qu'un contentieux autour d'un T-shirt Abercrombie qu'on a désormais.

Pandémie
les pistes

Surplus de population surnaturelle

Contamination d'un Surnat' sur un humain
Patient zéro = ingurgitation ou rapport sexuel

Vilains humains pollueurs + dame Nature en colère
= Dérèglement environnemental

SOLUTION ?

QUE DALLE !

Incube inutile !

FRONTIÈRE FLOUE ENTRE BIEN ET MAL. LE MONDE A BESOIN D'ÉQUILIBRE.

Alma = énergie vitale humaine

Satan = bras de la Justice

Et après, on se demande pourquoi l'humanité est condamnée...

CHAPITRE 13

LE CLUB

— VOUS AURIEZ ÉTÉ BIEN MIEUX DANS UNE ROBE DE SOIRÉE.

Je lève mon majeur en étendard devant le nez de l'incube. Je me trouve très bien comme je suis. Ma marinière à col rond et plongeant, mon slim enduit noir et mes bottes en cuir de la même couleur soulignent ma silhouette sans en faire trop. À part le soutien-gorge push-up en satin que j'ai eu le malheur de vouloir porter pour la première fois et qui me redresse presque les seins jusqu'au menton, je suis dans une tenue confortable qui ne manque pas d'élégance. J'ai laqué mes cheveux en arrière et les ai relâchés dans mon dos. Mes yeux noisette sont soulignés d'un trait noir et un rouge à lèvres nude pulpe ma bouche. Sous la veste lâche et bordeaux qui complète mon ensemble, mon arme repose dans un holster d'épaule, imperceptible.

— On n'est pas là pour la couverture de *Vogue*, Keziah.

Il secoue la tête, l'air de ne pas être d'accord avec moi. Il faut dire que l'incube est sublime. Il porte une veste de smoking noire négligemment jetée sur un T-shirt moulant blanc rentré dans un jeans brut artistiquement troué. Il arbore même un mouchoir de poche de l'exacte couleur et d'une matière identique à la veste en satin que je porte. Je n'ai pas insisté, mais je mettrais ma main au feu qu'il l'a fait exprès. Enfin, ses cheveux roux sont légèrement gominés, structurant ses boucles.

Ça m'écorche de le dire, mais nous sommes foutrement bien assortis. Et encore une fois, je suis certaine que c'était l'effet recherché.

Le club dans lequel l'incube m'emmène est situé en périphérie du centre historique, là où, dans les années 20, le boom industriel a palissé des centaines de villes françaises de ceintures d'usines. Dans ce quartier désaffecté, les fabriques de textiles et de nylon crèvent encore le béton comme du chiendent, la structure branlante et éventée, leur dentier d'acier figé sur un rictus nostalgique. Elles auraient été détruites depuis des années et remplacées par des logements modernes et rutilants si l'UNESCO n'était pas en train de classer ce genre de paysage industriel au patrimoine mondial, comme il a été fait de l'ancien bassin minier du Nord-Pas-de-Calais en 2012. Et même si ce statu quo fait grimacer et réfrène le bulldozer de certains promoteurs, il semblerait qu'il fasse le bonheur de gérants de boîtes de nuit.

Nous approchons d'un large ensemble rectangulaire coiffé d'une citerne à la peinture écaillée qui vante encore l'*intelligence* des femmes qui portent les bas nylon de la marque. Je lâche un soupir devant la misogynie assumée des publicistes du siècle dernier avant d'embrasser les lieux du regard.

Le bâtiment est posé sur des colonnes bétonnées et bardé de dalles vitrées. Un *street artist* s'est déchaîné sur la façade, calfeutrant les fenêtres de peinture aérosol. L'œuvre s'étale sur une dizaine de mètres, évoquant un jardin méditerranéen baigné de soleil, planté d'oliviers et d'arbres aux belles fleurs blanches dont j'ignore le nom. Je peux presque sentir leur parfum capiteux.

Le contraste entre l'usine désaffectée et le paysage pictural est saisissant, il crée un pont entre le gris béton et le doré méridional. Ça suinte tellement de nostalgie, que je mettrais ma main au feu que celui ou celle qui a fait réaliser la fresque a grandi sur les côtes chaudes de l'Italie ou de la Grèce.

Nous avons laissé l'Alpine à un service de voiturier, aussi déconcertant qu'un majordome m'apportant une salière au McDo, et nous nous dirigeons vers une longue file qui slalome entre les colonnes, dans laquelle une soixantaine d'hommes et de femmes patiente. À leurs tenues, je comprends immédiatement l'obsession de Keziah pour mon apparence. Je réinterprète immédiatement son « Vous auriez été bien *mieux* dans une robe de soirée » éminemment phallocrate par un « Vous seriez passée plus *inaperçue* dans une robe de soirée ». Car même mon décolleté pigeonnant n'arrive pas à me fondre dans la masse des talons aiguilles, des robes à paillettes, des bas résille, des imprimés animaliers, des *crop top* ajourés et des microshorts en skaï.

À ma décharge, je n'aurais jamais imaginé que toute la jet-set de la ville puisse se retrouver dans une zone industrielle désaffectée depuis 1980, devant un club – dont je n'ai jamais entendu parler – un vendredi à dix heures trente du matin. Les gars ne bossent pas ? Ils n'ont pas les courses à faire et des Pépito pour les gosses à rapporter ? Putain, mais qui achète le PQ chez eux ?

Alors que je me dirige vers la queue de la file en citoyenne modèle, Keziah me crochète le bras, et nous la contournons.

— Pas ici, inspecteur. Ici, c'est la file d'attente des humains. Ceux que vous voyez attendent qu'un Surnat' les choisisse pour entrer. Ils ne peuvent pas le faire seuls.

Je hausse un sourcil.

— Toutes ces personnes sont au courant pour… vous ? Votre existence, je veux dire ?

— Oui, et non. C'est plus compliqué que ça. Au fond d'eux, ils savent que nous ne sommes pas comme eux, mais c'est justement ce qui les attire chez les Surnat'. Voyez-les comme un groupe d'emo satanistes qui voueraient un culte à Belzébuth. Ou des mordus de vampires. Tous ceux que vous voyez ici sont sensibles à notre aura, ils sont *attirés* par le surnaturel. Ils prennent leur pied à le fréquenter.

— Il n'est pas interdit de révéler ce que vous êtes ?

— Encore une fois, oui et non. Ça dépend de la situation. User de nos dons en présence d'un humain non initié et sans l'accord du Conseil peut être sévèrement puni.

— Les humains avec une âme sous contrat font sans doute partie de ces exceptions, jeté-je, salée.

— Les humains que nous estimons dignes de confiance, corrige Keziah avec un sérieux auquel je ne m'attendais pas.

Alors que j'ouvre la bouche pour démonter cette absurdité, le rugissement d'une moto m'interrompt. Une bonne partie des visages présents s'est tournée vers le nouvel arrivant. Coupant le moteur puis retirant son casque, l'homme épouse l'entrée de la boîte d'un regard languissant et sûr de lui. Il porte ses cheveux courts, mais la barbe longue et terminée par un bouc tressé dans lequel des perles dorées brillent joliment.

Dans le genre pirate/motard/bûcheron moderne, il n'est vraiment pas mal.

Alors qu'un voiturier prend obligeamment ses clefs afin d'aller garer sa monture nourrie au sans plomb, il se dirige vers la file d'attente qui s'est brusquement tue à son arrivée. Le temps est comme suspendu, les respirations se sont coupées, les cœurs affolés. Alors qu'il n'est plus qu'à quelques centimètres du cordon en velours rouge qui le sépare de la queue, les filles qui s'y trouvent – ainsi que quelques hommes – le dévisagent de leurs grands yeux embués. Son index dessine des arabesques dans l'air tandis qu'il fait mine de réfléchir, puis s'arrête sur une jeune femme d'une vingtaine d'années à la robe aussi rouge que ses lèvres maquillées.

— Toi, fait-il d'un ton blasé.

La jeune brune pousse un petit cri victorieux et passe sous le cordon avant de ventouser son corps à celle du barbu. Ensemble, ils se dirigent vers l'entrée. Il présente quelque chose au videur qui s'efface pour le laisser passer. Le couple disparaît dans l'ombre du club d'où filtrent les notes d'une musique électro.

Je bats des cils.

— Qu'est-ce qui vient de se passer ?

— Je vous l'ai dit, inspecteur. Les humains attendent qu'on les choisisse.

— Mais pourquoi ? C'est, c'est…

— Avilissant ?

Je hoche la tête, une expression sombre au coin des yeux.

— L'homme qui vient de rentrer est un satyre. Une divinité grecque de la séduction, de la luxure et de la débauche.

— Un concurrent de taille.

Keziah grimace. Apparemment, il est loin d'aimer le lien que je viens d'établir entre eux.

— Le rôle des satyres est différent de celui des succubes et des incubes. Nous nous nourrissons de l'énergie vitale des humains, eux les utilisent simplement pour combler leur sexualité débridée. Étrangement, la plupart sont de *l'autre camp*.

— Je comprends mieux pourquoi vous me dites que ma vision du Bien et du Mal est erronée. Ce mec a l'air d'un total enfoiré.

L'incube acquiesce d'un signe de tête tandis que je poursuis mon interrogatoire. Il a l'air bien luné et je ne vais pas louper ma chance d'en apprendre un peu plus à propos du monde Surnat'.

— Les satyres sont des sortes de bouc, non ? Pourquoi ne porte-t-il pas de cornes ou de sabots ?

Cette fois, Keziah explose de rire.

— Vali m'en soit témoin, je donnerais cher pour voir la tête de notre satyre après une telle insulte.

Il s'esclaffe encore, l'air de passer le meilleur moment de sa vie, avant de me prendre la main et de me traîner à sa suite tout en m'offrant une brève explication :

— Un glamour hors de prix masque ses atours caprins.

Un camouflage, donc. Tout en me laissant guider, je me demande s'il existe un marché noir du surnaturel où de vieux hiboux vendraient des potions, des sorts, des reins de triton, du sang de vierge ou des grigris à malédictions. Malédiction… Je devrais l'ajouter à ma liste des possibles causes de ma pandémie magique, tant que j'y pense.

Il se pourrait même que je réussisse à l'endiguer par une telle découverte. Je sais que je rêve éveillée, mais l'Institut Defontaine, ça claque quand même mieux que l'Institut Pasteur.

Nous avons contourné la queue des humains et arrivons directement devant le videur qui garde l'accès au club.

Un panneau en marbre apposé sur le côté de l'entrée nous annonce que nous nous apprêtons à entrer dans La Clepsydre. La porte est si discrète que s'il n'y avait pas eu la queue devant, je peux jurer que je ne l'aurais jamais remarquée. Elle ressemble à une entrée d'usine tout ce qu'il y a de plus banal – métal, rouille et boulons inclus.

— Salut, Gel, lance Keziah au videur d'une voix enjouée, toujours aussi bavard ?

Le colosse baisse son menton de casseur de noix. Son front est tatoué d'étranges glyphes noirs. Ses yeux – trop petits pour sa grosse tête chauve – se posent sur nous sans vraiment nous voir. Son visage est aussi expressif qu'un poisson rouge… mort.

— Je vois que tu es dans un bon jour, reprend l'incube très sérieusement. Je voulais faire découvrir La Clepsydre à cette jeune et belle demoiselle, ici présente. Tu nous laisses entrer ?

Le videur tend la main, paume ouverte, dans l'attente de quelque chose. *Un pot-de-vin ?*

Keziah soupire et tente une argumentation, de ce ton que l'on emploie avec les enfants pensant que, dites avec une voix bête et mielleuse, les instructions passeront plus facilement.

— Enfin, Gel, tu me connais. C'est moi, Keziah. Ça doit faire pas loin de quarante ans que je viens ici au moins une fois par semaine.

Son interlocuteur n'a pas bougé d'un cil. Keziah ronchonne, mais plonge néanmoins sa main dans l'une des poches intérieures de sa veste. Dans sa paume repose désormais une pièce en argent sur laquelle un pégase semble sur le point de prendre mon envol. Elle a l'air plus ancienne que la ville elle-même, pourtant, elle brille comme si elle venait d'être frappée.

— Qu'est-ce que c'est ? demandé-je à l'oreille de l'incube sans pouvoir étouffer ma curiosité.

— Un statère d'argent. Une pièce de l'Antiquité grecque.

Apparemment, les humains et les démons n'ont pas les mêmes valeurs. Pour moi, l'apogée de la classe et de la chance, c'est de me balader avec un billet d'un dollar dans mon portefeuille. Avec Keziah, qui se trimballe une pièce qui doit valoir mon salaire mensuel, je me sens tout à coup moins fière de la feuille de papier rectangulaire qui trône en bonne place dans mon sac à main, et avec laquelle je pourrais m'acheter une baguette de pain. Au mieux. Et aux États-Unis.

Le colosse lève la main puis place son index sur l'antiquité. Une onde de pouvoir me traverse brusquement et je frémis de la tête aux pieds. Finalement, le colosse impassible s'écarte, nous laissant le passage vers la porte libérée de sa gigantesque masse.

Je me penche vers Keziah, me frottant les bras, tentant de me réchauffer du frisson glacial qui me colle aux os.

— Et ça ? Qu'est-ce que c'était ?

Il remet son statère à sa place et me prend le bras avant de répondre :

— Cette pièce porte ma signature d'immortel. Elle est remise à chaque agent au moment de sa prise de fonction par Charon, le passeur. Si nous avions été en présence d'un autre Surnat', il n'aurait pas eu besoin de me demander de la sortir pour reconnaître ma signature, il l'aurait sentie tout simplement. Mais Gel est une sous-race de Surnat'. Pas très maligne. Il en a besoin pour m'identifier et me laisser entrer. Ça fait des années que j'essaye de passer sans, mais il s'obstine à me la demander. C'est presque devenu un petit jeu entre nous.

Je jette un dernier coup d'œil au videur et à son visage dénué d'expression. Une coquille qui semble aussi vide qu'une huître après un Nouvel An.

— Ouais… Les repas du dimanche doivent être animés chez lui.

Keziah éclate d'un rire bref.

— C'est un *goilem,* murmure-t-il ensuite alors que nous entrons dans le club puis dépassons le vestiaire sans rien y déposer.

— Un quoi ?

— C'est du yiddish. La langue vernaculaire des communautés juives ashkénazes d'Europe centrale et orientale.

— À vos souhaits.

— Un golem, si vous préférez, sourit-il. Ou un colosse d'argile. Parfaitement indestructible tant que l'on ne détruit pas son cœur ou son créateur. Ils possèdent le relief intellectuel d'une pâte à crêpe, mais sont de très bons serviteurs tant que les ordres sont simples.

— Le quotient intellectuel de certains gars avec lesquels je suis sortie plus jeune prend soudain tout son sens…

Keziah ne répond pas, mais son sourire s'élargit. Il nous fait descendre un escalier en colimaçon grinçant qui semble sur le point de se déboulonner. Les marches nous mènent jusque sur une coursive qui fait le tour d'une salle à l'ambiance surchauffée qui me harponne presque immédiatement.

Dans la pièce en contrebas, des corps se meuvent, ondulent, tanguent sur la même musique électro. Les pieds tapent, les têtes balancent, les hanches chaloupent.

La salle ressemble exactement à l'idée que l'on se fait d'une usine désaffectée, les néons, les danseurs et les machines à fumée en supplément. Une monstrueuse machine à filer le nylon en fonte quasi centenaire trône au centre de l'usine, déroulant ses bobines au bout de ses bras mécaniques. Elle a été remise en route pour la nuit, ronronne et crache tandis que le DJ, juché sur une plate-forme métallique à deux mètres du sol, le casque sur l'oreille, suit son tempo aux notes de limaille. Il semble autant en transse que son public.

La coursive vibre sous mes pieds au rythme des basses poussées à fond. Le *beat* ultrarapide happe mes battements de cœur, le faisant accélérer. Mon souffle m'échappe. Comme un papillon de nuit, j'avance vers les lumières qui zèbrent mon nouvel environnement.

Un bar circulaire a été installé autour de la tisseuse mécanique. Le débit des boissons est dingue. Les verres sont à peine vidés qu'ils se remplissent de liquides translucides.

L'air est moite, chaud, chargé d'énergie. Je peux presque sentir la chaleur s'échapper des corps qui se trémoussent entre les lasers ou se tortillent sur d'anciens conteneurs à tissu comme des danseurs de *pole dance*. J'ai l'impression de me retrouver en plein milieu d'une *free party* clandestine. Ça pue la sueur, la drogue, la poussière et les décibels. Ils ne doivent pas être loin d'un millier dans ce club. Les corps serrés, contractés, moulés, comprimés, et pourtant si libres.

Rebelles.

Les enceintes crachent leurs kilowatts à pleine puissance, disposées comme des idoles païennes entre les clubbeurs. Les plus acharnés – ou arrachés – s'y collent, la tête et les tympans prêts à exploser.

Des jambes de mannequins en plastique, qui servaient à donner leur forme définitive aux bas de nylon, sont suspendues à la charpente d'acier entre les spots comme des carcasses de boucher ou les trophées glauques d'un *serial killer* fétichiste. Trois immenses lustres de cristal scintillent sous les flashes des stroboscopes et la lumière bleutée qui nimbe la pénombre du club. Les machines à fumée font serpenter un brouillard artificiel entre les chevilles des danseurs. Des colonnes de marbre visiblement pillées dans quelques vestiges antiques côtoient les pylônes de l'usine. Des statues grecques taguées et habillées de vêtements et d'accessoires en tout genre rythment la salle. Comme la fresque de la façade, ici tout a été mis en œuvre pour lier passer et présent, ancien et moderne. Un choix qui rend l'endroit encore plus atypique.

Le souffle de Keziah me chatouille l'oreille.

— Vous vous souvenez de ce que je vous ai dit dans la voiture ? me demande-t-il alors que je me rapproche de la balustrade, mon attention happée par la foule ondulante.

— Que nous devons faire profil bas.

— Et ?

— Que vous menez la danse.

— Et ?

Je soupire.

— Que nous récoltons les informations dont nous avons besoin et repartons immédiatement. Ce n'est pas mon premier rodéo, Keziah. Je sais ce que je fais.

— Vraiment ? lâche-t-il d'un ton narquois, m'observant de biais.

Mais je m'en moque. Mon attention est déjà ailleurs. Les mains autour de la balustrade, je me penche, m'imprégnant de l'atmosphère.

Elle est électrique. Survoltée.

Je sentirais presque ma peau se détacher de mes muscles, mes os vibrer, mon cœur s'échapper d'entre mes lèvres. Je sens… la magie. Mais différente de celle dont j'ai l'habitude.

Celle-ci n'est pas viciée. C'est une magie plus ancienne, plus pure. Plus sombre aussi. Étrangement. Quelque chose de puissant et d'intimement lié à mon environnement.

Dans mon dos, je sens que l'incube s'est encore rapproché. Il baisse les yeux sur mes avant-bras piquetés de chair de poule, puis passe son index sur ma peau. Le contact est si léger que, paupières closes, j'aurais sans doute cru qu'un papillon venait de s'y poser, si je n'avais pas été encapsulée par son parfum d'embruns. Son toucher est doux, enveloppant. Il n'a rien de sexuel et tout de sensuel. Pourtant, je réprime un frisson.

— Vous la sentez ? susurre-t-il dans ma nuque d'une voix grave, elle aussi chargée de ce je ne sais quoi qui emplit l'usine.

— Quoi ? murmuré-je en réponse, la gorge serrée.

La chaleur de son corps m'enveloppe comme une couverture alors que ma peau est déjà en surtension.

— La magie. Celle qui plane dans l'air et qui électrise tous ceux qui la touchent ou la respirent. Elle est bien plus puissante, bien plus enivrante que la drogue ou l'alcool qui circulent en bas. C'est ce qui arrive lorsqu'une forte concentration de Surnat' se retrouve dans un même endroit. Regardez plus attentivement, me conseille-t-il.

Je me reconcentre sur les danseurs. Et ce que je n'avais pas vu avant me saute soudain aux yeux. Certains arborent des cornes, d'autres des peaux aux couleurs chamarrées, d'autres, encore, des ailes en plumes ou en membranes iridescentes. Dans la blancheur hachurée des stroboscopes, les Surnat' ont fait tomber leur masque à l'entrée de La Clepsydre.

— Ici, ils peuvent être eux-mêmes, me confie Keziah.

Je tourne la tête vers le démon qui m'absorbe tout entière à travers ses magnifiques yeux de lagon.

— Et vous ?

Ses dents font une brève apparition bleutée à la lampe UV.

— Je n'ai pas de queue de diablotin si c'est votre question. Vous êtes devant ma véritable apparence. Comme les dieux m'ont fait. J'étais humain avant de céder mon âme.

— Comment ?

Ses paupières se plissent légèrement. Je sens qu'il a compris ma question muette : *« Comment avez-vous perdu votre âme ? »* et que je viens de toucher un point sensible.

— Une autre fois, peut-être, élude Keziah avant de fondre son regard dans la foule en contrebas.

— Ce sont tous des… commencé-je après quelques secondes afin de reprendre le fil de notre précédente conversation.

— Pas tous, non.

— Quelque chose m'échappe. Comment les humains peuvent-ils ignorer ce qu'ils ont sous le nez ? Une paire d'ailes, ça passe difficilement inaperçu !

— L'usine est bâtie sur un lieu de culte et de magie très ancien. Le pouvoir de la terre alimente un sort de glamour à grande échelle. Bien plus élaboré que celui de notre… bouc, glousse-t-il en bon public de *running joke*. Lorsque les humains sortiront du club, leurs souvenirs s'effaceront peu à peu, jusqu'à ce qu'ils pensent que leur black-out est lié à la drogue ou à l'alcool.

— Pourquoi ne m'affecte-t-il pas ?

— Vous êtes protégée par votre pacte avec Satan.

— Mon rayon de soleil dans la tempête, raillé-je.

— Cessez de toujours voir le verre à moitié vide, inspecteur. Laissez-vous porter par l'atmosphère, chuchote-t-il dans le creux de mon cou en pointant la foule. Faites comme eux… juste un instant.

Sans vraiment savoir comment, je me retrouve dos à la rambarde, face à Keziah. Sa main glisse jusqu'à ma nuque, puis son pouce caresse ma pommette. J'ai retenu mon souffle. Mes prunelles sont rivées à celles de l'incube. Je me sens mollir dans ses bras tandis qu'il s'attarde sur ma taille.

Les coups de boutoir de la musique attisent mon désir comme si elle possédait un corps bien à elle. Les spots jouent avec la peau pâle de Keziah et pénètrent ses yeux.

Mes paumes se sont posées sur ses bras, mes fesses sur la rambarde. J'ai l'impression d'être en transe. La moitié de mes réactions ne m'appartient plus. Mon regard tombe sur les lèvres entrouvertes de l'incube. Je sens son attraction ; n'ai pas envie d'y résister. Je me rapproche de sa bouche et l'embrasse.

Je m'abandonne, lascive, dans ses bras, plaquée entre la barre métallique et son corps. Sa langue me fouille, puis son énergie me pénètre. Elle déferle en moi comme un bain glacé, ravageant mes dernières barrières.

Je n'ai jamais couché dans les toilettes d'une boîte, mais je jure qu'à cet instant, l'idée de me faire plaquer contre du carrelage mural au milieu de corps en transe est plus que tentante.

Mon désir gonfle entre mes cuisses. Keziah s'écarte légèrement de moi, permettant à ma lucidité de reprendre le dessus.

Quand est-ce que j'ai enroulé mes jambes autour de lui ?

Ses yeux turquoise brillent dans la pénombre d'un désir qui me donne immédiatement envie de me récoler à lui. La distance qu'il a mise entre nous me fait presque mal. Et j'ai l'impression que la réciproque est aussi vive.

Son pouce glisse sur mes lèvres et il capture mon regard.

— Vous êtes magnifique.

Je n'explique ni comment ni pourquoi, mais son intervention me fait l'effet d'un électrochoc.

Je le repousse. Son expression se fait crédule.

— J'ai dit quelque chose d'offensant ?

Non, mais je déteste ce qu'il me fait ressentir. J'ai *besoin* de m'éloigner de lui. C'est un démon. Un *putain* de démon. Il est du côté de Satan. Et tout ce qui est du côté de Satan est du mauvais côté.

Je le contourne sans le regarder et descends les dernières marches de l'escalier, avant de voguer à contre-courant des danseurs. Les danses sont lascives. Tant pour certaines que je ne peux m'empêcher de rosir en repensant aux mains de Keziah sur mes hanches et ses doigts sur ma bouche.

J'ai vraiment besoin d'une douche froide.

Je slalome encore une minute et arrive enfin au bar derrière lequel se donnent en spectacle deux barmen et une bartender. Des shakers en main, ils et elle jonglent avec liqueurs et alcools dans un ballet fascinant. Quittant le show des yeux, je fais signe à l'un des hommes, un brun dont la tenue se compose uniquement d'un short en jeans coupé plus court qu'un slip et un T-shirt à manches longues en résille.

— Ce sera quoi, beauté ?

— Des réponses.

J'écrase le plat de ma main sur le bar poisseux d'alcool. Sous ma paume, mon badge brille à la lueur des stroboscopes. Les sourcils du barman se froissent.

— On ne sert pas de ça ici, répond-il, faisant mine de s'éloigner.

Plus vive, je l'attrape par le bras.

— Et un Coca, répliqué-je, dégainant un billet et mon plus beau sourire.

Je le relâche et il grimace. Après une seconde d'hésitation, il ouvre un frigo sous le comptoir et en ressort une bouteille qu'il décapsule.

— Ça, je peux. Mais ne comptez pas sur…

— Je crois que vous n'avez pas bien compris. Ce n'est pas une requête amicale. Je suis sur une enquête et il me faut des réponses.

Alors que mes doigts se contactent de nouveau sur le bras du barman, le faisant aboyer, on me saisit sans ménagement par les épaules. Libéré de mon emprise, il file en douce.

— Cinglée, crache-t-il entre ses dents avant de s'éclipser derrière la machine à tisser qui sert de présentoir à alcool, hors de portée.

Je tends le bras pour le retenir, mais Keziah me secoue.

— Bon sang, inspecteur ! Planquez-moi ça ! Vous pourriez avoir des problèmes !

Il attrape ma main qui tient le badge et la plaque contre mon ventre, à l'abri des regards indiscrets. Déjà, quelques clients attendant leurs boissons nous jettent des coups d'œil en biais.

— Comment voulez-vous que j'obtienne des réponses si je ne peux pas utiliser mon statut de policier ?

— Il y a d'autres moyens ! Vous auriez dû m'attendre avant de mettre vos gros sabots !

— Je n'ai pas le temps de prendre de pincettes !

Il me dévisage, l'air désolé. Un soupir s'échappe de ses lèvres tandis que sa poigne sur mes épaules se décrispe.

— Écoutez... Écoutez-moi, inspecteur. Vous avez peur et je comprends. Mais vous ne pouvez pas jouer les caïds ici. La moitié des personnes dans cette salle pourrait vous bouffer avant que vous n'ayez le temps d'éternuer.

— Pourquoi m'avoir amenée ici, Keziah ? Pour me faire perdre du temps ?

— Bien sûr que non.

— Alors, laissez-moi faire mon travail.

— Je suis là pour vous guider et vous protéger en cas de besoin, inspecteur. Et là, vous plongez dans les ennuis, les deux pieds en avant. Votre badge n'est pas un atout, ici.

— Alors quoi ? On va juste...

Je me stoppe net. Dans ma vision périphérique, deux géants qui dépassent de deux bonnes têtes la clientèle – Keziah compris – fendent la foule à larges enjambées, les yeux braqués sur l'incube et moi. Je lui presse le bras.

— Dites-moi que vous connaissez ces deux molosses et que ce sont des potes de fac qui sont simplement venus vous saluer, chuchoté-je entre mes dents serrées en les pointant rapidement du menton.

Keziah jette un coup d'œil derrière lui et se retourne presque immédiatement.

— Ces deux-là s'appellent « ennuis imminents » et « je vous l'avais dit », et ce ne sont pas des potes de fac.

Plongeant ma main sous ma veste, je referme mes doigts sur la crosse de mon S&W. Le démon arrête mon geste avant que je ne le dégaine.

— Mon monde, mes règles. *Elle* nous a repérés. Laissez-moi faire.

Elle ?

Après une dizaine de secondes d'un combat de regards silencieux, je capitule en grinçant des dents et relâche ma prise. Le temps que Keziah fasse volte-face, les deux géants sont déjà sur nous. Il leur fait son plus beau sourire. Malgré sa stature imposante, il est obligé de lever la tête et de carrer les épaules.

Putain, ils font quoi ? Trois mètres ?

— Lilith veut vous voir, lâche le plus grand, l'air aussi commode qu'un chien de combat. Toi et la flic.

J'ai du mal à me l'avouer, mais Keziah avait raison : il n'aura pas fallu longtemps pour que l'on remarque mon badge et que les problèmes se profilent à l'horizon.

— Dites-lui que ce serait un vrai plaisir, mais que nous nous apprêtions à partir…

Keziah amorce une retraite, mais l'homme de main l'a déjà attrapé par le devant de son T-shirt et le décolle du sol.

— On ne discute pas les ordres de Lilith.

Il se racle la gorge, tentant de paraître aussi naturel que s'il n'était pas suspendu au bout du bras d'un type qui a l'air d'avoir bouffé King Kong *et* l'Empire State Building au petit déjeuner.

— Ah oui… Cette Lilith-là ? Pardon je n'avais pas…

Secoué comme un prunier, sa phrase se perd dans les battements vigoureux des caissons de basses qui rythment la soirée. Je m'avance, pieds écartés.

— Lâchez-le.

Ma voix est maîtrisée. Le colosse sourit d'un air cruel, puis se tourne vers son partenaire et me désigne du menton.

— Embarque-la.

L'autre acquiesce d'un mouvement de tête, sa grosse paluche sur le point de s'abattre sur mon épaule. Autour de nous, une partie de la foule s'est écartée et observe la scène avec curiosité. Celle – morbide – qui fait se presser les indiscrets derrière la rubalise d'une scène de crime.

— Ne me touchez pas.

Il m'ignore et continue d'avancer, main en avant.

— Dernière sommation. Ne me touchez pas.

Alors que la paume de l'homme se rapproche à une vitesse folle, je l'esquive d'un pas sur le côté et lui donne un coup violent au niveau de la jonction entre le bras et le buste. Il s'affaisse dans un râle et titube en arrière, me donnant le temps nécessaire pour lui assener un second coup – de genou cette fois – en plein visage. Son nez explose dans une fontaine couleur Cosmo, éclaboussant l'inox du bar, tandis qu'il hurle de rage et se relance presque aussitôt à l'assaut. Les doigts comme des serres, il s'abat sur moi. Mais je crochète son poignet, le tords en passant sous son bras, et alors qu'il est contraint de se plier en deux, le bras dans le dos, c'est un puissant coup à l'estomac qui le cueille et le fait s'écrouler en gémissant de douleur. D'un coup de talon, je le retourne sur le dos et pose ma semelle contre sa gorge.

— La prochaine fois qu'une femme vous dira non et que vous oublierez de l'écouter, repassez ce moment dans votre esprit.

— Eh bien ! C'est la première fois que je vois une humaine terrasser à mains nues un colosse de Rhodes, lance une voix féminine et amusée.

Je fais volte-face. Le pan de ma veste qui masque mon holster s'écarte, et je pose les doigts sur la crosse de mon S&W.

La femme qui vient de parler fixe l'arme une seconde puis ses yeux de glace font la navette entre les géants. Le premier lâche Keziah, le second se redresse péniblement sur les genoux.

— Les garçons, commence la femme d'une voix sirupeuse, ne vous avais-je pas demandé d'escorter mon incube et sa charmante humaine jusqu'à ma table de manière civilisée ?

La lueur qui scintille brièvement dans le regard de l'homme de main crie que l'ordre était un tantinet plus violent, mais il se contente de baisser la tête, épaules affaissées en signe de soumission.

Il faut dire que la femme est à la fois sublime et carrément effrayante. Elle dégage une aura puissante. Ses cheveux, d'un roux sombre presque rouge et plus raides que des barres de prison, caressent ses reins. Sa peau laiteuse semble aspirer toute la lumière des projecteurs, se nimbant d'une teinte bleutée et irréelle. Ses iris sombres brillent d'une flamme qu'on ne questionne pas. Elle porte une robe intégrale qui monte jusqu'à son menton, recouvre ses bras et balaye le sol. Malgré cela, elle n'aurait pas pu être plus provocante. Taillés dans de la dentelle noire, les motifs sont juste assez bien placés pour cacher le minimum de ses atours.

Elle me dévisage d'un air sincèrement intrigué.

— Je suis Lilith. Vous êtes dans mon club.

— Claire.

Lilith esquisse l'ombre d'un sourire.

— Vous aviez des questions, ma chère ?

Je hoche la tête, l'cxpression méfiante.

— Bien. Inutile de passer par le petit personnel. Je vous propose d'y répondre moi-même, plus au calme. Venez.

Je jette un rapide coup d'œil à Keziah occupé à défroisser sa tenue. Lorsqu'il croise mon regard, l'imperceptible froncement de sourcils qu'il m'adresse me met en garde. Je pivote vers la rousse.

— Je vous suis.

CHAPITRE 14

LILITH

QUITTANT LA SALLE PRINCIPALE et ses danseurs enfiévrés par l'alcool et la drogue, l'inspecteur et moi nous faisons escorter jusqu'au carré VIP. C'est un vaste renfoncement, masqué du reste du club par des rideaux occultants et des voilages tendus. Un boudoir tapissé de velours et de soie siégeant au milieu du béton et de l'acier. Il est à l'image de sa propriétaire : anachronique, hors du temps.

Lilith a su merveilleusement bien s'adapter aux derniers siècles, surtout au XXIe et à ses mœurs légères où la nudité est affichée en 200x150 cm dans le métro et où le corps, masculin ou féminin, est hypersexualisé dès la puberté. Le sexe est son gagne-pain après tout. Pourtant, lorsqu'on la côtoie, on décèle autour d'elle un parfum antédiluvien. Il embaume ses cheveux de feu, encense sa peau laiteuse. Ses yeux recèlent cet éclat de nostalgie qui ne la quitte jamais.

Le corps dans le présent, le cœur dans le passé, l'esprit tourné vers l'avenir. C'est cette ambivalence, ce mélange d'ancien et de moderne qui définit le plus vieux des démons terrestres.

Je passais la plupart de mes soirées au club dans le carré VIP avant ma punition. Je sais que Lilith ne verrait aucun inconvénient à ce que j'y revienne de temps en temps, mais je préfère rester à l'écart. Avec la *plèbe*, comme elle aime à les appeler.

Lilith n'a pas besoin de remuer les lèvres pour que le pan de rideau soit écarté, la laissant passer. L'inspecteur s'y faufile à son tour, je la suis et les deux colosses de Rhodes referment la marche. Si je m'écoutais, je jurerais que nous sommes sur le chemin de notre propre peloton d'exécution. La boule qui enfle dans mon ventre ne fait rien pour atténuer cette impression.

Je me demande bien ce qu'il m'a pris d'emmener l'inspecteur ici. Ça fait des mois que je n'ai pas revu Lilith et sa seule apparition a suffi à me cotonner les genoux. Je déteste ce qu'elle me fait ressentir. *Je la déteste.*

Une large banquette disposée en U meuble l'essentiel de l'espace privé. Des coussins colorés ont été jetés sur les assises, et sur la table basse en acajou, plusieurs seaux à champagne rafraîchissent des bouteilles de Cristal Roederer rosé ; la reine de la nuit ne se rince pas le gosier à la Kronenbourg tiède.

Lilith s'installe sur la partie centrale du canapé tandis que Claire s'assied à sa droite et moi à sa gauche. Une vraie figure biblique. Ainsi disposés, nous formons un triangle équilatéral presque parfait – idéal pour converser. Un claquement de doigts plus tard, l'un de ses inséparables gorilles sort une bouteille de son seau et en remplit trois flûtes. L'inspecteur fait mine de refuser la sienne, mon regard insistant la fait changer d'avis. Elle est peut-être ce qu'on appelle communément une « tête brûlée », mais elle est assez intelligente pour comprendre que chacune de ses réactions est passée au peigne fin et que vexer notre hôte serait peu réfléchi, voire périlleux. Claire Defontaine est protégée par son contrat avec Satan, mais une Lilith contrariée est une Lilith dangereuse. Au fil des millénaires, son tempérament de feu a allumé plus d'un volcan.

Au sens propre.

L'inspecteur me renvoie mon regard avant de remercier le colosse d'un signe du menton et de tremper le bout de ses lèvres dans le liquide rose et pétillant. Je l'imite. Lilith ne l'a pas quittée des yeux. Portant sa propre flûte à sa bouche, elle en sirote une longue gorgée, avant de la reposer sur la table devant elle. Basculant ensuite vers l'arrière, elle pose ses escarpins vernis sur la banquette et s'étend à la manière des Odalisques. Avec son corps recouvert de dentelles, ainsi étiré et allongé, elle semble tout droit sortie d'une œuvre picturale d'Ingres. Sa chevelure cascade sur son corps comme une coulée de lave, dessinant des courbes à se damner.

Lilith a parfaitement conscience de l'image qu'elle renvoie. Elle sait exactement comment placer son corps pour que son environnement soit le plus flatteur possible. Ici, c'est le jeu d'ombre et de lumière des bougies qui sublime sa peau ivoirine, colore sa bouche et fait scintiller ses iris d'obsidienne. À mes yeux, elle n'a jamais été aussi belle. Belle et terrible.

Je ressens l'attraction qu'elle possède sur tous ses « enfants », ce feu au creux des reins. Un plaisir presque douloureux qui me ravage de l'intérieur. Ça fait des mois que je n'ai pas été si proche d'elle et je souffre du manque comme si tout ce temps perdu venait soudain de me traverser d'une lame de désir. J'ai autant envie d'elle qu'un être vivant a besoin de respirer. Mes doigts se sont blanchis autour de mon verre, qui gémirait s'il avait pu parler.

Mon désir est lui-même exacerbé par les bouffées qui s'échappent des corps humains contractés dans la grande salle. Être ici, c'est comme présenter une cuisse de zèbre à un lion affamé. Comme avec Claire, quelques minutes plus tôt, je peine à contrôler mes pulsions. Je lui aurais fait l'amour à même la balustrade comme un assoiffé en pleine oasis si j'avais été certain de faire exploser ses barrières. Mais je n'aurais récolté qu'un mince filet d'énergie. L'inspecteur est encore bien trop autocastratrice pour se laisser totalement aller. Elle se punit. Je ne sais pas encore de quoi, mais je trouverai.

Mes yeux glissent de nouveau sur Lilith, qui m'ignore. Elle ne se préoccupe pas de l'effet qu'elle a sur moi, ce qui l'importe à cet instant, c'est l'inspecteur.

J'ai envie de hurler, mais je garde le silence. Je refuse de lui montrer combien j'ai besoin qu'elle me regarde, qu'elle me touche, combien elle me manque.

— Alors, inspecteur… ? commence-t-elle en ronronnant presque, un sourcil redressé sur son front blanc.

— Defontaine.

— Inspecteur Defontaine. Que me vaut la visite d'un agent de la Brigade de la Magie et du Surnaturel dans mon club ?

Je devine une seconde avant que Claire n'ouvre la bouche qu'elle a décidé de ne pas prendre de pincettes malgré mes avertissements muets. Elle a enfilé ses gros sabots que ça me plaise ou non. Je retiens ma respiration.

— J'ai été engagée par Satan et votre Conseil. Vous avez sans doute entendu parler de cet incident dans un corps de ferme à la sortie de la ville qui a fait une douzaine de victimes. Toutes Surnat'.

Lilith esquisse un léger sourire de connivence.

— Bien entendu. Rien ne se passe dans la pénombre sans que j'en sois informée. Je suis la reine des démons de la nuit, après tout.

Je ravale un rire. Ce qu'elle omet de dire, c'est que son *don* d'ubiquité est surtout dû à son armée de succubes, d'incubes et de vampires qui lui rapportent ragots et potins.

Claire ne semble pas le moins du monde impressionnée. J'aurais été quelque peu déçu si ça avait été le cas.

Lilith pose un index sur son menton en pointe, semblant réfléchir. Je sais qu'elle est frustrée par l'absence de réaction de son interlocutrice, mais qu'elle en a fait plier des plus coriaces. Ses yeux s'allument d'un intérêt renouvelé. La joute commence.

— L'un de mes succubes fait partie des victimes. Éden Villier. J'ai été profondément choquée par sa mort. Je la connaissais depuis plus de deux millénaires. C'était l'un de mes meilleurs éléments. Je n'ai d'ailleurs pas eu le loisir de m'entretenir avec toi, Keziah, me confie-t-elle en tournant son visage angélique vers moi, mais sache que je suis désolée. Je sais qu'Éden et toi étiez proches. Mes condoléances.

Je hoche le menton, incapable de dire quoi que ce soit.

— Une grande perte, reprend Lilith après avoir récupéré sa flûte. Un succube particulièrement doué et actif qui arrivait comme personne à fidéliser sa… *nourriture*.

L'inspecteur vient de se contracter et le coin de sa bouche s'est tordu. Je sens qu'elle a une belle bordée de jurons juste au bout de la langue, mais réussit contre toute attente à garder une expression neutre.

Lilith fait tournoyer le champagne dans son verre avant d'en boire une nouvelle gorgée.

— Avant toute chose et si vous me le permettez, j'aimerais savoir ce que fait une *humaine* sur cette enquête et pourquoi l'un de *mes* incubes l'accompagne.

Je hausse les épaules.

— Tu verras ça avec le grand patron, *patronne*. Je n'y suis pour rien s'il utilise les jouets que tu lui as prêtés d'une manière qui te déplaît.

Le ravissant sourire de Lilith se fendille légèrement. Je me réjouis intérieurement de cette petite victoire.

— Ne joue pas les rabat-joie, Keziah ! Ce n'était qu'un prêt de cinquante ans et des poussières. Et tu en as encore pour quoi ? Quelques mois ?

— Deux cent vingt-sept jours. *Exactement*.

— Tu vois ! Rien que ton immortalité ne pourrait supporter !

Elle pose une paume délicate sur le haut de ma cuisse. Un jet de désir tend soudain mes nerfs, le verre éclate dans mon poing. Lilith n'a pas cillé. Elle me dévisage avec un léger sourire. Je serre les dents, agrippe son poignet de mes doigts comme s'il s'agissait d'un serpent venimeux et lui fais quitter ma jambe. Ses dents apparaissent derrière ses lèvres pleines.

Respire. Putain, respire.

— Tu préférerais me revenir ?

Je me racle la gorge.

— La peste ou le choléra… Un choix manichéen.

Lilith a parfaitement compris mon ironie, mais décide d'ignorer ma tentative d'insubordination et se tourne de nouveau vers l'inspecteur. Elle en a fini avec moi. Elle sait qu'au moindre claquement de doigts, je lui reviendrai. Je suis l'un de ses *toy boys*.

Ses yeux noirs transpercent Claire d'un regard sans âge.

— Comme je le disais, je tenais particulièrement à Éden. Je mettrai toutes mes ressources à votre disposition.

— Ça tombe bien, fait Claire, je souhaitais savoir s'il y avait des témoins de la scène.

— Il y a en effet un témoin, mais je regrette, je ne peux vous laisser lui parler.

— Pourquoi ? Vous venez de dire que vous mettriez toutes vos ressources à ma disposition, rétorque Claire, les sourcils froncés.

— Ne croyez pas que je ne le ferais pas si je pouvais, inspecteur. Je vous assure que je ne souhaite que votre succès, mais…

— Mais ?

— Prius n'est plus lui-même depuis cette nuit-là et je crains que vous parler fasse ressurgir de noirs souvenirs. Je me dois de sauvegarder mes ouailles, inspecteur Defontaine, j'espère que vous comprenez.

— Je comprends, toutefois un témoignage serait d'une aide précieuse dans l'affaire. Si vous pouviez nous accorder quelques minutes avec lui…

— Non.

La température dans le club tombe soudain brusquement. Métaphoriquement parlant. Le mot était catégorique et l'expression glaciale qui s'affiche désormais sur le visage d'albâtre de Lilith l'est tout autant. Mais je sens que l'inspecteur n'a pas l'intention de se laisser faire. Ce ne sont pas les raisons d'être en colère qui lui manquent.

— Écoutez, je n'ai jamais demandé à être impliquée dans cette affaire. Mais j'ai accepté le poste et, quand je m'engage, je ne reviens pas dessus. Je ne…

— Pourquoi ?

Claire semble un peu décontenancée par l'interruption de Lilith. Elle avait sans doute préparé tout un speech sur les devoirs et les responsabilités de chaque citoyen dans la lutte contre la criminalité.

— Pourquoi avoir accepté cette mission ? précise Lilith.

L'inspecteur affiche une expression mutine, mais ça n'empêche pas Lilith de se plonger dans ses yeux afin d'y pêcher sa réponse. Les paupières légèrement plissées, elle fixe sa compagne, fouillant derrière le miroir de ses yeux, puis en ressort avec un sourire victorieux.

— Je vois. Ce petit fourbe… Satan a rançonné votre âme, devine la démone. Existe-t-il une meilleure motivation ? Laissez-moi deviner : si vous réussissez, vous retrouverez votre âme. Banale et… assommant.

Claire ne se donne pas la peine de répondre et Lilith sait très bien qu'elle a raison.

— Dites-moi, pourquoi l'avoir vendue ? La richesse ? La gloire ? Un camion de pizzas hawaïennes ? rit-elle. Croyez-moi, c'est déjà…

— Si nous en revenions à mon témoin ? la sèche l'inspecteur. Maintenant que vous connaissez mes motivations, vous vous doutez que peu de choses pourraient se mettre en travers de mon chemin.

Lilith s'esclaffe.

— Vous avez été divinement choisie, ma chère. Un bulldog n'irait pas vous mordre les fesses. Toutefois, qu'ai-je à gagner dans tout cela ?

— Du chantage, maintenant ?

Lilith hausse innocemment les épaules.

— Les deals, les marchés, les accords, c'est quelque chose qui coule dans les veines de chaque démon, inspecteur. On ne se refait pas. Alors ? Que m'offrez-vous en échange de ce service ?

— La paix sur Terre et des paillettes. Beaucoup de paillettes.

Les paupières de la démone se plissent. Je sens qu'au-delà de l'amuser, Claire commence à l'agacer. Je secoue discrètement la tête.

— Prouvez-moi que votre âme vaut quelque chose, inspecteur. Que m'offrez-vous ?

— Vous parlez à un agent de police, rétorque-t-elle d'un ton d'où filtre l'irritation. Je vous l'ai demandé poliment. Mais je peux aussi bien exiger.

Cette fois, tout amusement déserte le visage de Lilith.

— Et comment, inspecteur ? Avec votre badge rutilant de la BMS ? Ne faites pas l'erreur de croire qu'il vous protégera de quoi que ce soit ici, ou qu'il vous ouvrira des portes closes. Vos règles sont celles des humains, nous n'avons pas besoin de les appliquer. Vous ne devriez même pas être ici. Votre brigade n'a pas bonne réputation chez les miens. Certains de vos collègues ont déjà abattu plusieurs Surnat'. Si certains savaient que vous êtes ici, j'aurais du mal à les retenir de vous sauter à la gorge.

Claire a retenu sa respiration. Elle n'est pas stupide et peut sentir, comme tout le monde dans le carré VIP, qu'un filet de pouvoir s'est échappé de la démone en même temps que sa colère. Lilith se coule dans la banquette, laisse passer un instant afin d'être certaine que son interlocutrice a pris toute la mesure de son pouvoir. Elle finit les dernières gouttes de son champagne qui coule aussitôt de nouveau à flots lorsque l'un des colosses lui refait le plein.

— Je sais, reprend Lilith. Laissez-moi goûter votre *Atma*, et je vous laisse quelques minutes avec Prius.

— Quand vous dites… goûter ?

L'inspecteur fronce le nez dans l'attente du couperet. Je sais que ce qui suit ne va pas lui plaire.

— Un baiser.

Elle soupire sans s'en cacher.

— Qu'avez-vous à y gagner ?

— N'ayez crainte, inspecteur Defontaine. Sans votre âme, je ne peux rien faire de plus que prélever quelques gouttes de votre énergie vitale. Assez pour me contenter, mais trop peu pour que vous puissiez le remarquer. Vous en sortirez essoufflée, comme après une bonne séance de sport. Tout simplement.

Claire n'a pas l'air convaincue. Mais le scepticisme semble être son *leitmotiv*. Non, mieux, une religion. Je comprends à sa posture qu'elle est décidée. Elle ira au bout de sa mission, quoi qu'il lui en coûte. Rien ni personne ne pourrait l'empêcher de récupérer son âme ou de sauver celles de ses frères et sœurs.

— Sans la langue, se contente-t-elle de dire.

Les yeux de Lilith pétillent d'amusement et elle hoche le menton. Gracieuse, elle se redresse, posant ses escarpins au sol, puis se lève de la banquette. Contournant la table basse, elle lui tend une main.

L'ignorant, Claire se dresse à son tour, me jetant un discret coup d'œil. Je décide d'afficher une expression rassurante. Je sais qu'elle ne me fait toujours pas confiance – loin de là – mais qu'ici, je suis ce qui se rapproche le plus d'un allié.

L'appréhension que je lis sur son visage doit sans aucun doute lui nouer les tripes. Claire frissonne et Lilith lui caresse doucement la joue du dos de la main. Puis elle enroule ses doigts autour du verre que Claire agrippe presque comme si c'était la dernière bouée de sauvetage dans tout l'océan, et tire dessus, le lui retirant des mains. Un colosse de Rhodes l'en débarrasse immédiatement. Les yeux noirs de Lilith n'ont pas quitté ceux d'un marron doux de Claire. La démone ne doit pas être plus grande que la policière, mais juchée sur des talons deux fois plus hauts que les siens, elle arrive à la dépasser de quelques centimètres.

Lilith se penche vers Claire et ses lèvres viennent à la rencontre des siennes.

CHAPITRE 15

LE TÉMOIN

Je pensais passer un sale moment, de ceux que l'on subit chez le dentiste, la boule au ventre et les gencives enflammées. Mais c'est tout le contraire. Sur ce baiser, je goûte la liberté. Ma liberté.

Je sens dans mes cheveux défaits les embruns de la mer, sous la plante de mes pieds nus la terre humide d'un sous-bois. Je hume le parfum des champs de fleurs sauvages et les brins d'herbe haute qui glissent entre mes doigts tandis que les rayons d'un soleil printanier font éclore les taches de rousseur sur le bout de mon nez. J'ai envie de courir. Courir et ne plus jamais m'arrêter.

Alors que les baisers que j'ai échangés avec Keziah m'ont fait revivre mes meilleurs moments, me donnant envie d'abattre le mur de mes interdits, le baiser de Lilith me fait me sentir libre, vivante, comblée, comme jamais encore je ne l'ai été. Comme si j'étais la pièce manquante d'un puzzle enfin achevé.

Je comprends alors que le pouvoir de Keziah, déjà irrésistible, n'est rien en comparaison de celui de sa reine. Je devrais avoir peur d'une telle emprise, mais je refuse qu'on m'arrache des bras de Lilith. Je veux y renaître, y vivre, y mourir.

Tandis que j'en redemande, quitte à m'accrocher de toutes mes forces à la démone, Lilith s'écarte, rompant la magie de l'instant en même temps que le velours liquide de notre baiser.

Alors que j'ai quitté, en fermant les paupières, un monde de douce obscurité, c'est un rayon de soleil brut qui me brûle la rétine au moment où je les ouvre. Il me faut quelques longues secondes pour m'adapter à mon environnement, battant des cils et larmoyant comme au pire jour d'une conjonctivite carabinée. Lorsque je réussis finalement à focaliser ma vision, je me rends compte avec un léger malaise que je ne suis plus dans le club et que l'odeur âcre de la sueur a laissé place au bouquet accueillant du plein air.

Où…

J'ai à peine le temps de formuler ma pensée que l'on a déjà répondu à ma question :

— Dans le monde des Oneiroi. Le monde des songes, me répond une voix de velours.

Je me retourne.

Lilith est délassée sur un sofa de banquet antique en bois et bronze. Son coude repose sur l'un des accoudoirs et le côté de son visage est artistiquement appuyé sur le dos de sa main. Elle a troqué sa robe de dentelle noire pour un péplos rouge, jaune et bleu, brodé de figures animalières, qui laisse échapper la pâleur d'une cuisse. Elle porte sa chevelure ondée, relevée en un chignon maintenu par des rubans, et arbore de nombreux bijoux d'or, dont deux magnifiques bracelets à chaque bras représentant des serpents enroulés aux yeux de cornaline.

Sa vision me coupe le souffle, mais mon esprit pratique me dresse dans mes bottines : comment a-t-elle fait pour se changer si vite ?

— Le monde des songes possède la particularité de ne pas être soumis à la temporalité, me répond-elle comme si elle avait lu dans mes pensées. Et oui, c'est le cas.

Merde ! Est-ce qu'elle peut réellement lire dans mon esprit ?

Lilith ouvre la bouche et je lève immédiatement un doigt pour la faire taire.

— Ne répondez surtout pas à cette question ! je cris, comprenant que c'est effectivement ce qui est en train de se passer. Pourquoi m'avoir amenée ici ?

— Je voulais avoir une conversation avec toi, Claire. De femme à femme.

Je me rembrunis. Je n'apprécie que très peu que l'on me téléporte sans ma permission et les Surnat' que je côtoie dernièrement ont la fâcheuse tendance à m'embarquer dans des transits sauvages et intempestifs.

— Vous ne pouviez pas le faire sur Terre ? Ça m'aurait évité l'envie de repeindre le sol avec le fond de mon estomac.

Lilith secoue la tête tandis que je continue, l'esprit bouillonnant de questions et de pensées :

— Les autres vont forcément se rendre compte que nous ne sommes plus au club.

Une nouvelle fois, elle mime la négative.

— Nos corps sont encore là-bas. Seuls nos esprits ont été projetés dans le monde des songes. Mais ce serait trop long à expliquer. Viens, assieds-toi, me prie-t-elle en tapotant le second sofa.

Je prends conscience seulement à ce moment de mon nouvel environnement. Nous nous trouvons au centre d'une vallée verdoyante plantée d'arbres et percée d'une rivière. Moutons et chèvres paissent sans se soucier des deux femmes qui viennent d'atterrir en plein milieu de leur repas. Personnellement, quelqu'un se serait assis dans ma soupe au restau, j'aurais vu rouge. Mais être une chèvre recèle ses avantages.

Un arbre aux fleurs blanches, identique à celui de la fresque peinte sur la façade de La Clepsydre, apporte une ombre bienvenue au petit kiosque dans lequel deux banquettes et une desserte jonchée de victuailles ont été installées.

— C'est un amandier, répond Lilith sans que j'aie eu besoin de poser la question. J'aime m'en entourer. Ils me rappellent chez moi.

Il va falloir que je bétonne mes pensées si je ne veux pas qu'elle pioche dans ma tête comme elle est, physiquement, en train de le faire avec une figue récupérée dans la coupe posée près d'elle. Je m'approche et pose un bout de fesse sur le sofa qu'elle m'a indiqué.

Mais qu'est-ce que je fous là ?

Elle doit sentir – ou entendre – mon malaise puisqu'elle me lance un sourire en coin.

— Je n'ai jamais dévoré de chair humaine. Tu peux te détendre.

Je hausse les épaules, levant le nez vers les branches de l'arbre.

— Vous avez dit que vous aimiez vous entourer d'amandiers par nostalgie. C'est vous qui avez créé cet endroit ? Nous sommes dans… votre rêve ?

— Dans l'un de mes souvenirs, me précise-t-elle tout en hochant le menton.

— Comment avez-vous fait pour transporter mon esprit jusqu'ici ?

— Les succubes et les incubes possèdent la capacité d'entrer dans les rêves des humains et les modeler à leur guise. C'est en partie comme ça qu'ils se nourrissaient en des temps plus anciens. Aujourd'hui, ils ont besoin de moins d'artifices. Les mentalités ont évolué, la sexualité s'est libérée. Les humains assument plus volontiers leurs désirs et les rapports se font désormais de façon physique et non plus onirique. Étant la source de ce pouvoir, je n'ai aucune difficulté à entrer et sortir du monde des songes, à y emmener qui je souhaite et à le plier à mes désirs.

Lilith me jette un regard en coin tandis que le jus de sa figue coule de ses lèvres. Elle pêche la gouttelette de l'index et la porte à sa bouche. Ses longs cils auburn battent plusieurs fois sur ses pommettes tandis qu'elle me dévisage avec un demi-sourire. Je sens une bouffée de chaleur envahir mes joues, mais garde une expression neutre. Ses lèvres s'étirent un peu plus.

— Si je l'avais voulu, je t'aurais fait rêver de choses bien plus coquines qu'un verger méditerranéen. Je n'aurais aucun mal à réveiller ton désir, Claire. Tu as beau le réprimer comme une bénédictine, il brille plus fort qu'un petit soleil. Et un soleil qui éclate, ce n'est jamais bon.

Je croise les jambes.

— Quoi que mon désir fasse, ça ne vous regarde en rien.

Ses yeux s'allument de bonne humeur.

— Pourquoi es-tu sur la défensive lorsqu'il s'agit d'intimité ?

— Certaines personnes n'aiment pas étaler leur vie privée à des inconnus. Je fais partie de ces gens-là. Et je me contrefous de ce que vous en pensez.

Lilith esquisse une moue appréciative comme si je ne l'avais pas envoyée bouler. Elle abandonne dans l'herbe la peau de sa figue puis entreprend de se lécher les doigts un par un.

— Je m'interroge… pour Keziah… Je sais combien il peut se montrer admirable dans son domaine. Alors pourquoi ne l'as-tu pas déjà mis dans ton lit ? N'est-il pas à ton goût ?

— J'ai d'autres priorités que de faire visiter mon intérieur à un démon.

Lilith éclate de rire. Le son est soyeux. Aussi doux pour les oreilles que du velours sous les doigts.

— Keziah ne travaille pas pour vous d'après ce que j'ai compris…

— Pas pour le moment, mais il me reviendra lorsque sa punition aura pris fin.

Je garde dans le coin de ma tête cette donnée. Ma curiosité voudrait que je demande à Lilith ce qu'a bien pu faire l'incube pour lui déplaire, mais je préfère poser ma question directement à l'intéressé. Une toute petite déformation professionnelle fait que je suis très à cheval sur l'honnêteté.

— Donc vous cherchez à savoir si votre… investissement n'a pas perdu la main depuis que vous le louez à Satan.

— On peut dire ça comme ça…

Elle laisse passer un instant sans me quitter du regard, puis revient au charbon.

— Tu le désires.

Mais fous-moi la paix, à la fin !

Je reste silencieuse. Après tout, ce n'était pas une question. Lilith me dévisage un long instant, fouillant aussi loin qu'elle le peut derrière mes yeux. Je sens presque des mains éplucher les différentes couches de mon esprit à la recherche de l'information dont elle souhaite me déposséder. Je serre les dents en entamant mentalement le refrain de l'une de mes chansons préférées afin de ne penser à rien d'autre.

But I'm a creep
I'm a weirdo
What the hell am I doin' here?
I don't belong here.

Elle éclate de nouveau de rire avant d'empoigner quelques fruits séchés. Puis ses yeux sombres, noirs comme deux tunnels sans fond, s'emparent de moi, et les paroles de Radiohead m'échappent brusquement.

Je secoue la tête, serre la mâchoire, les mots glissent de mes lèvres comme doués de leur propre volonté :

— J'ai envie de lui.

Lilith dévoile une rangée de dents parfaites.

— Alors ? La terre a-t-elle tremblé pendant cette révélation ? Le cours de la bourse s'est-il effondré ? L'Europe a-t-elle sombré ? Non… ça t'a juste libérée. C'est une première étape. La seconde viendra bien assez vite.

— Hors de question.

— Laisse-toi aller, Claire, soupire la démone. Qui de mieux qu'un démon du sexe avec une expérience vieille de plusieurs siècles pour se faire la main? Que risques-tu? De perdre quelques heures de ta vie? Je te garantis qu'elles en valent mille fois la peine.

— Je ne me laisserai pas sauter par un démon.

— Enfin ! Qui a dit que tu devais être passive? Qui a dit que c'était à lui de te prendre ? Saute-le ! Prends-le ! Domine. C'est ainsi et ainsi seulement que tu le laisseras te prendre. Lui et ceux qui viendront ensuite. Tu n'es pas la première femme à ne plus te souvenir de ta propre puissance. Le résultat de millénaires de patriarcat. D'inégalités. De soumission. Vous comprenez tout à l'envers. Et cela me chagrine. Être féministe, ce n'est pas remplacer un système de domination par un autre. Ce n'est pas s'interdire toute sexualité ou refuser que quelqu'un d'autre prenne le dessus. C'est l'équité. L'équilibre. Et ça commence par faire des choix éclairés. Une féministe peut être pro-sexe et sex-positive, sexologue, prostituée ou réalisatrice porno.

— Donc vous me dites que pour être une bonne féministe, je dois sauter un démon ? ricané-je.

Lilith secoue la tête, l'air malheureux.

— Tu crois être forte, Claire Defontaine. Mais tu es lâche. Tu te recroquevilles derrière ton mur. Tu as érigé une muraille si épaisse au fil des années que je crains que personne n'arrive jamais à la percer.

Ses mots me touchent plus qu'ils ne le devraient, me contractant le thorax. Pourtant, je fais bonne figure comme l'inspecteur de police compétent que je suis.

— Encore une fois, ça ne vous regarde pas. Je ne suis pas là pour me faire décortiquer, mais pour questionner un témoin de mon enquête. Alors si vous voulez bien me ramener…

— Sur Terre, nous sommes toujours en train d'échanger un baiser, donc, techniquement, et selon notre accord, cet instant m'appartient encore. Et je décide de l'occuper comme je l'entends.

Je croise les bras par-dessus mes jambes toujours closes. Nul besoin d'être comportementaliste pour comprendre que je suis hermétique à toute discussion.

— Vous pouvez toujours poser vos questions, je n'y répondrai pas.

— Alors, écoute simplement et laisse-moi t'apprendre quelques petites choses… Être forte, ce n'est pas garder ses larmes et pleurer uniquement lorsque les regards sont tournés. Pleurer devant quelqu'un, lui montrer ses faiblesses, ça demande souvent bien plus de courage qu'il n'en faut pour se cacher. Le pouvoir des femmes réside dans leur capacité à créer une brèche où émotion, empathie, perception sont à même de traverser et de hacker ce monde masculin à en défaillir, ces femmes plus hommes que les hommes, des hommes hermétiques à leur anima. Rien n'est à l'équilibre. Et tu es l'exemple parfait de cette négation. Sois toutes les femmes tour à tour comme un jeu de passe-passe. Forte, mais sensible. Belle et intelligente. Épouse et putain. Indépendante et amoureuse. Mère et amante. Explore, associe, relie, sois. Là est ton pouvoir de femme. Sois double comme les deux faces d'une même pièce. Plurielle comme les facettes de la lune. Aime-toi, ouvre-toi et tu seras enfin entière.

À cet instant, les paroles de Lilith résonnent si fort dans mes os que je sens les larmes me monter aux yeux. Qu'a-t-elle pu bien lire au fond de moi pour que chacun de ses mots sonne à la fois si justes et si lointains ?

— Pourquoi… commencé-je d'une petite voix avant de me racler la gorge. Pourquoi me dites-vous tout ça ?

Lilith se penche vers moi et pose une main légère sur ma joue. Son geste est si maternel et si tendre que je ne pense même pas à m'y soustraire. Elle me fait penser à ma propre mère et à ses yeux doux qui peuvent guérir n'importe quel chagrin.

— Parce que le premier combat que j'ai mené contre le Ciel fut l'équité des genres, ma douce. Je suis la première féministe de ton Monde. Et je ne veux pas être la dernière.

— Pourquoi… moi ?

— Je lis ton aura. Je sens sous mes doigts la flamme qui t'anime. Ta passion, ta rage. Mais tu te gâches. Tu fuis ton père et le cherches pourtant partout. Les hommes sont tous des salauds, penses-tu tout bas. Tu as tellement travaillé pour te prouver que tu pouvais réussir par toi-même que tu as oublié de vivre pleinement. Tu pourrais être la femme qui ose montrer la voie, Claire. Mais enlève-moi ces barrières inutiles… Tu es plus couverte qu'un oignon !

Je grimace devant la comparaison et elle sourit. Sa main quitte ma joue et dans le creux de sa paume apparaît un bulbe.

— Les oignons sont des bulbes. Ils ne sont peut-être pas très gracieux, mais ils recèlent souvent les plus belles fleurs.

Lilith passe sa main au-dessus de la plante. Une jeune pousse se met lentement à écarter les lèvres de son cocon, se frayant un passage jusqu'à la lumière. La tige grandit, s'étoffe, puis le bourgeon s'ouvre, déployant des pétales d'un jaune éclatant.

Un narcisse, pensé-je tandis qu'elle acquiesce.

— Sais-tu qu'ils annoncent la venue du printemps ? Et qu'ils symbolisent les nouveaux départs et les nouveaux commencements. Mais aussi beaux soient-ils, ils peuvent également être extrêmement toxiques.

— Qu'est-ce que vous essayez de me dire ?

Elle hausse les épaules puis fait disparaître la fleur.

— Tu n'as pas été choisie par hasard, Claire Defontaine.

— Que savez-vous de mon assignation ? demandé-je en fronçant les sourcils, les yeux soudain redevenus secs.

Elle pioche une poire et un petit couteau d'argent sur la desserte, épluchant son fruit tout en continuant à parler.

— Rien, si ce n'est que je suis assez âgée pour savoir que le hasard n'existe pas. Ni ici ni ailleurs.

Je ne comprends toujours pas.

— Mais en quoi est-ce que cela vous concerne ?

— Personne n'est totalement mauvais, Claire. Oublie le blanc et le noir. Le bien et le mal. Les Mondes sont bien plus gris que tu ne l'imagines. J'étais humaine avant de devenir ce que je suis aujourd'hui. Dieu m'a créée, comme il t'a créée, toi. J'ai laissé mon humanité lorsque j'ai acquis mes pouvoirs, mais ça ne veut pas dire que je ne me *souviens* pas... L'humanité est une ancre : elle peut sombrer, mais refait surface tôt ou tard.

Pendant un long instant, elle ne quitte plus sa poire des yeux, le couteau suspendu, immobile. Elle semble revivre des souvenirs.

— J'ai toujours voulu avoir des enfants, lâche-t-elle dans un murmure si ténu que je me demande si elle s'adresse toujours à moi. Mais on me l'a refusé.

— Dieu ?

Elle sourit, tristement.

— Une histoire, pour un autre jour.

Je me rappelle sa relation avec Keziah, et me demande si nous avons la même définition de « l'amour maternel ».

— À ma manière, bien sûr... J'aime chacun d'entre eux, répond-elle à ma question muette. Et je veux que tu puisses mener cette enquête à son terme afin qu'aucun nouveau mal ne leur soit fait. C'est pour cette raison que je vais te donner un conseil : ne crois pas un mot de ce que te dit Keziah. Satan a toujours une longueur d'avance. À ton avis, pourquoi est-ce un incube qui t'a été assigné par Satan ?

— La question m'a effleurée.

— Parce qu'il ne veut pas que tu aboutisses. Satan se fiche de ces petits meurtres entre amis. Ce qu'il veut, c'est ton âme.

— Mais pourquoi ? Une de plus, une de moins ? Qu'a-t-elle de si particulier ?

— Rien. Si ce n'est qu'il n'aime pas en perdre. Et qu'il fera tout pour que son tableau de chasse reste immaculé. Crois-moi, je le connais par cœur.

— Et pourquoi devrais-je vous croire, vous ?

— Parce que je n'ai rien à gagner dans ton échec.

Ça reste à voir.

Elle repose son couteau et sa poire sans avoir goûté au fruit, se penche sur moi, glisse une main derrière ma nuque et souffle sur ma bouche :

— Maintenant, réveille-toi.

Alors que je sens le goût acidulé des lèvres de Lilith m'emplir d'une bouffée de désir, mes paupières s'ouvrent en grand. La pénombre du carré VIP nous enveloppe de nouveau. L'esprit embrumé, je me demande si je n'ai pas rêvé toute cette conversation.

Lilith laisse échapper un soupir de contentement, puis, souriante, elle passe un pouce sur ses lèvres comme pour y pêcher quelques cristaux de sucre qui s'y seraient déposés après avoir croqué dans une friandise. M'observant, elle suçote son pouce, le bout de sa langue lapant la pulpe de son doigt et, malgré moi, le rouge me monte aux joues.

— Vous avez un goût merveilleux, ma chérie. Je m'excuse de dire cela, mais si vous échouez à récupérer votre âme, je demanderai qu'on vous place sous ma tutelle. Vous ferez un merveilleux succube.

Elle semble être revenue à la femme fatale que j'ai rencontrée de prime abord, mais le regard qu'elle me lance me fait comprendre que je n'ai rien rêvé et qu'elle reprend son rôle pour la galerie. Personne ne doit savoir ce qu'il s'est passé entre nous, et surtout pas Keziah. Je suis d'accord.

La démone approche sa main dans une tentative pour me caresser la joue, mais je l'intercepte en l'attrapant par le poignet. Moi aussi, je peux jouer la comédie sans fausse note.

— Où est mon témoin ?

Un sourire indescriptible fleurit sur les lèvres de Lilith tandis qu'elle se dégage.

— La patience est une vertu dont vous êtes dépourvue, lâche-t-elle sans me quitter des yeux un seul instant. Vous me plaisez un peu plus chaque seconde.

J'ouvre la bouche pour répliquer lorsqu'un vertige me fait légèrement chanceler. Je ne l'ai pas senti sur le moment, mais je suis complètement vidée. Un peu plus et…

Trébuchant sur le bord de la banquette, je bascule en arrière et retombe entre les coussins. Keziah bondit sur ses jambes pour venir s'asseoir auprès de moi. Puis il m'attrape le poignet, prenant mon pouls.

Lilith est retournée à sa place. Sa flûte de nouveau en main, elle nous observe en sirotant sa liqueur rosée, ses prunelles noires brillant d'une énergie nouvelle. Sa beauté irradie comme un petit soleil. Sa peau lactée scintille presque sous la lumière tamisée du carré VIP. De quoi ? De l'énergie qui me fait désormais défaut. Merde. J'ai le sentiment de m'être de nouveau fait avoir.

— Vous vous sentez comment ? demande Keziah en m'auscultant comme s'il avait un doctorat en médecine généraliste.

Ce qui, pour autant que je le sache, peut s'avérer parfaitement exact.

— Comme un faon qui vient de naître, murmuré-je en réponse, cherchant à focaliser ma vision sur n'importe quoi tant que les lumières cessent de danser devant mes yeux.

L'incube garde ma main dans les siennes puis se tourne vers Lilith, sourcils froncés.

— Tu aurais pu te contenter de moins, lance-t-il entre ses dents serrées.

— Et manquer un si délicieux repas ? Il était un temps où tu avais moins de scrupules, soupire-t-elle. Décidément, tu es devenu bien rabat-joie. Il me tarde que se termine ta mission auprès de Satan.

À en juger par sa mine renfrognée, Keziah ne semble pas de cet avis. Lilith lève les yeux au ciel.

— Oh, par pitié ! Efface cette expression amère de ton visage, mon chaton. La contrariété ne te va pas au teint. (Elle se tourne vers l'un de ses hommes de main.) Nikolos, va chercher Prius.

Pendant tout le court temps qu'a duré l'échange entre l'incube et Lilith, j'ai retenu un haut-le-cœur qui aurait sans doute légèrement taché les belles banquettes du club. Keziah me frotte le dos, dans l'attente que mon malaise passe. À mon oreille, il murmure un mot d'excuse. Sa sollicitude m'horripile. Je lui dirais bien d'aller se faire foutre, mais je ne suis pas certaine de ce qui sortirait de ma bouche à ce moment-là.

Les minutes passent. J'ignore combien jusqu'à l'apparition d'un jeune homme d'une vingtaine d'années. Il passe à travers les voilages, escorté par mon colosse préféré ; celui qui se souviendra de moi encore longtemps en contemplant son reflet. Il fait asseoir sans ménagement le nouvel arrivant sur le canapé et retourne auprès de sa patronne.

Le dénommé Prius est blond, type surfeur australien, mais sans la peau dorée aux UV. Il a tout d'une gravure de mode. Pourtant, son expression n'a rien d'engageant. Il se tord les mains, le regard trouble. Ses lèvres remuent sur des phrases inintelligibles. Ce doit être le post-trauma classique. S'il a vraiment été témoin du carnage chez Éden, il ne peut pas en être sorti indemne. Bienvenue dans le monde merveilleux du TSPT. Cet interrogatoire va être bien plus compliqué que je ne le pensais.

Mes forces me revenant graduellement, je retire ma main de celles de Keziah et glisse vers le jeune homme qui balance le haut de son corps d'avant en arrière sur un rythme millimétré.

— Prius ?

Entendant son nom, il relève les yeux de ses mains tordues, cherchant la source de l'appel. Je lui souris afin de diriger son attention sur moi.

— Bonjour. Je suis l'inspecteur Defontaine, annoncé-je d'une voix douce.

Il sourit sans me voir et deux canines – trop longues pour être humaines – luisent dans la pénombre.

Vampire.

Je réprime un mouvement de recul. Un frisson me chatouille l'échine. S'il pouvait être végétarien et scintillant comme les gentils de *Twillight*, je me sentirais incommensurablement plus rassurée.

La commissure des lèvres de Prius retombe et il reprend ses mouvements de balancier. Son regard papillonne d'un objet à l'autre, d'une personne à l'autre, sans réussir à s'y fixer. J'avale ma salive et maintiens mon sourire en place.

— Prius, l'appelé-je encore.

Il me regarde, ses lèvres continuent leur ballet silencieux.

— J'enquête sur une affaire dont vous seriez le principal, sinon le seul, témoin oculaire. J'ai plusieurs morts inexpliquées auxquelles je cherche une cause. Des Surnat'. Vous étiez avec eux, n'est-ce pas ? Dans la maison d'Éden. Est-ce que vous vous rappelez quelque chose ?

Il fronce les sourcils. Ses yeux ne fuient plus les miens.

— Éden ?

— Oui, c'est ça. Vous étiez chez elle ? Avez-vous vu ce qu'il s'est passé ?

— Elle pleure.

— Elle ?

— Éden. Elle pleure du sang. Elle crie. Tout allait bien. Elle était si belle dans sa robe à fleurs. Et puis elle crie, elle pleure, elle tache sa robe de rouge.

— Qu'est-ce qui la fait pleurer ?

Il se tord les mains.

— Elle a hurlé. Si fort… Si fort que j'ai cru qu'on lui arrachait l'âme. Elle…

Merde. Il est encore plus amoché que je le croyais.

— Pourquoi Éden a-t-elle hurlé, Prius ? Est-ce que quelqu'un l'a agressée ?

— Non, personne.

L'une ou l'autre de mes thèses – un suicide collectif ou un rituel qui aura mal tourné – serait-elle fondée ?

— Alors pourquoi criait-elle ?

— La magie.

— La magie ?

— Elle crie. Elle crie. Elle crie, répète-t-il comme un disque rayé.

— Prius… Essayez de vous concentrer. Vous me parliez de magie.

— La magie ?

— Oui, vous me disiez qu'Éden criait à cause de la magie. Avez-vous assisté ou participé à un rituel, une séance qui aurait dérapé ?

Je m'arrête. Alors que ses confidences nous ont rapprochés l'un l'autre au point que je sens son souffle sur ma joue, Prius se redresse brusquement, manquant de m'éclater le nez dans l'opération. Je recule sur la banquette. Son regard fou est de retour, ses traits sont déformés par la douleur. Il gémit et se recroqueville sur le sofa. Attrapant sa tête dans ses mains, il recommence à basculer son corps d'avant en arrière, poursuivant sa litanie.

— Elle crie. Elle crie. Elle crie.

Je tente de me rapprocher de lui, mais il recule contre le dossier comme un animal effrayé. Je reste donc où je suis, attrape mon téléphone puis commence à composer le numéro des urgences. Une main s'abat sur l'écran et me l'arrache. Me tournant, j'ai juste le temps de voir Keziah le plonger sous sa veste. J'ouvre la bouche, mais il me précède.

— On ne peut pas se permettre d'appeler des secours humains, inspecteur ! Que leur diriez-vous ?

— Il faut l'aider, bon sang ! Il est en pleine crise ! Il a besoin d'un endroit au calme, pas d'un club bondé !

La température de la pièce monte soudainement comme si le corps du jeune vampire avait commencé sa combustion spontanée. Je n'ai pas besoin de croiser le regard des autres. Ils l'ont tous senti. L'atmosphère devient vite étouffante comme si le thermostat avait été monté au maximum. La sueur au front, je retire ma veste, révélant mon Smith & Wesson.

Prius se met à hurler. Un son si monstrueux qu'il semble tout droit venir de la gorge d'un supplicié de la roue. Je recule, butant dans l'incube qui s'écarte à son tour, ses mains posées sur mes épaules.

— Qu'est-ce qui lui prend ? me demande-t-il.

— Je n'en sais rien. Quelque chose cloche. Ce n'est pas un stress post-traumatique. C'est bien plus fort.

L'instinct aux aguets, je frissonne. C'est brûlant et désagréable. L'état du jeune vampire m'est familier, pourtant, je n'arrive pas à mettre le doigt dessus. Je commence à avoir du mal à respirer, comme si l'on s'était assis sur ma poitrine. Les cheveux de Prius sont collés à son crâne par la transpiration. Je comprends que si, placés à quelques mètres de lui, nous suffoquons déjà, le vampire doit évoluer dans une véritable fournaise.

De leur côté, les deux colosses ont encadré Lilith de leurs corps immenses, offrant leur poitrine de chair.

— Lilith ! lancé-je par-dessus les cris du vampire. Savez-vous ce qu'il se passe ? Avez-vous déjà assisté à ce genre de scène ?

Les yeux écarquillés, elle secoue la tête.

Prius s'égosille, les paumes plaquées contre les tempes comme s'il voulait les faire pénétrer dans son crâne. Ses yeux se sont mis à saigner. Mon cœur fait un bond de terreur.

Se pourrait-il que… Non, je ne peux pas imaginer qu'une telle chose soit possible.

— Non, non, non… gémit Prius, dont le corps irradie désormais d'une lueur rougeâtre.

Il a coulé hors de la banquette pour se tortiller sur le sol. Ses cris stridents éraillent sa gorge. Un frisson me transperce. L'image du vampire se tortillant réveille des souvenirs trop frais et trop douloureux. Mika, Lucas. Puis l'IT, qui se met à remonter le long de mes jambes, le regard fou, les paroles incohérentes, du sang coulant de son nez.

Soudain, tout devient cristallin et le cliquetis de la sécurité de mon arme déverrouille la scène.

— Oh, mon Dieu ! soufflé-je en reculant.

— Quoi ? me lance Lilith de l'autre côté de la pièce.

Je ne réponds pas, mon regard magnétisé par Prius. Comment ai-je pu manquer ça ? Comment ai-je pu passer à côté ?

Ma paume empoigne la crosse de mon flingue.

— C'est un IT, lâché-je. Prius a été contaminé par la magie !

Cette fois, c'est de la peur que je lis dans le regard de Lilith. Une peur glacée, implacable, qui rampe jusque dans sa gorge, l'empêche de parler, lui cloue la mâchoire à mi-parcours.

Toutes les pièces du puzzle se mettent en place dans mon esprit. Ça semble si évident. Enfantin… Plus transparent encore qu'un colonel Moutarde dans la salle à manger avec la clef à molette.

— C'est ce qui est arrivé à Éden. Elle a été contaminée et, lorsqu'elle est arrivée au stade terminal, elle se trouvait au milieu de douze invités. C'est sa mort qui a provoqué la leur, par ricochet.

— C'est impossible… lâche la démone en secouant la tête. Nous sommes immunisés. La magie corrompt les humains…

Sa luxuriante chevelure rousse n'est plus aussi rectiligne. Son visage naturellement pâle est livide. Toute lumière a déserté sa peau et ses yeux semblent un instant morts.

— Je suis désolée.

Je tire sur Prius. Le canon de mon S&W fume au bout de mon bras tendu. Le vampire a baissé le menton sur le trou dans sa poitrine. Il grimace de douleur, mais ne s'écroule pas comme il le devrait. Je tire encore, le trouant comme un gruyère. Il s'obstine à ne pas mourir. J'aurais sans doute dû lire le manuel du bon chasseur de vampire avant de lui vider mon chargeur dessus.

La température vient de monter subitement d'un cran. Ma peau me brûle, je la sens qui se craquelle comme un champ dévasté par la sécheresse. Mes yeux sont si secs que chaque battement de cils devient un supplice.

— Nous devons partir d'ici ! couiné-je, la gorge calcinée. Il n'en a plus… pour longtemps. Si nous… restons dans le… périmètre, nous allons tous être soufflés.

Je ne sais pas si aucun d'entre eux ne m'a comprise entre mes quintes de toux. Quelques secondes nous échappent, puis Lilith s'ébroue et ses yeux s'allument.

— Je… je ne peux pas le laisser mourir comme ça ! Il est sous ma responsabilité !

— Croyez-moi, il n'y a plus rien à faire !

Mais Lilith ne m'écoute pas et se tourne vers ses hommes de main.

— Nikolos ! Arsène ! Immobilisez-le ! hurle-t-elle.

Les deux colosses s'exécutent et encadrent le vampire.

— Non ! Ne le touchez pas, ai-je à peine le temps de les prévenir avant que Nikolos ne lui saisisse le bras.Prius hurle comme un chien enragé et d'un revers propulse l'homme de main de Lilith à travers la pièce. Son corps s'écrase contre l'un des murs, éclatant le Placo. Lorsqu'il s'affaisse sur le sol, son crâne est barré par une large entaille sanglante. Il ne bouge plus.

Puis vient le tour d'Arsène. Un coup de pied phénoménal lui fait prendre le même chemin que son confrère, et le lancer de flipper que fait la banquette m'envoie bouler au sol. Une des arêtes de la table basse cogne l'arrière de mon crâne. Mon cuir chevelu éclate et se met à saigner abondamment. Sonnée, je tente de me redresser, mais la table tangue sous mon poids et son contenu se déverse autour de moi dans un fracas assourdissant de verre brisé.

Je suis tirée à l'écart. On applique un tissu sur mon cuir chevelu poissé de sang.

— Vous allez bien ? s'inquiète Keziah au-dessus de moi.

Je murmure une première réponse inintelligible. Ma tête est plus lourde que le karma de Vlad l'Empaleur.

Au centre de la pièce ravagée, Prius se tient debout. Le halo de magie qui enveloppait son corps s'est dirigé sur ses mains.

Putain de merde !

Je bats des jambes, mais tout ce que je réussis à faire, c'est m'agiter contre Keziah. S'il ne bouge pas vite fait de là, on va se faire exploser. J'ignore si la déflagration sera aussi puissante que celle qui a soufflé le rez-de-chaussée du manoir d'Éden, mais si c'est le cas, on est certains de tous y passer. Et ça prend en compte une bonne partie des clubbeurs qui se trouvent sous nos pieds.

— On doit se tirer, Keziah ! Le plus loin possible !

L'incube réagit immédiatement. Il glisse un bras sous mes aisselles et m'aide à me mettre debout avec l'efficacité de celui qui a l'habitude des champs de bataille. Alors que nous claudiquons vers la porte coupe-feu du bureau, Arsène empoigne sa maîtresse comme un sac à patates et nous précède, ouvrant le battant d'un coup d'épaule.

Le hurlement de Prius nous déchire les tympans, sa magie s'échappe de son corps par éclairs qui rafraîchissent à la mode déstructuré le mobilier.

Avec un effort qui m'arrache presque le bras, je pousse de tout mon poids contre la porte, puis la verrouille.

— Courez ! crié-je à l'instant exact où l'explosion retentit dans un bruit d'Armageddon.

Les fenêtres qui donnent sur la salle explosent et leurs milliers d'éclats ne manqueront pas de faire des victimes. La déflagration fait trembler l'ensemble de la structure du bâtiment, nous aplatissant au sol comme des quilles de bowling. Je sens la magie passer à un souffle au-dessus de mon crâne, dresser chacun de mes cheveux et roussir mes joues. Je m'écrase un peu plus, les mains par-dessus la tête, les paupières contractées, l'esprit verrouillé en mode survie.

Après une telle catastrophe vient le silence. Puis les cris de détresse et de panique. Mais seule la musique électro nous répond en contrebas. L'explosion… comment ont-ils pu l'ignorer ? Même coké, on ne peut pas ignorer une pluie de verre brisé.

Quelque chose ne va pas.

Je dresse la tête. La porte renforcée d'acier s'est déformée, mais a tenu le coup, nous sauvant probablement la vie. Jetant un coup d'œil à mon côté, je tombe sur Lilith. Son maquillage a coulé sur ses joues. Elle a l'air misérable et chétive. Si l'on ne m'avait pas présenté la femme recroquevillée comme une reine démone, je l'aurais sans doute prise dans mes bras pour la réconforter.

— Est-ce que ça va ? demandé-je.

Lilith se reprend. Se dresse sur ses jambes avec des gestes lents et affectés, puis se tourne vers son homme de main.

— Dis à l'équipe de nettoyage que je ne veux aucun témoin. Je ne souhaite pas devoir fermer le club.

Aucun témoin ? Qu'est-ce qu'elle a en tête ? Elle ne va tout de même pas… ?

Je me redresse, ma tête tourne, mon cuir chevelu continue à saigner, mais je dois m'assurer que personne n'a été blessé – ou ne sera blessé. Je descends par la cage d'escalier avant de débouler sur la coursive du second étage puis de buter contre la balustrade.

Mes yeux s'écarquillent devant le spectacle en contrebas.

Toute la pièce est figée.

CHAPITRE 16

L'IT

DERRIÈRE LA BALUSTRADE, à quelques mètres sous mes pieds, le temps est suspendu dans un flash de stroboscope. Les danseurs ont arrêté de se mouvoir à un rythme effréné et évoluent désormais comme s'ils se trouvaient sur un sol trop dense, recouvert de mélasse et dépourvu de gravité. Ils n'ont pas l'air de s'en rendre compte, au ralenti. Ils n'ont même pas eu le temps d'être effrayés.

Je constate que l'air est devenu plus épais autour de moi.

Les bris de la vitre du carré VIP se sont cristallisés, suspendus dans les airs à l'instar de flocons givrés. Ils scintillent à la manière d'une voûte étoilée, parant les corps d'éclats satinés. Je tends un doigt pour toucher l'un de ceux qui se sont immobilisés juste au-dessus de ma tête et le retire aussitôt. Un éclat vient de m'entamer la pulpe de l'index.

Je nous imagine tous comme de candides habitants d'une boule à neige. Si la scène n'était si vertigineusement effrayante, le verre parerait les lieux d'un climat de romance.

Six individus masqués, en combinaisons noires moulantes, fendent la foule, mettent fin à mes rêveries de Capulet, et se dirigent droit sur l'escalier qui mène aux parties privées du complexe.

J'entends leurs pas sur les marches métalliques et, une seconde plus tard, le premier déboule sur la coursive. Je fais volte-face, main sur la crosse.

Je sais que c'est une sale habitude qui ne m'a pas valu beaucoup de réussite dernièrement, mais ce soir, mes réactions me viennent bien plus de l'instinct de survie primaire que de mes capacités habituelles à analyser froidement une situation. Je me sens si tendue qu'on pourrait jouer de la harpe sur ma colonne vertébrale.

— Ici ! lance une voix féminine derrière un masque intégral à la visière fumée. Une humaine a échappé à la stase ! Qu'on s'occupe d'elle !

Menacée, je sors mon flingue, mais une main puissante l'abaisse presque immédiatement. Me tordant le cou, je jette un coup d'œil derrière moi. Keziah s'est matérialisé à mon côté. Je grogne. J'ai peut-être la gâchette facile, mais lui devrait sérieusement me laisser utiliser mon arme quand la situation l'exige. Et franchement, lorsqu'une inconnue masquée menace d'envoyer mon cul dans une stase temporelle, ça me semble précisément être l'une de ces situations d'urgence.

— Elle est avec moi, répond-il à la silhouette noire. Elle travaille sur une enquête pour le compte de Satan.

La femme nous observe en silence. Son casque me renvoie mon reflet. J'ai l'air plus morte que vivante avec ma peau grise, mes cernes violacés, mes cheveux sales et mes lèvres craquelées. Elle hoche le menton d'un coup sec et très militaire.

— Bien, suivez-nous. Vous allez pouvoir nous expliquer à quoi nous avons affaire.

Tandis qu'elle prend les devants afin de rejoindre le reste de son équipe à l'étage, Keziah murmure pour mes oreilles :

— C'est incroyable, cette manie de sortir votre arme à tout bout de champ ! Vous êtes certaine de ne pas avoir trouvé votre diplôme de police dans un Kinder Surprise ?

Je coule un regard noir et fumant vers lui et il lève les mains en signe d'apaisement.

— Rangez votre arme, inspecteur, vous êtes hors de danger, me rassure-t-il d'un ton doux, cette fois. C'est notre équipe de nettoyage.

— Rassurez-moi, ils ne vont pas nettoyer tous les humains qui se trouvent dans le club ?

— Juste leur mémoire. Promis. Letha est là pour ça.

Je range mon S&W.

— Letha… j'ai déjà entendu ce nom quelque part…

— Léthé. C'est la muse de l'oubli. Elle a modernisé son nom en Letha, il y a un ou deux millénaires.

— Est-ce que toutes les figures mythologiques existent réellement sur ce plan ?

— Les mythes recèlent tous leur part de vérité.

Je le dévisage puis prends un air songeur, plongée dans mes souvenirs.

— C'est ce que mon père m'a écrit dans sa lettre : « Chaque mythe, chaque légende que je t'ai contée recèle sa part de vérité », cité-je de mémoire.

— Et il avait raison. Venez, Lilith va vouloir vous parler.

Nous emboîtons le pas de la femme dans l'escalier. La porte coupe-feu a déjà été dégagée et gît dans le couloir comme le couvercle tordu d'une conserve. Notre interlocutrice nous dépose à l'entrée du carré VIP avant de rejoindre les autres membres de l'équipe de nettoyage qui s'occupent du cadavre tout chaud qui trône au milieu de la pièce ravagée. Une silhouette à galons – sans doute le ou la chef.fe d'équipe – est plantée devant Lilith. On a obligeamment passé à la démone un T-shirt qui vante la fraîcheur d'un cocktail à base de vodka Eristoff afin de remplacer sa robe déchirée. Autant pour le swag naturel de la démone, plutôt robe en lamé et Jimmy Choo que *ruskov* à fond de bouteille.

— Équipe de nettoyage 6.3.B au rapport. Y a-t-il des témoins ?

D'après la voix qui filtre du casque, c'est une femme.

Lilith balaye sa question de la main.

— Contentez-vous de nettoyer la scène.

— Bien, madame. À vos ordres. Voulez-vous que nous l'encapsulions afin de la garder intacte pour une prochaine investigation ?

— Non, l'inspecteur chargé de l'enquête a assisté à la scène. Nul besoin de la conserver. Emportez le corps et brûlez-le.

Surtout, répétez bien à votre équipe de ne pas lui toucher la peau. Il a été… contaminé.

Elle hoche gravement la tête puis ils se remettent tous au travail, fourmis soigneuses et efficaces.

J'en vois deux qui emballent le corps de Nikolos dans une housse mortuaire. Apparemment, même un colosse de Rhodes, aussi solide soit-il, ne résiste pas au souffle de la magie dégénérative.

Arsène, le second colosse de Lilith, est dans un meilleur état, bien que son visage soit strié de coulures vermeilles. Peu concerné par sa blessure, il est agenouillé à ses pieds. Approchant son nez de la jambe de sa maîtresse, il frotte le devant de sa tête contre sa robe à la manière des chats. Elle pose un regard ombrageux sur lui et il courbe l'échine, les yeux rivés au sol.

Le superviseur s'approche de nous, retire son casque. Elle a la peau chocolat, les cheveux noir de jais, des yeux verts en amande et un visage à la mâchoire carrée. Elle est jolie sans être belle. Replaçant sa queue-de-cheval derrière sa nuque, elle sourit en coin au démon qui lui répond d'un signe de tête.

— Décidément, tu ne chômes pas en ce moment.

— Que veux-tu, Letha. Le danger m'appelle. D'ailleurs, tu as pu t'occuper du policier humain que je t'ai confié ?

— Tu me prends pour qui ? Une novice ? C'était du gâteau. Un petit effacement de mémoire, de nouveaux souvenirs fabriqués sur mesure, et ton beau visage disparaissait à jamais de sa petite tête.

— Quel package ?

— Strip-club.

— Le veinard.

Je cille. La tambouille de cervelet de Luc les fascine autant que le dernier épisode de *Game of Thrones*. Les Surnat' sont flippants.

— Parfait. On n'a vraiment pas besoin que la police humaine fouine par chez nous.

— Ne m'en parle pas ! Je ne voudrais pas revivre les événements de 1692 ! J'ai eu un mal fou à modifier les mémoires à cette époque. Les esprits étaient bien moins malléables que de nos jours où les écrans ramollissent les cerveaux. Tu te rappelles 92 ? (Il acquiesce d'un mouvement de menton.) C'était un vrai merdier, ce bordel-là. Mais, heureusement, tout ce que l'Histoire retient, ce sont les procès de Salem. On a bien eu chaud au cul.

Ils rient de connivence.

Je me sens de nouveau comme un enfant entre deux parents qui discuteraient de choses d'adulte bien au-delà de sa compréhension limitée. La suite de leur discussion se perd dans les méandres nébuleux de mon cerveau tandis que mes yeux se posent sur Lilith, qui m'observe en caressant la tête d'Arsène, toujours à ses pieds. Depuis combien de temps me fixe-t-elle ainsi ?

— Keziah ! lance-t-elle à l'intention de l'incube qui vient de partir dans un grand éclat de rire.

Ce dernier se stoppe net, ado pseudo-rebelle pris en flagrant délit de visionnage de porno. Un sourire forcé naît sur ses lèvres, attendant la sentence. De son côté, Letha s'est discrètement éclipsée et se dirige vers son équipe, occupée à emballer le corps de Prius, tandis que d'autres javellisent le sang à l'aide de pulvérisateurs à pompe.

Un vertige me fauche soudain les jambes. L'incube me rattrape par le bras. Mon sang coule de l'arrière de mon crâne, poissant mes cheveux.

— Laissez-moi vous aider, fait-il d'une voix douce en joignant le geste à la parole. Et il faut soigner cette blessure. Une commotion ne va certainement pas arranger nos affaires.

Dans d'autres circonstances, moins éprouvantes, j'aurais refusé d'un bloc qu'il me soutienne comme un tuteur sur un jeune arbre fruitier chétif, mais je suis épuisée, blessée et bien trop loin de ma zone de confort. Bien trop loin de mon monde. Alors j'accepte le bras qu'il glisse sous mon épaule et réplique, néanmoins, pour la forme :

— Ne me dites rien ; vous allez encore me proposer une partie de jambes en l'air afin de m'aider à guérir plus vite, c'est ça ?

Une lueur impénétrable brille dans ses prunelles turquoise, puis il répond très sérieusement :

— J'allais seulement vous proposer de vous amener auprès d'un guérisseur, mais si vous insistez… Je me ferai un plaisir de satisfaire vos moindres requêtes, inspecteur.

Son regard s'est fait plus sombre, plus vibrant. Repensant à ma discussion onirique avec Lilith, je ne peux empêcher mon esprit épuisé de divaguer vers des images où un Keziah pantelant gémirait de plaisir entre mes cuisses.

Je détourne les yeux vers le cadavre de Prius. Je me pince les lèvres. La vision est à peine soutenable, mais je veux imprégner ma mémoire de ce spectacle morbide afin de ne pas oublier que, sur le chemin de ma quête personnelle, des innocents meurent aussi.

L'incube a suivi mon regard et ne détache plus le sien du cadavre. Mais ses yeux sont voilés et c'est une autre scène, j'en suis certaine, qui défile sur son iris triste.

— Elle a dû souffrir le martyre.

Éden, bien sûr.

Je peux presque distinguer la déchirure qui fendille sa poitrine en deux à cet instant. Je sais exactement ce à quoi il pense et ce n'est jamais bon pour les vivants de spéculer à propos des sévices qu'ont pu endurer les morts. Ça n'apporte que plus de peine, de cauchemars et de souffrance. Je pose une main sur son torse afin de capter son attention.

— Elle ne s'est pas suicidée. C'est le principal.

— Je vous l'avais dit.

Sa phrase aurait pu être roulée dans le ton de la suffisance, mais l'incube est aussi épuisé que moi. Et trop malheureux pour avoir envie de flatter son ego.

— Je vais trouver ce qui cause cette magie dégénérative, Keziah. Nous allons résoudre cette enquête.

— Ça fait trois ans, inspecteur. Et les humains n'ont pas la moindre piste.

— Mais ils n'ont pas un incube encyclopédique comme partenaire, murmuré-je, une main sur sa joue, avant de lui sourire.

Le spectacle ne doit pas être reluisant, mais il a suffi à faire monter une étincelle d'espoir jusqu'à ses yeux. Elle est presque aussitôt balayée par un froncement de sourcils tandis qu'il rompt notre contact visuel et me rend ma main. Il semble, pour une raison que j'ignore, soudain très mal à l'aise.

Une douleur aussi vive que fulgurante me rappelle ma rencontre avec la table basse. Mes jambes flanchent, mais l'incube me rattrape avant de me couler entre les coussins du canapé.

— Vous avez besoin de soins, inspecteur.

Il fait une pause puis reprend sur un ton plus léger :

— Vous avez une tête épouvantable.

— Un IT Surnat' – chose qui ne devrait pas être possible – vient d'imploser à moins de trois mètres de mon fragile corps d'humaine très très mortel. Je pense avoir le droit à quelques minutes de relâche.

Son hochement de tête me donne raison au moment où Lilith nous fait signe d'approcher. Nous nous exécutons avec lenteur. J'ai l'impression d'avoir pris quatre-vingt-dix ans dans la tronche.

— Êtes-vous certaine de ce que vous avez avancé tout à l'heure ? me demande Lilith d'une voix haut perchée qui fait très peu « reine de la nuit ». Était-ce un IT ? Est-ce que Prius était… ?

J'acquiesce d'une grimace.

— J'ai neutralisé assez d'IT pour reconnaître les symptômes de leur dégénérescence. Ceux de Prius étaient un peu différents cependant. C'est pour cette raison que j'ai compris si tard. Les humains n'implosent pas comme l'ont fait Éden ou Prius : leur mort est bien moins salissante. Je pense que cette réaction est due à votre magie. Ils sont bien plus sensibles à la corruption. C'est ce qui peut expliquer ce déferlement de pouvoir et la vitesse du déclin. Seulement trois jours pour Prius, alors que le temps d'incubation pour un humain se situe entre trois semaines et plusieurs mois.

Lilith réprime un frisson.

— Est-ce que ça veut dire que la pandémie magique a muté ? Qu'elle peut désormais toucher la communauté surnaturelle ?

— Oui. Je pense cependant que la transmission n'est pas interraciale. Keziah a été touché par un IT hier, et à ce stade, vu la rapidité de la dégradation chez les Surnat', nous aurions déjà dû être témoins des premiers symptômes. À savoir un changement de comportement à un état irascible, une hybris démesurée et de légères émanations de magie dans les mains.

Lilith porte son pouce à sa bouche et commence par le ronger, les yeux vitreux. Après un instant de gêne silencieuse, Keziah se racle la gorge.

— Maîtresse ?

Elle sursaute comme si elle reprenait conscience de notre présence, et d'un signe de main distrait nous chasse.

— Emmène-la voir Diancecht. Satan ne me pardonnera pas si l'un de ses contrats meurt dans mon club. Passez par mon bureau puis prenez les tunnels. Tu connais le chemin.

Il hoche la tête. Je lève le menton vers l'incube.

— Qui est, Diancet ?

— Diancecht, me corrige-t-il. C'est un médecin.

— Juste un médecin ? demandé-je, soupçonneuse.

Les plis au coin des yeux du démon se creusent.

— Un dieu-médecin.

— Bien entendu… Rien n'est jamais simple dans votre monde. Et que va-t-il me faire ? Me couper une mèche de cheveux et la greffer sur une poupée vaudou sur laquelle il aura jeté un sort avant de la balancer dans un immense brasier purificateur ?

— Il va vous baigner dans une fontaine.

Je plisse les paupières, sceptique.

— Une superbe fontaine ! se défend l'incube. Magique, de surcroît.

— S'il me pousse une seconde tête, je vous castre.

— Je n'ai rien contre des préliminaires plus violents, mais je préférerais garder mon outil de travail, si ce n'est pas trop vous demander.

CHAPITRE 17

LE DIEU-GUÉRISSEUR

J'AURAIS PLUTÔT QUALIFIÉ LE BUREAU de Lilith d'hortus romain.

Dans la pièce carrée, une galerie de colonnes couvre les quatre côtés d'un jardin luxuriant, à la manière des péristyles antiques. Un bassin trône en son centre, abreuvé par quatre fontaines en forme d'enfants potelés et cornus. Le plafond est illuminé de telle sorte qu'il semble inexistant, créant une atmosphère ensoleillée dans une salle qui se trouve pourtant à quelques mètres sous terre.

J'émets un sifflement admiratif. On se croirait revenus à l'Antiquité romaine. On a même poussé le détail jusqu'à une bande-son qui fait discrètement gazouiller des couples d'oiseaux.

— Ça paye d'être démon, glissé-je à Keziah.

— L'intérêt, lorsque l'on est au service du mauvais côté du tableau cosmique, c'est qu'on s'encombre rarement de scrupules. On prend ce qui nous fait envie, un point c'est tout.

— Ça doit aussi être utile pour faire disparaître les feuilles d'imposition.

Keziah sourit et nous fait avancer jusqu'à un imposant bureau en marbre seulement orné par une lampe en cuivre brossé. Se penchant, il tire sur la chaînette reliée à l'ampoule. Dans un grondement de fin du monde, le bureau et un pan du sol en pierre pivotent, ouvrant un passage sur une série de marches qui s'enfoncent dans la pénombre d'un tunnel souterrain. Un souffle froid soulève nos cheveux, charriant des effluves de champignons et d'humidité, puis tout redevient silencieux.

— Vous pensez que c'est le bon moment pour vous dire que j'ai une sainte horreur de la moisissure ? frissonné-je.

— Je me doutais bien que vous étiez l'une de ces maniaques du rangement et de la propreté. Rien qu'à voir votre appartement, ça saute aux yeux. Qui range ses chaussettes par couleur, hein ?

Alors que je ne l'écoute plus que d'une oreille distraite, concentrée sur le sombre escalier qui va, à tous les coups, nous emmener dans un endroit infesté de champignons, de rats et de cadavres racornis, mon attention se tend de nouveau vers l'incube. Mes yeux lancent des éclairs.

— Vous avez fouillé dans mon tiroir à sous-vêtements ?

Un sourire de spot télé pour dentifrice blancheur s'épanouit peu à peu sur le visage de l'incube.

— On dit que la penderie d'une femme en révèle plus sur sa personnalité que n'importe quoi d'autre. Je n'allais quand même pas me lancer dans une aventure périlleuse avec une inconnue avant de m'être assuré de sa stabilité mentale, se défend-il mollement.

J'aurais préféré me faire épiler le maillot intégral à la cire ou être en train de déboucher des chiottes à la main plutôt que de me retrouver dans le souterrain humide et moisi dans lequel nous nous sommes enfoncés. C'est dire à quel point j'aime tout ce qui se rapproche de près ou de loin à de la moisissure ou des champignons.

Je suis donc devenue, tout naturellement, une maniaque du récurage de frigo ayant le fromage en horreur. Marchant dans l'ombre de Keziah, je me tiens aussi loin des murs que possible, où des auréoles blanches et duveteuses parsèment la pierre. Autant le jardin intérieur de Lilith était un havre de paix lumineux et sain, autant son pendant souterrain est glauque et mal éclairé.

Je continue d'avancer derrière l'incube lorsque la semelle de ma botte écrase quelque chose de mou. Un mouvement de recul instinctif me plaque contre l'une des parois concaves du corridor et je retiens un cri de dégoût tandis qu'un nouveau bond – en avant cette fois – me propulse contre le dos de Keziah. Mes mains agrippent sa veste de smoking et je reste plaquée contre lui. Mon corps frissonne de répulsion à l'idée que mes vêtements sont désormais enduits de spores contaminées.

— Hmm… inspecteur ?

Je ne réponds pas, les yeux hermétiquement clos, tentant de me raisonner : les petites bêtes ne mangent pas les grosses.

— Si j'avais su qu'il suffisait d'un peu de moisi pour que vous acceptiez de vous coller à moi sans retenue, j'aurais fait préparer un plateau de Bleu d'Auvergne et de fourme d'Ambert pour le petit déjeuner de ce matin, plaisante-t-il.

Je laisse échapper un court rire nerveux puis lève le menton vers lui.

— De quoi un démon a-t-il peur ?

Il hausse les épaules.

— De beaucoup de choses, inspecteur. Et en ce moment, ma principale crainte serait que Satan me botte le cul parce vous m'auriez claqué dans les doigts. (Je grimace par-dessus un sourire.) Je vais vous porter, d'accord ? Vous êtes épuisée, mal en point, et vous tenez à peine sur les deux bâtons de sucette qui vous servent de jambes.

— Bâtons de sucette ?

Je ne me suis jamais trouvée grosse, mon entraînement sportif quotidien s'en est bien chargé, mais j'ai toujours eu des formes. Et par formes, j'entends des hanches larges et un derrière rebondi.

Sans répondre autrement qu'avec un sourire en coin, il se penche, passe son bras derrière mes genoux et me soulève du sol. Je m'accroche à sa nuque en fronçant le nez.

— Je n'ai vraiment pas besoin de ça.

— Taisez-vous et laissez-moi guider pour une fois.

Je ravale ma réplique. C'est exactement ce que m'a conseillé Lilith et ses mots résonnent encore en moi.

Keziah se met en marche. Mes paupières me pèsent tandis que les cahots des petites foulées du démon bringuebalent ma tête d'avant en arrière.

— Ne vous endormez pas.

Je relève le menton en sursaut.

— Je ne dormais pas, je me défends, sans vraiment savoir s'il s'agit de la vérité.

— La somnolence est l'un des premiers signes d'une commotion.

— Ou alors il s'agit seulement des limites naturelles de mon corps, ronchonné-je.

— Ça, nous laisserons Diancecht s'en assurer.

Keziah me fait un signe du menton, m'invitant à regarder devant moi tandis que nous passons sous une arche et nous arrêtons à l'entrée d'un repaire qui a tout l'air de sortir d'un *Elder Scrolls*.

La pièce souterraine a été directement creusée dans la roche. De là où je me trouve, je peux encore apercevoir les coups de pioche des ouvriers qui ont dû creuser des centaines d'années plus tôt. Les murs en arc forment un dôme dont le centre est occupé par un bassin rectangulaire. Un homme est penché au-dessus de l'eau, occupé à verser dans un goutte à goutte presque hypnotique le contenu d'une fiole au liquide transparent. Autour de lui, c'est une vraie collection d'objets et de meubles hétéroclites qui encombrent les lieux. De vieux livres à la couverture de cuir peuplent les quelques bibliothèques de la salle. Des tables en bois massif ou en acier chirurgical sont recouvertes d'herbes séchées, de mortiers, de feuilles de papier cornées, de porte-plume et d'encriers. Des perruches jaunes et blanches batifolent dans une grande volière en second plan. Des plantes et des fleurs exotiques s'épanouissent sous des lampes à UV et grignotent peu à peu de leurs bras verdoyants l'espace alentour, formant une jungle apprivoisée. Des tonneaux et des fûts de chêne occupent une bonne partie de l'arrière-salle. Des chandeliers sont disposés sur tous les plans de travail. Ce qui reste des surfaces encore libres est occupé par des fioles étiquetées, des outils chirurgicaux, des morceaux de ferrailles et des pièces d'horlogerie.

Un squelette humain, tenant dans ses bras celui d'un chat roulé en boule, pose sur les nouveaux venus un regard caverneux tandis qu'accroché au plafond par des chaînes, le corps serpentaire et monstrueux d'un crocodile de deux mètres fixe, lui, les visiteurs de ses yeux en bille de verre jaune.

Plusieurs fours en brique baignent les lieux d'une chaleur presque étouffante. Au-dessus de leurs foyers, des alambics de cuivre reflètent la danse des flammes et le rougeoiement des braises, laissant échapper leurs gouttelettes dans des cols de cygne en verre aux parois floutées par la condensation. La vapeur humide et chargée d'essences tournoie dans un serpentin réfrigéré par une cuve d'eau froide et finit son parcours dans des béchers où des extraits de différentes couleurs gouttent au rythme régulier d'une trotteuse. Il plane dans l'air une odeur presque entêtante de lavande et d'alcool.

Étrangement, et contre toute attente, un ordinateur de bureau fait rebondir les balles de son écran de veille dans un coin de la haute pièce souterraine.

L'homme penché au-dessus du bassin redresse lentement la tête et pose sur nous un regard morne, rehaussé, néanmoins, par un sourcil interrogatif.

— Que puis-je faire pour vous ?

Sa voix est rauque, presque brisée.

Tandis qu'il déplie son grand corps, je prends la mesure de son impressionnante carrure. Ses épaules musculeuses sont drapées dans une peau de bête aux tons gris. Des chaînes argentées se croisent sur son poitrail au duvet brun, maintenant son manteau de peau en place. Il a les cheveux sombres, lisses et tirés en arrière. Sur une partie de son visage, un masque en os recouvre son œil droit, l'aile de son nez et le début de sa mâchoire. Un pantalon en cuir marron est tendu sur des cuisses de la taille d'une poutre. Il est pieds nus.

Si Keziah semble impressionnant de prime abord avec sa carrure de guerrier nordique, l'homme qui se trouve en face de nous le ferait presque passer pour un garçon dans la chemise trop grande de son père.

— Diancecht. Lilith m'envoie.

Il fixe ses yeux d'un bleu limpide sur moi.

— Pour l'humaine ? Pourquoi Lilith prendrait-elle la peine de me devoir une faveur future pour une humaine ?

— Je ne suis qu'un intermédiaire. Vous irez lui demander vous-même.

Les deux hommes s'affrontent du regard. Aucun ne semble vouloir flancher. C'est à ce moment-là que ma migraine décide de se manifester. Je gémis dans les bras de Keziah. Je me sens faible et pitoyable. Je hais l'image que je renvoie. Ce n'est pas moi. Ce n'est pas la Claire qui s'est battue pour la place qu'elle occupe aujourd'hui.

— Bien, capitule Diancecht. Dépose-la sur la table.

Keziah approche. L'autre homme a fait de la place d'un large balayage de la main, parsemant son sol d'objets hétéroclites. L'incube m'étend sur le plan de travail.

— Elle pourrait avoir une commotion, commence-t-il avant d'être interrompu par un œil froid.

— Tu es médecin, l'incube ?

— Non, grogne Keziah.

— Alors, laisse-moi la prérogative du diagnostic de ma patiente.

Le démon serre les dents et je me réjouis intérieurement que quelqu'un réussisse à le moucher. Je sais que c'est puéril, mais ça fait du bien.

Après une inspection de ma blessure à la tête, une batterie de questions et des tests oculaires, le couperet tombe.

— Vous avez bel et bien une commotion. Un remède classique ne sera pas suffisant. Je vais devoir vous plonger dans la Fontaine des Guérisons.

À ma droite, Keziah souffle avec dédain par le nez. Il avait raison et a bien l'intention de le faire savoir.

Les doigts du dieu-médecin se posent sur ma marinière et la soulèvent, dévoilant mon ventre.

— Que faites-vous ? coassé-je.

— Je vous déshabille. Vous devez être nue pour pouvoir entrer dans la fontaine.

Je jette un coup d'œil express à Keziah et reporte mon attention sur Diancecht.

— C'est obligatoire ?

Il soupire, mais fait tout de même mine de réfléchir.

— Gardez seulement votre cache-sexe.

Cache-sexe ? Depuis quand n'est-il pas sorti de sa caverne ?

Je pose une nouvelle fois les yeux sur Keziah, qui a très bien saisi ce qui me dérange.

— Ne vous en faites pas, inspecteur, votre petite culotte en coton blanc toute triste ne va certainement pas heurter ma sensibilité. J'en ai vu d'autres.

Je lève les mains devant mon visage, serrant les poings d'agacement. Ne se tait-il donc jamais ? A-t-il une réponse toute trouvée pour chaque situation ou se contente-t-il d'improviser sur le tas ?

— Un : je me doute. Deux : tournez-vous. Trois : allez vous faire foutre.

Ses yeux brillent de bonne humeur par-dessus son franc sourire. Mon Dieu, ce type est maso ! Par chance, il n'insiste pas plus longtemps. Une première.

— Bien. Puisque ma présence est superflue, je vais aller tapoter sur les bocaux remplis de formol que j'ai aperçus en entrant. Je suis certain que les fœtus de veau et les têtes de crapaud seront de bien meilleure compagnie que vous.

Sur ces mots, il se détourne puis s'éloigne.

J'entreprends de me déshabiller, ne gardant que ma culotte non pas blanche en coton, mais bleu foncé et satiné. N'en déplaise à l'insupportable démon-je-sais-tout. Les bras croisés sur ma poitrine nue, je grelotte, fixant la surface lisse de l'eau.

Le dieu-médecin pose délicatement ses mains sur mes épaules et me fait monter les trois marches qui me conduisent jusqu'au bassin.

— Allongez-vous dans l'eau, le corps immergé jusqu'au visage.

Suivant ses indications, je fais entrer son premier pied dans la fontaine. Alors que je me serais attendue à frissonner de froid, c'est une eau chaude qui caresse la plante de mon pied. Je n'ai pas le temps de m'étonner de l'absence de fumée sur la surface qui aurait dû indiquer une source chaude, que Diancecht me presse d'une poussée entre les omoplates. Je suis le mouvement et m'allonge bientôt dans l'eau. Se détournant, le dieu-médecin attrape plusieurs fioles et une série de boîtes sur la table derrière lui, puis les aligne sur le rebord de la fontaine.

— Toutes les guérisons sont différentes, me prévient-il. Je ne peux garantir les effets qu'aura la fontaine sur vous. Ne sortez pas de l'eau. Quoi que vous y rencontriez.

Une boule gonfle soudain dans mon estomac. J'ouvre la bouche pour lui demander ce qu'il entend par là, ce qu'il peut se produire si je sors de l'eau, mais il appuie déjà sur mes épaules afin de m'immerger. Seul mon visage en crève la surface.

— Fermez les yeux.

Perçant la bulle d'eau qui couvre mes oreilles, la sonnerie d'un téléphone résonne soudain dans la crypte sur un air d'AC/DC. C'est leur chanson la plus connue : « Highway to Hell ».

Je me redresse brusquement dans un geyser d'eau, les yeux rivés sur Keziah, qui a délaissé ses bocaux de formol et ses créatures difformes. Avant, j'adorais cette chanson. Au point d'en faire ma sonnerie depuis près d'une année maintenant.

Mais ça, c'était avant. Avant qu'un sourire amusé s'épanouisse sur le visage de l'incube. Ses yeux pétillent de concert.

Highway to HELL ? disent-ils, quelles étaient les chances ?

Si le hasard existe, il est forcément doué d'une conscience et il s'acharne sur moi.

L'incube plonge la main dans sa poche au moment où je me rappelle qu'il me l'a confisqué dans le club tandis que j'essayais de joindre les secours. J'ouvre la bouche pour l'en empêcher, mais il a déjà sorti mon smartphone et déchiffre le nom qui s'affiche sur l'écran.

— C'est « Maman emojis cœur étoile arc-en-ciel », est-ce que je réponds ?

— Sûrement pas ! Elle laissera un message.

Mais autant parler à un enfant ou à un sourd. À un enfant sourd. Il a déjà balayé l'écran de son pouce afin de décrocher et porte l'appareil à son oreille.

Je ravale la vilaine insulte qui menace de s'échapper de mes lèvres et fais mine de me redresser. Une main impérieuse posée sur mon épaule m'en empêche. Je tourne des yeux implorants vers le dieu-médecin et son visage de marbre.

— Je vous prierai de ne pas sortir du bassin.

— Je crois que vous n'avez pas bien saisi la situation. Ma mère est au téléphone avec Keziah. Ma mère. Keziah. Un incube. Vous saisissez ? Je dois absolument le lui reprendre avant qu'il ne réussisse à lui soutirer un rendez-vous galant !

— Et vous, ma fille, vous n'avez pas saisi que si vous sortez avant votre complète guérison, je pourrai siroter vos restes à la paille.

— Merde ! juré-je en me laissant immerger de nouveau jusqu'au contour du visage.

Je jette un coup d'œil au démon qui est désormais en grande conversation avec ma mère.

Par tous les saints ! Faites qu'il ne fasse pas une bêtise !

— Maintenant, retenez votre respiration.

Je replonge dans l'eau.

CHAPITRE 18

LA FONTAINE

Je raccroche le téléphone, extrêmement content de moi-même. Un sourire barre mon visage tandis que je me balade dans les rayonnages du dieu-guérisseur.

L'inspecteur va être folle de rage et la sortir de ses gonds est devenu, ces derniers jours, un véritable passe-temps. Une bouffée d'oxygène dans une existence… vide de sens.

Je sens mon sourire s'effriter et mon humeur morose revenir au galop.

Cela faisait des décennies que je n'avais pas été affecté à une vraie mission ni gardé le côté d'un humain plus de quelques heures. Mon rôle se cantonne la plupart du temps à baiser celui ou celle que l'on m'indique pour m'en nourrir et ainsi marquer son âme. Une fois la marque faite, il devient plus facile pour l'Enfer de guider le troupeau vers son pâturage.

Je hais mon job.

Je tourne à vide, seulement représenté par ma fonction de démon et le plaisir éphémère que j'incarne.

L'incube. C'est comme ça que l'on me voit, que l'on me nomme, que l'on m'identifie. Je suis un incube, une fonction comme professeur, médecin, pompier. Sauf qu'eux peuvent quitter leur uniforme et reprendre leur nom, une fois la porte de chez eux passée. Moi, qu'est-ce que je laisse au vestiaire si je ne suis plus un incube ? Et qui ça intéresse ? Pourquoi s'encombrer de mon nom quand mon identité n'importe plus à personne depuis des années ?

Un sex-toy possède plus de substance que moi.

Plus de mille ans sur Terre et chacune de mes traces de pas tourne autour du sexe. Un coup d'un soir, même mémorable, ne change pas une vie. On pourra dire ce que l'on voudra, réaliser toutes les études du monde, balancer que l'homme et la femme ne possèdent pas la même approche de la sexualité, mais, au final, le sexe n'est rien de plus qu'un éphémère inachevé lorsqu'il n'est pas prolongé de douceur pour l'autre.

Aucun de mes « contrats » ne se préoccupe de l'homme derrière la bête. L'incube a pris le relais depuis si longtemps que j'ai parfois du mal, moi-même, à me retrouver.

J'ai eu plusieurs fois la chance de créer des connexions, mais ils sont tous partis. Dès que l'homme s'attache, la bête gâche tout. Éden, Lucie et avant ça…

Je secoue la tête. Pourquoi remuer le couteau dans la plaie ? Je n'ai pas de futur. Il ne me reste que des souvenirs.

Je m'approche de la fontaine. L'inspecteur y est totalement immergée. Des bulles s'échappent de son nez, trouant la surface de l'eau. Elle semble endormie. Et c'est sans doute la première fois que je ne vois pas sur son visage la ride qui plisse perpétuellement la peau entre ses sourcils.

Je souris. Je m'étonne à vouloir être la personne qui effacera cette ride. Celui qui la déchargera de ses peurs, de ses complexes, de cette charge mentale qu'elle s'impose quotidiennement. J'essaye de créer un lien avec elle. L'agacer, la faire sourire, la mettre hors d'elle, faire réagir son corps, c'est créer de la substance entre nous et donc dans son esprit. Elle pourrait me haïr, au moins laisserais-je une trace. Une empreinte. Je la marque de telle sorte que, lorsque je serai parti, il restera un peu de moi en elle.

À quoi joues-tu, Keziah ?

L'inspecteur Defontaine est belle. Comme je commence à la connaître, c'est sans doute la dernière chose à laquelle elle voudrait que je pense en la regardant. Elle préférerait sans doute entendre qu'elle est forte, indépendante, stupéfiante, vive, astucieuse et maline. Ce qu'elle est. Elle me rappelle les guerrières skjaldmös, braves, habiles, téméraires et insoumises. Soldates aux seins nus qui pouvaient combattre même enceintes. Leur vision était si marquante que certaines batailles avortaient dans l'œuf ; leurs ennemis, bien trop affolés pour combattre, fuyaient.

Claire Defontaine est une skjaldmö, une valkyrie des temps modernes.

Des gerbes d'eau explosent soudain autour du bassin. L'inspecteur se débat dans l'eau comme si elle était en train de se noyer.

Chandelles, flammes de bec Bunsen, ampoules, appareils électriques et électroniques, tout dans l'antre de Diancecht se met à grésiller, clignoter, flasher. Et l'inspecteur est le plomb sauté de ce circuit affolé.

L'eau change de couleur sous mes yeux, passant d'une ondée claire à une eau noire qui l'avale tout entière, l'attire vers l'abysse. Son aura se teinte d'une douleur sourde qui me soulève comme une vague et m'asphyxie en même temps qu'elle.

Elle suffoque, mais c'est moi qui ouvre la bouche à la recherche du moindre souffle d'air comme un désespéré.

Des images sorties de souvenirs qui ne sont pas les miens s'écrasent sur ma rétine. Je n'ai jamais goûté à autant de ressentiment. Tristesse, colère, solitude. Pourquoi les porte-t-elle comme un manteau brodé de chagrin ? Pourquoi s'inflige-t-elle tout ça ? Est-ce vraiment ce qu'elle ressent chaque heure, chaque seconde de sa vie ?

Elle se noie autant dans la fontaine que dans le sang de ses démons intérieurs.

Je dois la sortir de là.

Plié en deux par les émotions qui s'échappent du corps de l'inspecteur, je me précipite sur la fontaine, prêt à y enfoncer les bras pour l'attraper. Mais c'est le corps imposant de Diancecht qui s'interpose entre nous.

— N'interromps rien, sinon tu pourrais lui faire plus mal que tu ne le penses.

— Mais elle est en train de se noyer !

Le dieu celte secoue la tête.

— Elle se bat avec elle-même. Si elle est forte, elle survivra.

Je m'étouffe.

— Que… quoi ? Elle pourrait mourir ? Ce n'est pas ce qui était prévu !

— Mais c'est ce qui se passe, incube.

Ma colère gonfle dans mon ventre, battant mon sang comme au temps où je portais l'épée. Je peux presque sentir dans ma paume mon Ulfberht, forgée dans un acier bien plus pur qu'une épée classique. Dure, souple, destinée à percer la cotte de mailles et le bouclier ennemi sans se briser. Si ma rage pouvait prendre forme, je percerais le ventre de Diancecht et mirais mon reflet dans ses tripes.

Je sens ma soif de sang se réveiller. Déjà poussée par le déferlement de violence de ces derniers jours et la détresse de l'inspecteur, elle me déchire les chairs afin de s'extraire de mon corps. Je sais ce qu'elle peut faire à un adversaire. Je me souviens parfaitement de son goût doux-amer sur ma langue. Sa morsure d'acier. Sa senteur suave et pénétrante. Ma vie a été baignée dans le sang des batailles. Ce n'est pas quelque chose que je veux revivre. Mais s'il ne se pousse pas immédiatement, je jure sur tous les Ases qu'il goûtera à mon poing.

— Sortez-la de là !

— Je ne peux pas, je te l'ai dit.

Il s'écarte pourtant, me laissant le passage.

— Si tu tentes quoi que ce soit, tu risques d'interrompre le processus de guérison et la tuer, me prévient-il. Le choix t'appartient.

Je m'accroupis au bord de la fontaine, les mains effleurant l'eau. Les paroles de Diancecht ont par trop pénétré mon esprit pour que j'ignore ses mises en garde.

— Inspecteur ! Inspecteur ! appelé-je, Claire ! Claire... Battez-vous... murmuré-je, malheureux.

Le corps baigné dans la Fontaine des Guérisons, j'observe les bulles qui s'échappent de mon nez par bouquets entiers et remontent rapidement à la surface afin d'en troubler la calme étendue limpide. Je n'ai pas besoin de battre des bras pour maintenir mon dos plaqué contre la pierre ; l'eau semble m'attirer d'elle-même vers le fond.

Le visage du dieu-médecin est penché au-dessus du bassin, il m'observe. Ses traits aux angles saillants sont troublés par les légers mouvements de l'eau. Immobile, seules ses lèvres bougent sur des mots – des incantations – murmurés trop bas pour être entendus par mon oreille immergée.

Devant mes yeux ouverts, un mince filet rouge s'échappe de ma blessure. Il ondule et nage, avant de se disperser, teintant l'eau d'une nuance rosée.

Je me sens sereine, apaisée, reposée comme je ne l'ai plus été depuis le début cauchemardesque de ces dernières journées. Peu à peu, l'eau se réchauffe et cajole ma peau nue, m'enveloppant dans un cocon de douceur.

Je ferme les yeux.

Et ma bienheureuse torpeur se mue soudain en peur véritable. Je perds pied, attirée par le fond. Je tente de m'éjecter de l'eau, mais quelque chose me maintient plaquée au fond. Des bras m'enserrent la taille au point de me fêler les côtes. Des ongles acérés s'enfoncent dans mes flancs. Je hurle. Mais rien ne sort de ma gorge et tout s'y engouffre. Je me noie. Si je ne sors pas bientôt, je vais mourir.

— Tu pensais que ce serait si facile, Claire ? murmure-t-on à mon oreille.

J'ouvre les paupières pour tomber nez à nez avec un sourire carnassier.

— P…Prius ?

Une autre voix, suivie par une nouvelle paire de bras, m'attrape les hanches. Je bats des jambes sans résultat. La peur commence à me gangrener l'esprit.

— Une petite baignade magique et tout est oublié ?

— Mika ? Qu'est-ce que… ?

Je ne comprends rien à ce qui est en train de se passer. Est-ce que je suis morte ?

— Bien sûr que tu es morte, Claire !

Encore une voix à raccorder à un visage : Lucas.

— Si nous sommes morts, pourquoi aurais-tu le droit de vivre ? fait une femme, cette fois.

Le visage qui apparaît devant moi, je l'ai vu souriant sur une photo en noir en blanc. Il est rond, poupin, entouré de belles boucles blondes, comme celles des bergères des tableaux romantiques.

— Éden, soufflé-je.

— Oh, tu sais qui je suis, alors ? me demande le succube. Bien, ça simplifiera les choses.

— Où suis-je ?

— En Enfer, Claire. Avec nous. Avec tous ceux qui sont morts par ta faute ! m'accuse Prius.

— Mais je n'ai pas…

— Des excuses ? s'insurge Mika. Tu essayes vraiment de te justifier ?

C'est le froid qui me transperce en premier comme une stalactite de glace s'enfonçant centimètre par centimètre dans mon thorax, paralysant les battements de mon cœur. Mes lèvres se figent ; leur peau craque. J'étouffe. Mon sternum ne parvient plus à se soulever correctement. Je me sens enfermée, oppressée, comme une bête en cage. Je veux sortir. Je dois sortir. Mais de quoi ? Pourquoi est-ce que je ne vois pas les barreaux de ma prison ?

La terreur s'empare peu à peu de moi tandis que des images de cauchemar explosent dans ma tête. Réalité et illusions s'entremêlent. J'ai l'impression que mon esprit se fait violer. Je halète, le cœur au bord des lèvres.

J'appelle à l'aide de toutes mes forces. Rien ne répond.

Ma conscience fait une percée entre folie et douleur pour me rappeler que je ne suis pourtant pas sans défense. Mes doigts tremblants plongent vers mon flanc gauche. Mais il n'y a rien. Mon Smith & Wesson n'est pas avec moi. Je suis nue.

Nue et faible.

La terreur m'arrache un cri perçant. Je plaque mes paumes sur mes oreilles.

Puis Lucas et Mika me tendent une main secourable.

— Eh bah, alors, cheffe ! On tient plus sur ses jambes ?

Je glisse une paume reconnaissante dans la sienne.

— C'est pour que tu puisses jouer les chev…

Je m'arrête et retire ma main comme si notre contact m'avait brûlée. Le sourire de Mika montre trop de dents, trop de gencives. Il n'a plus de lèvres ; sa peau a fondu sur la moitié de son visage.

— Quoi ? T'aimes plus ma belle gueule, Defontaine ?

Je me recroqueville sur moi-même, la tête entre les mains. Je veux que ça s'arrête.

Il te suffit de le faire toi-même, susurre-t-on dans ma tête.

Des dizaines, des centaines d'images se pressent devant mes yeux. Je ferme les paupières, mais ce n'est pas quelque chose que je peux ignorer d'un battement de cils. Ce sont des souvenirs – des souvenirs brodés d'illusions macabres – et je ne peux m'y soustraire.

Il y a des regards aussi, des rires mauvais. Des phrases lancées pour faire le plus de mal possible.

« Tu ne vaux rien », « Si ton père s'est suicidé, c'est par ta faute », « Si ton équipe s'est fait décimer, c'est de ta faute », « C'est toi qui aurais dû mourir ! », « Personne ne te regrettera, Claire », « Ton frère et tes sœurs ? Ils s'en moquent ! », « Tue-toi ! », « Ta vie n'est qu'une succession de chagrin et de trahison », « Mets fin à ta souffrance, ce sera mieux pour tout le monde. »

Les mots sont comme des lames rouillées qui plongent et replongent dans ma chair, me harponnent ; ils font si mal.

Mes ongles sont enfoncés dans mes propres côtes, ils moissonnent ma chair. Je tente d'enrayer une douleur par une autre. Mais les voix ne cessent pas, les mots plantent leurs crocs et resserrent leur prise. Ça doit s'arrêter.

« Il n'y a qu'un seul moyen de mettre fin à tes souffrances, Claire Defontaine. Tue-toi. Reste dans la fontaine. Ce ne sera pas douloureux, nous te le promettons. Il te suffit de rester. Si tu sors, ce sera pire. Les souvenirs, les remords, les images ne s'arrêteront jamais. »

Des larmes chaudes coulent sur mes joues tandis que ma vision se brouille. Je continue à me griffer les flancs, les bras.

Oui, c'est ça. Fais-les disparaître…

Une douleur plus aiguë me fait sursauter. Je bats des cils. Mes ongles fourragent dans mon épaule dénudée. Puis un éclair de lucidité me stoppe dans ma mutilation. J'observe mes paumes tandis que les voix bourdonnent, crachent, tailladent. Elles sont si poissées de sang et de terre que j'en ai oublié leur vraie couleur.

Mes nerfs m'écorchent vive. Mes ongles s'accrochent de nouveau à ma peau.

« Tue-toi ! », « Tue-toi ! », « Tue-toi ! », « Tue-toi ! », « Tue-toi ! », « TUE-TOI ! »

Au moment où j'ouvre la bouche pour crier de terreur et de douleur sous l'assaut, des bruits de pas résonnent. Roulée en boule sur un sol blanc et impalpable, je dresse un menton maculé de larmes.

Mon père avance, la corde sectionnée d'un nœud coulant pendue à son cou. Sa langue est bouffie, ses yeux exorbités, vitreux. Il est mort, pourtant il marche vers moi de son pas lourd et chaloupé. Ils se traînent, lui et sa carcasse.

— Non… je gémis avant de replonger le menton contre mon torse. Non, tout, mais pas ça. Pas toi.

— Il va bien falloir, ma paupiette.

Une bouffée d'espoir me soulève la poitrine. Paupiette, c'est le surnom que mon père adorait me donner quand j'étais toute petite avant de subitement arrêter. Un dommage collatéral de la dépression. Et des remords. Qui aurait envie de vendre au diable sa propre fille ?

Je me redresse légèrement. Mon père a repris l'apparence que je lui ai toujours connue. Les cheveux châtains coupés en brosse, des yeux bruns, un bouc, une chemise blanche aux manches retroussées et un jeans brut. Autour de son cou, je ne vois plus de corde et aucune trace de pendaison.

— Papa ?

— Oui, ma paupiette.

— Qu'est-ce que tu fais là ?

— Ton âme a appelé la mienne.

Je plonge dans les bras de mon père et l'agrippe comme une naufragée. Son contact m'a manqué, son odeur aussi, celle de son après-rasage mêlée à une légère senteur de tabac.

Je le serre contre moi et verse plus de larmes que mon corps en contient. Je ne saurais dire combien de temps mon père me garde serrée contre lui. La notion de temps n'est pas la même ici, quel que soit l'endroit où je me trouve réellement.

Je sanglote.

— Ma paupiette, dit-il doucement. (Nos cœurs battent lourds à l'unisson, comme deux horloges cassées.) J'aimerais te garder dans mes bras pour toujours, ma paupiette, mais nous n'avons que peu de temps devant nous. Il faut que tu sortes d'ici.

— Je ne peux pas, papa. Un jour, il faut payer. Tu as joué, on a perdu.

Mon père m'empoigne soudain le visage, me plongeant de force dans ses yeux. Une douleur indicible contracte son visage. Ses yeux s'humidifient. Son menton chute à chaque respiration. Et l'homme s'écroule entre mes bras dans un sanglot aux mille échos.

À cet instant, je comprends que j'ai le choix. Le choix entre la colère et le pardon. Il est là, au bout de mes lèvres, à la porte de ma bouche, et je suis incapable de le lui accorder. Ça fait des années que je me persuade du contraire, mais, là, tout au fond, je sais que je ne lui ai jamais pardonné.

— Comment as-tu pu ?

Il secoue la tête. Pose ses paumes de part et d'autre de mon crâne et soudain je me sens projetée hors de mon corps.

Arthur Defontaine botte dans un caillou qui tressaute un temps avant de plonger à pic dans l'avaloir d'un caniveau. Enfouissant ses mains sous ses aisselles et son menton dans la grosse veste de son uniforme, il réprime un frisson glacé.

Je suis là, je flotte au-dessus de lui. J'ai l'impression d'être lui, d'être moi. J'entends ses pensées, je frissonne de froid avec lui. Je sens sur ma langue le goût de son amertume et de la cigarette qu'il vient de fumer.

Nous sommes un 31 décembre et, si Arthur n'est pas au chaud en train de lancer du cotillon et boire du mousseux, c'est parce qu'il est de garde cette nuit ; la délinquance ne dort jamais vraiment, c'est bien connu, on file toujours aux bleus les pires affectations. C'est pourquoi, ce soir, il se gèle le cul devant la porte d'entrée de l'immeuble dans lequel habite un juge ayant récemment reçu une lettre de menaces accompagnée d'une balle de gros calibre. Les magistrats reçoivent régulièrement ce genre de courrier, mais cette dernière s'en prend non seulement au juge, mais également à ses proches. C'est la raison pour laquelle elle a été particulièrement prise au sérieux.

Arthur souffle dans ses mains, histoire de réchauffer ses doigts gelés. Il compte les minutes avant que l'un de ses collègues ne vienne prendre la relève. Il lui reste trois bonnes heures à tirer et il pourra rentrer au chaud auprès de sa très récente femme, Alice.

Je sens tout l'amour qu'il porte à ma mère. Son affection rayonne et le fait tenir tandis qu'une nouvelle heure passe dans le froid.

Une silhouette, celle d'un homme à première vue, apparaît en périphérie de sa vision, au bout de la rue. Sa démarche est assurée et il se dirige droit sur Arthur, qui déplace imperceptiblement sa main vers son holster. Cette fois, lui aussi prend la menace très au sérieux.

Tandis que la silhouette se rapproche, elle se précise aux yeux du policier. Il s'agit bien d'un homme. Belle gueule, une quarantaine d'années, les cheveux clairs et gominés, l'œil vif et l'allure élégante.

Au moment de ce souvenir, mon père n'a aucune idée de l'identité de l'homme, mais ma chair de poule m'a renseignée bien avant que je le reconnaisse. Je réprime un haut-le-cœur instinctif. J'aimerais prévenir mon père, mais je sais que la scène s'est déjà déroulée.

Il s'arrête devant Arthur et le salue d'un signe de tête.

— Sale temps, lâche-t-il.

— En effet.

Après ça, l'homme reste silencieux. S'allumant un cigarillo, il pousse un soupir de contentement avant d'observer la fumée blanche s'enrouler à l'air froid de décembre.

— Est-ce que je peux vous aider ? demande Arthur, mal à l'aise, l'instinct au garde-à-vous.

Il ignore pourquoi, mais il se défie de l'homme. Ce dernier lui sourit à travers la fumée.

— La question serait plutôt est-ce que je peux vous aider, moi.

Arthur fronce les sourcils. Cette fois, sa main est bel et bien posée sur son arme.

— Vous êtes bien méfiant, fait l'inconnu en jetant un regard appuyé à son Smith & Wesson.

Mon Smith & Wesson.

— Je prends les menaces envoyées au magistrat très au sérieux. Et vous me paraissez suffisamment louche pour éveiller ma méfiance.

L'homme tend la main, paume vers le ciel. Et soudain l'arme d'Arthur se retrouve posée dessus. Le policier palpe ses flancs, la panique montant peu à peu dans son ventre.

— Qu'est-ce que… ?

L'homme jette son cigarillo au sol avant de tendre une main amicale à Arthur.

— Je me présente : Satan Vaderet. J'ai un petit quelque chose à vous proposer.

— Je… Satan ? Vous n'êtes pas sérieux ?

— Mon petit tour de passe-passe ne vous a pas suffi ?

Je laisse échapper un sourire en coin. Mon père était l'homme le plus sceptique du monde. Il aurait pu douter que le ciel soit bleu s'il ne l'avait pas eu chaque jour sous les yeux.

Arthur fronce les sourcils en réponse.

— Je n'ai ni le temps ni l'envie de te prouver qui je suis, Arthur Defontaine.

Le policier sursaute à la mention de son nom.

— Comment… ?

— Si tu ne veux pas de mon aide, j'irai déployer mes talents ailleurs. Le monde est plein de policiers désireux qui n'auront aucun scrupule à accepter mon offre. Devenir commissaire sans trop d'effort et en très peu de temps, c'est tentant, non ? À moins que tu ne préfères la circulation.

Satan lance son arme à Arthur qui la rattrape en vol, la mâchoire à mi-chemin des mille questions qui lui brûlent les lèvres. Puis il enfonce ses mains dans les poches de son trench et dépasse le jeune policier d'un pas rapide.

Laisse-le partir, papa ! C'est un piège ! Il joue avec tes désirs !

— Attendez ! le rappelle Arthur. De quoi parlez-vous ?

Lorsque Satan se retourne, un sourire satisfait étire ses lèvres. Il ne s'en cache même pas.

— Je te propose de faire avancer ta carrière, Arthur. De t'offrir la réussite qui te mettra sous le feu des projecteurs. Si nous passons un accord, dans moins de six mois, tu seras inspecteur. Et je peux te garantir que ça ne s'arrêtera pas là. Tu rêves d'être commissaire, n'est-ce pas ?

Arthur émet un bruit de nez peu distingué.

— Personne ne peut passer inspecteur si vite et sans concours. Et encore moins commissaire. Je suis gardien de la paix. Je ne peux passer les concours internes que quatre ans après ma titularisation. Ensuite, après minimum six ans et à condition de briller, je peux évoluer au grade de brigadier ou brigadier-chef. Et dans douze ans, à celui de brigadier-major. Alors commissaire… vous me prenez pour plus con que je ne le suis.

— Toi, tu le pourras. Je t'assure.

Je sens que les certitudes de mon père se fendillent. J'ai envie de crier et de pleurer de rage.

— Si vous me proposez un plan véreux…

Une large masse s'échoue brusquement au pied d'Arthur, qui recule contre la porte qu'il garde. Sorti de nulle part, un homme ligoté et bâillonné se tortille sur le trottoir gelé.

Les yeux d'Arthur s'agrandissent lorsqu'il le reconnaît.

Depuis quelques années, le grand banditisme a adopté un nouveau visage, celui de Paul Angeli, dit « L'Ange noir ». Lui et son réseau se spécialisent selon les régions. Cela va du braquage de fourgons blindés aux infractions financières de haut vol en passant par l'exploitation des machines à sous ou encore le narcobanditisme. Son réseau est arachnéen, ses subordonnés si fidèles qu'aucun n'a encore craché quoi que ce soit en garde à vue, et son influence si puissante dans certaines zones qu'aucune police, pas même la BAC, ne peut y mettre les pieds sans se faire descendre. Voilà près de quinze ans que tout le monde lui court aux trousses.

Satan lui tend une épaisse valisette. Il la récupère, le cœur battant.

— Tu trouveras là-dedans tous les documents qui mettront ce pourri sous les verrous. Relevés bancaires, numéro de compte à l'étranger, sociétés-écrans. Plusieurs listes exhaustives des différents leaders de son organisation criminelle, policiers et douaniers corrompus ou achetés. Ports de départ et d'arrivée de quelques trafics d'humains, réseaux de prostitution. Et j'en passe, bien entendu.

Arthur reste sans voix.

J'entends les rouages de son esprit se mettre en branle : qu'y a-t-il de mal à mettre l'une des plus grosses ordures du XXe siècle derrière les barreaux ? Le monde ne s'en porterait que mieux. Je suis d'accord avec mon père, mais pas au prix qu'il s'apprête à offrir à Satan. Il est déjà trop tard et Vaderet l'a bien compris.

— Que voulez-vous ? demande Arthur.

— L'âme de l'un de tes descendants.

La surprise est la première chose qui se peint sur le visage du policier, puis une brève crânerie, vite remplacée par un masque d'indifférence. Il hausse les épaules, jubile à l'intérieur.

— Pourquoi pas mon âme à la place ? Ce n'est pas comme ça que ça se passe habituellement ?

— La plupart du temps. Mais je m'ennuie et je préfère jouer avec le destin, Arthur. Question de saveur.

Le policier laisse planer sa réponse. Il s'allume une cigarette, tire longuement dessus, puis hoche le menton.

— Bien. Où dois-je signer ?

Le clic d'un stylo résonne dans la rue.

Un fin sourire se dessine sur les lèvres d'Arthur tandis qu'il se remémore son rendez-vous chez l'urologue deux mois plus tôt.

« Vous souffrez d'une anomalie génétique qui provoque une torsion testiculaire. Actuellement, il n'existe pas de traitement ou d'opération capable de soigner ce genre de cas. »

Dans un jargon moins doctoral, cela signifie qu'Arthur Defontaine est stérile. Ce qui veut aussi dire qu'il vient de battre le diable à son propre jeu et que bientôt, il sera le plus jeune commissaire que la police ait jamais connu.

Je reprends une grande inspiration comme si j'étais restée en apnée tout le temps qu'avait duré le souvenir. Je tremble des pieds à la tête. Mon père me fixe sans ciller, attendant que je reprenne mes esprits.

— Ta mère rêvait d'une vieille ferme à restaurer. Je n'aurais jamais pu la lui offrir avec mon salaire de misère, dit-il en souriant tristement.

Je souffre tant physiquement et mentalement que je sens à peine ma colère remonter dans ma gorge avant qu'un sanglot ne s'en échappe.

— Tu dois me pardonner. Tu le dois, pour sortir d'ici.

Je secoue la tête sans discontinuer.

Mon cœur se met à battre à tout rompre. Il sourit, de ce même sourire triste. Ma douleur rampe, grignote, consume mon corps. Elle étendrait ses membres tordus vers mon âme si j'en possédais encore une…

— Où es-tu ?

Ses yeux brillent.

— Dans l'endroit que je mérite…

C'est exactement ce que m'a dit Satan. Il n'avait donc pas menti. Ma poitrine se serre de chagrin.

Je pose une main sur sa joue, le menton vallonné de larmes. « Je t'aime, papa. Tu me manques tellement ! » je parviens à former de mes lèvres craquelées par la peine qui me ronge la gorge et le cœur. *Parlez-moi d'amour, redites-moi des choses tendres*, dit la chanson. L'amour, même cabossé par des années de rancune et de distance, peut-il sauver les âmes damnées ?

Bientôt, l'image de mon père s'efface.

L'eau enveloppe de nouveau mon corps. Sous mes paupières règne une obscurité réconfortante. Dans ma poitrine le remords se fait plus discret. Les regrets se rétractent.

Une centaine de bulles crèvent la surface tandis que j'expire ma tristesse.

CHAPITRE 19

LUCIE

— J'AI CRU VOUS PERDRE, murmure Keziah dans mes cheveux, en me serrant un peu plus fort contre lui.

La surprise m'ôte un instant les mots de la bouche et je me surprends à apprécier la chaleur de sa grande masse qui embrasse et embrase ma peau. Je peux sentir les battements rapides de son cœur qui soulèvent ma joue et la note plus aiguë dans son ton qui indique une réelle inquiétude. Mon corps et mes cheveux trempés sont en train d'imbiber sa chemise et sa veste, mais il a l'air de s'en foutre comme s'il avait trouvé ses frusques en friperie « tout à un euro ». Ce dont je doute sincèrement.

— Comme si mon bien-être vous préoccupait ! ricané-je contre son torse.

Il me prend par les épaules et me repousse, plongeant un regard mécontent dans le mien. Mes seins se dressent comme deux phares dans la nuit, juste sous son nez.

— Bien entendu qu'il me préoccupe, grogne-t-il, les sourcils ombrageant le turquoise de ses prunelles. Pour vous, un démon ne peut pas ressentir autre chose que de la haine, de la jalousie ou du mépris pour la vie humaine, n'est-ce pas ?

Je hausse les épaules.

— Savez-vous pourquoi j'ai été puni par Lilith ? Pourquoi elle m'a cédé à Satan et à ses sales besognes pour un demi-siècle ? Je suis tombé amoureux d'une humaine.

Ma mâchoire reste suspendue à ma stupéfaction.

— Comment s'appelait-elle ?

Il m'offre un sourire en coin qui creuse la fossette au coin de sa bouche.

— C'est la première fois que vous me posez une question à propos de moi.

Je cherche, mais rien ne remonte à la surface. Aurait-il raison ?

Il lève son autre sourcil.

— Je vous ai demandé votre prénom.

— Non, c'est moi qui vous l'ai donné.

Merde, il a raison !

Je replonge dans la fontaine, me servant de l'eau trouble comme d'une couverture. Keziah hausse les épaules avec cette nonchalance qui lui est propre avant de gratter du pouce une fissure dans le marbre.

— Lucie, lâche-t-il dans un souffle à peine audible. Elle s'appelait Lucie.

Ses prunelles brillent d'une peine si profonde soudainement que je m'en veux d'avoir posé la question.

— Si vous ne voulez pas…

Il jette un coup d'œil en coin à Diancecht qui s'est éloigné afin de mettre de l'ordre dans ses fioles. Il nous tourne le dos et semble assez loin de la fontaine pour que ses oreilles ne puissent pas capter notre échange.

— Tout cela remonte à une cinquantaine d'années. Lucie était une jeune première, fraîchement diplômée de la Sorbonne en Lettres modernes. Sa mère était une journaliste de renom, rien ne l'arrêtait. Un vrai bulldozer qui avait déterré les secrets les plus glauques de nos hommes politiques et autres grands P.-D.G. de l'époque. Lucie voulait suivre ses traces.

» C'était la fin du mois d'août, sa mère avait organisé une soirée dans leur résidence secondaire de Deauville. Il y avait du beau monde, le gratin français et moi. Je me suis fait passer pour le fils de l'ambassadeur de Suède, fraîchement débarqué de mon pays natal, parlant peu le français et sans connexion dans le pays. Lucie m'a immédiatement pris sous son aile. Elle était pétillante, intelligente et profondément altruiste.

Le regard de Keziah se perd dans les ronds d'eau où je patauge encore. La douleur plane au fond de ses yeux. Ma main glisse sur la sienne, malhabile, mais sincère.

— Nous avons bu, nous avons ri, discuté, refait le monde… fait l'amour. Longtemps. Il faut que vous compreniez, inspecteur, je devais marquer son âme. L'Enfer souhaitait se l'approprier à des fins plus complexes auxquelles je n'avais pas accès. La mission était simple : partir à l'aube en laissant une Lucie éplorée, et revenir des mois plus tard en amant repenti. La briser. Je n'ai pas pu. Cette fois, cette unique fois, j'ai échoué, volontairement. À cause d'une phrase banale, si banale que le monde entier y était contenu, le monde entier et sa promesse de matins doux et paisibles. Je vous vois sourire. Ne riez pas de moi. Même les salauds ont un paradis sous la peau. Elle m'a soufflé au creux de l'oreille : « Tu peux partir maintenant, mais tu ne sauras jamais ce que j'ai prévu pour le petit déjeuner. » Les croissants n'ont plus jamais eu le même goût après ça. Je suis resté, inspecteur, une journée de plus. Puis une autre et encore une autre. Nous étions inséparables. Ma mission était un succès indécent et, comble de l'ironie, je la sabotais chaque nuit un peu plus en restant. L'Enfer voulait la fille pour briser la mère, bien trop zélée dans ses reportages. Détruire la fille, c'était détruire la mère. L'Enfer faisait d'une pierre deux coups, et ça lui allait très bien.

» Mais les grands pontes n'avaient pas prévu que leur agent tomberait lui-même amoureux. Nous sommes calibrés, vous savez, pour ne plus rien ressentir : endosser le costume de l'Enfer, c'est bazarder l'amour avec l'eau du bain. Mais je l'aimais, inspecteur. Assez pour trahir Lilith.

Keziah laisse le silence retomber dans la caverne. Seuls les crépitements du feu sous l'alambic et les tintements des fioles brisent la chape qui s'est installée au-dessus de nos têtes. Mon cœur semble arrêté. J'ai retenu ma respiration. Je n'ose pas parler, encore moins bouger. Quelques secondes passent. Keziah ne dit plus rien. Mes doigts s'entrecroisent aux siens, encourageants. Il les presse en retour.

— Je lui ai révélé mon secret. Ce que j'étais. Et elle l'a pris, tout entier, reprend-il dans un sourire chagrin. Nous avons tenté de fuir, mais l'Enfer a des agents et des yeux partout, ils nous ont retrouvés. On ne transgresse pas impunément les lois de Satan sur son monde, et l'on ne trahit pas une reine si aisément non plus… J'aurais dû être exécuté si je n'avais été alors favori de Madame en personne. Lilith a passé un marché avec Satan : je lui fus prêté pour une durée de cinquante ans.

— Et Lucie ? (Je presse plus fermement sa main.) Elle est encore en vie ?

Keziah hoche lentement le menton, mais je comprends immédiatement qu'une anguille s'est glissée sous leur marché.

— Lilith a le pardon sélectif. Elle a décidé de me punir à sa manière. Lucie a été empoisonnée.

— Comment ? m'exclamé-je.

— Du sang de Gorgone. Un simple contact ou ingestion transforme n'importe quelle créature en pierre.

Je grelotte, le froid et l'effroi mêlés. Keziah dépose sa veste sur mes épaules. Je comprends si bien comme le destin peut, si vite et de façon si aléatoire, nous échapper.

— Où est Lucie, aujourd'hui ?

— En sécurité et à l'abri des regards indiscrets. J'ai construit un kiosque afin de la protéger des intempéries au fond du parc du manoir.

Je frissonne devant la bête blessée. Lucie est sa rose, le symbole de ses fautes. Je regarde Keziah, et le monde autour de nous se pare de couleurs plus douces, plus chaudes, et dans nos silences flirte un désir secret.

Diancecht replace son manteau de fourrure sur ses épaules, puis m'observe sans un mot. Son regard est dur, mais il ne se dégage de lui aucune agressivité.

— Qui avez-vous rencontré durant votre périple ?

— J'ai vu mon père.

Diancecht hoche le menton avec assurance.

— Venez.

Je le suis jusqu'à une table d'atelier où sont entreposées ses fioles. Lorsqu'il débouche l'une d'entre elles, une odeur entêtante de plantes s'en dégage. Enduisant ses paumes de l'huile parfumée qu'elle contient, il les pose ensuite de part et d'autre de ma nuque, juste sous mes oreilles. Ses pouces se mettent à masser doucement mes tempes.

Un gémissement de bien-être s'échappe de mes lèvres et je me laisse complètement aller sans résistance, détendant mes muscles.

D'une autre fiole, le dieu-médecin verse dans ses mains une nouvelle huile, cette fois, c'est une odeur de sous-bois qui s'en échappe. Il frictionne mon front de ses pouces.

— Ces huiles vous aideront à éloigner les mauvais rêves et les souvenirs trop lourds. Tant que vous les portez, ils ne vous ennuieront plus. Tenez, prenez-les.

— Est-ce que je vous dois quelque chose pour…

J'enveloppe la fontaine du bras et lui montre les huiles qu'il m'a remises.

Il secoue la tête.

— Je n'allais quand même pas laisser dans cet état l'objet du plus grand pari qu'a pris l'Enfer depuis Thésée et Perséphone.

L'une de mes paupières tique.

— Un pari ? demandé-je calmement malgré l'hystérie que je sens poindre en moi.

— L'incube ne vous a pas mise au courant ? Il y a deux clans, ceux qui pensent que vous réussirez et ceux qui ont parié que vous échouerez. Et rejoindrez nos rangs.

— Quelles sont les raisons de ce pari ?

— L'ennui, j'imagine ? L'immortalité devient vite lassante dans son couloir d'infinité. Chacun cherche un moyen de pimenter un peu ses vieux jours.

Cela est dit sans mépris, une réalité froide, triste et sans appel. Je m'approche de Keziah, un billet de cent entre les doigts.

— J'aimerais parier.

Je glisse le billet dans la poche avant de la veste du démon et la tapote avec confiance.

— Je mise sur ma tête, bien entendu.

L'incube me sourit.

— Vous êtes incroyablement imprévisible, commente-t-il en taisant très certainement le fait que mon comportement change agréablement de l'ordinaire.

— À combien sont les cotes ?

— Cent contre un. Vous êtes l'outsider.

— Ça m'aurait étonnée.

— Si ça peut vous rassurer, j'ai parié sur vous.

— Je suis touchée, grincé-je. Et ce coup de fil à ma mère ?

Keziah sourit et je sens venir la catastrophe. Il plonge sa main dans sa veste et en ressort mon téléphone puis le glisse dans l'une de mes poches. Ses gestes sont lents. Je sais très bien qu'il le fait exprès. Reculant d'un pas, il pose ensuite le bout de ses fesses sur l'arête d'une table de travail, croise les bras et me sourit de toutes ses dents.

— Votre mère est une femme charmante. On se demande bien de qui vous tenez. (Il décroise les bras et pose ses mains sur la table.) Alice nous attend dimanche pour le rôti hebdomadaire. Midi, tapantes, et nous sommes chargés du dessert.

Comme de trop nombreuses fois ces derniers temps, je ne semble plus maîtresse de mes connexions synaptiques. Alice ? « Nous » ?

Je me frappe le front du plat de la main.

— Putain, c'est un cauchemar ! Je vais me réveiller. Je vais me réveiller…

— Voyez les choses du bon côté, inspecteur. Cela me permettra de garder un œil sur vous.

Je tourne soudainement la tête vers lui, prête à lui balancer que je préférerais bouffer mes propres frères et sœurs plutôt que de sortir avec cet insupportable emmerdeur, mais le regard étrange qu'il porte sur moi me stoppe net dans ma réplique revancharde. Et puérile.

— Je ne veux pas mêler ceux que j'aime à cette affaire. Ça les mettrait en danger. Je ne peux pas y aller. Je rappellerai ma mère.

Keziah s'approche de moi.

— L'Enfer est long et froid, inspecteur. Satan pourrait faire de vous ce qu'il souhaite, si jamais (ce dont je doute) nous échouons. Il pourrait bien vous confiner dans ses quartiers pendant deux cents ans, le temps que tous les gens que vous aimez et que vous avez connus de votre vivant ne soient plus que des corps décomposés, ou tout simplement vous assigner une mission à l'autre bout du monde. Croyez-moi, l'Enfer fera tout son possible pour vous déshumaniser. Arracher vos racines, c'est la première chose qu'il fera. Ce repas est important. Si vous ne voulez pas de moi, je ne viendrai pas. Mais par Frigg, allez-y.

J'acquiesce.

— Non. Venez, je finis par souffler. Ma mère va vous adorer. Vous serez sans doute tous les deux d'accord sur mes fameuses hormones fossilisées…

Un sourire malicieux illumine le visage de l'incube.

— J'avais dit « à moitié fossilisées » !

Le serpent

Le petit garçon se pencha, cueillit une fleur et la lui tendit avec un sourire doux. Ses grands yeux d'or étaient frangés de cils sombres, et ses joues rebondies, rosies par l'effort qu'il avait dû déployer pour courir tout en bas de la vallée. Ses cheveux bouclés se paraient du plus beau des bronzes.

Il pourrait être mon fils, pensa-t-elle en prenant la fleur qu'il secouait devant ses yeux.

Le sourire de l'enfant redoubla quand il comprit qu'elle acceptait son offrande, puis il se mit à courir après un papillon qui avait eu le malheur de voltiger ses couleurs dans son sillage. Seuls les tout jeunes mammifères possédaient cette capacité de passer d'une chose à l'autre si vite, et sans transition. Elle l'observa s'affairer à sa tâche de chasseur, plongea la fleur blanche dans sa chevelure rousse.

Sa poitrine se serra. Il lui ressemblait tant que chaque nouveau regard qu'elle posait sur l'enfant à mesure qu'il grandissait lui arrachait le cœur, y laissant le trou béant de la trahison.

Oui, il aurait pu être son fils, leur fils, mais il n'en était rien. Car, près d'un siècle plus tôt, ils s'étaient fait une promesse. Il lui offrait l'immortalité et, en échange, lui prenait sa fertilité.

Elle n'aurait jamais cru que ça lui ferait si mal. On regrette rarement quelque chose que l'on possède. On ne prend conscience de la valeur de ce que l'on a perdu qu'au moment de son arrachement. C'est ce qui lui était arrivé. Cent ans avaient passé et elle ressentait toujours le vide abyssal de ses choix battre le vent dans son ventre.

L'enfant lui fit un petit signe de la main à une dizaine de mètres. Elle ravala un haut-le-cœur tandis que le petit garçon courait derrière son papillon, parfait mélange entre lui et *elle*. Elle ne la haïssait pas. Elle ne l'avait jamais haïe. Sa docilité la peinait.

Mais sa haine pour *lui* gonflait à mesure que grandissait leur faute, sa chevelure jouant avec le soleil.

Elle lui avait concédé *une* chose. Et il ne lui avait fallu que quelques vulgaires décennies pour briser son serment, sa confiance et leur union. Mais c'était fini, elle avait appris de ses erreurs. Elle n'était plus l'objet de glaise qu'on avait modelé comme une poupée muette. Si ses traits restaient inchangés, son jugement, lui, s'était aiguisé à la meule du temps. Elle ne ferait plus aucune concession.

Elle lui offrirait sa haine aussi vive et immortelle que son amour. Elle le marquerait au fer de sa passion.

Elle sentit bouillonner la rage au fond d'elle comme un poison dans une marmite. Sur sa hanche, la lame qu'elle portait au ceinturon chauffa au rouge. Il aurait été si facile…

— Caïn, l'appela-t-elle. Ne t'éloigne pas tant ! Ta mère me coupera en morceau si tu t'érafles les orteils sur une pierre.

Il sourit, et lui envoya d'une main un baiser.

— Je te gâte trop… Les rayons de miel, les baies de sureau, l'accusa-t-elle, les poings sur les hanches.

L'enfant ne la contredit pas et se remit à courir entre les touffes d'herbes sèches. Le papillon qu'il avait pris en chasse ne ferait pas un bon dîner, mais il pourrait parader avec en se félicitant d'être le meilleur chasseur qui soit. Il pourrait également le faire miroiter juste sous le nez de son frère encore bien trop petit pour courir la Géhenne seul sur ses deux jambes. Il était l'aîné, et en tant qu'aîné, il était de son devoir de se montrer fort pour le reste de la famille.

— D'ailleurs, en parlant de baies de sureau... fit sa gardienne d'une voix assez forte pour qu'elle soit poussée par la brise jusqu'à l'enfant.

— Quoi ? cria ce dernier en rebroussant chemin. Tu en as trouvé ?

Avec un sourire entendu, elle écarta la branche d'un pin afin de dévoiler ce qui se trouvait derrière. Le cri de l'enfant lui vrilla le tympan une seconde avant qu'il ne se jette comme une goulue sur le buisson aux petits bouquets de baies violines.

Elle le regarda s'empiffrer, la main jouant machinalement avec la garde de son poignard. Le dos de l'enfant ne se trouvait qu'à une brassée d'elle. Il lui suffisait de tendre le bras pour...

Elle se jeta en avant, l'arme au clair. L'enfant hurla et elle abattit son arme encore et encore, le regard assassin. Lorsqu'elle se redressa, essoufflée, la paume poisseuse de sang et l'œil perdu dans le vide, un petit corps se jeta dans ses bras et se mit à sangloter contre elle.

Elle l'accueillit en arrondissant le dos et berça l'enfant dans son giron de longues minutes, le regard rivé sur sa victime. Couleur de sable, la vipère serait passée inaperçue si elle ne s'était pas dressée au dernier moment afin de mordre le garçon. Dorénavant, il ne restait plus rien d'elle qu'un morceau de chair sanguinolent.

Sa main caressa doucement les cheveux de l'enfant.

— Ça va aller, Caïn, tu ne crains rien. Je suis là, le berça-t-elle alors que ses sanglots s'espaçaient.

Il glissa un petit bout de nez vers elle.

— Un jour, c'est moi qui te sauverai, affirma-t-il avec tant de conviction qu'elle esquissa un sourire attendri.

— D'abord, il faut que tu deviennes grand et fort.

— Je le serai. Et tu deviendras ma femme !

Cette fois, elle éclata de rire devant l'absolue certitude qu'elle lut dans le regard de l'enfant.

— Qu'est-ce qui te fait rire ? se renfrogna-t-il. Tu ne me crois pas ?

— Je suis déjà la femme de quelqu'un, tu sais ?

— Je sais. Mais quand il verra combien je deviens grand et fort, il t'offrira pour ne pas avoir à se battre contre moi.

Elle rit de nouveau et essuya du pouce les joues humides de l'enfant.

— Une femme n'est pas une marchandise que l'on offre ou que l'on s'octroie par la force, sais-tu ?

— Non ?

— Non. Une relation est un équilibre fragile qu'il revient à la femme et à l'homme de maintenir.

— Je ne comprends pas.

— Je sais. Mais lorsque tu tomberas amoureux, lorsque tu tomberas vraiment amoureux, tu sauras.

Elle le pressa contre son sein.

Lorsque ses yeux se posèrent sur sa dague fichée en terre, dans le corps du serpent, elle regretta la pensée qui l'avait traversée.

Non, elle ne le ferait pas. L'enfant était innocent. Il était injuste qu'il paye pour les écarts de son père. Et de sa mère. Elle trouverait. Elle trouverait comment se venger de leur infidélité. Elle pouvait attendre de voir grandir les deux petits bâtards. Elle avait tout le temps du monde.

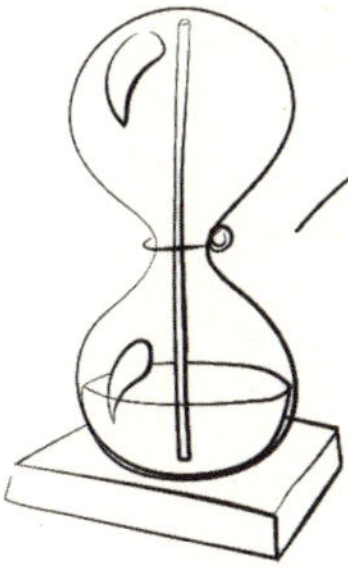

La Clepsydre

Club possédé par Lilith

Lieu étrange… Magie ancienne…
Repaire de toute la communauté Surnat'
de la ville.

ON Y RENTRE GRÂCE À UN STATÈRE

Monnaie antique

Chaque surnat
possède une signature propre
matérialisée par un statère remis lors de
son changement d'état.

Ma journée

Croiser un satyre

Frôler la mort 2/3 fois

Commencer une bagarre de bar

Visiter les songes d'une reine démone

Plonger dans une fontaine magique

Rencontrer l'esprit de mon père

Lui pardonner
Vraiment
Enfin

Pourquoi
Keziah
a-t-il été
puni ?

CHAPITRE 20

LE MOUCHARD

DOUCHÉE ET CHANGÉE, je me suis confortablement installée dans un fauteuil Louis XVI à panne de velours rayé rouge et or, dans la bibliothèque du manoir de Keziah. Le lambris sombre qui recouvre les murs donne à la pièce une ambiance feutrée et reposante. Dans la cheminée en marbre noire, une personne bien attentionnée a même allumé un feu. On se croirait dans le château de la Bête.

Je replie mes jambes contre ma poitrine et pose mon menton sur mes genoux, réfléchissant. J'ai le nez plongé dans une copie du dossier fraîchement téléporté « d'on ne sait où » par le bureau de Satan Vaderet. Je tourne une nouvelle page. Au milieu de cette dernière, un petit rigolo a dessiné sur un post-it une horloge surmontée d'un « tic tac » griffonné en majuscules. Je mettrais ma main à couper que je dois cette mauvaise blague à Satan lui-même. À croire que l'on peut être roi et garnement tout à la fois. De ces gamins qui donnent des coups de pied dans les fourmilières.

Je fais une boule du post-it et le lance rageusement dans l'âtre.

Keziah relève le menton de l'ouvrage qu'il est en train de parcourir. Sa bibliothèque est une vraie mine d'or pour tout ce qui concerne le surnaturel et ça pourrait nous aider dans l'enquête. C'est pour cette raison que nous nous y sommes retrouvés après avoir quitté Diancecht et sa fontaine miraculeuse.

— Pauvre bout de papier innocent, commente-t-il.

— Ça ne mène à rien ! m'énervé-je. Nous n'avons pas l'ombre d'une piste ! Je n'ai aucune idée de ce qui infecte les humains et encore moins comment « ce que j'ignore qui affecte les humains » a pu muter et infecter également les Surnat' alors que la contagion semble à première vue impossible !

— Vous me donnez mal à la tête, inspecteur.

— Alors, imaginez la mienne !

Il referme son volume, le pose sur le rebord de la cheminée, avance jusqu'à mon fauteuil puis me retire le dossier des mains.

— Vous êtes trop fatiguée pour réfléchir correctement. Il vaudrait mieux aller vous coucher.

— Je ne peux pas, Keziah, le temps me manque.

— Je sais. Mais laissez-moi au moins vous nourrir. Nous reprendrons après. D'accord ?

Je jette un œil à l'imposante horloge à pendule en marqueterie acajou qui égrène ses minutes dans l'angle de la bibliothèque. Vingt-trois heures. Mon ventre hurle famine et je n'ai rien avalé depuis le petit déjeuner. Je lui accorde donc ma bénédiction d'un hochement de tête mitigé puis soulève une fesse de mon fauteuil afin de pêcher mon téléphone dans la poche arrière de mon pantalon de pyjama. L'écran m'indique que Luc a tenté de me contacter au moins douze fois. J'ouvre mon application Uber Eats. Je le rappellerai plus tard. Mon monde possède ses priorités et manger est en tête de liste tandis que je case mon ex dans la section réservée à la procrastination.

— Qu'est-ce que vous faites ? m'interrompt Keziah.

— Je nous commande à manger. Vous préférez quoi ? Japonais, indien ou burger ? Mince, c'est dommage, il y avait un petit restau russe, mais ils ont fermé les cuisines.

Keziah récupère mon téléphone entre le pouce et l'index comme s'il s'agissait d'un objet contaminé au plutonium, il m'attrape ensuite le bras et me tire hors du fauteuil avant de glisser mon portable dans ma poche.

— Italien. Mais ce sera du « fait maison » ou rien.

Je fronce le nez.

— Je ne sais pas cuisiner et plus encore, je ne veux pas cuisiner.

— Alors vous me regarderez faire, un verre de vin à la main.

Quarante-cinq minutes plus tard, Keziah a enfourné un plat de lasagnes et se redresse, un torchon sur l'épaule. Le divin fumé virevolte déjà jusqu'à moi, me faisant saliver.

Je suis assise sur l'îlot de sa cuisine, les pieds balancés dans le vide, une bouteille de Château Petrus 1986 à moitié entamée posée à côté de moi.

Je dois bien l'avouer, regarder un homme cuisiner pour moi m'a mise de meilleure humeur – à moins que ce ne soit le vin… L'un ou l'autre, je me sens déjà un peu plus rassérénée, même si je n'oublie pas que mon âme reste en perdition et qu'il ne me reste plus que huit jours pour résoudre l'insoluble.

— Trente minutes de cuisson et nous pourrons déguster les meilleures lasagnes que vous ayez jamais mangées.

— Je tiens le pari, Keziah. Ma mère est à moitié italienne, gloussé-je dans mon verre.

Il grimace un « Alors à quoi bon ? » puis récupère le sien sur l'îlot.

— Que pourrions-nous bien faire en attendant ? murmuré-je par-dessus la belle robe sombre du Bordeaux.

Keziah se fige, et je me mords la lèvre inférieure. L'ambiguïté qui tangue dangereusement depuis le début m'enveloppe comme une couverture trop chaude.

Un léger haussement de sourcil anime son expression.

— Aidez-moi plutôt avec l'enquête au lieu de tenter de me mettre dans votre lit en m'enivrant de vin hors de prix, dis-je dans un grand rire salvateur. Pour le moment.

Il acquiesce, bon joueur.

— Bien ! Puisque vous préférez passer ces trente minutes sur des choses bien moins récréatives…

— Ne bougez pas, je vais chercher les dossiers.

Je saute de l'îlot. Un aller-retour express dans la bibliothèque et je suis de retour avec la pochette cartonnée contenant les photos de la scène de crime et ses détails méticuleusement reportés. J'étale le tout sur la surface marbrée, ainsi que mon téléphone dans lequel s'accumulent mes notes. Certaines ne sont pas pour les yeux de mon démon, mais je les ai archivées dans un dossier différent.

— Bon, replaçons les bases. Nous savons désormais que ce qui a tué Éden et ses invités provient de la magie dégénérative.

— Au moins, vous n'êtes pas dépaysée.

— Vrai. Je nage en eaux connues. Le seul problème, c'est que, pour résoudre cette enquête, il va falloir trouver l'origine de la pandémie magique et ça, même les plus éminents scientifiques se cassent les dents dessus depuis trois ans. Donc nous allons partir sur le postulat que, derrière tout ça, il y a un mobile.

— Vous pensez que quelqu'un aurait créé le virus ?

Je hoche le menton, absorbée par les photos.

— C'est possible, ou libéré quelque chose qui existait déjà. Comme je vous l'ai dit, je n'écarte jamais aucune piste avant d'être certaine de l'avoir invalidée avec des preuves.

— Pour quelles raisons quelqu'un aurait-il créé une telle atrocité ?

— Aucune idée. Qu'est-ce qui vous ferait créer une pandémie magique, vous ?

— Sans doute un petit contingent avec l'espèce humaine. Mais pour ça, encore aurait-il fallu que j'en possède les capacités. Et ce n'est pas le cas.

— C'est pour cette raison que vous allez me trouver qui en serait capable. Dieux, fées, anges, que sais-je. Dressez-moi la liste la plus exhaustive possible.

Il hoche la tête.

— Si un Surnat' est à l'origine de tout ça, pourquoi s'en prendre à ses semblables ?

Je réfléchis un instant.

— La pandémie fait rage depuis trois ans dans mon monde. Et apparemment, c'est la première fois que vous êtes témoin de ses ravages dans le vôtre. J'en conclus que le virus n'était, au départ, destiné qu'à tuer des humains. Frankenstein a perdu le contrôle de sa créature.

— C'est une idée. Nous cherchons donc plutôt du côté Surnat'.

— Je pense. Des humains n'auraient pas créé une pandémie magique, il en existe de bien suffisantes dans la nature. À moins que personne ne se cache derrière ça et que ce soit simplement un retour de bâton de mère Nature comme vous me l'avez dit ce matin et là, je l'ai dans l'os.

— Soyez optimiste, inspecteur.

— J'essaye, mais tout ce que nous avons, ce sont des miettes.

— Le petit Poucet ne vous a rien appris ? C'est avec des miettes de pain que l'on retrouve le chemin.

— Si je me rappelle bien, ses miettes se sont fait bouffer par des oiseaux, alors comme discours d'encouragement, j'ai connu mieux.

Je suis dans l'attente d'une savante répartie, mais elle ne vient pas. À la place, Keziah se redresse, l'oreille tendue.

— Qu…

Il plaque sa paume contre ma bouche, je fais silence.

— Quelqu'un a pénétré chez moi, déclare-t-il, les lèvres pincées.

Il place son index devant sa bouche. Je hoche la tête et il me libère.

— Vous attendez du monde ? chuchoté-je.

Keziah secoue la tête, les yeux rivés sur la porte de la cuisine. Ma main droite disparaît dans mon dos à la rencontre de la crosse de mon arme. On a beau dire, être une paranoïaque du pistolet, ça a ses bons côtés, dont celui d'être toujours armée en situation de crise. Même vêtue d'un pyjama.

— Il se dirige vers nous.

— Vous êtes certain que ce n'est pas l'un de vos majordomes ?

Un claquement résonne. De celui qui ressemble étrangement au clic d'un barillet chargé qui se ferme.

— D'accord, je retire ce que je viens de dire.

Tandis que l'incube s'avance vers le mur à gauche de la porte, je prends le côté droit. Une sueur froide perle le long de ma colonne et mon cœur s'accélère. L'adrénaline déferle dans mes veines. J'arme mon revolver le plus discrètement possible. Mes pas me mènent contre la cloison qui sépare la cuisine de la salle à manger. Keziah s'est calqué sur mes mouvements. Si nous nous y prenons bien, nous pourrons surprendre l'intrus avant que ce dernier ne comprenne qu'il s'est fait piéger. Keziah approche sa main de la clenche, prêt à l'ouvrir à mon signal. Levant le bras, je mime un décompte avec mes doigts.

Trois.

Deux.

Un.

L'incube ouvre la porte au moment où je pointe le canon de mon arme entre les deux yeux de notre intrus.

— Les mains en évidence !

L'homme est armé. Dans sa main droite, il tient un SIG-Sauer SP 2022 – une arme de police – et dans sa main gauche repose un smartphone sur lequel un point rouge clignote sur une carte. Ses iris presque noirs se posent sur moi et ses sourcils de la même couleur se froncent sur son visage méditerranéen.

— Luc ? m'exclamé-je en rangeant mon S&W dans mon pantalon de pyjama. Qu'est-ce que tu fous là ? (Je scrute un instant l'écran, la carte et son point rouge.) Enfoiré ! Tu m'as placé un mouchard ?

Je tente d'attraper le smartphone, mais Luc le fourre en vitesse dans la poche arrière de son jeans, hors d'atteinte.

— Claire, éloigne-toi ! crie-t-il.

Son arme de fonction s'est pointée sur Keziah, qui s'est figé.

— Range-moi ça, Luc ! T'es dingue ou quoi ?

— Éloigne-toi de lui ! répète-t-il, le visage hostile et déterminé.

D'accord, nous sommes dans un dialogue de sourds.

Si je ne veux pas que ça dégénère, il va falloir que je sois plus maligne. Venir au créneau avec Luc Habani, c'est comme tenter d'éteindre une mèche de dynamite avec une allumette. Je prends une longue inspiration par le nez et me place entre le canon et le torse de Keziah. Je vois Luc hésiter, mais son bras reste ferme. Dans son désir de me protéger, il est prêt à risquer que sa balle me touche afin d'atteindre l'incube. Les hommes et leur logique…

— Luc, range ton arme, je t'en prie. Keziah est un civil désarmé et je ne suis pas en danger.

Il fronce les sourcils, son attention est résolument fixée par-dessus mon épaule. Si je pouvais capter son regard, rien qu'une seconde, peut-être pourrais-je lui faire entendre raison.

— Je ne me laisserai pas avoir une seconde fois.

Comment ça, une seconde fois ?

Je jette un rapide coup d'œil à Keziah. Ne m'avait-il pas certifié que Luc deviendrait gentiment amnésique ?

— Est-ce ma faute à moi si votre ex est un putain de chien de chasse ?

Je murmure :

— Il serait peut-être temps d'user de votre mojo d'incube, non ?

Keziah se penche vers moi.

— Même s'il me coûte de l'avouer, je crois que votre très cher Luc serait quelque peu… hermétique à mes charmes.

— Sérieusement ? Mais à quoi vous servez, au juste ?

Keziah hausse les épaules et je me retourne en soupirant vers mon ex.

— Luc, je peux t'expliquer…

— J'y compte bien.

— Vous ne pouvez rien lui dire, inspecteur.

Je suis une véritable boule de nerfs. Faim, alcool et fatigue ne font jamais bon ménage. Mon ton grimpe dans les aigus. Sur l'échelle de l'hystérie, je suis haut. Très haut.

— Nous sommes dans une impasse, Keziah !

Faim, alcool et fatigue me font généralement jurer comme un charretier atteint de SGT.

— Vous ne pouvez rien lui dire, répète l'incube.

Je l'ignore et me tourne vers Luc, dont l'arme ne tremble pas au bout de son bras. Je sais de source sûre qu'il peut rester comme ça de longues minutes. Et, même si je me sais en capacité, je refuse de lui faire une clef de bras pour le désarmer, pas lorsque Keziah est dans la ligne de mire.

— Tu étais au café. Tu as tiré sur l'IT. Et quand je suis venu te confronter et t'apporter mon aide, tu as laissé un mec m'étrangler et hacker mon cerveau, sans broncher !

Je reste silencieuse. On a sacrément merdé. Luc me fixe une longue seconde.

— Le rapport de la balistique indique que la balle qui a été retrouvée dans le cadavre de l'IT vient d'un Smith & Wesson calibre .38. Ton arme de fonction. (J'ouvre la bouche.) Et ne me dis surtout pas que c'est une coïncidence, Claire. Je lis le mensonge sur ton visage avant même que tu ne le prononces à voix haute. Et manque de bol pour toi, c'est moi qui dirige l'enquête.

L'enflure. C'est ça de coucher avec des flics…

Il s'approche de moi, son flingue toujours braqué sur Keziah. D'une voix douce, il me demande :

— Claire, est-ce que tu subis une pression, quelle qu'elle soit ?

Keziah lève un doigt.

— Si par « pression » vous entendez moi, je me dois de protester. L'inspecteur et moi-même sommes coéquipiers. Et la seule « pression » qu'il y a entre nous est son désir, fort peu maîtrisé, d'arracher mes vêtements.

Luc se fait violence pour ne pas relever. Je sais qu'il veut entendre ma version. Mon cocktail à base de vin, de stress, de fatigue et de terreur me fait imploser.

— Inspecteur, je ne crois pas que… miaule Keziah, timide.

— Vous, fermez-la !

Il s'exécute de mauvaise grâce, une fesse posée inconfortablement sur l'îlot de cuisine.

— Le Diable, alias de son joli nom, Satan Vaderet, possède mon âme. Il m'a donné dix jours pour tenter de la récupérer, sans quoi je finirai sans doute ma vie comme esclave sexuelle auprès d'une reine démone sadique, insensible et nymphomane. Si je ne résous pas l'enquête sur laquelle tu ne cesses de t'interposer en bel emmerdeur que tu es, ma vie terrestre prendra fin. Par souci d'exhaustivité, je peux également te parler des dieux, des faunes, des vampires, des succubes que j'ai croisés durant ces dernières vingt-quatre heures. Ah ! Et l'homme que tu vois là est un incube, un démon du sexe chargé de m'aider dans cette enquête et qui, étrangement, préfère me foutre dans son lit que d'être réellement utile. Alors, Luc, heureux ? Parce qu'à part une enquête surnaturelle impossible à démêler, tout baigne. Ah, et touche finale sur le tableau de maître de ces derniers jours, j'ai tranquillement amené à l'abattoir une douzaine de mes collègues, dont une jeune recrue qui n'avait pas encore vingt-deux ans. Maintenant l'œuvre est achevée. Là, tu as une image bien nette du merdier actuel.

— Si c'est une blague…

— Non, Luc, ce n'est pas une blague ! crié-je. Alors soit tu ranges ton arme immédiatement, soit c'est moi qui te tire une balle dans le pied.

Luc Habani, capitaine de la Crim', beau trentenaire célibataire au sommet de sa carrière, n'a pas l'habitude de rester sans voix. C'est pourtant bien ce qui est en train de se produire. Lentement, ses bras se baissent et son canon vise le sol.

— Vous n'auriez pas dû l'impliquer, inspecteur, me souffle Keziah d'une voix tendue. Si Satan…

Je me tourne vers lui.

— Satan ne saura rien du tout parce que vous allez vous la fermer ! Et nous avons besoin de Luc. C'est un excellent agent de police. Trois cerveaux valent mieux qu'un et, puisque c'est mon âme et mon enquête, je suis la seule décisionnaire.

— Vous ne comprenez pas, inspecteur, plaide Keziah, les mains levées. Vous n'aviez pas le droit d'inclure un humain. Vous venez de vous mettre en danger. La hiérarchie ne rigole pas avec les fuites.

Je sais qu'il pense à mon bien-être, mais son patriarcat à deux balles, il peut se le serrer dans son placard à balais. Si j'avais besoin d'une baby-sitter, j'aurais cliqué sur AdopteUnMec.com.

— On s'en préoccupera plus tard. Chaque chose en son temps. Un seul bordel à la fois, sinon je vais craquer. (Je me tourne vers Luc.) On s'apprêtait à dîner. Tu nous accompagnes ?

— Tu te fous de ma gueule ? Tu viens de me lâcher une bombe, Claire. Et tu penses que je vais sagement m'asseoir à la table d'un démon ?

— Un démon cordon-bleu, si je puis me permettre, intervient l'intéressé.

Je fais abstraction, tournée vers Luc qui tient toujours son arme au poing.

— Je t'expliquerai tout, je te le promets. Après manger.

— Je constate que vous avez déjà bien entamé la soirée, me fait remarquer Luc, le regard posé sur le plan de travail.

Je suis son regard. La bouteille de vin presque vide et nos deux verres à pied sont des preuves suffisamment accablantes pour que je nie quoi que ce soit.

— Nous avons eu une dure journée.

— Tu ne bois jamais.

— Les choses changent, Luc. C'est long, huit mois.

L'expression de mon ex se fait impénétrable, mais j'aperçois la saillie de sa mâchoire qui se contracte. Il ouvre la bouche.

La sonnerie du four retentit.

— Sauvé par le gong ! s'exclame Keziah avant d'enfiler une manique. Nous allons pouvoir passer à table. Alice n'a qu'à bien se tenir !

Luc écarte un pan de sa veste aviateur en cuir afin de glisser son SIG-Sauer dans le holster à sa hanche. Il garde néanmoins l'index sur la sécurité. En moins d'une fraction de seconde, il peut faire sauter la pression et dégainer. Ce n'est vraiment pas gagné.

Le ventre plein et les idées bien plus claires, nous sommes de retour dans la bibliothèque du manoir. Le repas s'est déroulé dans un silence étouffant, mais puisque les deux « porteurs de pénis » sont encore en vie, je décide qu'il est grand temps de voir le verre à moitié plein.

Luc, Keziah et moi sommes installés face à mon téléphone posé à la verticale sur un guéridon. Le visage de Marc Lefèvre, mon commissaire, est bouffi de contrariété.

— Cette affaire devait rester strictement confidentielle, *Defontaine* !

Quand Marc utilise mon nom de famille, ce n'est jamais bon signe. Et on sent toujours la mise en italique dans son ton. Assise en tailleur sur le fauteuil, je me redresse, prête à recevoir les foudres de mon commissaire. Je sens que la pluie de sang et les sauterelles ne vont pas tarder à surgir de l'écran.

— C'est strictement de ma faute, commissaire Lefèvre, intervient Luc en se penchant au-dessus de moi afin de rentrer dans le cadre. J'ai suivi la piste qui menait à l'inspecteur Defontaine et…

— Justement ! Il n'aurait pas dû y avoir de piste à suivre, si elle avait fait son boulot correctement !

Je reste de marbre, mais mon for intérieur s'insubordonne. Comment ça, « correctement » ? Est-ce que c'est de ma faute à moi si un putain d'IT a décidé de choisir le même café que moi et d'en exploser le toit sur une demi-douzaine de civils ? Tout ce que je fais depuis le début de cette enquête, c'est encaisser et subir chaque événement sans réussir à prendre le dessus. Je me sens à contre-courant. J'ai beau nager de toutes mes forces vers la rive, les vagues me renvoient irrémédiablement vers le large. Si je ne me suis pas encore noyée, c'est uniquement parce que je suis trop têtue pour me laisser emporter sans me battre.

Marc pourrait avoir plus de compassion qu'un crayon sans mine ! Il sait parfaitement ce que je traverse. J'ai perdu la totalité de mon équipe en mission. J'ai été humiliée devant tout le commissariat. La majorité de mes collègues pense que j'aurais dû y passer moi aussi et je me retrouve à démêler seule ou presque les nœuds d'une enquête qui se resserrent à mesure que je m'échine à les défaire un à un. La procédure habituelle m'aurait envoyée en repos thérapeutique, mais au contraire, j'ai été balancée sur le terrain au pied levé. Je ne m'en plains pas. Je serais devenue folle si j'avais réellement été mise à pied. Mais merde, un peu d'empathie, ça n'a jamais rendu impuissant !

Je me tais, me renfonce dans le fauteuil, tâche de ne pas faire transparaître mes pensées. Après tout, Marc a tout de même raison : j'ai sacrément salopé l'affaire du café. J'aurais dû me rendre compte que j'avais laissé suffisamment de preuves derrière moi pour que n'importe quel bleu puisse me suivre à la trace. Et Luc est loin d'être un bleu.

Il accueille la réplique de Marc d'un hochement de menton.

— Laissez-moi m'occuper de ça, monsieur. Je ferai en sorte de faire disparaître toute preuve reliant Claire à la scène du café.

Je coule un regard reconnaissant vers Luc, mais il reste résolument tourné vers l'écran de mon portable. Il est en colère. Contre moi. Luc Habani est professionnel et droit jusqu'au bout des ongles. C'est ce qui m'a plu chez lui. À l'époque où nous formions un couple, je me retrouvais en lui. Et je sais que trafiquer des preuves sera aussi douloureux pour son intégrité qu'un arrachage de dent sans anesthésie. Il ne le ferait pour personne.

— Bien, lâche Marc. Rien ne doit relier Claire à la scène du café. Si la presse a vent qu'un inspecteur de la BMS trempe dans une affaire salopée, elle en fera des choux gras. On ne peut pas se le permettre. Si vous avez besoin de quoi que ce soit, contactez-moi, capitaine Habani. Claire vous transmettra le numéro de ma ligne personnelle. Ne m'appelez pas au commissariat. Je veux de la discrétion.

Luc hoche le menton.

— Defontaine, j'attends ton rapport, reprend Marc, des canons à la place des yeux. J'avais dit « journalier » et ça fait bientôt quarante-huit heures que je suis sans nouvelles. J'espère que tu as de bonnes raisons.

Docile, je lui déballe tout – sauf la partie sur mon âme. C'est trop personnel et ça n'apporterait rien à mon témoignage. Les détails de la scène de crime, la position des corps, mes premiers doutes à propos d'une mise en scène satanique ou d'un suicide collectif. L'IT, le café. Puis le club, Prius et son témoignage et, enfin, son explosion. À ce moment, l'expression du commissaire Lefèvre est si hargneuse que j'en frissonne. Malgré sa cravate du jour, une horreur bleue avec des flamants roses, il transpire une haine bouillonnante.

— La magie est donc au cœur de ton enquête, enfoiré de Vaderet, il n'aurait pas pu trouver agent mieux placé, grince-t-il, sarcastique.

Ou un agent plus motivé à un niveau très personnel, commenté-je *in petto*.

— Ça devient trop pour les compétences d'un seul agent, Claire. Je te retire de l'affaire le temps de rassembler les troupes.

— Non ! je m'exclame, faisant sursauter les trois hommes.

La bouche de Marc se tord.

— C'est toute la BMS qui devrait être sur ce dossier. Surtout si tu fricotes avec des IT surnaturels.

— Laisse-moi soixante-douze heures. S'il te plaît.

Je sais qu'avec ma petite voix et mes yeux de chaton, je tire sur la corde paternelle et que ce n'est pas jouer franc jeu, mais je refuse de mêler Marc à tout ça.

Un long, très long instant, mon commissaire garde le silence. J'entends presque les flamants de sa cravate fouiller la vase de leur bec crochu. Je soutiens son regard. Il doit me faire confiance. Il doit…

— Une piste sur celui ou celle derrière notre pandémie ? lâche-t-il finalement, comme si nous reprenions tout naturellement notre rapport sur l'enquête.

Je souffle discrètement mon soulagement par le nez.

— Nous nous sommes arrêtés là. Keziah allait m'établir une liste des Surnaturels capables de créer et de propager une épidémie magique.

— Bien. Je vais réfléchir de mon côté. Je veux des nouvelles dans vingt-quatre heures, Defontaine. Des bonnes. Et plus de boulettes ! Le capitaine Habani ne sera pas toujours là pour essuyer derrière toi.

Colère et indignation se font la part belle sur mon visage, mais je ne pipe pas mot. Marc coupe la visio. Je me ratatine dans le fauteuil.

— Claire… s'avance Luc.

— Ferme-la, Luc. Si tu as des questions, je serai le point rouge qui clignote sur ton téléphone.

— Claire… répète-t-il, le bras tendu vers moi.

Je me lève d'un bond, esquivant son geste et son regard.

— Je monte me coucher.

Dans mon dos, j'entends l'incube commenter la scène, mais pas suffisamment haut pour que les mots me parviennent. Il faut dire que je suis d'humeur à botter des fessiers.

Et pas seulement avec le bout de mon pied.

CHAPITRE 21

LES TÉLÉPORTATIONS SAUVAGES

Calée entre les pages du gros volume qui se trouve sur mes genoux, la photo d'Éden me sourit. C'est un cliché en noir et blanc pris dans les années 30. Vu l'engouement actuel pour les Années folles, sa robe longue en soie bleue n'aurait pas fait tache à un mariage, pas plus que mon costume trois pièces en prince-de-galles à revers de soie et mon panama.

Je me rappelle encore la nuit où cette photo a été prise. Puisque la France était bien moins touchée que les États-Unis après le krach de 1929, nous nous étions installés sur cet « îlot de prospérité », comme on l'appelait à l'époque. Nous louions un bel appartement en plein Pigalle. La folie et l'insouciance des années 20 s'étaient peu à peu effacées, mais les conditions plus difficiles n'empêchaient pas Pigalle de faire grimper la chaleur des nuits d'hiver. Le Tout-Paris s'encanaillait dans les cabarets, les maisons closes, les troquets malfamés de la place Blanche, les caves transformées en clubs de jazz avant-gardistes. Nous vivions au jour le jour et côtoyions la pègre et ses casinos clandestins. C'était débridé et sulfureux. Et nous nous sentions vivants. Libres.

Ce matin, je regarde son sourire et ses yeux qui pétillent, mais tout ce que je vois au coin de sa bouche, c'est sa déception. Ou peut-être n'est-ce que mon imagination ? Après tout, Éden n'est plus. Elle ne peut pas me dire quel abruti je fais. Ni me secouer afin de me faire prendre les bonnes décisions. C'est elle qui les prenait toujours à ma place. Devrais-je vider mon sac ? Tout révéler à l'inspecteur ?

Le risque est grand. Mon courage ? Moins.

Quand on parle du loup… Un son feutré m'indique que l'inspecteur vient de pénétrer sous la véranda. Je me replonge illico dans mon *Encyclopédie des mythes et légendes du monde*.

— Où est Luc ?

Je lève les yeux de mon ouvrage.

— Bonjour à vous, rayon de soleil. Votre café est prêt, répliqué-je en poussant la tasse fumante qui se trouve sur la table vers elle.

L'inspecteur fronce le nez, mais plonge néanmoins sur le café comme une camée en manque. Je n'ai jamais vu quelqu'un apprécier une mixture aussi immonde.

— Le capitaine Habani est parti, il y a un peu moins de trois heures, afin de s'occuper des preuves incriminantes. Il vous appellera quand ce sera fait.

— Vous voulez dire qu'il a passé la nuit ici ? Avec vous ? s'étrangle-t-elle dans sa tasse.

Claire possède un don certain pour jouer l'ambivalence. Je sais qu'elle ne le fait pas exprès. Je fais monter mon sourire jusqu'à mes yeux.

— En toute chasteté, je vous le jure. Nous avons travaillé sur ma liste.

Son expression se fait légèrement coupable : pendant que Blanche-Neige ronflait, les nains brassaient…

Elle contourne la table afin de lire par-dessus mon épaule, son café toujours collé aux lèvres. Un léger parfum de violette pénètre mes narines : le savon de la chambre d'ami.

— Du coup, où en êtes-vous ? Le coupable m'attend saucissonné dans le cellier ?

— Presque, rétorqué-je. J'ai fini ma liste de potentiels Frankenstein. Mais vous n'allez pas aimer.

— Pourquoi ? Satan est sur la liste ?

Je sursaute. Trop discrètement pour qu'elle le remarque néanmoins.

— Nous avons plusieurs gagnants. Morphée, dieu grec des songes, fils de la nuit et du sommeil. Affublé de ses ailes de papillon, il parcourt la terre et touche chaque mortel avec sa fleur de pavot afin de les endormir. D'après moi, il pourrait parfaitement transformer le sommeil en maladie.

— Bien. Qui d'autre ?

— C'est là que ça se corse. Nous avons Iaso, divinité de la guérison, mais qui, selon les cas, personnifie également la maladie. Et puis… tous les dieux des différents plans cosmiques.

— « Tous les dieux des différents plans cosmiques » ? Ce n'est pas ce que j'appelle exhaustif, Keziah.

— Au contraire, c'est la définition même du mot exhaustif.

— Vous m'avez très bien comprise.

— Tous les dieux ont, à un moment ou à un autre, envoyé leurs fléaux divins sur Terre afin de punir les hommes pour x ou y raisons. Voyez Héra, qui a déclenché une épidémie parce que Zeus a cru bon de nommer une île d'après le prénom de son amante. Ou encore Œdipe, qui a ravagé Thèbes de la peste en tuant son père et en épousant sa mère. Innombrables sont les histoires de ce genre et trop longues à conter.

— Donc concrètement, vous me dites qu'il est possible qu'un dieu soit à l'origine de la pandémie ? Et que nous n'avons aucune idée de qui, parmi tous les panthéons existants ?

Je lui renvoie une grimace.

— C'est ça.

— Et comment on arrête un dieu ?

— On ne peut pas. Mais je connais une personne qui pourrait nous aider à y voir plus clair. Venez, je vous emmène.

Alors que nous quittons le porche à grandes enjambées en direction de mon Alpine, je sens soudain mon estomac se tordre puis se résorber pour finalement atteindre la taille d'une noix. Et avant que je n'aie le temps de prévenir l'inspecteur, le manoir s'efface derrière un brusque éclair blanc. Une fraction de seconde plus tard, nos semelles retrouvent le sol. Un autre sol. Plus tendre.

L'air s'est refroidi et une brise soulève mes cheveux, me couvrant les yeux d'une ombre rousse. L'inspecteur fait deux pas incertains, ses intestins doivent sans aucun doute danser la polka, puis ses jambes cotonneuses se dérobent sous son poids et elle bascule en avant. On dirait un oisillon qui ne sait pas encore battre des ailes. Elle me percute et nous nous échouons sur une immense étendue d'herbe verdoyante et bien entretenue.

Un grognement m'échappe. J'ai peut-être amorti sa chute, mais c'est au détriment de mes lombaires. L'inspecteur se soulève sur ses paumes, prenant appui sur mon torse. Je tousse sous la pression. Puis m'étale, les bras en croix et la mine blasée, fixant le ciel.

— J'en viens à me demander si je ressortirai vivant de cette aventure ou si vous allez finalement réussir à me tuer.

Elle se redresse. Je prends note qu'elle tente, ce faisant, de ne pas m'écraser plus que nécessaire.

— Je n'essaye pas de vous tuer.

— Ah oui ? Dites ça à la balle qui m'a perforé un poumon ou au cinglé qui a voulu m'étrangler dans le café que vous avez choisi.

— Ce que vous pouvez être con !

Je ne réponds pas. Je ne bouge pas non plus. Elle est assise sur moi, les jambes passées de part et d'autre de mes hanches. Je suis certain qu'elle ne s'en était pas rendu compte.

L'aura de désir de l'inspecteur fait un bond, mais je note qu'il y a du progrès : elle ne rougit pas et ne se dérobe plus. À la place, elle me fixe frontalement.

— Quoi ? me demande-t-elle, rude.

Puis, lentement, elle se penche sur moi, les paumes glissant sur ma chemise. Mon propre désir m'arrache à l'herbe.

— Vous et moi, Keziah… murmure-t-elle tandis que j'avale ma salive, ça n'arrivera pas.

Cette fois, c'est moi qui suis pris de court. Je me compose rapidement un sourire et me dresse sur les coudes. Des mèches de ses cheveux auburn glissent sur mon visage, le soleil les pare de reflets chauds. Son parfum de violette embaume l'air.

Je cherche une réplique maligne, quelque chose sur la forme solaire de son cul, mais sa certitude me rend soudain fébrile. Plus elle sera difficile à atteindre…

Une masse sombre vient masquer la lumière du soleil et remettre le nord à sa place dans mon pantalon.

— Si vous vouliez bien dégager le green, j'ai un par à terminer, dit nonchalamment une voix que je connais trop bien désormais.

Satan, ses cheveux twistés et sa raie parfaite légèrement déportée, nous observe d'un œil intrigué, son putter sur l'épaule. On dirait Christoph Waltz. Anachronique et chic tout à la fois. Il porte un col roulé, une veste de velours vert, un pantalon beige bouffant rentré dans ses chaussettes à carreaux et des chaussures de golf en cuir marron.

Je sens tout le Paris des années 30 s'engouffrer dans mon âme, et pour la seconde fois, je voyage dans ce temps béni où le vice se mêlait artistiquement au sublime.

Satan plisse deux yeux impatients, et je balaye les lieux d'un regard circulaire. De l'herbe s'étend à perte de vue, interrompue de temps à autre par les racines de grands pins centenaires. Je ne suis jamais venu ici. Est-ce la mer que j'aperçois au loin ? Dans l'espace en forme de haricot sur lequel nous nous sommes échoués, l'herbe est coupée ras. Un petit trou perce le centre, une balle de golf posée à quelques centimètres. Nous sommes étendus sur un green, exactement entre le trou et le golfeur démoniaque qui commence à tapoter du pied, son club trépignant sur l'épaule.

— Est-ce que c'est… l'Enfer ? demande Claire en se mettant debout tandis que je l'imite.

Vaderet s'esclaffe, mais aucune étincelle n'arrive jusque dans ses yeux. Ces rires-ci m'ont toujours fait froid dans le dos. Ils n'augurent jamais rien de bon ou de joyeux. Il pose ensuite la tête de son putter dans l'herbe puis place ses deux paumes sur le manche, observant l'inspecteur.

— Non, ma chère. Même si j'aime votre imagination. Nous sommes sur le parcours de golf de Muirfield, en Écosse. L'un des plus beaux et des plus prestigieux du monde. Nous jouons ici entre gentlemen *only*.

— Oui, en Enfer, quoi, marmonne-t-elle.

Je sens un rire nerveux me secouer.

Les yeux bleus du boss se plissent et Claire se fige, la main tendue vers son holster, les paupières écarquillées, le visage rouge, une légère odeur de sueur transportée par la brise le long de son échine.

Rien ne se passe. Satan se contente de nous chasser d'un mouvement de la main. Il s'avance et pose son club sur le sol à quelques millimètres de la balle. C'est un coup qu'il ne peut pas manquer.

— Alors, inspecteur ? Où en êtes-vous sur cette enquête ? Il ne vous reste plus que sept jours pour attraper le grand méchant loup.

Claire serre les dents.

— Nous avançons.

Concentré sur son coup, Satan ne la regarde pas.

— Mmmm…

Cette fois, elle se mord la lèvre. Elle ne lui fait pas confiance.

— Nous avons découvert ce qui a tué Éden et ses invités.

— Mhmm ?

— Une évolution de l'épidémie magique qui touche les humains.

Satan sursaute. Le coup part. Et le temps se suspend tandis que la balle approche du trou, en fait le tour, oscille, pour finalement reprendre sa course cinq centimètres plus loin. Apparemment, le coup n'était pas si immanquable que ça. Le visage de Satan Vaderet se tourne lentement vers l'inspecteur. Le cuir de ses mitaines de golfeur grince sur le manche de son putter. Le bleu vif de ses yeux se mêle à l'orage.

— En êtes-vous sûre ? demande-t-il d'un ton qui ne laisse aucun doute sur la colère qui monte peu à peu en lui.

Claire avale sa salive avant de répondre.

— Certaine.

— Et qui, selon vous, serait responsable de cette pandémie magique ?

Je la vois caresser du pouce son holster. Ce n'est jamais un bon présage. J'essaye de la faire taire d'un regard, mais elle s'obstine, carrant encore un peu plus les épaules.

— Ce pourrait très bien être vous, lâche-t-elle avec tant d'aplomb que je me sens tout à coup émasculé.

Satan balaye sa remarque de la main.

— Ce n'est pas le cas, fait-il en pêchant une boîte de cigare dans sa poche. Je n'ai aucun intérêt à éradiquer mon gagne-pain. Sans humanité, pas de déité, donc pas de contrats. Le bétail doit être contrôlé, pas massacré. Lisez donc *The Road of Power* de ce bon Joseph.

— Nous avons d'autres pistes sérieuses.

— Lesquelles ?

— Je préfère ne rien révéler avant d'en être certaine.

Le front de Vaderet se barre. La petite guillotine à cigare qu'il tient claque soudain, et la main de l'inspecteur se crispe sur la crosse. Il sourit, doucement, comme un cannibale devant un jarret offert à point sur une nappe en dentelle. Si je peux sentir sa peur dans l'air, le roi de l'Enfer, lui, la fait rouler sur sa langue.

— Vous vous rappelez qui vous emploie, Claire, n'est-ce pas ?

— Le Conseil Céleste. Vous êtes l'intermédiaire.

La tête gominée se tend vers Claire. Ils sont si proches que, de là où je me trouve, j'ai presque l'impression qu'il va l'avaler d'un baiser. Un seul. Goulu et définitif. Satan allume son cigare, inhale une longue bouffée et la lui recrache longuement sur l'arête du nez. La fumée blanchâtre s'écrase sur le visage de l'inspecteur qui toussote, sans ciller.

— Je vais adorer te briser, dit-il simplement, sans colère, sans enthousiasme non plus.

Du ton de ceux qui ont l'habitude de diriger depuis le dixième étage et ne s'embarrassent pas de courtoisie inutile.

Une nouvelle salve de fumée volette entre eux. Un sourire satisfait, presque euphorique, s'est allumé dans le regard de Vaderet. Il lève soudain la main et j'ai juste le temps de prendre une inspiration avant que nous ne disparaissions du green.

Cette fois, nous échouons dans un canapé en cuir épais, qui amortit gracieusement notre chute.

Nous sommes de retour dans les Limbes. Dans le bureau de Satan Vaderet, directeur général du Bureau des Tentations, Âmes et Cie. Je vois Claire chercher quelque chose des yeux et comprends immédiatement qu'il s'agit du bénitier de granite dans lequel repose les âmes du boss.

— Vous ne la trouverez pas ici, inspecteur.

Apparemment, Satan a également deviné ses pensées.

Il a quitté sa tenue de golfeur des années 30 pour revêtir un costume trois pièces. Il nous tourne le dos, le cigare entre les dents, occupé à déboucher une carafe de cristal. Une odeur de vieux rhum, de feu et de tabac cubain plane dans l'air. Claire se redresse sur son fauteuil.

— Vous n'aviez pas anticipé que la pandémie vienne de chez vous, n'est-ce pas ?

Satan ne répond pas, ne la regarde même pas. Ses yeux se rivent sur moi. Si j'avais encore mon âme, je l'aurais emballée dans un Kinder Surprise avec prière de ne pas trop la secouer. Il lape à petites gorgées le liquide ambré, semble réfléchir, s'essuie la bouche d'un revers de main puis s'adresse à moi d'une voix sèche :

— Un mot. Seuls.

Claire ouvre la bouche afin d'objecter, mais Satan la cloue au sol d'un geste absent. Il n'a jamais supporté les petits chatons vindicatifs. Encore heureux que la fourrure ne soit pas un élément de sa garde-robe.

Il nous téléporte, encore. Je commence à avoir l'estomac en toupie. Une large pièce, presque identique au bureau de Satan, nous accueille chaleureusement autour de son billard.

— Prends une queue, l'incube, m'invite Satan, son cigare collé à la bouche.

Je m'exécute. Satan m'indique le triangle de boules du menton. Il souhaite que je casse. Je me penche sur le tapis vert. Je sais ce dont est capable Vaderet. Du noir. Un noir sans début, sans milieu, sans fin.

— Je croyais avoir été clair dans mes instructions, avance-t-il d'un ton navré.

Je hoche la tête, la boule blanche en ligne de mire. Ma gorge s'est faite sèche, j'ai l'impression de mâcher du sable.

— Alors pourquoi Claire Defontaine est-elle sur la bonne piste ?

— Je m'y emploie. La liste des suspects est aussi raide que les dividendes d'Elon Musk.

— Tu es bien trop conciliant avec elle.

— Je ne veux pas éveiller ses soupçons, rétorqué-je.

— Si elle sait ce qui tue, elle peut découvrir qui se cache derrière !

J'avale une salive impuissante.

— Elle est plus difficile à…

— Tu devais la baiser, l'incube, m'interrompt Satan d'une voix neutre par-dessus mon épaule.

Il aurait pu tout aussi bien hurler. Le coup part, je ripe sur le tapis sans toucher aucune boule.

— C'est ce que j'essaye de…

— Essayer, c'est pour les perdants. Tu n'es pas là pour essayer. Et il me semble qu'en matière de baise, tu es l'expert maison, non ?

Ses mots sont comme des fers portés au rouge. Chaque lettre se grave sur ma peau. L'ordure.

Je ne suis bon qu'à baiser.

Satan prend ma place et casse le triangle avec une précision de chirurgien. Six boules entrent dans les poches.

— J'ai cru que ce serait divertissant de te prendre à Lilith, mais tu me déçois. Je veux l'âme et le silence de Claire Defontaine. Est-ce que tu comprends ?

Je ne suis bon qu'à baiser.

La voix de Satan se fait lointaine tandis que mon esprit fond dans le noir.

— J'aurai son âme. Même si pour ça, je dois annihiler la tienne.

Je m'enfonce dans l'obscurité. Loin. Et je me souviens. De mes batailles. Des corps tailladés, ouverts, sectionnés. Je me rappelle les cris de guerre, les veillées au coin du feu, les nuits de luxure, les carnages. Alors pourquoi ? Pourquoi ne suis-je désormais qu'un sexe vulgairement pointé vers un but sans nom et sans chaleur ?

— ... si le Conseil apprend qui est derrière la pandémie, ton mandat auprès de Lilith aura été une partie de jambes en l'air en comparaison de ce que je te réserve. Alors prends cette petite emmerdeuse, prends-la jusqu'à ce qu'elle soit incapable de se souvenir de son prénom. Compris ?

Je hoche le menton. Il semblerait que, désormais, acquiescer, docile, soit la seule bénédiction que je peux donner. Je plonge dans le noir.

CHAPITRE 22

LYS

JE SURSAUTE LORSQUE LA PORTE CLAQUE.

J'ai la sensation d'être au collège, dans le cours de madame Komte, la mégère d'allemand.

J'ouvre la prise de notes de mon smartphone.

Bon, récapitulons. Primo, Satan n'a pas créé la pandémie. Deuzio, il sait qui en est à l'origine et cherche à étouffer l'affaire. La vraie question est donc : pourquoi couvre-t-il les fesses chaudes d'une tierce personne ? Ce n'est pas comme s'il avait souscrit un bon chez Altruisme & Co. Il doit forcément avoir un intérêt personnel là-dedans.

Je contourne le bureau en verre et fer forgé, et me dirige vers la bibliothèque. Mes doigts effleurent la couverture de livres cent fois plus vieux que moi, soulèvent des statuettes de divinités païennes, glissent sous les tablettes des étagères à la recherche de quelque chose. N'importe quoi. Un indice. Et je n'ai que très peu de temps pour le trouver. Dans ma poitrine, mon cœur s'est accéléré, mes mains sont moites. S'il me trouve en train de fouiner, je suis bonne pour une soirée barbecue. Mais après tout, c'est déjà ce que je risque.

Au bout de cinq longues minutes, je n'ai toujours rien. Mes coups d'œil anxieux vers la porte se font de plus en plus rapprochés. Je refuse de repartir les mains vides !

Ayant examiné chacune des carafes du bar, et me trouvant bredouille, je retourne à la bibliothèque. Il y a forcément quelque chose.

La majorité des ouvrages sont des originaux : vade-mecum, traités de théologie, opuscules politiques, biographies capitalistes, manuels de finance d'entreprise et pas un seul roman. Ça ne ferait pourtant pas de mal à son goût prononcé pour le panurgisme.

Je décroche un ouvrage de son étagère, et le feuillette rapidement. Aucune page cornée, pas d'empreinte laissée par l'encre, aucune éraflure sur cette édition originale vieille de plus d'un siècle. Je réitère mon examen sur d'autres œuvres qui sont toutes dans un état impeccable.

Ces livres sont là pour la galerie. Satan n'en a jamais ouvert un seul. Ce qui signifie qu'ils cachent quelque chose.

Le temps file, à l'instar de mes doigts sur les couvertures de cuir. Je m'arrête sur la surface accidentée d'un roman. Le seul de toute la collection.

Le Lys dans la vallée, Honoré de Balzac.

Le récupérant, je l'ouvre à la première page. Celle-ci est jaunie, froissée, éprouvée par les lectures et recouverte d'une écriture manuscrite qui ressemble à du grec ancien. Le mot semble avoir été écrit des dizaines voire des centaines d'années plus tôt. L'encre est passée, s'efface par endroits et la reliure de cuir a vu de meilleurs jours.

Jackpot !

J'ouvre mon application de traduction (Luc me l'avait fait l'installer des mois plus tôt pour notre voyage avorté en Thaïlande). Je capture la note manuscrite dans un cliquetis fébrile. Après quelques secondes qui me paraissent durer une vie, le message traduit apparaît sur l'écran :

« À mon Samaël, ma moitié, mon époux, mon ange destructeur de mondes.
Que notre union fasse trembler les Cieux,
Que notre amour fasse frémir les Hommes,
Et que leur fin soit notre commencement.

Ton Lys »

Je bats des cils plusieurs fois et relis le mot. Mon cœur accélère encore, tandis que mon front se couvre de perles de sel. La cheminée allumée n'est pas pour m'aider. Est-ce que les démons ont conscience que l'on est à la fin du printemps ?

Samaël est le nom angélique de Satan. Un jeu d'enfant quand on a été une souris d'église comme moi. En revanche, je n'ai pas souvenir d'un herbier saint au rosaire des bénédicités… Qui est « Lys » ?

Mes doigts volent sur mon écran tandis que je remplis mon carnet d'enquête. Lys… C'est forcément la personne que protège Satan. Celle à l'origine de la pandémie. Il va falloir que je me replonge dans mes cours de caté afin de trouver avec qui Satan peut avoir un lien si intime.

Qui est sa Marie-Madeleine ?

Dans mon esprit, quelques morceaux de puzzle se mettent en place. Mais trop peu pour me donner une image.

Je redresse brusquement la tête, des bruits de pas résonnent derrière la porte. Sans réfléchir, je fourre le livre sous ma veste et me jette dans le fauteuil que je n'étais pas censée quitter. Au moment où mes fesses rencontrent le cuir, le battant s'ouvre sur Satan et Keziah. Leurs expressions sont indéchiffrables.

Je me lève, le livre coincé dans mon pantalon, derrière mon dos.

— Veuillez nous excuser pour l'attente, inspecteur Defontaine. Vous pouvez disposer.

Satan lève sa main. Nous congédie comme deux M&M's échappés du paquet se délavant sous l'orage. Deux denrées négligeables et insignifiantes.

Malgré mes protestations véhémentes, le bureau disparaît, et nous atterrissons sous le porche du manoir de Keziah.

Il fait nuit.

Me voyant reluquer le ciel, Keziah soupire.

— Le temps passe différemment dans les Limbes. Plus lentement, plus vite. Ou il se fige, tout simplement. C'est comme les bonbons. On ne sait jamais ce que l'on va ressortir du paquet quand on fourre la main dedans, explique-t-il en écho à mon analogie sur les M&M's.

— L'enfoiré ! Il m'a fait perdre une journée entière !

— J'ai besoin d'un verre, lance l'incube, le visage si blanc que les fines taches de rousseur de son nez ressortent comme les étoiles qui surplombent désormais nos têtes.

Ma colère fond immédiatement. Je ne l'ai jamais vu si vide. Keziah ne me laisse pas plus de temps pour le dévisager et entre dans le manoir. Ravalant ma nausée, je tente de suivre ses longues enjambées jusqu'à la bibliothèque.

Un guéridon en bois de frêne, bronze et laiton accueille un plateau circulaire en marbre brèche, cerclé d'une frise ajourée. Dessus, un service en cristal. Keziah ôte le bouchon de la carafe pleine et se sert allègrement d'un alcool transparent qui sent les baies de genévrier avant de s'affaler dans l'un des deux fauteuils. Il boit une longue gorgée puis pose ses avant-bras sur les accoudoirs molletonnés, et sa nuque sur le dossier. Sans mauvais jeu de mots, il a l'air d'avoir traversé l'Enfer.

— Est-ce que tout va bien ? demandé-je.

Dans un effort qui semble presque insurmontable, un sourire contrit étire ses lèvres. Je m'assieds dans le fauteuil face au sien. Dans mon dos, le livre que j'ai volé semble me brûler la peau. Satan et Lys… Je voudrais lui demander s'il a une idée de l'identité du « Lys » de la dédicace, mais comment puis-je me fier ou me confier à lui ? Je dois d'abord savoir ce dont ils ont discuté.

J'attrape le gros volume posé près de mon assise et l'ouvre au hasard, avant de lui lancer des œillades par-dessus, faisant semblant de lire. La curiosité me brûle les lèvres, mais je ne veux pas être la première à parler. Sa mine irritée fait tellement de peine à voir qu'une boule se forme dans ma gorge. Si mon instinct – hérité de mon père qui ne buvait jamais un verre sans en avoir lui-même ouvert la bouteille – me souffle une chose, c'est que l'entretien ne s'est visiblement pas déroulé comme une journée de *snorkeling* aux Bahamas. Sous mon crâne, des dizaines d'hypothèses bouillonnent, crachotent, explosent, tournoient. Le tout est de trouver la bonne.

Pourquoi lui plutôt qu'un autre ? Pourquoi un incube ? Il y a sans doute mieux dans les tiroirs de l'Enfer qu'un démon du sexe. Non ?

Plongé dans son verre, Keziah observe le liquide danser tandis qu'il le fait lentement tournoyer. Au bout d'un long silence pesant, il s'agace :

— Si vous me disiez ce qui vous brûle la langue au lieu de vous consumer de curiosité ? me lance-t-il sans toutefois quitter son gin du regard.

Je me pince les lèvres et laisse retomber le livre sur mes genoux. Nous sommes adultes et je suis armée.

— Pourquoi un démon du sexe a-t-il été mandaté pour m'aider à résoudre cette enquête ?

Keziah plisse les paupières. Cette fois, j'ai toute son attention.

— Afin de vous épauler dans votre enquête.

Je me replace sur mon fauteuil, prétextant une position plus confortable. Qui a placé des punaises dans ce foutu rembourrage ?

— Non. Pourquoi un *incube*, Keziah ?

— Un incube n'est pas un plus mauvais choix qu'un autre. Croyez-moi, vous n'auriez pas aimé faire équipe avec une chimère. Ça mord, ça griffe et c'est constamment de mauvais poil.

Il se penche sur moi, coudes sur les genoux.

— Toute cette histoire ne tourne pas rond ! m'énervé-je en le repoussant.

— Toutes les enquêtes ne sont pas aussi linéaires que le meurtre d'un amant par un mari cocu, inspecteur, raille-t-il, caustique, avant de se renfoncer dans son fauteuil.

Mon cœur cogne douloureusement contre ma cage thoracique. Je ne sais pas comment réagir devant un Keziah doux-amer.

— Vous, Keziah, avez-vous intérêt à ce que je gagne ou à ce que je perde ?

— Oh, le retour du complot diabolique ! Votre égocentrisme est lassant. L'Enfer se donne rarement autant de mal, même pour un cul comme le vôtre.

Mon sang ne fait qu'un tour, mais je me contrôle. Il joue, mais joue mal. Des heures d'entraînement aux interrogatoires musclés ne m'ont pas laissée sans ressource.

— Ne me prenez pas pour une conne, Keziah, vous seriez surpris par l'efficacité de ma droite.

Il remplit un second verre, puis le fait glisser d'une pichenette vers moi. Je secoue la tête.

— Vous vous trompez. Je n'ai rien à gagner. Ni à perdre. Je purge simplement ma peine. Dans quelques mois, je retournerai au service de Lilith et votre enquête ne sera plus qu'un mauvais souvenir dans mon éternité.

Portant son verre à ses lèvres, il le finit d'une seule rasade.

— Keziah, je ne suis pas dupe. Un démon du sexe dans une enquête comme celle-là, c'est la porte ouverte aux distractions. Si je n'avais pas un glaçon entre les cuisses, comme vous dites, nous aurions passé les derniers jours à nous rouler sur une peau de bête. Vous êtes ma distraction. C'est votre contrat, à vous.

Il me fixe sans desserrer les lèvres. Je déteste quand il fait ça, quand il fouille dans mon âme… que je n'ai plus.

— Oui.

Ma mâchoire reste accrochée au silence. Keziah me fixe d'un œil colérique.

— Vous n'avez rien à me balancer ? Une petite balle de votre joujou favori entre les deux yeux, par exemple ?

Il n'a pas le droit d'être en colère. Qui s'occupe de la mienne ? Je secoue lentement le menton, incapable de parler.

— Votre contrat est le même que celui de Lucie. Une valse en trois temps, baiser, conquérir, briser.

Le ton est froid, didactique, sans âme. Je ne pensais pas que j'en serais tant effrayée et bouleversée.

— C'est ce que vous a rappelé Satan lors de votre entretien ? Que vous n'aviez pas encore rempli votre part du marché ?

— C'est ce que m'a dit Satan. (Il laisse le silence s'attarder avant de reprendre :) Mais je n'en ferai rien.

— Pourquoi ?

— Pour qui me prenez-vous ? Un sadique ? Je n'ai pas fait mes gammes auprès de Strauss-Kahn !

Cette fois, il repose son verre vide sur le guéridon. Dans ses yeux brillants d'alcool, je comprends que quelque chose ne va pas. Il sort quelque chose de la poche arrière de son chino marine. Une photo. Et pendant une minute, il ne dit rien, habité par sa mélancolie.

— Je pensais que ce serait facile, murmure Keziah. Enfin une mission intéressante, gratifiante. Mais vous… vous me la rappelez.

— Lucie ou Éden ?

Les yeux de l'incube sont remplis de chagrin.

Il secoue la tête et récupère le verre plein qu'il m'a servi, fixant le fond avant de le vider à moitié. Je patiente, impatiente. Son gin sur les genoux, il coule dans le silence, s'enveloppe de son deuil. De *ses* deuils.

— J'essaye de vous aider. Et j'essaye d'arrêter celui à l'origine de la magie corrompue. Une magie qui tue chaque semaine des dizaines d'humains. Et qui a tué Éden.

Le démon se fige, la bouteille à mi-chemin entre le guéridon et son verre.

— Ne vous servez pas de mes morts pour me tirer les vers du nez.

Il avale son gin en de longues rasades, abat son verre sur le plateau de marbre, débouche un tube de poivre rose et en laisse tomber une pincée au fond du verre avant d'y verser l'alcool transparent.

Je ne me démonte pas.

— Vous allez continuer encore longtemps cette pose dramatique ?

— J'attends que vous me tiriez dessus, rétorque-t-il, les épaules voûtées.

Je secoue la tête puis me lève et pose ma paume sur le verre qu'il tente de remplir. Il repose la carafe.

— Ne faites pas l'enfant. Vous avez passé l'âge.

Il se lève en titubant de son fauteuil puis me dévisage. Son menton tremble sous ses yeux embués. C'est assez perturbant de voir un géant frissonner.

Je devrais être en colère, pourtant, j'ai mal aussi.

Il ressort la photo et me la tend. Elle est en noir et blanc. Éden et lui, dans des costumes d'un autre siècle, sourient à l'objectif. Ils ont l'air jeunes, fous et insouciants. Keziah récupère le cliché corné.

— Il m'a promis cent ans de liberté. Cent ans sans maître, sans comptes à rendre. Vous ne pouvez pas comprendre.

Il n'est pas dupe. Il a bien senti que ma compassion avait un dû.

— Promettez-moi de ne plus rien me cacher et de m'aider à retrouver notre Frankenstein. Alors, je vous pardonnerai.

Le regard enfiévré d'alcool, il hoche le menton.

— Satan n'est pas à l'origine de la magie dégénérative, me confie-t-il comme pour homologuer notre nouveau et transparent partenariat.

— Je sais. Il protège quelqu'un. Il savait que je l'accuserais. Quand je lui ai dit que nous avions des pistes sérieuses, il est tombé dans le panneau. Cette lueur d'intérêt dans le regard… ce n'est pas dans ses habitudes. Sa question, c'était pour la personne qu'il protège… et cette personne lui a laissé une dédicace dans ce livre.

Je sors mon larcin de derrière mon dos et l'agite devant ses yeux.

— Qu'est-ce que c'est ?

— Quelque chose que j'ai dérobé dans le bureau de Satan.

Keziah regarde autour de lui, puis baisse la voix comme si on pouvait nous surprendre.

— Vous êtes cinglée !

Je souris.

— Vous adorez ça.

C'est à son tour de me rendre mon sourire.

— Possible.

J'ouvre la première page et lui lis la dédicace. Puis :

— « Ton Lys », qui est-ce ?

Les lèvres de Keziah se pincent. Il le sait. Il ne me dira rien. Moi qui pensais que nous étions repartis sur des bases saines… Je m'échauffe :

— Parlez, Keziah ou je jure que…

— Lilith.

À mon Samaël, ma moitié, mon époux, mon ange destructeur de mondes.
Que notre union fasse trembler les Cieux.
Que notre amour fasse frémir les Hommes.
Et que leur fin soit notre commencement.

Ton Lys

Keziah vient de me lâcher une bombe !

Lilith

Lys

Satan et Lilith = ♥

Satan protège Lilith

Lilith est à l'origine de la pandémie

? Comment ?

Mobile ?

- [ ] Acheter des ~~clopes~~ chewing-gums nicotine

PUTAIN DE BONNES RÉSOLUTIONS...

CHAPITRE 23

LES FOLIES NOCTURNES

J'OUVRE LES PAUPIÈRES. Quelque chose m'a réveillée, mais je ne saurais dire quoi. Passant par l'une des trois portes-fenêtres qui habillent le mur à ma droite, une brise douce s'engouffre dans la chambre, faisant danser les voilages blancs de mon lit à baldaquin. À travers les carreaux, j'aperçois un quartier de lune dont la lumière douce nimbe le paysage d'une lueur argentée avant d'auréoler ma propre silhouette étendue entre les draps blancs. Sur mon oreiller, mes mèches auburn ombrent le tissu et le zèbrent de leurs vrilles sombres. Je repousse le drap qui me recouvre. Passant par-dessus le matelas, mes orteils plongent dans le poil soyeux de la descente de lit. Je baisse les yeux sur mes jambes et m'étonne de les retrouver vêtues de mousseline champagne.

Quand ai-je enfilé une chemise de nuit ?

De l'autre côté de la porte de ma chambre close, quelques notes mélodieuses s'échappent. Je me lève et m'avance. La main sur la poignée, j'hésite. Les notes se sont tues, pourtant, je peux toujours les entendre.

Dans le large couloir qui dessert les chambres d'amis, tout est calme. Un manteau silencieux recouvre le manoir. J'ignore l'heure qu'il est, mais je me doute que minuit n'est passé que de quelques heures. Je descends l'escalier qui mène à l'entrée. Mes pas se calquent sur mes battements de cœur et ma chemise de nuit volette derrière moi. Je pousse d'autres battants et me retrouve, après une série de pièces vides, devant une nouvelle entrée. C'est la dernière. Celle qui renferme ce qui m'a réveillée.

Une silhouette, l'avant-bras posé sur le linteau d'une cheminée, lit un livre relié de cuir à la lueur vacillante des flammes. *La Nuit des temps*, Barjavel, disent les lettres d'or sur la couverture.

Keziah lève des yeux étonnés. Puis sourit, simplement.

Il a visiblement pris une douche et ses cheveux roux chatoient de nuances du feu. Il a enfilé un pantalon de pyjama à fines rayures bleues et un T-shirt gris qui sculpte son buste comme s'il était taillé à même un bloc de marbre.

Mon cœur s'accélère et mon sang pulse jusqu'au creux de mes cuisses.

Je m'avance sans le quitter un seul instant des yeux. Je sais ce que je veux et je le veux tout de suite.

Keziah dresse une main pour la glisser dans mes cheveux, mais je l'arrête. Il fige son geste.

Je le fais descendre sur la chaise aux fins motifs floraux, passe mes jambes de part et d'autre de ses cuisses et m'assieds sur lui. Le livre qu'il tient encore dans sa paume claque brusquement avant de s'échouer sur le parquet.

J'approche mon visage du sien, glissant mes doigts derrière sa nuque, là où ses boucles les plus douces forment des tourbillons serrés. Je tire légèrement dessus et il redresse le menton tandis que ses paumes coulent sur mes flancs et agrippent la mousseline de ma chemise. Je sens, je vois, je goûte son impatience.

Je passe ma langue sur mes lèvres, il frémit entre mes cuisses.

Je veux m'envoyer en l'air fort et sans chichi. Je veux posséder, autant qu'être possédée. Qu'on me prenne autant que je prends. « Saute-le ! Prends-le ! Domine. C'est ainsi et ainsi seulement que tu le laisseras te prendre », me crie la voix de Lilith.

De la pointe de mes dents, je pince sa bouche et tire légèrement dessus avant de la libérer, échappant à sa réplique habile qui cherche désespérément la mienne.

Ce n'est que du sexe, je ne l'embrasserai pas.

Du pouce, je caresse sa ridule d'expression avant d'y apposer un baiser. Léger.

J'éloigne mon visage, tout en rapprochant mon pubis, le plaquant tout contre lui dans un gémissement. Il sourit, ses mains glissées dans le creux de mes reins.

Keziah me plaque plus fort contre son aine, me faisant bouger au-dessus de lui. Il embrasse ma gorge, les poils de sa barbe naissante me griffent et me caressent.

J'ai chaud dans ma robe longue. Mon corps s'est mis à transpirer. Et il n'est pas le seul. Je tangue en rythme contre l'entrejambe du démon, il est patient et ma danse se poursuit au son des coups de bassin dans le vide, prélude à un cantique moins naïf.

Ce soir, je serai le chef d'orchestre de notre nuit.

Mes doigts se crispent dans les boucles rousses tandis que mon va-et-vient se fait plus rapide et puissant. Mes orteils se tordent dans le tapis à poil long, étendu sous la chaise. Mon cœur s'accélère encore.

Nous sommes trop habillés. Je veux sentir ma peau contre la sienne. Je veux le sentir en moi.

Je glisse le long de son bras et enroule mes doigts autour de son poignet, l'attirant à moi. La paume de l'incube se pose sur mon genou et pousse le tissu de ma chemise de nuit, le faisant lentement remonter le long de ma cuisse.

Je l'aide à poursuivre son ascension jusqu'au triangle de dentelle blanc. Maintenant que je lui ai ouvert la voie, ses doigts tirent avec douceur sur l'élastique de ma culotte. Il joue avec un instant, les yeux plongés dans les miens.

Lorsque enfin il passe la barrière en dentelle et que sa peau froide effleure mon sexe, je gémis. Il glisse son autre main dans le creux de mon dos puis descend la première un peu plus bas. Il ne met pas longtemps à en trouver le centre, son doigt exerce une pression sur mon clitoris tandis que mon index glisse entre mes lèvres humides.

Je gémis plus fort. Un son rauque, presque une plainte. Mes poings agrippent son T-shirt et tirent dessus. La main dans mon dos s'échappe jusqu'à ma fesse qu'il presse avec force. Deux doigts entrent en moi. Je bascule la tête en arrière.

Lorsque mes yeux s'ouvrent brusquement, je fixe la peinture blanche du plafond qui s'écaille par endroits. Sous les draps froissés, ce sont mes doigts qui sont glissés dans mon bas de pyjama.

Est-ce que je viens de me masturber en pensant à Keziah ?

Un bruit feutré sur ma droite me fait vivement tourner le menton.

— Inspecteur… commence Keziah, les yeux brillants. Je ne vous pensais pas du genre à faire ce genre de rêves érotiques.

Je me redresse comme si j'étais montée sur ressort. Replaçant mes bras au-dessus des draps de la façon la plus naturelle possible et lissant ma couette du plat de la main, je fais mine d'en retirer une poussière invisible. Mon visage me brûle. J'hésite entre honte et colère, et puisqu'on ne se refait pas, c'est la colère qui l'emporte d'une belle avance.

— Vous êtes entré dans mon rêve ? feulé-je.

— Vous parlez à un incube, se défend-il devant ma mine furieuse. Ne pas le faire reviendrait à m'amputer moi-même ! Ce serait comme interdire à une brebis de paître l'herbe verte des premiers jours du printemps ! Empêcher le peintre de poser ses couleurs sur sa toile ! Couper la langue d'un poète tandis qu'il caresse de sa plume la passion amoureuse d'un couple de jeunes amants ! Mais en l'occurrence, je n'ai pas influencé votre rêve. Accusez votre propre subconscient qui meurt d'envie de me chevaucher.

Je sens qu'il dit la vérité et c'est presque pire.

— Qu'est-ce que vous faites dans ma chambre ?

Du menton il désigne un plateau de petit déjeuner, qui sent bon mon café, les œufs et le bacon, posé sur la table de chevet. Sur une petite carte enluminée, un mot a été joliment calligraphié :

« Désolé pour hier soir, j'ai le gin mauvais.
Bisous. »

Je trouve que c'est le pire mot d'excuse de l'histoire, mais je me tais. « Bisous » ?

Keziah me fixe de manière si frontale, que j'ai l'impression de me liquéfier.

— Vous vous la jouez Pretty Woman dans vos songes ? Vous n'embrassez pas sur la bouche ?

— Ce n'est que du sexe, rétorqué-je, paraphrasant mon « moi » onirique.

— Le sexe peut être brutal, rapide, intense, affamé, mais il peut également être lent, doux, savouré et tendre. C'est à vous et à votre partenaire de choisir votre mode de communication. Mais n'oubliez jamais que se laisser aller, laisser l'autre vous entrevoir, vous pénétrer n'est jamais ni honteux ni preuve de faiblesse. Arrêtez de rougir de vos envies.

Ne pouvait-il pas se taper une gueule de bois carabinée et cuver dans sa chambre, seul, pitoyable, gémissant et recroquevillé, comme tout le monde ?

Keziah baisse les yeux sur mes lèvres, un sourire étire sa bouche. Sa trop grande assurance réveille mes instincts de combattante. Je me jette sur lui dans un cri de guerre.

Surpris et ne s'attendant certainement pas à une attaque de ma part, il ne tente rien pour se défendre. Erreur. Mon entraînement en MMA à la BMS m'a transformée en G.I. Joe de compèt'.

Je verrouille mes cuisses autour du torse de l'incube puis coince sa tête sous mon aisselle, appliquant une pression du poignet sur sa carotide en levier avec ma seconde main.

Il est fait comme un rat !

La « guillotine » est une prise imparable.

— Ça vous plaît, hein ? lui soufflé-je à l'oreille.

Il ouvre la bouche.

— Non, non, pas de mensonge… lui murmuré-je.

Je nous fais rouler sur le lit, décroche mes bras de sa nuque et m'élève au-dessus de lui.

Nous restons pantelants au milieu des draps défaits, yeux dans les yeux. Il ne dit rien.

Je ne peux pas. Ce n'est pas de Keziah que j'ai peur. C'est de cette intimité qu'il me promet. Mon âme est en exil et mon désir aussi. L'un ne va pas sans l'autre.

— Claire…

Je crois que c'est la première fois qu'il m'appelle par mon prénom, et je sens un frisson remonter le long de ma colonne.

Je pose un doigt sur sa bouche.

— Nous sommes dimanche matin. Ma mère et son poulet nous attendent. Pour info, vous êtes consultant sur l'une de mes enquêtes. Nous sommes sous couverture pour les besoins de cette dernière. Ça expliquera pourquoi vous avez répondu à mon téléphone hier. Oubliez fissa votre idée de couple.

Il acquiesce.

— Ma mère possède un sens inné de l'interrogatoire, Keziah. Elle va vous asticoter jusqu'à ce que vous craquiez. Vous allez devoir résister. Ça vous paraît envisageable ?

— Oui, cheffe.

— Ne m'appelez pas « cheffe », ou vous restez ici.

CHAPITRE 24

LE REPAS DE FAMILLE

— IL FAUT QUE VOUS VOUS ARRÊTIEZ.

— Quoi ? Encore ? Ne me dites pas que c'est pour faire pipi ! Pas une seconde fois ! s'insurge Keziah, les mains sur le volant.

Je ne réponds pas, le visage inexpressif. Il soupire, avise une station essence à quelques centaines de mètres et finit par garer la voiture dans un crissement de pneus strident. Des gravillons mitraillent un couple de pigeons effrayés qui prend son envol dans une nuée de plumes grises. Si les oiseaux pouvaient avoir l'air indignés, ils l'auraient sûrement été à cet instant.

— C'est dingue d'avoir une vessie aussi petite ! Nous nous sommes arrêtés il y a une demi-heure. Il faut vraiment que vous réduisiez le café.

J'ouvre la portière de l'Alpine bleue et rétorque pour la forme :

— Vous m'avez déjà piqué mon âme. Vous n'allez certainement pas m'interdire le café.

Je ne le laisse pas répliquer.

Une caissière aux cheveux rouges et à la mine blasée attend près du comptoir. Lorsque je me pose devant sa caisse, elle relève un œil morne du livre de Musso qu'elle est en train de lire.

— Je peux utiliser vos toilettes ? demandé-je avec un grand sourire avenant.

Elle fait non de la tête. Je prends sur moi pour ne pas sortir mon badge et le lui coller sous le nez. Ce serait sans doute considéré comme un abus de pouvoir. À la place, je me dirige vers un distributeur de boissons, l'abreuve rageusement de petites pièces et reviens avec un gobelet en plastique fumant à la main, que je brandis devant la caissière. Cette fois, elle me tend un trousseau de clefs duquel pend une grosse moumoute rose pailletée d'un goût certain.

Lorsque je me glisse, quelques minutes plus tard, dans l'habitacle, mon gobelet en main, Keziah est à un cheveu de l'insurrection.

— Encore un café ?

— Je devais consommer pour pouvoir utiliser les toilettes, je me défends, bougonne.

— Mmhmm… C'est le fait de rendre visite à votre mère, qui vous met dans un tel état ?

Merde…

— Quel état ? Je n'ai aucun état.

Ses sourcils me contredisent en s'arquant.

— Vos mains qui tremblent et votre air de bulldog en colère, c'est tout ce que vous inspire votre repas de famille ?

Je râle intérieurement ; Keziah possède un irritant sens de l'observation.

Je grimace ; ma boisson se rapproche plus de la soupe de mazout que de l'italien allongé goût noisette et mousse onctueuse que la machine m'a hyperboliquement vendu.

Bien sûr, j'aime ma mère. Mais je sais très bien qu'avec un Keziah dans l'équation, ce repas aura des airs d'interrogatoire doublé de sous-entendus peu fins sur mon célibat prolongé.

Une demi-heure plus tard, je sonne à la porte de l'ancienne ferme aux pierres apparentes. Une grande partie de la façade est recouverte d'un lierre vert sombre et touffu. Une charpente composée de solides poutres en chêne massif sert de colonnes à l'avancée du toit, créant ainsi un espace couvert, à l'abri des intempéries. C'est une jolie et grande maison qui sent bon la confiture de fraises, l'herbe coupée et les feux de cheminée. Je sens déjà la tension dans mes épaules se relâcher.

La porte s'ouvre sur une femme d'une petite cinquantaine d'années aux cheveux blonds coupés en carré et aux yeux verts pétillants. Elle porte un tablier à fleurs comme dans les émissions de cuisine anglaise et, dessous, un polo blanc à manches courtes et un pantalon beige. Son visage s'illumine à ma vue et elle m'agrippe par les épaules pour une étreinte musclée.

— Mon poussin ! Tu m'as manqué, tu sais ?

— Maman, je t'ai vue dimanche dernier, lui fais-je remarquer, la voix étouffée par son accolade.

— Oui, mais c'est trop long. Tu pourrais m'appeler en semaine… En plus, je suis certaine que tu filtres mes appels…

Je lève les yeux au ciel. Oui, je filtre, mais je n'ai pas l'intention de le lui avouer.

— Maman… Si je te laissais faire, tu m'appellerais le matin pour savoir si je n'ai pas sauté le petit déj', le midi pour m'interdire d'engloutir le sandwich industriel bourré de conservateurs que je me suis acheté au Monop' et le soir pour me donner ta recette de soupe de carottes qui rend prétendument aimable.

— Soupe dont tu aurais bien besoin !

— C'est faux.

Elle me pince gentiment les côtes.

— Est-ce que tu manges bien ? Tu m'as l'air d'avoir maigri. Et ces cernes ! Poussin, il faut que tu arrêtes de tant travailler ! Tu te ruines la santé !

— Maaaaam'… je gémis.

Dans le dos de ma mère, une voix s'élève :

— Mam', laisse-nous-en un peu !

Et avant que je ne comprenne ce qui m'arrive, quatre nouvelles paires de bras surgissent du hall et m'encadrent subitement pour me noyer dans une vague de chaleur humaine.

— Mais qu'est-ce que vous faites tous là ?

— Mam' nous a dit que tu allais nous présenter ton nouveau copain. On ne voulait pas rater ça ! lance ma copie conforme.

À ceci près qu'Ella a sept ans de moins que moi et qu'elle porte ses cheveux auburn très courts agrémentés d'un petit bandeau aux motifs indiens.

— Mam' ! Tu n'as pas fait ça !? m'emporté-je, en fusillant ma mère du regard, qui préfère battre en retraite et reculer dans l'ombre de la maison.

— Oh ? Je crois que le four a sonné ! répond-elle, avant de se précipiter vers une sonnette qu'aucun des adultes présents n'a entendue.

Je souris à mon frère et mes sœurs. Malgré ma soupe à la grimace, je suis profondément heureuse de les voir. Ces derniers jours, ils m'ont plus manqué que jamais. Ce sont les circonstances qui ne sont pas idéales.

La fratrie Defontaine est composée de quatre filles et d'un garçon. Du haut de mes vingt-six ans bien entamés, je suis l'aînée. Puis vient Louis, le jeune papa expert-comptable, les jumelles fleuristes, Maud et Margot, et pour finir, Ella, la cadette étudiante en psychologie. Lou, la fille de mon frère, est coulée dans les bras de son père. Du haut de ses trois ans, avec ses couettes châtains et ses joues rebondies, elle est à croquer.

— Tata !

Elle tend les bras vers moi et je lui embrasse le bout du nez.

— Mais ça se bouffe, ces bêtes-là, la taquiné-je en lui mordillant le bras tandis que la fillette rit à gorge déployée.

Ella louche derrière moi, avant de chuchoter :

— Putain, Claire ! Tu l'as trouvé où ton nouveau mec ? Dans le magazine des dieux nordiques ? On dirait un Viking avec ses cheveux roux et ses muscles gonflés à l'hélium. File-moi le catalogue, je veux m'en commander un !

Je soupire. Les mèches sur mon front s'envolent. C'est parti…

— Ce n'est pas mon copain, Ella.

— Hein ? Mais mam' nous a dit…

— Mam' aime bien extrapoler. Famille Defontaine, je vous présente Keziah. Keziah, les Defontaine. Louis, sa femme Odile, Lou, Maud, Margot et enfin Ella, la dernière. Keziah travaille avec moi sur l'une de mes enquêtes. C'est un consultant spécialisé dans l'occulte. Nous sommes sous couverture : un couple banal qui veut intégrer les rangs d'une secte dont le gourou est suspecté de meurtre.

J'ignore comment j'arrive à inventer des bobards pareils, sans ciller, mais je suis plutôt fière de mon effet. Une majorité ouvre la bouche, mais je les mouche sans détour :

— Vous n'avez pas d'autres questions. On peut donc passer à table.

D'un pas décidé, je fends ma fratrie qui se sépare en deux afin de me laisser atteindre le salon. Mais je peux entendre très distinctement Maud, l'une des jumelles, souffler à Keziah, la mine désolée :

— La génétique a oublié de doter notre sœur d'un caractère doux et conciliant. Excusez-la.

Je passe la tête dans le couloir.

— Je t'ai entendue, Maud ! La génétique a également oublié de pourvoir l'ensemble de ma famille de la capacité à appréhender le concept d'« espace personnel » !

Ma sœur balaye ma fumante répartie d'un mouvement blasé de main. Margot attrape l'autre bras de l'incube, qui se retrouve encadré par les jumelles.

Pauvre bougre. À deux, elles sont presque plus redoutables que notre mère.

— Entrez donc et racontez-nous un peu en quoi consiste votre travail. Claire est toujours avare en détail sur son boulot.

— Sur à peu près tout, en réalité, précise Maud en réajustant ses lunettes sur son nez piqué de taches de rousseur.

— Eh bien… commence l'incube avec un grand sourire, avant d'être escorté dans le salon où une grande table dressée nous attend.

J'ouvre le robinet et me lave longuement les mains. Je suis heureuse d'être ici. Après toutes les épreuves que j'ai endurées, je ne m'étais pas rendu compte du manque. À quel point j'ai besoin de ma famille et de sa présence réconfortante.

Ils ont passé le repas à me poser d'innombrables questions sur notre partenariat, l'enquête, la vie à la BMS… Et Keziah semblait aussi à l'aise au milieu d'eux qu'un coucou gai dans un nid de pie. Pour ce qui est des tenants et aboutissants de notre investigation, je me suis contentée de leur rappeler qu'ils restaient des civils avant d'être des membres de ma famille et que je n'étais pas en mesure de leur révéler quoi que ce soit à propos d'une enquête en cours. Après quelques soupirs et roulements d'yeux, ils s'en sont retournés vers un sujet bien plus intéressant à leurs yeux : ma vie amoureuse.

À ce moment, une multitude de scénarios catastrophe a commencé à défiler sous mon crâne en ébullition. Les interventions de Keziah allant de : « Nous allons nous marier dans deux mois. Vous êtes tous invités ! » à : « Alice ! Saviez-vous que votre fille était une vraie gymnaste ? », en passant par : « Je suis un démon. Pour quel prix approximatif seriez-vous prêts à me léguer votre âme ? » Mais mes craintes – bien que fondées – n'avaient pas raison d'être. Comme convenu, Keziah a tenu son rôle de collègue, sans sous-entendus. Je n'aurais pas parié là-dessus.

Des éclats de rire me proviennent du salon. Le Time's Up est lancé, et la manche des mimes a démarré. Ils ne m'ont pas attendue. Ils ont raison ; je suis nulle. Donnez-moi des cartes de tarot en main et j'enchaînerai les plis victorieux. Mais là… Malheureusement, la famille Defontaine est une dictature assumée. C'est ma mère qui a décidé du premier jeu de l'après-midi.

Des « Terminator ! », « Captain America !! » et autres « Sophie Marceau !!! » fusent et s'enchaînent à un rythme endiablé. Me séchant les mains, je me demande comment Lou, qui fait la sieste à l'étage, peut bien dormir.

Je soupire, impuissante devant le tsunami Defontaine, puis, malgré moi, laisse échapper un sourire. Remettant l'essuie-mains à sa place, je décide d'aller vérifier que ma nièce dort bel et bien, avant de les rejoindre.

Lou est assoupie, son petit nez en trompette frémit et sa bouche en cœur est entrouverte sur un doux ronflement d'enfant.

Je l'observe en silence, émue.

Un courant d'air me fait frissonner. Je jette un coup d'œil circulaire à la pièce. La fenêtre est grande ouverte et une bise encore trop fraîche s'engouffre dans la chambre. Je maudis mon étourdi de frère en refermant la vitre et tire le rideau.

Dans le salon, les rires fusent encore. Je m'arrête dans l'embrasure de la porte. Keziah, allongé sur le dos, griffe l'air au-dessus de lui sous une avalanche de réponses jetées avec rapidité et urgence. Il a l'air ridicule et s'en contrefout, trop absorbé par son rôle. Je laisse échapper un rire. Lorsque la bonne réponse fuse enfin, l'incube se relève, époussette sa veste et se rassied. Ses yeux se posent sur moi, il ouvre la bouche, mais Ella le devance :

— Eh bien ! Si c'est pas le plus long pipi du monde, ça ! Il te faut combien de temps pour te laver les mains, Claire ? me taquine ma petite sœur.

L'incube lève les mains et désigne Ella comme pour la remercier de cette remarque tout à fait pertinente.

— Vous voyez, inspecteur ! Il n'y a pas que moi qui trouve que vous avez un problème de vessie !

Mes frère et sœurs partent dans un grand éclat de rire collectif sous l'œil matronal et appréciateur de notre mère.

— Quelqu'un veut du thé ? s'exclame-t-elle soudain en claquant ses paumes sur ses genoux et se levant.

— Mam', se plaint Maud, on n'a pas fini de jouer ! Tu ne peux pas interrompre la partie comme ça !

— J'ai tous les droits ! rétorque ma mère. Je suis la matriarche et la cheffe de famille dans cette maison ! Et je n'interromps rien, je pourvois simplement aux besoins de ma famille.

J'avance dans le salon. Ella glisse sur la banquette pour me laisser sa place. Bien entendu, c'est celle près de Keziah. Elle m'envoie plusieurs haussements de sourcils éloquents.

Je pince la cuisse de ma cadette et elle étouffe un cri outré.

Keziah se penche à mon oreille tandis qu'Ella me fusille du regard et que ma mère et Maud continuent à se chamailler.

— Je suis certain qu'Alice cherche un prétexte pour arrêter la partie parce que son équipe est en train de perdre.

— C'est du grand Alice Defontaine ! Ça ne m'étonnerait pas une seule seconde.

Entre deux gorgées de Oolong, le bruit des conversations m'enveloppe comme une couverture chaude. Je m'enfonce dans le canapé, les genoux relevés contre mon ventre. Ça gesticule et ça rit autour de moi. Et pour la première fois depuis de longs jours, je me sens à ma place.

Un rayon de soleil traverse la porte-fenêtre. Un petit bouquet de jonquilles étale son jaune chatoyant sur la surface vitrée de la table basse.

Ella cale son dos contre mon épaule, suivant mon regard fixé sur les fleurs.

— C'est Lou qui les a offertes à Mam' en arrivant ce matin. Elle a fait comme si elle les lui avait achetées avec son maigre pécule, mais on sait tous très bien qu'elle les a arrachées dans le parterre de jonquilles de la cour. Tu aurais dû voir ça, elle avait du terreau jusque dans la culotte. Maud et Margot lui ont fait prendre un bain. Un vrai carnage.

Je ris.

— Cette gamine ira loin.

Je joue un instant avec l'un des bracelets de ma sœur, savourant son contact apaisant. Ça fait une éternité que je n'ai pas discuté avec elle. Entre ses cours et mon boulot, nous n'échangeons pas plus de quelques SMS par semaine. Je profite donc de l'accalmie.

— Et alors, ces révisions ? Prête pour les exams ?

— M'en parle pas ! gémit-elle. Je me noie dans les fiches et les annales. Je serais étonnée de ne pas finir ma licence à l'asile.

— C'est si difficile ?

Ella se penche et attrape une jonquille qu'elle fait rouler entre ses doigts.

— J'étudie ça, me fait-elle en me désignant la fleur.

— Je croyais que tu étais en psycho ? raille Louis par-dessus la table basse.

Elle lui lance une grimace entendue.

— Justement. Est-ce que vous saviez que les jonquilles étaient en réalité des narcisses ?

— *Narcissus* spp., de la famille des Amaryllidacées, précise notre mère en bonne paysagiste. Plantes vivaces à bulbe. Floraison en février.

— Du coup, en ce moment, je suis en plein *Pour introduire le narcissisme*, de Freud, nous confie ma sœur.

Ah, narcisse/narcissisme. Pigé.

Ella a une forte capacité à sauter d'un sujet à un autre suivant une logique et un chemin mental qui lui sont propres. Ça doit être pour cette raison, qu'elle apprécie tant la psycho.

— Selon le prof, il faut remonter au mythe de Narcisse et d'Écho. Dans le livre III des *Métamorphoses* d'Ovide, Narcisse est un jeune chasseur d'une beauté renversante, mais trop fier, il repousse ceux qui tombent amoureux de lui. La nymphe Écho se languit également d'amour pour lui. La pauvre, trop pipelette, a été maudite par Héra, qui l'a condamnée à ne pouvoir répéter que les derniers mots des autres sans jamais pouvoir exprimer ses propres sentiments. Elle nc peut donc pas avouer sa flamme à Narcisse et en meurt de désespoir, recroquevillée dans une caverne dont seul un écho subsistera.

Ella est douée pour raconter des histoires. Louis et Odile se sont pelotonnés l'un contre l'autre. Ma mère tresse les cheveux de Margot, assise par terre. Maud trempe un shortbread sorti de Dieu sait où dans son thé et, sur ma gauche, Keziah a posé sa tête dans la paume de sa main, attentif.

— Un jour, alors que Narcisse, assoiffé après une longue chasse, s'abreuve à une source, poursuit-elle, il aperçoit son reflet dans l'eau et en tombe éperdument amoureux. Ne pouvant saisir son image, il finit par mourir de cette passion qu'il ne peut assouvir. Lorsque son corps disparaît, une fleur a poussé à sa place : un narcisse.

J'écoute, captivée. L'intervention de ma sœur me rappelle Lilith et le narcisse qu'elle a fait pousser sous mes yeux. Décidément, les jonquilles reviennent à la mode.

— Freud voit dans le narcissisme, ou amour de soi-même, une forme de perversion liée à, je cite, « un comportement par lequel un individu traite son propre corps de la même manière qu'on traite d'ordinaire celui d'un objet sexuel ; il le contemple en y trouvant un contentement sexuel, le caresse jusqu'à ce qu'il parvienne par ces pratiques à une pleine satisfaction. »

— En gros, on parle de masturbation, lâche brusquement notre mère.

Les visages convergent vers elle. Un grand sourire étire sa bouche.

— Mam' ! s'indigne Margot à ses pieds.

— Oh, ça va ! Comme si c'était un gros mot. Il faut se masturber, les enfants, sinon ça crée des frustrations, nous professe-t-elle, doctorale. Personnellement, je…

— MAM' !!!

Cette fois, c'est en chœur que la fratrie Defontaine la fait taire. Margot a même posé ses mains sur ses oreilles. Ses taches de rousseur ressortent plus que jamais sur ses joues.

— Alice… ! s'exclame Keziah en soulevant sa tasse au-dessus de sa tête.

Et je sens le désastre venir. Ça se passait pourtant si bien…

— Je lève mon thé en l'honneur du grand Freud et de l'autosatisfaction !

Le sourire de ma mère redouble et elle dresse haut son mug afin d'accompagner le toast de Keziah. Tournée générale de thé chez les Defontaine.

Ella se rappuie sur moi et me glisse :

— En réalité, il n'y a pas de mal à être narcissique. C'est un état naturel qui nous met en relation avec les autres et permet de s'aimer soi-même. Ce qui est dangereux, c'est l'hypernarcissisme…

Ella se lance dans une tirade dont, j'avoue, je perds vite le fil, le nez plongé dans mes volutes de Oolong et les oreilles remplies du bourdonnement des conversations. Puis, l'une de ses phrases arrive finalement à percer ma douce léthargie.

— C'est un peu comme tes IT…

Je me tends.

— Hein ? Répète !

— Est-ce que tu as écouté un mot de ce que je viens de dire ?

— Un ou deux. Quoi mes IT ? demandé-je, fébrile.

— Ils souffrent d'hypernarcissisme : ego démesuré, délire de grandeur, mégalomanie, paranoïa, hybris.

La dernière remarque de ma sœur me fait sursauter. Sa tête qui repose désormais sur mon épaule s'en éjecte et elle pousse un petit cri.

— Quoi ? Ce n'est pas ce qu'il leur arrive, à tes fêlés ?

J'attrape la fleur qu'Ella continue à faire distraitement rouler entre ses doigts et la contemple en silence, l'esprit en ébullition.

Les IT… L'hybris… Narcisse…

« Aussi beaux soient-ils, ils peuvent également être extrêmement toxiques », m'a glissé Lilith.

Mon Dieu, est-ce qu'il serait possible que ce qui cause la dégénérescence de la magie soit quelque chose d'aussi… simple ? Évident ?

Je pose la fleur et ma tasse, en renverse la moitié sur la table basse, attrape ma cadette par les épaules et lui embrasse les joues.

— Ella, tu es un génie !

— Je sais. Mais encore ?

— Je crois bien que tu viens de déverrouiller mon enquête !

— Celle de la secte dont le gourou est un taré meurtrier ?

— Celle-là même !

Elle me jette un regard finaud.

— Du coup, puisque j'ai été un élément clef dans ton enquête, peut-être que tu pourrais…

— Bien sûr que non. N'essaye même pas de me sortir les vers du nez. C'est peine perdue.

Je me redresse, attrape la main de Keziah et le tire à travers la pièce.

— Vous croyez qu'ils vont… ? murmure-t-on dans notre dos.

Pas assez discrètement.

— Ella ! crié-je depuis le couloir.

Keziah, dans mon sillage, ne comprend pas grand-chose à ce qu'il m'arrive, mais se laisse docilement mener.

Le narcisse. Mon Dieu, le narcisse ! Je dois absolument savoir si c'est possible.

Une fois hors de portée des oreilles curieuses, mes talons crissent sur les graviers tandis que je me tourne vers l'incube, perdu.

— Keziah ! crié-je un peu trop brusquement.

Pour ma défense, je suis plus survoltée qu'une pile.

— Inspecteur ?

— Est-ce que Narcisse, le Narcisse, celui du mythe, a réellement existé ?

— Bien entendu.

Okay. Okay. Calme-toi, Defontaine. Respire.

— Où est la fleur ?

— Dans la salle des trésors d'Odin. Mais pourquoi… (Il s'interrompt.) Vous pensez que quelqu'un…

— Lilith, je corrige.

— Lilith, m'accorde-t-il, aurait dérobé le narcisse originel…

— … et empoisonné un premier humain avec. Qui en aurait infecté un autre puis un autre… jusqu'aux Surnat'. C'est ma sœur qui m'a fait réaliser que Narcisse était le symbole parfait de l'hybris. C'est ce qui arrive aux IT avant que la magie ne les dévore de l'intérieur. Et je dirais, en extrapolant, que c'est leur ego qui les consume.

— Ça me semble plausible… Cette femme possède un goût certain pour le poison, gronde-t-il. Mais quel est son mobile ?

Je sors mon téléphone à la recherche de mes notes. Je les relis rapidement avant de tomber sur le passage qui m'intéresse.

— « À mon Samaël, ma moitié, mon époux, mon ange destructeur de mondes. Que notre union fasse trembler les Cieux, Que notre amour fasse frémir les Hommes, Et que leur fin soit notre commencement », je lis. C'est là, vous voyez ? Dans cette dernière phrase : « Que leur fin soit notre commencement. » Ce doit être ça, le projet de Lilith. La fin de l'humanité. Cette dédicace n'a rien d'anodin. Et ça nous fournit un mobile. Vous m'avez dit vous-même que les divinités avaient de tout temps balancé des pestes sur le monde afin de punir les humains pour leurs fautes.

— Lilith ne se préoccupe pas suffisamment du sort de l'humanité pour lui faire la leçon.

— Non, en revanche, cette pandémie magique pourrait être un cadeau tordu pour son amant. En tout cas, c'est ce que semble indiquer cette dédicace. Qui de psychologiquement stable parle de génocide dans une lettre d'amour ?

Keziah réfléchit un instant avant de hocher la tête.

— La piste du cadeau me semble cohérente, oui.

— D'accord… Alors, réfléchissons là-dessus. Si j'étais une démone millénaire, pourquoi offrirais-je des tarés shootés à la magie à mon mec ?

— L'amour du chaos ?

Je grommelle, peu convaincue, mais note néanmoins cette hypothèse. Si je devais parier mon âme là-dessus…

Mon âme !

Ma propre situation me saute aux yeux. Je m'exclame :

— Et si Satan récoltait les âmes corrompues des IT ? C'est ce que lui offrirait Lilith : des âmes ! Des âmes bien noires et à la pelle ! Sans parler des dommages collatéraux…

Keziah me renvoie un sourire étincelant.

— Je suis soulagé de constater que vous n'avez finalement pas trouvé votre diplôme dans un Kinder, inspecteur.

— Ah, mais si. Mon S&W était offert avec, fais-je en entrant dans son jeu, ravie de nos progrès.

Son sourire redouble avant qu'il ne s'enveloppe d'une aura plus sérieuse.

— Et maintenant ?

Sous mes semelles, les gravillons crissent.

— Si Satan et Lilith sont mêlés à mon enquête, il y a un *gros* conflit d'intérêts. Je sais déjà que votre boss veut que j'échoue.

Ça ne m'étonnerait donc pas qu'il me jette au fond d'un puits jusqu'à la fin du temps qu'il m'a imparti, si j'ai le malheur de lui faire part de nos découvertes. J'ai donc besoin de parler directement au Conseil Céleste.

Keziah fronce le nez comme s'il venait de croquer dans un citron.

— Ça ne va pas être simple.

— Je croyais que vous connaissiez du beau monde ?

— Je peux peut-être tirer quelques ficelles, mais ça risque de prendre du temps. Surtout si nous devons évoluer à couvert.

J'acquiesce. Du temps, c'est tout ce qu'il me manque, mais il me reste une semaine. Et je vois enfin la lumière au fond du tunnel. Pour la première fois depuis des jours, je crois en notre réussite.

— D'abord, il va falloir que nous allions vérifier ma théorie à propos de Narcisse et que vous m'ameniez dare-dare dans cette salle des trésors. S'il y est toujours, on repart à zéro. Et si ce n'est pas le cas…

Mon téléphone sonne brusquement. Le numéro de la BMS s'affiche sur l'écran.

Je n'ai pas eu le temps de changer la sonnerie et « Highway to Hell » entame son refrain tandis que Keziah recule, se fend d'un large sourire puis commence à s'acharner sauvagement sur une batterie imaginaire.

— Defontaine ! fait Marc sans s'encombrer des formules de politesse d'usage.

En fond sonore, j'entends des coups de feu. Mon cœur saute un battement.

— Je sais que t'es en mission, reprend-il plus fort afin de couvrir les bruits de la fusillade, mais on aurait foutrement besoin de toi, ici !

— J'écoute.

Tandis que Marc me fait un rapide topo, mon regard s'assombrit. Lorsque je raccroche quelques minutes plus tard, les mots me manquent. Je lève les yeux vers l'incube, incertaine.

— Une prise d'otage. Dans un centre commercial à l'est de la ville.

Keziah me pose une main sur l'épaule.

— Allez-y. C'est important.

— Non, je ne peux pas. Nous avons enfin une vraie piste.

— Je m'occupe de nous mettre en contact avec le Conseil et de la relique de l'autre égocentrique. Allez sauver le cul des innocents.

— On se retrouve chez vous ?

Il récupère ses clefs de voiture et me les fourre dans la main.

— Oui. Tenez.

— Mais ! Votre Alpine, c'est…

— … la prunelle de mes yeux.

Il referme ma main sur le trousseau, fait dramatiquement un signe de croix, m'attrape les épaules, me retourne et me pousse vers l'avant.

CHAPITRE 25

LE CENTRE COMMERCIAL

Sur place, je retrouve Marc et son équipe tactique, les yeux rivés sur les plans de ce qui semble être les sous-sols du centre commercial dans lequel la prise d'otage a lieu.

Ils ont installé le quartier général et le centre des opérations temporaires sur le parking déserté d'un restaurant japonais. La toile blanche tendue entre trois véhicules blindés de liaison et de sûreté a été montée rapidement. Elle est protégée des œillades curieuses des passants par des policiers lourdement armés. Je n'ai pas besoin de sortir mon badge afin de pénétrer sous la tente ; à la BMS, tout le monde se connaît.

Derrière moi, un ambulancier vient de claquer les portes de son fourgon blanc sur une paire de jambes enveloppée d'une couverture de survie réfléchissante. Deux autres secouristes sont restés à l'arrière. Il court désormais vers l'avant du véhicule, y grimpe et actionne la sirène avant de démarrer en trombe vers l'hôpital le plus proche. C'est mauvais signe.

Marc, ses cheveux grisonnants sur les tempes, sa barbe d'une semaine qui lui mange l'os de la mâchoire et ses prunelles marron ne me voient arriver qu'au dernier moment. Je me racle la gorge. Il relève la tête. Ses yeux sont cernés et il semble avoir pris cinq ans dans la vue depuis notre appel en visio.

— Heureux de te voir, Defontaine, me fait-il avec un demi-sourire qui ne réussit pas à monter jusqu'à ses yeux caverneux.

Les trois autres gradés qui suivent le déroulé des opérations à la table ne semblent pas du même avis. Si les sourires pincés peuvent presque paraître amicaux, les regards qu'ils posent sur moi témoignent du contraire.

Je les fixe un à un, en silence, et m'étonne de ne voir nulle part un de nos médiateurs. Puis, ignorant les yeux désapprobateurs, je m'approche de la table et me penche sur les plans. Je ne suis pas là pour servir de punching-ball.

— T'étais pas en… *congé* ? lâche Philippe, un vétéran qui a fait l'armée puis la Légion et enfin deux ans au RAID avant d'entrer à la BMS.

Je n'ai pas loupé les italiques.

— Pas quand on manque d'effectifs pour plomber de l'IT.

Il se pince les lèvres. Sans doute pour que ce qui lui brûle la langue ne filtre pas. Je l'ignore et me tourne vers Marc.

— État des lieux ?

— Trois IT. Douze otages. Quatre adultes et huit enfants d'après leur signature thermique, annonce-t-il d'une voix atone.

— Des revendications ?

J'en doute fortement, mais on ne sait jamais. Peut-être qu'un jour les êtres corrompus par la magie auront un réel but dans l'existence, de celui qui ne sert pas uniquement la cause de la folie.

— Le chaos et la fin du monde, ça compte, tu crois, Defontaine ? demande l'un de mes collègues, pince-sans-rire.

Je hausse les épaules.

— Est-ce qu'il y a des victimes parmi les otages ?

— Il semble que non, mais notre médiateur s'est fait buter.

— Thibaut ?

Marc hoche sombrement le menton.

— Merde…

— Ils ont fait un petit tour à l'épicerie… Sa tête nous est revenue dans un panier garni entre des boîtes de pâté, des cookies et des bonbons à la violette.

Je m'accorde quelques secondes de recueillement, les lèvres pincées. Thibaut était un chouette type, toujours calme, sans cesse à l'écoute et de bons conseils, il faisait même office de conseiller quand les gars ne voulaient pas de discussions formelles avec le psy de la brigade. Il avait une femme et deux adolescents. Je les ai croisés l'année dernière lors du repas de Noël que nous avons organisé dans les locaux de la BMS. Une gentille famille.

— Et les coups de feu que j'ai entendus au tél. ?

Marc se passe une main sur le visage, ses traits se creusent un peu plus si c'est possible.

— On a tenté un assaut avec une première équipe en deux colonnes derrière des boucliers. Tu as vu le résultat dans l'ambulance… Deux gars sont déjà partis à l'hosto. Nous pensions passer par le parking souterrain, mais l'un des IT nous attendait juste derrière l'une des portes coupe-feu. Il s'est fait descendre, mais il a emmené deux bons gars dans sa chute. Après ça, les trois autres se sont retranchés avec les otages dans une espèce de jeu pour enfants au dcrnier étage du centre, ils n'ont plus bougé depuis.

— Donc nous sommes dans une impasse.

Marc hausse une fois les épaules et soupire.

— À moins que tu veuilles t'accorder un moment de détente avec ces fils de pute dans la piscine à boules, ouais, c'est une foutue impasse.

— J'ai proposé d'attendre, intervient Philippe.

Je hausse un sourcil et il poursuit sur son idée :

— Les trois IT sont à quelques heures, un jour tout au plus, de la combustion spontanée. On pourrait simplement attendre que leur magie les bute.

— Et risquer la vie des otages ?

— C'est toujours mieux que d'envoyer des hommes au casse-pipe. Parce que c'est ce qui nous attend si on tente un nouvel assaut frontal. Ils ont une longueur d'avance.

— Je suis certaine que si…

Il ne me laisse pas finir.

— Quoi, Defontaine ? Que tu pourrais mener l'assaut ? Ouais, clairement, ça t'a bien aidée la dernière fois, hein. Et t'étais planquée où quand tes gars se faisaient buter ?

— Phil… gronde Marc.

Je m'approche de lui, si bien que ma poitrine frôle le kevlar de la combinaison de mon collègue.

— Vas-y, Phil, va au bout de ta pensée.

Il serre les mâchoires, hésite, puis se lance finalement. Ses yeux bleus ne cillent pas une seconde tandis que le couperet tombe.

— Comment se fait-il que tu sois la seule encore en vie, Defontaine ?

Je reçois sa question comme un coup de poing, tressaute et vacille en reculant. C'est ce moment de flottement que choisit Marc pour agripper son subalterne par le devant de son gilet anti-magie. Il le tire vers lui au-dessus de la table et, sans hausser la voix, lui ordonne de sortir prendre l'air frais. Le policier pince les lèvres, mais obtempère. Il sort, tandis qu'un autre déboule sous la toile tendue. Alors que Marc ouvre de nouveau la bouche pour s'excuser, le nouvel arrivant, dans sa combinaison d'assaut, le devance avec une grimace.

— Un des journalistes a pénétré le cordon de sécurité, chef ! On a réussi à le rattraper, mais des images ont filtré sur l'une des chaînes locales.

Le visage de Marc passe soudain du livide au cramoisi et il explose :

— Foutez-moi ce fouille-merde au frigo pendant vingt-quatre heures ! Et dites aux autres vautours que si je vois une seule caméra dans le périmètre sécurisé, je la leur fais bouffer, chier et bouffer de nouveau ! C'est clair ?

Le policier claque des talons et disparaît avec un sourire. Je pose mes mains sur la table, secouée, mais déterminée, tandis que mon chef commence les cent pas. Il n'a pas l'habitude de se mettre dans de tels états. Ce qui me donne une assez bonne vision d'ensemble de la situation. Je feuillette plusieurs pages du plan qui décomposent les trois étages du centre commercial. Au sous-sol, le parking souterrain, une laverie et un car-wash. Au premier étage, les restaurants et autres snacks rapides. Au deuxième, des magasins de vêtements et de décoration et, au dernier, l'un de ces nouveaux centres de bien-être ultra moderne pour les mamans fatiguées et le parc à jeux pour leurs enfants turbulents. On y monte soit par un ascenseur, soit par les escalators, soit par les escaliers centraux, mais chacun de ces accès doit être gardé par des pièges magiques. Les IT sont fous, mais rarement stupides.

— Ils ont sans doute posé des pièges à tous les étages. Les déloger va être un vrai champ de mines…

— Tu ne nous apprends rien, fait l'un des deux gars restants.

Je l'ignore et replonge dans mes réflexions avant d'en ressortir une minute plus tard.

— Et si… ?

Je m'arrête, incertaine, tandis que les regards convergent vivement vers moi. Ils sont dans une impasse et le savent. Plus les minutes passent, plus les chances de survie des otages s'amenuisent. Même si je ne suis pas en odeur de sainteté ces derniers temps, j'apporte un regard neuf sur la situation, et tout est bon à prendre.

— Accouche, Defontaine.

J'hésite encore un instant puis me lance :

— Les otages et les ravisseurs sont tous regroupés au centre du parc pour enfants, c'est bien ça ?

Marc hoche la tête.

— Aux dernières nouvelles. C'est ce que nous montre la vision infrarouge.

— Il se trouve juste à côté du spa afin que les parents qui s'y font bichonner n'aient pas besoin de courir très loin en cas de problème.

Cette fois, mes collègues sont suspendus à mes lèvres. Ils sentent que j'ai posé le doigt sur quelque chose. Et justement, je pointe de l'index les lignes d'une structure sur le plan.

— Et ça, c'est… ?

Les gars se tordent le cou afin de déchiffrer ce que je leur désigne.

— On dirait l'un de ces conduits qu'on trouve dans les hôtels pour y jeter le linge sale.

— Exactement. Et ce conduit commence dans l'une des pièces du spa, passe par tous les étages du centre co' avant d'arriver dans la laverie au sous-sol.

Les yeux de Marc s'écarquillent tandis qu'il prend la mesure de ce que je veux dire sans y mettre encore les mots. Un plan fou. Trop.

— Claire, tu ne veux quand même pas débouler au milieu des ravisseurs depuis un conduit à linge sale ? Avec ta combinaison et ton matériel, tu ne passeras jamais, il est trop étroit…

— Qui a dit que je porterai ma combinaison ?

Il plisse les yeux et comprend soudain.

— Non !

— Marc ! On n'a pas le choix. Vous avez déjà perdu un négociateur et deux collègues sont dans un état critique. Il n'y a pas d'autre moyen d'accéder aux otages. Laisse-moi m'en charger.

Il m'attrape par le bras et m'emmène à l'écart des deux autres qui font soudain mine d'être profondément absorbés par les plans du centre. Lorsque nous sommes assez loin, je me dégage d'une traction brusque et le défie du regard.

— Putain, Defontaine, mais t'es cinglée ! Tu veux vraiment crever ou quoi ?

— Si tu veux sauver les otages, il va falloir me faire confiance ! Et non, je ne veux pas me flinguer !

— Si c'est un moyen de me prouver quelque chose, à moi, aux gars… Je te l'ai dit, ce qui s'est passé n'était pas de ta faute, okay ? Nous étions mal renseignés.

— Et mal préparés. Et ça, c'est de ma faute.

— T'es qu'une putain de tête de mule doublée d'un caractère de cochon !

— Sacré zoo… bougonné-je.

— Ton plan est suicidaire, Claire. On ne survit pas deux minutes seul face à des IT sans sa combinaison. Il est hors de question que tu l'exécutes.

Je me suis équipée : casque, lunettes de visée, combinaison anti-magie, Benelli. Je me sens à ma place. L'angoisse que je ressentais à reprendre mon poste est moins vive que je ne l'aurais pensé. Je vérifie l'attache de mon casque en attendant mon binôme assigné. Nous passerons par l'entrée de service du parking souterrain avant de nous diriger vers la laverie. Là, je déposerai mon matériel dans une panière à linge et remontrai à la corde le long du conduit, comme je l'ai proposé. Marc n'est toujours pas d'accord avec mon plan, mais il a conscience que s'il veut sauver les otages, il doit miser sur moi, ma tête de mule et mon petit gabarit. Nous sommes trop peu de femme à la BMS et les hommes possèdent des carrures de lutteur. Je suis donc la seule à pouvoir exécuter le plan.

On tapote mon épaule. Me retournant, je croise le regard vert de Luc derrière la barrière de mes verres colorés.

— Je vois que tu as suivi le point rouge.

Le traceur que m'a posé Luc fait partie des nouvelles technologies en essai dans plusieurs branches de la police et de l'armée. Il s'agit d'émetteurs GPS qui n'ont besoin ni de câblage ni de batterie. Ils utilisent la chaleur du corps de leur porteur afin de fonctionner comme des parasites. Une fois placés sur la peau, ils s'y fondent comme un sucre dans un café puis sont naturellement expulsés après soixante-douze heures environ. C'est pour cette raison que même une fouille minutieuse et une douche ne sont pas encore venues à bout de celui que m'a posé Luc en glissant sa main derrière mon oreille quand nous étions dans mon appart'. Moi qui ai pris ça pour une réminiscence de l'affection qu'il me portait…

— Je t'accompagne jusqu'au conduit, fait-il d'une voix neutre.

— Ne me dis pas que c'est toi, mon binôme ?

Ma question est rhétorique. Je vois bien qu'il porte le même uniforme que moi, ainsi qu'un bouclier balistique anti-magie.

— Ne me regarde pas comme ça. Je t'ai proposé mon aide et tu as accepté pas plus tard qu'avant-hier soir.

— Sur mon enquête, pas pour une mission d'extraction de la BMS.

— Le commissaire Lefèvre m'a appelé. Tu veux peut-être lui dire que son choix ne te convient pas ?

Je plisse les paupières.

— Tu ne m'en crois pas capable ?

— Oh, si ! Mais tu n'as pas vraiment le choix, de toute façon. Ce ne sont pas les volontaires qui se poussent au portillon pour faire équipe avec toi…

J'ignore la pique.

— Depuis quand les officiers de la Crim' sont-ils habilités à mener des assauts et à jouer les « rippers » ?

— Depuis que j'ai suivi une formation accélérée de six mois qui entre dans le programme de collaboration opérationnelle multiservice de la police.

Oui, j'ai entendu parler de cette nouvelle politique. Suite à une forte recrudescence d'infections magiques et faute de réussir à recruter autant qu'elle le voudrait, la BMS va désormais chercher les meilleurs éléments des autres services afin de les former en prévision de cas majeurs.

Je soupire. De tous les flics de la Crim', fallait-il réellement que je tombe sur mon ex ? À cet instant, j'aimerais bien râler, pester et taper du pied, mais ce serait un luxe que je ne peux pas me permettre. Alors je capitule.

— Je mène.

Étrangement, Luc se contente d'un hochement de tête. Décidément, nous sommes bien raisonnables ce soir.

Je me retourne et Luc vient se positionner devant moi avec son bouclier. Benelli sur l'épaule, je me sers de la fenêtre du bouclier afin de regarder la route. Dans mon oreillette, j'annonce que nous sommes prêts. La voix grésillante de Marc me donne le « Go ».

— Je n'ai vu nulle part ton démon, me souffle-t-il en coupant un instant son oreillette.

— Ne l'appelle pas comme ça.

— Ce n'est pas ce qu'il est ?

— Si, mais…

C'est étrange, depuis que Keziah est entré dans ma vie, je n'ai jamais eu de mal à l'appeler exclusivement « démon » ou « incube ». Mais à cet instant, le définir uniquement par son état est trop réducteur. Je déteste lorsqu'on m'appelle « la fille » ou « la brune ».

— Rien, laisse tomber. Il poursuit notre enquête de son côté. Je le rejoins après.

— Je ne l'aime pas.

Je pousse un long soupir bien audible afin de lui faire comprendre que son petit jeu de mâle dominant commence à me courir.

— Sans blague.

— Je sens dans mes tripes que ce type est louche, Claire. Et des tripes de policier, ça se tord rarement sans raison. Tu devrais être la première à le savoir.

— Luc, je ne veux pas parler de ça maintenant, d'accord ? On est en train de prendre d'assaut un centre commercial.

Il se tait. Amen !

Nous progressons rapidement et arrivons bientôt à l'entrée du parking. Mes lunettes réglées en mode infrarouge m'indiquent qu'aucun corps chaud ne se trouve derrière la porte. Nous poursuivons donc notre route et nous engouffrons sans encombre dans la laverie.

Je m'extirpe de derrière le bouclier et me dirige vers un large conteneur qui déborde de serviettes humides. M'aidant des roulettes, je le pousse un peu plus loin et lève la tête. Un large conduit rectangulaire me surplombe, s'échappant du plafond et filant dans les étages du complexe. Il est si profond que je n'arrive pas à en distinguer le bout. J'attrape le gadget placé dans mon holster de cuisse et qui ressemble à une arbalète, puis me tourne vers Luc.

— Tu as la corde ?

Il hoche la tête puis ouvre le sac que nous avons pris avec nous et qui contient un nécessaire d'escalade. J'attrape le bout de corde qu'il me tend et l'attache sur le projectile de mon arbalète. Le système est tout nouveau et semble tout droit sorti d'un film de James Bond, mais je le sais fiable puisque testé avec succès en entraînement.

Lorsque je tends les bras au-dessus de ma tête, vise et appuie sur la détente, le projectile file dans le conduit, suivi par les longs mètres de corde qui se déroulent dans les mains de Luc à une vitesse folle. Un « bong » métallique nous apprend que la ventouse s'est bien fichée à la fin du conduit, quelques dizaines de mètres au-dessus de nous.

Après m'être assurée que la corde tenait bon en m'y pendant plusieurs fois, j'entreprends de retirer chaque élément de ma combinaison. Avec, je ne passerai pas. Je ne garderai que mon holster de cuisse et mon précieux Smith & Wesson, bien moins lourd et bien plus malléable que mon fusil-mitrailleur.

Une fois déséquipée, je fixe mes autobloquants sur la corde et en relie un à mon baudrier afin de m'assurer. Derrière moi, Luc commence à retirer les scratches de son gilet pare-balles. Je me tourne vers lui, poings sur les hanches.

— Tu peux me dire ce que tu es en train de faire, au juste ?

— Je t'accompagne.

— Ce n'était pas le plan, Luc ! Tu dois rester en bas et couvrir mes arrières.

— Je ne vais pas te laisser risquer ta peau sans ta combi anti-magie, seule face à trois cinglés cokés à la magie.

Je me passe une main sur le front.

— Marc va…

— Je m'en carre le cul de ce que va dire ou faire ton chef. Je ne suis pas sous sa juridiction. Maintenant, grimpe, je te rejoins.

Je ne me fais pas prier. Lorsque je glisse mon autobloquant sur le filin au-dessus de moi et me hisse pour la première fois à l'aide de ma pédale de pied, je sens que cette remontée sur corde va être longue et éprouvante. Je n'ai jamais grimpé autant et cela fait des semaines que je ne me suis pas entraînée. Mais ça, je me suis bien gardée de le dire à mon chef.

En dessous de moi, Luc maintient la corde afin que mon corps ne cogne pas contre la paroi métallique du conduit. J'ai déjà fait un boucan d'enfer en la ventousant, je ne veux pas risquer d'alerter plus que nécessaire les preneurs d'otages. Et m'écraser de trente mètres de haut, non merci. J'ai d'autres projets plus glorieux et surtout plus lointains pour mon trépas.

Les muscles cuisants, je fais coulisser le panneau métallique du conduit à linge sale, glisse le haut de mon corps par l'ouverture et m'écroule au sol, les bras en croix. Un coup d'œil circulaire m'indique que je suis seule dans le petit débarras du spa. Tant mieux, j'ai besoin de reprendre mon souffle.

Des serviettes blanches pliées, des peignoirs suspendus à leurs cintres, des tongs et des bonnets de douche à usage unique, des tubes d'échantillons de savon et de crèmes – tous blancs – encombrent l'étroit rectangle aveugle.

Une légère traction de la corde tendue fixée à mon baudrier me signale que Luc attend que je me détache pour commencer sa propre ascension. Sans baisser les yeux, je tourne la sécurité de mon mousqueton et la corde part immédiatement en sens inverse. M'octroyant quelques secondes, je fixe une tache anonyme sur le plafond, le cœur bondissant et l'épiderme incandescent. Je sens dans mon dos, entre ma peau et le carrelage froid, ma sueur perler.

Je ne porte plus qu'un débardeur noir, un legging de la même couleur et mon holster de cuisse. Encore suintante d'effort, je me redresse, fais glisser le baudrier le long de mes hanches en évitant d'y coincer mon flingue et le laisse gisant sur le sol tandis que j'entrebâille la porte de la réserve. Ma tête se retrouve dans un vaste hall circulaire orné d'un comptoir en demi-lune qui fait face à la vitrine du centre de bien-être. Les différentes portes closes ou entrouvertes qui rythment les murs incolores doivent desservir des salles de soins, d'UV, de pause pour les employés ou des vestiaires. Un fond sonore diffuse le glouglou hypnotique d'une rivière sous les chants mélodieux d'oiseaux tropicaux. L'endroit est désert, comme suspendu dans le temps. Un frisson parcourt ma colonne. Un voile de mort recouvre les centaines de mètres carrés d'un espace où règne d'habitude l'effervescence d'une société de consommation en pleine frénésie.

J'hésite, lance un regard derrière moi. Dois-je attendre que Luc ait fini son ascension avant de partir en reconnaissance ? Non, ce sera ça de fait. Plus nous attendons, plus l'état des IT se dégrade, et plus la vie des otages est menacée. Lorsqu'il arrivera avec le reste du matériel, j'aurai au moins utilisé mon temps pour un repérage des lieux.

Je sors sur la pointe des pieds, mon S&W en berne. Le plan de l'étage gravé dans ma mémoire, je me dirige vers la porte qui m'intéresse. Sur le petit écriteau bariolé qui ressort comme un maquillage de clown dans cet univers vide et immaculé, je lis : « Parc des aventuriers ».

Jouant sur la poignée, je déverrouille la porte avec d'infinies précautions. Il suffirait que l'un des IT ait entendu le coup tiré par mon arbalète par-dessus le *jingle* du centre commercial pour que je tombe nez à nez avec lui. Mes épaules se décrispent légèrement lorsque je ne rencontre qu'une pièce déserte.

J'entre dans un sas qui doit servir de soupape afin d'empêcher les mamans en pleine séance de pédicure d'entendre les cris de joie de leur progéniture. La lumière y est tamisée et les murs sont si colorés qu'on croirait presque que des pots de peinture y ont été jetés au hasard de l'Art. Un pont-levis peint sur le mur du fond encadre une seconde porte close.

La pièce possède un comptoir en forme de bateau de pirates, des patères multicolores sur les deux murs latéraux accueillent encore des manteaux d'enfant laissés sur place. Des petites chaussures sont rangées dans des cases, sous les vestes. Je sens un pincement darder mon cœur. J'ai toujours eu du mal avec les affaires dans lesquelles les enfants étaient les victimes.

Je m'avance derrière le comptoir de la caisse. Deux écrans sont allumés sur des caméras de surveillance. Silencieusement, je remercie le ciel ; c'est exactement ce dont j'avais besoin. Écartant la chaise à roulette du poste, je plaque mes mains et mon arme sur le comptoir, et scrute les écrans silencieux.

Le parc à jeux est filmé sous deux angles différents. Un court toboggan situé juste derrière la porte du sas permet aux nouveaux venus d'atteindre le cœur du coin récréatif depuis une plate-forme surélevée. Cette dernière possède une vue plongeante et paradisiaque sur les différentes activités proposées. Une piscine à boules, une grande cage sur trois étages aux obstacles molletonnés, des tatamis de différentes épaisseurs, des tape-culs, des tourniquets, des licornes et des dragons en PVC ainsi qu'un immense château gonflable occupent l'ensemble des espaces latéraux. Si j'avais encore été en âge d'entrer dans un endroit pareil, je n'en serais jamais ressortie. Je comprends mieux pourquoi le spa pour adulte et le parc pour enfant sont ainsi liés. Échange de bons procédés.

Mes rêveries crèvent subitement lorsque mes yeux glissent sur le second écran. En milieu, un groupe composé d'adultes et de gosses, pressés les uns contre les autres, tremble de peur devant les trois silhouettes qui leur font face.

— Putain, Claire, mais tu peux pas rester en place deux secondes ? gronde une voix, me faisant sursauter.

Luc entre, refermant la porte derrière lui. Je lui intime de baisser le ton d'un doigt sur la bouche, mes sourcils mécontents recouvrent presque mes paupières.

— J'étais en reconnaissance ! Je n'allais pas y aller seule.

Luc n'est pas si crédule. Une minute de plus, et je fonçais dans le tas, dézinguant au hasard et me mettant en danger. Les chaussures et les manteaux d'enfant qui nous encadrent ne lui ont pas échappé non plus. Et il sait combien je peux être à fleur de peau au point de faire des conneries quand des vies d'enfants sont en jeu.

Il s'avance et contourne le comptoir afin de jeter un œil aux caméras. Balançant plus que posant son sac à dos noir sur le comptoir en forme de pont de navire, il ouvre la fermeture et commence à en fouiller son contenu.

— Topo ? réclame-t-il la tête dans le sac.

Il me tend des lunettes de protection à verre jaune et je les chausse sur mon nez.

— Les ravisseurs sont deux hommes et une femme. Ils ont douze otages. Huit sont des mômes de moins de dix ans. Ils… Attends une seconde.

J'appuie sur mon oreillette et la voix bourrue de Marc résonne dans mon tympan droit :

— De…taine ! T'es de…ans ?

— Oui, chef. Mais je vous entends mal.

— Cl…re. Tu m'…tends ? Cl…e. Il…du mou…ment. Un au… IT…

— Putain de technologie ! craché-je en grimaçant lorsqu'un grésillement plus aigu me fait vivement retirer mon dispositif intra-auriculaire. J'ai l'impression que ça va être toi et moi, sur ce coup. Tu te sens prêt, Habani ?

— Plus que jamais, Defontaine. Plus que jamais.

Lorsque les dents blanches de Luc fendent son visage méditerranéen, faisant pétiller ses yeux verts, je me remémore avec regret comme il a été facile de tomber amoureuse de lui, il y a presque trois ans, dans ce bar à flics du centre-ville. Est-ce qu'on aurait couché ensemble ce soir-là, si je ne lui avais pas mis une pâtée à la partie de billard qu'il était sûr de remporter face à la jeune et nouvelle fliquette du poste ? Est-ce qu'il aurait soudain ressenti le besoin de me prouver qu'il était bien un dominant en m'offrant un dernier verre chez lui et, peu après, l'une des plus mémorables nuits de ma vie ? Sans doute. Luc et moi étions faits pour être ensemble. Enfin, avant.

Lorsqu'il pose ses propres lunettes sur son nez, je bats des cils, chassant mes souvenirs là où ils ne viendront plus interférer sur le présent. Luc ne semble pas avoir remarqué la lueur de nostalgie dans mes yeux. Tant mieux. Il désigne la porte derrière nous du menton tout en s'assurant que son holster est bien fixé.

— Elle mène où je pense ? demande-t-il.

— En haut d'un toboggan. Même genre que ceux qu'on trouve dans les parcs aquatiques. Ça te fait glisser directement au centre du parc.

Ma bouche se tord dans une moue. Une moue que Luc ne connaît que trop bien. À sa propre grimace, je sens qu'il sait exactement quelle mauvaise idée vient de me traverser l'esprit. De celle qui m'a subitement donné envie de repeindre les chiottes de notre appart' en rose et de poser une moumoute sur la cuvette, deux ans plus tôt.

— Si tu me dis que tu vas emprunter ce toboggan pour débouler sur les lieux, grimace-t-il, je te jure que je te fais ravaler ta connerie à coups de grenade fumigène.

Je baisse les yeux sur ce que brandit Luc entre nous et, effectivement, il s'agit bien d'une grenade. Je pose la main dessus et la lui fais baisser.

Au moment où j'ouvre la bouche pour lui faire ravaler son expression furieuse, voire même la grenade qu'il me destinait, un cri strident nous parvient de derrière la porte.

Un cri jeune. Trop jeune. Quelque chose de maternel se réveille en moi. Je m'élance avant que Luc ne réussisse à me rattraper.

Tel un brouillard sombre, mon corps s'expulse de la bouche du toboggan. Je me réceptionne dans un roulé-boulé qui rendrait fiers mes instructeurs, mon arme de poing braqué sur le front d'un IT. Il active sa magie fraîchement acquise afin d'expulser mon flingue de mes mains, mais une balle entre les deux yeux lui fait violemment rejeter la tête en arrière. Il meurt avant d'avoir touché le sol.

Dans mon dos, j'entends que Luc dévale l'escalier latéral qui mène en bas de la plate-forme. Le toboggan est trop étroit pour sa carrure.

Accroupie, je pivote sur la pointe de mes pieds, mes bras tendus en direction du second homme du groupe. Je tire avant même qu'il n'ait réussi à concocter le moindre champ de protection. Deux balles dans le cœur suffisent à lui voiler les yeux.

Je tourne une nouvelle fois sur moi-même, en me relevant. Lorsque je croise le regard enragé de la dernière femme du groupe de ravisseurs, mon index se crispe sur la détente. Puis, les yeux brillants d'une folle magie s'effacent, laissant place à un visage inondé de larmes. À un souffle de tirer, je relâche brusquement mon doigt, le cœur au bord des lèvres. Putain de merde ! J'ai failli tirer sur une petite fille. L'IT s'est planquée derrière, se servant d'elle comme bouclier. Sur ma gauche, le groupe d'otages s'est plaqué contre un mur.

Je ne peux retenir un sursaut lorsque mon regard se fige sur les doigts de la femme posés sur la peau blanche de la petite fille.

Morte en sursis, crie mon esprit.

Sans le voir, je sens que Luc vient de me rejoindre, son arme pointée sur la femme et son otage. En un battement de cils, il prend la mesure de la situation.

— Si vous voulez que les otages vivent, posez vos flingues au sol et approchez.

J'ouvre la bouche, mais c'est la voix de Luc qui répond.

— Faites-les d'abord avancer vers nous, ensuite nous parlerons des termes de notre reddition.

— Dis donc, mon mignon, tu parles bien.

— Et je vise presque aussi bien… répond-il sans desserrer les dents.

Elle s'esclaffe. Après un bref échange silencieux avec elle-même, l'IT capitule.

— Très bien, joli cœur. Tu peux récupérer les autres, mais la petite reste avec moi. Après tout, elle fait désormais partie de ma famille.

La fillette couine de peur lorsque l'IT lui attrape le menton et lui dépose un baiser bruyant sur la joue. Les autres otages, comprenant qu'ils sont libres, rasent les murs en nous contournant.

La femme toujours en joue, je m'adresse à une mère de famille qui tient ses deux garçons sous chaque bras.

— Passez par l'entrée principale. Les secours vous y attendent. Vite !

Elle ne se fait pas prier et, prenant la tête du groupe, les fait tous sortir par la seconde entrée du parc.

Une pointe de soulagement me traverse, mais je déchante vite.

— Maintenant que nous sommes en effectif restreint, posez vos armes.

J'hésite. De là où Luc et moi nous trouvons, il n'y a aucun moyen de tirer sur l'IT sans blesser, voir tuer la petite fille. La femme n'est pas assez grande pour que sa tête dépasse suffisamment derrière son otage.

Afin de nous encourager à obéir, l'IT caresse de son ongle la médaille en forme de fleur que l'enfant porte autour du cou.

— C'est drôle, s'étonne-t-elle avec fausseté, petite, j'avais le même collier.

Une décharge électrise ma peau. Mon regard suit le mouvement presque hypnotique de l'ongle de la femme qui caresse chaque pétale de la fleur comme pour les repeindre.

— Je ne me répéterai pas, les poulets. Posez vos armes ou la petite meurt sur-le-champ.

L'enfant ne retient plus ses larmes. Ses fins cheveux châtains sursautent à chacun de ses sanglots. Je ne peux m'empêcher de penser à la petite Lou. Si jamais il lui arrivait quelque chose.

Je m'accroupis et dépose mon Smith & Wesson sur le sol à mes pieds avant de le faire glisser vers la femme de la pointe de ma basket. Luc suit le mouvement, les mâchoires soudées entre elles.

— Elle l'a touchée, murmure-t-il si bas que je suis la seule qui puisse l'entendre. L'enfant n'en a plus pour longtemps.

— Elle est peut-être en sursis, mais elle a des parents quelque part à qui elle voudra dire au revoir. Je ne peux pas…

Je ne finis pas ma phrase. Une poussée violente dans mon dos me fait m'écraser contre un mur tandis que Luc est projeté de l'autre côté. Lorsque je relève le menton, ma vision troublée par le choc, c'est une silhouette masculine, les poings sur les hanches, qui se tient devant moi.

Un dernier IT. Ils n'étaient pas trois, mais quatre. C'est sans doute ce qu'essayait de me faire comprendre Marc quand mon oreillette a commencé à dysfonctionner.

— Est-ce que ce ne serait pas mes otages que je viens de voir déguerpir à l'instant ? grimace le nouveau venu. Je déteste quand on me coupe l'herbe sous le pied.

— J'en ai gardé une que j'ai infectée, Benoît. Et nous avons deux flics de la BMS, comme tu voulais.

Il fait la moue. Je retiens valeureusement un haut-le-cœur.

— Mouais. Ça ira. On se servira d'eux comme patient zéro. Une fois infectés et leur mémoire effacée, on les renverra à la maison. Je ne donne pas deux semaines aux forces de police avant que le chaos ne s'abatte sur cette putain de ville de merde.

Je sursaute. Alors c'est leur plan ? Répandre leur folie en infectant les flics censés les arrêter.

— S'il vous plaît, pleure la petite fille. Laissez-moi retrouver ma maman.

— C'est nous ta famille, maintenant !

Je tente de focaliser ma vision sur la scène, mais une pulsation alarmante derrière mes yeux m'empêche de voir clairement ce qu'il se passe devant moi.

La fillette hurle de terreur et un rire tonitruant s'échappe de la gorge de Benoît.

— Alors, trouillarde ? Tu fais moins la maline devant un serpent géant, hein ? Bien, maintenant, il est temps de partager nos dons avec nos invités.

Alors que je sombre, j'entends les pas de l'IT se rapprocher de moi. Le cri de Luc qui m'appelle. Des coups de feu. D'autres cris.

La scène n'est plus qu'un kaléidoscope de sons, de lumières, d'images floues. Ça sent la poudre et le sang. Dans un effort souverain pour rester éveillée, je vois la femme agripper la gorge de la petite fille et serrer. Serrer jusqu'à ce que ses yeux se voilent. Puis plus rien. Je plonge.

Le frère

ELLE ÉTAIT ÉTENDUE DANS L'HERBE, sur une cape de berger en laine. Les rayons chauds du soleil brûlaient sa peau en sueur, mais elle était bien incapable de se déplacer à l'ombre, les jambes fauchées par une sensation qui ne faisait qu'enfler de plus en plus fort dans le creux de son ventre, la clouant au sol comme un poison virulent.

Ses doigts, recroquevillés comme les serres d'un oiseau de proie, s'agrippèrent à la laine, tirant dessus de toutes leurs forces. Sa jambe droite fut bientôt prise de spasmes incontrôlables tandis que sa poitrine se soulevait vers le ciel. Les paupières closes, la bouche entrouverte, une grimace en travers du visage, elle tenta de réfréner son cri, mais on ne lui laissa aucun répit et elle hurla son plaisir à travers toute la Géhenne.

Un rire satisfait lui répondit.

— Alors, mon aimée, suis-je devenu assez grand et fort pour toi ? susurra-t-on entre ses cuisses ouvertes.

Elle sourit, essoufflée et comblée, au jeune homme qui lui mordait l'intérieur de la jambe, attendant que la zone à laquelle il venait de s'attaquer à coups de langue perde sa trop haute sensibilité. Le bronze de ses cheveux d'enfant s'était paré du doré des journées ensoleillées de labeur de l'adulte. Son corps s'était sculpté au burin des plus grands artistes de son temps. Il avait pris en masse, en hauteur et, oui, en force. Mais ce qu'il venait d'appliquer sur son sexe, c'était là une leçon qu'elle lui avait apprise. À force de retrouvailles secrètes, d'instructions précises et de pratique. Beaucoup de pratique.

— Grand, fort et doué, le flatta-t-elle tandis qu'il repartait déjà à l'assaut, pressé de la combler le plus de fois possible avant la tombée de la nuit et le retour de son époux.

— Par tous les maux du monde, Caïn ! Veux-tu que je succombe ? Remonte donc par ici avant que je ne meure d'épuisement sous tes coups de langue.

Il lui répondit par un grand éclat de rire avant de se glisser sur un coude au-dessus d'elle.

— Tu ne peux pas mourir, mon aimée.

— Pas de la main d’un homme, mais peut-être par sa bouche ! le contredit-elle en l’embrassant fougueusement.

Il en ressortit étourdi.

— Et c’est moi que tu accuses de vouloir t’assassiner avec mes baisers ?

Elle aurait voulu que cet instant dure éternellement, suspendu à leur complicité, mais aucune seconde ne l’était réellement et elle devait mettre son plan à exécution. Caïn avait grandi. Caïn l’aimait. Caïn ne reculerait devant rien pour la satisfaite. Et c’était exactement ce dont elle avait besoin.

Mais avant que tout ne s’arrête, avant qu’elle ne gâche tout, elle voulait lui offrir encore un moment. Alors elle se jucha sur lui et le chevaucha jusqu’à ce, qu’à son tour, il lui demande grâce.

Lorsqu’il l’enlaça, se plaquant contre son dos avec tendresse, elle était prête. Elle aurait mal, probablement autant que lui, mais elle devait mettre son plan à exécution.

— Un jour, tu me quitteras, murmura-t-elle.

Il sursauta en se redressant.

— Jamais ! Je t’aime comme un fou. Jamais je ne te quitterai !

Elle adorait ce feu chez Caïn. Il vivait chaque émotion comme la dernière de son existence.

— J'ai un siècle de plus que toi, Caïn. Je suis vieille et…

— Mais enfin ! Que dis-tu ? Tu n'as jamais été aussi belle que ce jour. Je t'ai toujours connue semblable. Tu ne changes pas, mais ta beauté ne cesse de croître.

Il la fit doucement pivoter vers lui et elle s'écroula, nue, sublime, entre ses bras. Elle sanglota et grelotta sans discontinuer. Il lui caressa les cheveux, se revoyant enfant, non loin d'ici, pressé contre elle tandis qu'elle venait de le sauver de la morsure d'une vipère. C'était à cet instant précis qu'il était tombé amoureux d'elle et, qu'en grandissant, ses sentiments ne firent que pousser en même temps que ses bras et ses jambes. Il ferait tout pour elle. Tout. Si seulement elle le laissait faire. Si elle le laissait la protéger comme elle l'avait toujours fait avec lui.

— Dis-moi ce qui te pèse tant. Décharge-toi sur mes épaules. Elles sont assez solides pour deux.

Pardonne-moi, Caïn. Pardonne-moi.

— Tu peux tout me dire, répéta-t-il en lui embrassant le front.

— C'est ton frère…

— Mon frère ? s'étonna-t-il. Qu'a-t-il encore fait, cet imbécile ?

— L'autre soir…

Sa voix était si vibrante d'émotion qu'il la regarda droit dans les yeux, une lueur dangereuse dans le regard.

Elle se détourna, mais il lui enveloppa le visage de ses mains.

— Que s'est-il passé ? demanda-t-il, durement.

— Je pense qu'il ne voulait pas… Il ne voulait pas en arriver là, mais…

Des larmes scintillantes brillèrent au coin de ses yeux. C'était de vraies larmes. Elle n'avait aucunement besoin de jouer la comédie pour qu'elles habillent ses cils de leur costume de chagrin.

Caïn se leva soudain et elle vit que dans son poing brillait la lame qui lui avait servi à tuer le serpent lorsqu'il était enfant.

— Où vas-tu ? s'exclama-t-elle, le bras tendu vers lui.

— Tuer mon frère.

CHAPITRE 26

LA CULPABILITÉ

— INSPECTEUR !

Ma voix grave porte jusqu'aux oreilles de Claire malgré la frénésie qui règne dehors et, quelques secondes plus tard, elle dresse le menton, me cherchant dans la foule. J'agite les bras derrière la ligne de rubalise et deux policiers en civil à l'air peu commode.

La commissure de ses lèvres s'étire mollement dans ma direction jusqu'au moment où ses jambes ne suffisent plus à la porter. Elle s'écroule contre Luc Habani, qui la guide hors du bâtiment, et elle s'accroche à lui plus fermement tandis qu'il la soulève du sol et la prend dans ses bras.

Mes lèvres s'enveloppent d'un sourire mauvais. Sa fierté de femme indépendante va se rebiffer dans… trois… deux… un… Rien ne se produit. Au contraire, elle se laisse porter et je n'arrive pas à en croire mes yeux. Habani la dépose sur le marchepied à l'arrière de l'une des ambulances. Elle fait un signe du menton à ses collègues afin qu'ils me laissent pénétrer dans le périmètre sécurisé, puis ferme les yeux, son visage enfoui dans le col de ce trou du cul d'Habani.

Je serre les dents, agacé malgré moi, puis tente de passer sous la rubalise. Mais l'un des policiers m'arrête, me coupant la vue sur l'ambulance.

— Personne derrière le cordon de sécurité.

— Je suis avec l'inspecteur Defontaine ! Elle vient de vous faire signe de me laisser passer ! crié-je, le sang haut en température.

Mon inquiétude fait enfler dangereusement ma colère. S'ils ne me laissent pas la rejoindre dans la seconde, je sens que l'un d'entre nous va vite se retrouver avec la mâchoire de travers. J'avance sur l'un des deux gorilles en armes, le torse bombé. Il me répond en miroir, la main sur le holster. La menace n'a rien de subtil, pourtant je maintiens ma position.

Elle a besoin de moi.

— Monsieur, si vous ne reculez pas, nous allons devoir vous y forcer.

Je plisse les paupières, laissant le détonnant mélange de colère et d'anxiété faire siffler ma bouilloire intérieure.

— Laissez-le passer ! hurle soudain l'inspecteur dans le dos des policiers.

Ils ne peuvent pas l'ignorer. Leurs regards s'entrecroisent comme s'ils pesaient le pour et le contre de contrevenir à un ordre direct d'une supérieure.

— Vous avez entendu, cette fois ? lâché-je, les poings serrés.

Le policier qui me fait face s'écarte de mauvaise grâce et je me glisse sous la rubalise en l'ignorant.

Une centaine de mètres me sépare de l'inspecteur. Je presse le pas. Mes tripes me disent que quelque chose ne s'est pas déroulé comme prévu dans ce centre commercial. Claire n'aurait jamais laissé son ex la porter comme une petite chose fragile si elle n'avait pas été sérieusement blessée.

J'aurais dû être à son côté. C'est mon rôle de la protéger !

— On a besoin de soins d'urgence, par ici ! crie Luc avant de retirer ses lunettes de visée et de les fourrer dans sa poche.

C'est bien ce que je pensais, Claire est blessée ! Par Freya ! S'il lui est arrivé quoi que ce soit, je ne me le pardonnerai pas !

Je passe à côté d'urgentistes, de pompiers et de membres de la Brigade Surnat' en train de prendre en charge un groupe d'adultes et d'enfants traumatisés. Ces expressions, seuls les survivants les portent. Ceux-là ont vu la mort de près. On les embobine de couvertures de survie avant de leur prodiguer les premiers soins. Les plus choqués sont directement amenés à l'arrière d'une camionnette. Sans doute le poste mobile de la cellule psychologique.

Je ne connais que trop bien les blessures psychologiques que peut causer la violence. À une époque, on se battait à l'épée et à la hache, mais une arme reste une arme et voir sa vie menacée par l'une d'entre elles, ça laisse une trace.

Je ralentis et m'approche de Claire à pas mesurés, ne souhaitant pas l'effrayer. Son visage est tourné en direction de l'entrée du complexe.

Un corps vient de passer les portes vitrées du centre dans une housse mortuaire. Le regard fixe de l'inspecteur se perd dans la contemplation morbide du sac et de la forme qui le remplit. Le corps qui s'y trouve n'est pas adulte, réalisé-je avec horreur. Il s'agit de celui d'un enfant. Et à voir Claire, l'œil hanté, la mine blafarde, les cernes noirs, le menton tremblant, je comprends qu'elle n'a pas réussi à le sauver et qu'elle se sent responsable. C'est une chose que j'admire chez elle : son empathie. Claire Defontaine porte un masque et une armure en permanence, mais c'est pour mieux protéger un cœur trop tendre.

Elle est sur le point de craquer, les pieds au bord du gouffre. Je fais un pas vers elle, mais Luc réagit le premier. Il se positionne entre Claire et l'enfant, occultant la montée du brancard dans un camion hospitalier. Lorsqu'elle relève la tête, des larmes tracent des lignes ondulantes sur ses joues. Le visage d'Habani est impassible, mais une lueur indéfinissable brille dans ses prunelles verdoyantes. Il ne s'est pas placé devant elle par hasard. Il tente de la préserver. Malgré une pointe de jalousie, je l'en remercie intérieurement.

Je m'accroupis près de Claire et lui prends les mains. Elle se tourne vers moi et mon cœur fait un bond tandis que je prends la mesure des dégâts. Du sang coule du côté de son visage, sa lèvre est enflée et son œil gauche est tuméfié. Je frotte ses doigts gelés, tant pour la réchauffer que pour me rassurer.

— Que s'est-il passé ? Vous êtes blessée ? demandé-je, une panique contenue dans la voix, les yeux rivés sur sa figure.

Un grognement masculin me répond.

— Vous en avez d'autres, des questions à la con ?

Je lâche les doigts de Claire, me relève, puis me tourne vers le capitaine Habani, les sourcils au garde-à-vous.

Luc carre les épaules, mais je fais une bonne demi-tête de plus que lui. Mon demi-sourire ne lui échappe pas et il ouvre la bouche. Au même instant, un infirmier se glisse souplement jusqu'à Claire et la prend en charge. Oubliant ce pour quoi nous nous affrontions, nous assistons avec une attention accrue à chacun de ses soins. Il évalue l'état de sa patiente, pare au plus pressé, entreprend d'accéder à la blessure qui lui perfore la hanche en coupant son legging à l'aide d'une paire de ciseaux d'urgence incurvés. La plaie lui barre la hanche sur cinq bons centimètres. Je ne serais pas étonné qu'un des IT l'ait propulsée contre un objet contondant lors de leur affrontement. Ma colère se réveille, je ne supporte pas de la voir dans un tel état.

— Pas de corps étrangers dans la plaie, annonce l'urgentiste, ses doigts gantés farfouillant sans douceur entre les deux lèvres de la blessure. L'entaille est nette. Il n'y aura pas besoin de suture, on va y aller aux strips.

L'inspecteur hoche vaguement la tête et se laisse faire, déconnectée. L'infirmier vérifie ensuite que le sang qui lui macule le visage ne provient pas d'une plaie profonde, lui applique une compresse de gaz stérile sur le front puis nettoie sa blessure avant de la panser.

— Ça n'aurait jamais dû arriver, lâché-je entre mes dents serrées.

Luc se contracte à mon côté. Visiblement il a pris ma remarque pour lui. Et même si je ne le blâmais pas lui, mais moi, sa réaction me satisfait : j'ai besoin d'un bouc émissaire.

— Qu'est-ce que vous avez foutu pour qu'elle se retrouve dans cet état, Habani ?

— Mêlez-vous de votre cul, démon ! Vous n'avez rien à foutre ici !

— J'ai tout à faire ici ! Claire est *ma* partenaire.

— Fermez vos grandes gueules ! crie l'inspecteur en usant de toute la force de ses poumons.

Nous sursautons de concert, puis pivotons vers elle. Claire a fait éclater la bulle d'apathie dans laquelle elle est s'était plongée. Elle se redresse, mais la main implacable de l'urgentiste la fait se rasseoir.

— Pas si vite, Speedy Gonzales, je n'en ai pas fini avec vous.

Il allume la petite lampe qu'il a en main pour venir passer le faisceau devant ses deux pupilles.

— Votre nom ?

Elle grommelle, mais se laisse faire.

— Defontaine.

— Complet.

— Claire Annette Sophie Defontaine, grogne-t-elle.

— Ce que vous avez mangé au réveil ?

— Jus d'orange pressé, pancakes, myrtilles et café au lait de riz, cannelle et sirop d'érable, énumère-t-elle au souvenir du plateau que je lui ai apporté au lit ce matin.

— Vos pupilles se dilatent correctement, fait l'urgentiste avant de regarder dans son nez et ses oreilles si du liquide cérébro-spinal n'en coule pas suite à la possible rupture de la membrane qui protège son cerveau. Pour le moment, je pense que vous n'avez pas de commotion cérébrale, mais il va falloir faire un scanner pour vérifier tout ça.

Claire hoche docilement la tête, puis grogne. Ce doit être un véritable concert de percussions sous son crâne.

— Tenez, avalez ça.

Elle remercie l'urgentiste d'un sourire las, puis avale les deux cachets blancs qu'il lui tend avec un gobelet en plastique. Lorsqu'il s'est éloigné, Luc fait un pas dans sa direction.

— Je t'emmène à l'hôpital.

— Non, Luc, je n'y vais pas. Nous avons des projets en suspens qui ne peuvent attendre. Et le fait qu'on se soit retrouvé au milieu une telle concentration d'IT au même endroit en fait quelque chose d'encore plus urgent.

Le regard noir qu'il me lance se passe de mots.

— Il n'y a pas moyen que je te laisse repartir avec lui dans cet état, Claire, tu m'entends ?

Le visage du commissaire Marc Lefèvre envahit notre champ de vision.

— Ça va, Defontaine ? T'as toujours ton cerveau, tes deux bras et tes deux jambes ?

— Ouais, mais plus rien entre.

Son chef grimace. Sans aucun doute, c'est ce qui se rapproche le plus d'un sourire compatissant.

— Si tu es en état, je vais avoir besoin de ton rapport… Je sais que tu es sur ta propre enquête, mais… l'administration me pousse au cul…

Tout ce à quoi l'inspecteur doit rêver en ce moment, c'est un bain brûlant saturé de produits moussants. Elle hoche néanmoins le menton, professionnelle jusqu'au bout du flingue.

— Je ne crois pas qu'elle soit en état de quoi que ce soit, avancé-je avant que les yeux rétrécis de Marc ne me dévisagent comme s'il venait de prendre conscience de ma présence.

— On ne vous demande pas votre avis.

— Je m'en charge, dit Luc tandis que nos trois paires d'yeux se tournent vers lui. Le démon a raison. Claire a besoin de se reposer. Je vais rédiger le rapport. Si j'ai besoin de précision, je lui ferai savoir.

Marc hésite. Juste une seconde.

— C'est bon pour moi, capitaine Habani. Suivez-moi.

Les yeux inquiets de Luc se posent sur Claire l'espace d'un bref instant. Dans son regard, je décèle combien il tient à elle. Il se penche sur le côté valide de son visage et lui dépose un baiser sur la joue.

— Je te rejoins chez lui dès que j'en ai terminé. Ne bougez pas de là-bas avant que je sois arrivé.

Elle acquiesce du menton.

L'inspecteur et moi, nous nous retrouvons subitement seuls à l'arrière de l'ambulance. Parfaite opposition à la cacophonie ambiante, un silence chargé s'installe entre nous. Puis, très vite, je le déchire.

— J'aurais dû être là, marmonné-je.

Elle dresse la tête, place ses mains entre ses cuisses, réprimant un frisson. Sans la consulter, j'ôte ma veste et la pose sur ses épaules. Si Habani a pu la transporter jusqu'ici comme un sac de graines sans froisser son féminisme, elle va devoir accepter ma sollicitude sans rechigner.

— Dites plutôt que Satan ne vous aurait jamais pardonné. Vous êtes là pour protéger son investissement, après tout.

À cet instant, la vérité me brûle les lèvres. Je pourrais lui dire, je devrais lui dire. Ce serait le moment parfait. Pourtant, je sais aussi que la vérité mettra fin à notre partenariat. Elle, dont le père a été roulé par le plus puissant des démons, sera à son tour roulée doucement, mais roulée malgré tout, par un démon moins puissant, mais tout aussi égoïste. C'est dans notre nature.

Je ne peux pas la perdre. Pas elle. Claire me fait me sentir vivant, utile. Elle appelle l'homme et chasse le démon.

— Si vous mourez avant la fin du temps imparti, votre âme échappera à Satan.

Elle ricane.

— Je sais donc ce qu'il me reste à faire si jamais nous échouons.

Je secoue la tête et mes boucles rousses sautillent autour de mon visage devenu mortellement sérieux.

— Si vous mouriez, inspecteur, vous n'appartiendriez ni au Ciel ni à l'Enfer, mais aux Limbes. Vous deviendriez une âme errante dont les souvenirs et la personnalité s'effaceraient peu à peu au fil des siècles, une pâle figure grise, dénuée d'émotions. Une âme entre deux Mondes. Un poltergeist. Je ne souhaite ce sort à personne. Et surtout pas à vous.

— De mieux en mieux… soupire-t-elle avant de changer de sujet. Avez-vous trouvé un moyen de nous faire entrer dans la salle des trésors d'Odin ? Nous devons vraiment savoir si le Narcisse y est toujours.

Je lui souris.

— Bien sûr. Je possède quelques contacts très utiles dans le panthéon scandinave. Mais est-ce bien raisonnable ? Vous devriez d'abord vous reposer et guérir un peu avant de…

La fin de ma phrase se perd dans la bouche de Claire.

J'ai beau fouiller dans ma mémoire, il ne me vient pas une seule fois où elle a initié ce genre d'échange. Mis à part lors de son rêve érotique, mais les humains ne s'embarrassent pas de scrupules dans leurs songes.

Ses bras se suspendent à ma nuque. Elle sent délicieusement bon derrière l'odeur âcre, mais loin d'être désagréable, de sa sueur mêlée de poudre et de sang. Mon corps fait le reste du chemin.

Son Atma caresse mes lèvres, glisse sur ma langue, coule dans ma gorge, réveillant l'incube. Mon monstre intérieur suit le fil de son énergie vitale en sens inverse puis se déverse lentement en elle. Il sait où aller, il a déjà goûté à son âme. Elle possède le goût délicieux du Bien. Même si derrière, là, tout au fond, je discerne une saveur plus amère. Celle que j'ai déposée la première fois…

Mon énergie détend ses muscles, réchauffe sa peau, recoud ses chairs. Je lui retransmets ce qu'elle m'a offert. Succubes et incubes confondus, nous sommes très peu nombreux à pouvoir guérir notre partenaire. Cela provient des raisons qui nous ont conduits à vendre notre âme. Plusieurs histoires, un même don.

Claire s'écarte. Ses doigts tâtonnent son visage où seuls subsistent des hématomes en train de jaunir. Avec des gestes mesurés, elle se lève. Sa hanche semble également être en meilleur état.

Elle me sourit et je comprends soudain qu'elle m'a utilisé pour se guérir. Malgré ma gorge sèche, je lui renvoie son sourire.

— Allons-y, nous avons une fleur à cueillir.

CHAPITRE 27

LES PORTES

JE RÉCUPÈRE MES AFFAIRES SOUS LA TENTE. Je n'ai pas le courage de remettre une tenue de civil et ma blessure à la hanche, malgré ma guérison express, me lance encore ; je reste donc en legging reprisé à l'épingle et débardeur, la veste que vient de me prêter Keziah jetée en travers de mes épaules.

Lorsque j'attrape mon portable, une notification brille en lettres de lumière sur l'écran noir. Un SMS de Luc. Il n'a pas perdu de temps.

« Je devrais avoir fini d'ici deux heures. Profites-en pour prendre un peu de repos. Je te rejoins quand j'ai fini. Ne t'avise pas de suivre une piste sans moi. Ne m'oblige pas à te foutre un nouveau traceur au cul. »

Luc devrait vraiment penser à donner des cours de « politesse, décorum et Cie » à la fac, il ferait un carton.

— Un problème ? s'enquiert Keziah à l'orée de la toile de tente.

Je me tourne vers lui, défronce les sourcils : je ne m'étais pas rendu compte que je faisais la moue.

— Luc veut qu'on l'attende.

— Je ne vais pas pouvoir emmener deux humains là où nous nous rendons.

— Oui, je m'en suis douté. Il va être furax.

— Il est toujours furax.

Je souffle par le nez. C'est un soupir profond, qui vient du fond de mon âme. Me passant le dos de la main sur le front, affligée, je reprends :

— Tant pis. De toute façon, nous n'avons pas le temps de l'attendre. Il va falloir qu'il me fasse confiance sur ce coup-là.

J'éteins mon téléphone. Un bon moyen d'ignorer mes problèmes… jusqu'au moment où ils viendront me grignoter les mollets.

Je dévisage Keziah, qui semble méditer. Il me fixe de cette façon particulière, celle qui voit bien au-delà de la fenêtre de mes yeux. Ses cils roux cillent plusieurs fois avant qu'il ne finisse par demander :

— Et vous, inspecteur ? Me faites-vous confiance ?

Je ne sais pas. J'en ai envie. J'ai terriblement besoin de savoir que mon binôme est une personne de confiance, solide, infaillible. Mais trop de portes cachées restent closes.

Ma réflexion n'a duré qu'une poignée de secondes, comme un film en accéléré. Pourtant, je vois déjà le sourire doux de Keziah s'effriter. J'ouvre la bouche pour m'expliquer, mais il chasse l'air entre nous d'une main.

— Non, ne répondez pas. Venez plutôt. Nous n'avons qu'une mince fenêtre de tir.

Mon corps encore faible me crie qu'il ne souhaite qu'une chose au monde : un bain et une bonne nuit de sommeil, mais je décide de l'ignorer. Je hoche la tête et il me tend la main.

Tandis que nous slalomons dans la circulation plutôt dense des retours de week-end, je sens la fatigue presser contre mes paupières. Je lutte un moment puis m'endors sur ce qui semble être des chants funéraires d'un autre âge. Décidément, les goûts musicaux de Keziah sont… hétéroclites.

Lorsque je suis réveillée brutalement par une main agitée, j'ai l'impression que seulement quelques secondes viennent de passer. Quelques secondes comme une éternité de cauchemars : le rire sardonique de Satan, mes jambes qui tentent de fuir à toute vitesse. Je cours au ralenti, de cette manière si caractéristique et frustrante, propre aux rêves, et il parvient à me rattraper, plonge sa main dans ma poitrine, en ressort mon cœur palpitant. La petite fille du centre commercial m'observe, sans ciller. Sa trachée est brisée. Un acte barbare et gratuit que je n'aurais pas réussi à éviter.

Sentant une déferlante de désespoir engloutir mon cœur et inonder mes yeux, je serre les dents, je ne veux plus pleurer. Je veux que mon corps et mon esprit, l'un des deux au moins, s'en sortent indemnes. Je ne peux plus laisser ce genre de chose me toucher à m'en paralyser, sans quoi, j'occuperai avant l'heure un lit à barreaux dans une jolie clinique aux murs peints en blanc. J'ai vu trop de flics craquer, à commencer par mon père.

Chassant mon mauvais rêve, je me redresse sur le siège. Les deux cachets que m'a fait avaler l'urgentiste font enfin effet, même si je me sens quand même comme un doudou dans une machine à laver en cycle long. Mais au moins, mon cerveau ne menace plus de me couler par les oreilles. Mes yeux sont gonflés de fatigue, ma tête pèse plus lourd qu'un cheval mort et je frissonne, malgré la veste de Keziah, dont la main repose sur mon épaule. Je sens la chaleur de sa paume sur ma peau, mais rien n'y fait, je suis frigorifiée. Et son regard voit avec bien trop de lucidité ce qui se passe en moi.

— Désolé de vous réveiller, inspecteur, mais on y est.

Je hoche la tête, l'esprit encombré et la bouche pâteuse.

— Vous êtes au courant que vous gémissez en dormant ?

Si je n'étais pas encore tout à fait réveillée, c'est chose faite. Grognant, je lance mon poing dans son épaule. Il recule légèrement afin d'éviter le plus gros de l'impact, puis ouvre la bouche, mais je le devance :

— Si vous me dites que c'est sûrement parce que j'ai rêvé de vous, je sors mon flingue.

Il se tait, mais ses yeux pétillent, et je comprends que son intervention était destinée à me détourner de mes sombres pensées. Je lui presse la main une seconde, reconnaissante, avant de reporter mon regard sur ce qui se trouve par-delà le pare-brise : le kiosque d'une station de lavage. Au guichet, tout ce que j'aperçois de notre interlocuteur, c'est un *comics* de *Superman vs Batman* et une mèche blond cendré qui me dit vaguement quelque chose.

— Un passage vers Asgard, lui lance Keziah.

La couverture s'affaisse soudain et un T-shirt Nirvana me fait face. Je retiens un hoquet de surprise devant le jeune homme aux yeux sans âge qui me sourit, le menton dans sa paume.

— Alors, cette convoc' chez l'vieux bouc, c'était comment ?

— Heimdall ? Mais vous n'êtes pas au magasin de DVD ? Enfin au portail. Euh… à l'entrée des Limbes. Merde ! À la Porte Entre les Mondes ? Bref… vous me comprenez.

— Cinq sur cinq. Pour faire court, je suis là où l'on a besoin de moi.

— Mais qui est au magasin, alors ?

— Moi, répond-il simplement comme si sa réponse allait de soi.

J'ouvre la bouche. Mon cerveau surchauffe. J'ai conscience que je dois ressembler à un poisson hors de l'eau, mais je n'arrive pas tout à fait à percuter ce qu'il vient de me dire. Un contrecoup du choc, peut-être ? Mes analgésiques ? Les deux ?

Les deux hommes me fixent comme une demeurée, un léger sourire au bord des lèvres. Heimdall me vient finalement en aide :

— Une distorsion dans le temps et les Mondes me permet d'être partout à la fois. Tant que l'on a besoin de moi, je suis là.

Oui, je saisis le concept, pourtant, j'ai du mal à assimiler ce qu'il signifie en termes de logique, de sens, de métaphysique. Imaginer de jeunes adultes blonds et blasés, portant des T-shirts Nirvana, Led Zep, AC/DC et *tutti quanti*, chargés de pouvoirs défiant l'entendement, et ce aux quatre coins de la ville, du monde et des Mondes, c'est trop pour un esprit hors tension.

— Comment croyez-vous que font le père Noël, saint Nicolas, Sinterklaas, le Père froid, et tous ces autres vieux joufflus pour distribuer autant de cadeaux aux enfants en une seule nuit ? Ils distordent le temps et l'espace. C'est un pouvoir rare, mais bien utile. Parfait pour un Gardien comme moi.

Doigts sur les tempes, je me fige. Est-ce que j'ai bien entendu ?

— Le père… Noël ?

D'un même mouvement, les deux hommes hochent le menton.

— Mon Dieu, n'en dites pas plus ou il faudra me foutre une camisole. Les démons, okay. Les anges, pourquoi pas. Les Gardiens qui tordent l'espace et le temps, je vais m'y faire, les êtres surnaturels, la base, mais le père Noël. Non. C'est trop.

— Alors, je vous souhaite bonne route ! répond Heimdall, ses yeux marron pétillants d'amusement. (Il tend des jetons à Keziah.) Une fois dans la machine, ne sortez pas les bras de la voiture si vous voulez atterrir avec.

Keziah prend ses jetons et avance jusqu'aux deux gros rouleaux bleus et blancs de la station de lavage. Un bras par la fenêtre, il les insère dans la petite machine à l'entrée. Une LED passe au vert et les rouleaux se mettent en branle, tournant sur eux-mêmes. Il relève la vitre puis place ses mains sur le volant. Après une secousse, la voiture se met à avancer toute seule, le tapis roulant sur lequel nous nous sommes arrêtés la tractant jusqu'à la gueule noire de la station sur le point de nous gober.

— Pourquoi est-ce que j'ai l'impression qu'on ne fait pas simplement un brin de toilette ?

Les rouleaux se rapprochent. C'est bête, mais mon cœur s'accélère à mesure que la bouche noire nous avale peu à peu.

Un frisson court le long de mon échine. J'agrippe le cuir de mon siège.

Non, nous n'allons pas simplement faire un brin de toilette.

Les poils en microfibre glissent sur la carrosserie bleue, un jet d'eau savonneuse s'abat sur le pare-brise, nous coupant le peu de visibilité que nous avions. Je ne distingue bientôt plus que des rafales d'eau, un voile de mousse, d'autres trombes, puis des bourrasques sèchent enfin la carrosserie.

Mon estomac se tord et se renverse. Je connais cette sensation.

Un aveuglant rayon de soleil me fait soudain larmoyer et nous atterrissons *ailleurs*.

Keziah prend les devants et sort de la voiture. Il m'ouvre et je m'en extirpe laborieusement à mon tour. Je suis sur le point de parler quand il pose un doigt sur mes lèvres. Puis, de ce même doigt, pointe le ciel.

Je redresse la tête.

Des cochons qui volent. L'un des spectacles les plus étranges qu'il m'a été donné d'observer.

Dans un ciel limpide et sans tache, des cochons aux ailes de papillon iridescentes virevoltent par groupes de deux ou trois. D'autres, leurs belles ailes repliées sur leur cuir rosé, se contentent de fouiller la terre de leur groin à la recherche d'insectes ou de glands, posant un regard désintéressé sur leurs contemporains aériens.

Un doigt sous le menton me referme doucement la bouche. Je croise le regard de Keziah. Son index s'attarde sur ma mâchoire, soulignant sa courbe.

— Ils sont en pleine saison des amours, murmure-t-il, avant de se taire, me laissant admirer l'étrange phénomène presque aussi beau qu'il semble ridicule.

Je contemple ce ballet volant encore quelques secondes, adossée à l'Alpine, avant de froncer les sourcils.

— Vous venez de me piéger.

Keziah hausse nonchalamment les épaules, mais ses yeux parlent d'eux-mêmes.

« Je vous ferai confiance lorsque les cochons voleront ! »

Ce sont mes propres mots. J'aurais dû me douter qu'il réussirait à retourner mes paroles contre moi. Pourtant, je ne lui en veux pas. Le spectacle m'apaise. Je ne sens plus mes multiples contusions, mon cœur semble aussi moins lourd.

Keziah s'approche de moi, me prenant les mains.

— Je voulais vous donner quelques instants de répit avant d'entrer chez Odin. Et vous montrer un peu de moi.

Il sourit, je m'exclame :

— Alors, j'avais raison, vous êtes l'un de ces barbares venus du Nord pour envahir les côtes européennes !

Il s'adosse à sa voiture, son bras frôlant le mien. Il semble fouiller dans sa mémoire.

— Je suis né au xe siècle dans ce qu'on appelle aujourd'hui la Suède. Les hommes de mon clan étaient marchands ou pirates à leurs heures. Nous étions des soldats d'élite, forgés dans le feu de la guerre, nés dans le sang des conquêtes. J'étais un Varègue, un mercenaire de la garde rapprochée de l'empereur byzantin.

Férue d'histoire, je ne peux m'empêcher d'intervenir :

— Byzance ? Mais ça se situe trop à l'est, non ? Les raids vikings ne se contentaient-ils pas de l'Angleterre et des côtes françaises ?

— Non. Ces Vikings-là sont plutôt danois ou norvégiens. Mais l'expansion viking est même allée jusqu'au Groenland et au nord de l'Amérique. Pour cette dernière, ce ne sont que des spéculations, je n'y étais pas.

Keziah se détache de la carrosserie bleue et me tend une main.

— Venez, le paysage est magnifique dans la plaine. Marchons un peu.

Ma blessure à la hanche tiraille lorsque je fais mon premier pas, mais la promesse d'une balade mythologique brodée sur la toile des souvenirs d'un guerrier millénaire a raison de ma petite forme. J'attrape sa main et nous glissons de quelques foulées dans l'herbe haute.

— Pour reprendre, nous étions d'excellents gardes du corps, loyaux et détachés des intrigues de cour ; nos tempéraments de guerriers ne s'intéressaient pas aux subtilités de la politique. Nous étions bouffis d'orgueil de servir l'empereur de Mikligard, dite « la grande cité ». J'ai passé trois ans dans la garde rapprochée de l'empereur Basile II, dit le « tueur de Bulgares ». J'y suis tombé amoureux.

— Laissez-moi deviner. De l'une des jolies filles de l'empereur totalement inaccessibles pour un simple mercenaire ? raillé-je.

— De l'empereur.

Je reste sans voix et il en profite pour reprendre, plongé dans de lointains souvenirs. Des images que je peux presque distinguer, toucher du bout des doigts tant son ton grave et imprégné leur donne vie.

— Basile a créé la garde varègue, constituée uniquement d'hommes de Suède, afin de défaire l'un de ses adversaires au trône. C'était un grand empereur, l'un des plus marquants de l'histoire byzantine. Quand d'autres étaient vus comme des intellectuels, lui passait la majorité de son temps avec ses hommes et son armée. Pour autant, cela ne l'empêchait pas d'être fin politique et féroce tacticien.

— Vous avez vendu votre âme pour lui ? demandé-je alors que je sens déjà venir l'affirmation.

Il hoche la tête. La brise joue entre les vagues de sa chevelure comme un banc de dauphins, charriant entre nous un parfum d'herbe fraîche et de chaleur printanière. Instinctivement, nous nous sommes dirigés vers l'impressionnante stature du seul arbre qui perfore la plaine. Sa masse s'élargit à vue d'œil.

— J'ai été élevé entre deux religions, mes dieux polythéistes et le Dieu unique. Il y avait donc beaucoup d'oreilles tendues lorsque mes suppliques ont fendu les Cieux. Nous venions d'essuyer une embuscade, Basile se vidait de son sang dans mes bras. J'ai supplié, de tout mon cœur et de toute mon âme, qu'il ne meure pas. Pas maintenant, alors que j'avais tu jusqu'alors mes sentiments. L'homosexualité n'était plus sanctionnée : ni par castration ni par crémation. Les mœurs étaient plus souples. Elle n'était pas pour autant encouragée. Je me souviendrai toujours de sa paume sur mon visage lorsque je lui ai soufflé ces mots. Je sens encore son sang poisser et colorer ma joue. Dans ses yeux brûlants de fièvre, j'ai compris qu'il m'aimait aussi. Puis un homme est apparu, vêtu d'une longue robe blanche. Il m'a promis que Basile vivrait si je lui offrais mon âme en échange. C'est ce que j'ai fait. Par amour et sans réfléchir aux conséquences.

— Vous regrettez ?

Sa bouche se tord.

— Pas de lui avoir sauvé la vie, non. Lorsqu'il s'est réveillé après des jours de fièvre – un miracle écrivit-on –, j'avais disparu. Mon souvenir a persisté. Il ne s'est jamais marié, n'a eu aucune descendance. Les historiens pensent qu'il était un homme constamment en campagne militaire et obsédé par les complots et les assassinats. Il aurait voulu s'épargner la peine de voir mourir sa famille. J'aime à penser que c'est pour moi.

Keziah s'interrompt. Il est arrivé à la fin de son histoire. Un climat de profonde nostalgie plane entre nous. Je sens sa peine, me racle la gorge, les yeux rivés sur l'un des cochons fouisseurs. Peut-être que si je détourne la conversation… ?

— Pourquoi des cochons volants ? Ce ne sont pas censés être des chats ? Ceux de la déesse Friigg, je crois ?

— Freyja, me corrige-t-il.

— Oui, les chats volants de la déesse Freyja, qui tirent son char ?

— Vous en savez des choses sur les mythes nordiques.

— J'ai regardé tous les *Avengers*, rétorqué-je avec un demi-sourire teinté d'une fausse modestie.

En réalité, de tous les livres consultés suite à la lettre de mon père, la mythologie scandinave a toujours été ma préférée.

Keziah rit de bon cœur avant de prendre un ton plus académique.

— L'un des attributs de Freyja est la truie. Nous sommes près de sa demeure, Sessrúmnir, c'est pour cela que vous pouvez les voir ici.

Keziah s'est arrêté et je me rends compte que le soleil qui nous a chaperonnés silencieusement pendant toute notre conversation est masqué par les branches du plus bel arbre qu'il m'a été donné de voir.

De puissantes et épaisses racines vrillent la terre sur une centaine de mètres de diamètre, faisant jaillir du sol labouré des pierres runiques, comme la mémoire d'un autre temps. Le tronc noueux est bien fait d'écorce, mais ses branches semblent avoir été taillées dans du verre coloré ou, plus raisonnablement, des pierres précieuses. Chacune de ses ramifications – j'en compte neuf – possède une nuance différente : vert émeraude, jaune citrine, rouge rubis, bleu saphir, blanc diamant, violet améthyste, rose grenat, noir tourmaline, orange ambre. La lumière du jour pare la ramure de mille éclats galants qui s'étalent en parure sur la plaine, comme un bijou sur la gorge d'une femme.

Éblouie, j'esquisse un pas afin de m'enivrer de ce spectacle, mais Keziah me retient en secouant la tête.

— Les gardiennes possèdent un goût prononcé pour la chair humaine. Je préfère vous garder pour moi seul, si vous voulez bien.

— C'est ce que je crois ?

— Si vous pensez à l'Arbre-Monde, gagné ! Je vous présente, Yggdrasill, inspecteur.

J'ai du mal à me détacher de cette vision majestueuse et tente, d'un seul coup d'œil, de m'imprégner de chaque détail.

— Chacune des ramifications représente un Monde, c'est bien ça ?

Il hoche le menton avant de préciser :

— Yggdrasill porte les différents Mondes sur ses branches. Il en est l'un des ponts. Mais c'est étrange… murmure Keziah après quelques secondes.

— Quoi ?

— La ramification de Midgard semble… malade. (Il tend son bras et me désigne les branches émeraude.) Vous voyez ? Toute cette partie est affaissée. Elle touche presque le sol comme si elle allait se détacher de l'arbre.

— Vous pensez que c'est dû à quoi ?

— Aucune idée, mais nous devrions revenir sur nos pas. Nous avons perdu assez de temps.

Je hoche le menton et nous faisons demi-tour. Je n'avais pas pris conscience du long chemin parcouru jusqu'à ce que de la sueur, poussée par l'effort, commence à perler dans mon dos. Lorsque enfin l'Alpine nous lance son éclat bleuté, je lâche un soupir soulagé.

La grille d'or et de pierres précieuses qui miroite à une dizaine de mètres de la voiture me fait revenir sur notre précédente conversation.

— Elle mène à Sessrúmnir ? demandé-je en la pointant du menton.

— Non, ça, ce sont les portes du Valhalla, fait Keziah avec une mélancolie dans la voix qui ne m'échappe pas. Elles me sont fermées.

— Parce que vous n'êtes plus en possession de votre âme ?

Il hoche la tête puis s'ébroue.

— Venez. Nous devons nous annoncer.

Nous nous dirigeons vers la grille lorsque la silhouette d'une femme se détache de l'ombre d'un pommier, sa chevelure d'un blond incandescent ondule dans son dos comme l'étendard d'un porte-drapeau. Un anneau d'or enserre son front pâle et elle porte une longue tunique de coton aux manches évasées tenue à la taille par une large ceinture de cuir. Ses pieds sont nus, mais son cou est orné d'un lourd collier en or serti d'une pierre d'ambre. Deux chats plus gros que des moutons ondulent dans ses jambes, se frottant à elle dans un concert de ronronnements à faire rougir un motoculteur.

Elle s'avance, un sourire intrigué au bord des lèvres. Ses prunelles bleues glissent de Keziah à moi, en passant par la voiture qui semble désormais monstrueusement déplacée dans le décor, puis reviennent sur mon compagnon.

— Kolfinn Oddvarsson, que fait donc un enfant de Lilith, renégat à ses dieux, entre les portes du Valhalla et de Fólkvangr ?

Il se détache de l'Alpine et incline la tête dans un salut respectueux.

— J'éduque la nouvelle génération, déesse Freyja.

CHAPITRE 28

LE VALHALLA

— J'ai entendu parler de toi, Claire Defontaine.

Face à la déesse, je me sens fragile et minuscule. Pourtant, je me suis battue toute ma carrière pour ne pas être considérée par mes pairs comme l'un et suis définitivement trop grande pour être l'autre. Mais le regard que Freyja pose désormais sur moi, pourtant loin de l'animosité ou de la menace, me fait courir un frisson glacé le long de la colonne. Je carre les épaules, réprimant ma soudaine envie de me mettre à quatre pattes pour fouiller la terre avec mon nez, comme les cochons qui nous entourent. Ça ferait mauvais genre.

Freyja jette un regard de biais à Keziah qui n'a plus bougé depuis notre rencontre.

— Kolfinn Oddvarsson, lance-t-elle dans un demi-sourire.

Alors, c'est ainsi que s'appelait Keziah lorsqu'il était encore humain ? Du moins, c'est ce que je comprends puisque la seule mention du patronyme tend ses muscles comme une corde de guitare. Je peux presque sentir sa tension de là où je me tiens.

— C'est Keziah, maintenant. Juste Keziah.

La déesse semble réfléchir, ses lèvres remuent doucement, faisant rouler les syllabes sur sa langue, comme un bonbon dont elle tenterait de découvrir la saveur exotique puis d'en savourer lentement chaque variation.

— Keziah, répète Freyja. Tu l'as bien choisi. Cela te sied à merveille, mon bel enfant. C'est le nom que Job a donné à sa seconde fille. Le nom hébreu de la casse aromatique utilisée dans l'huile d'onction sainte. C'est un parfum à part, rare et réservé à ce qui est saint. Un parfum que les chrétiens reçoivent et qui émane d'eux lorsqu'ils recherchent Dieu dans leurs vies. N'est-ce pas cocasse pour un démon qui s'est détourné de son panthéon ?

— J'ai toujours eu le sens de l'humour.

Freyja rit par-dessus son épaule, qu'elle hausse avec nonchalance, puis son regard s'ombre.

— Je suppose que vous avez une raison valable de vous tenir sur mes terres sans être annoncés ?

Je m'avance, le cœur battant.

— Si vous connaissez mon nom, vous savez ce qui m'envoie, balbutié-je avec plus d'assurance que je n'en possède.

Un sourcil blond froisse le front de la déesse.

— Votre enquête vous mène à *ma* porte ? s'étonne-t-elle. Devrais-je donc appeler mon… comment dites-vous à *Miðgarðr* ? … avocat ?

Je secoue la tête.

— Nous sommes ici dans un but précis qui n'a rien à voir avec vous, la rassuré-je, bien que je sois celle avec les genoux en castagnettes.

— Je t'écoute.

Je dois me lancer. Je n'ai plus le temps de faire dans la dentelle ou la discrétion. Non pas que ça ait jamais été un de mes points forts.

— Nous devons entrer dans la salle aux trésors d'Odin afin de vérifier si l'une de ses reliques y est toujours. Ou pas, comme je le pense.

— Laquelle est-ce ?

Dois-je le lui dévoiler ?

Je cherche le soutien de Keziah d'un regard en biais. Il acquiesce.

— Le Narcisse.

— Le jeune homme grec transformé en fleur ? Pour quel motif ?

— Nous avons de bonnes raisons de penser que la magie dégénérative qui touche les humains et se répand désormais sur les Surnat' a été créée à partir du Narcisse originel.

Un long instant, Freyja, mutine, gratte la tête de l'un de ses chats. La plaine s'occupe d'habiter le silence de ses battements d'ailes, de ses chants d'oiseaux, de l'écho de ses rires lointains. Puis, comme si elle sortait d'un long sommeil, elle s'ébroue.

— Mon mari garde jalousement ses trésors, répond-elle, pensive. Nul n'a le droit de pénétrer dans cette salle.

La frustration me fait serrer les poings.

— Si vous voulez me peloter en échange d'un laissez-passer, je vous laisserai faire !

Freyja hausse un sourcil, puis ses yeux questionnent Keziah à mon côté.

— De quoi parle-t-elle ?

Sa bouche se tord dans une grimace désolée.

— C'est une longue histoire, déesse Freyja. Mais ce que dit ma partenaire est vrai. Elle doit seulement pénétrer dans la salle. Cela ne prendra que quelques instants.

— Pourquoi vous laisserais-je faire, au risque de courroucer mon époux ?

Keziah écarte l'un des pans de la veste en cuir qu'il m'a glissée sur les épaules dans l'ambulance et en ressort un petit objet dont seul l'éclat me parvient avant qu'il ne se détourne vers Freyja. Je tente de me pencher afin d'y voir plus clair, mais ses épaules me bouchent la vue.

Il s'avance vers la déesse. Ses pas sont lents, sa posture presque révérencieuse. On sent que même s'il s'est détourné de ses dieux, il y a plus de mille ans, il n'en reste pas moins profondément marqué par ses traditions et anciennes croyances. Aussi douloureux soient les souvenirs de sa vie terrestre, cet endroit réveille sa mémoire endormie, le faisant revenir à son « lui » mortel, comme si les siècles passés dans sa peau de démon venaient tout à coup de s'effacer.

Ce lieu, c'est sa madeleine de Proust.

Freyja jette un coup d'œil étonné à l'objet, puis sa figure s'illumine d'envie. Elle tend la main.

— Comment as-tu fait ?

Keziah referme le poing.

— Laissez-moi attendre ici si vous ne voulez pas de moi par-delà vos portes. Je comprendrai : je n'y ai pas ma place. Mais l'inspecteur aura autant de temps qu'elle le souhaite dans la demeure d'Odin.

Un long moment, elle nous observe tous les deux, puis ses fines épaules tressautent.

— Puisque mon mari est parti en chasse, ce qu'il ignore ne peut lui nuire, je vous accorde trente minutes.

— Deux heures.

— Quarante-cinq minutes.

L'objet entame un retour vers la poche de Keziah.

— Bien. Une heure, l'arrête-t-elle. C'est ma dernière offre, Kolfinn.

Keziah ouvre les doigts et l'objet plonge presque immédiatement entre les plis de la robe de la déesse avant que ma curiosité ait pu être satisfaite. Qu'a bien pu lui offrir mon démon de coéquipier pour la décider ?

Je garde mes interrogations dans le coin de ma tête pour un « plus tard » moins encombré.

J'ai la sensation que l'on vient de retirer de mes épaules le poids du monde tel un Atlas libéré de son labeur. Je me fends en révérences et remerciements, que la déesse accueille humblement d'un gracieux mouvement de tête.

— Kolfinn… Keziah, se corrige-t-elle, pour une heure, pas une minute de plus, je t'accorde le droit de fouler le sol sacré du Valhalla.

Il hoche la tête et je m'avance. J'ai une autre question pour la déesse.

— Est-ce que par hasard, vous seriez membre du Conseil Céleste ?

— Non. Je ne m'intéresse pas à ces choses-là.

Ma figure s'affaisse.

— Mais je peux te mener à l'un de ses membres. En revanche, ça ne va pas être facile. Ça va demander du temps et des ressources…

Encore une fois – je commence à avoir l'habitude de traiter avec les supernovae des Surnat' – je sens que je ne vais pas quitter cet entretien sans vendre un bout de moi. Ma vie est un putain de marché aux poissons. L'esturgeon ? Mon âme.

— Que voulez-vous ? demandé-je, devançant Freyja.

Elle esquisse un sourire.

— Une faveur future.

— C'est un peu vague…

— Bien entendu.

Je garde le silence un instant, repensant à ma famille et aux quelques heures d'accalmie que j'ai passées avec eux. S'il leur arrivait malheur…

— Accordé.

Freyja approche sa main, paume à la verticale, et je comprends que je dois l'imiter afin de sceller notre accord. Lorsque nos peaux se touchent, un léger souffle soulève ma chevelure, puis l'instant passe comme une pluie d'étoiles. Aussi vite qu'il est arrivé.

— Maintenant, venez.

Sans attendre de réponse, Freyja se met en route, ses deux immenses chats à sa suite l'accompagnent dans un concert de ronronnements. Ses longs cheveux blonds sont piqués de boutons de roses et de pâquerettes qui dévalent la cascade soyeuse lorsqu'elle marche et ensemencent l'étendue d'herbe à ses pieds, faisant pousser dans son sillage un étroit chemin de fleurs.

Je fais face à Keziah, qui claque la porte de sa précieuse Alpine, puis je pose une main délicate sur son avant-bras. Il s'immobilise. Je cherche son regard, mais ses yeux fuyants refusent de s'accrocher aux miens.

— Keziah, vous allez bien ? lui demandé-je d'une voix douce.

Il fixe encore un instant un point derrière moi avant de finalement me regarder. Dans ses prunelles turquoise, je lis de la lassitude et du chagrin. Malgré tout, la commissure de ses lèvres se soulève sur un vague sourire.

— Je n'en suis pas sûr. C'est cet endroit. Ça réveille trop de souvenirs. Je n'aurais pas dû…

Je glisse ma main dans la sienne, il se tait.

— L'objet que vous avez remis à Freyja. Qu'est-ce que c'était ?

Une ombre s'allonge sur son visage, mais il me répond néanmoins.

— Un souvenir de ma mère.

Pourquoi est-ce qu'une déesse serait intéressée par une possession humaine ?

J'ouvre la bouche, il parle à ma place :

— Si vous voulez bien, je préfère ne pas en discuter ici. Plus tard, peut-être.

Je n'ai jamais vu quelqu'un vivre si profondément dans le passé. Keziah est constamment drapé du linceul de ses morts. Il marche dans leurs pas, respire leur mémoire. Je ne le comprends que trop bien. Pourtant, lorsque je me regarde en miroir à travers lui, je sais que nous avons tort, tous les deux. Aussi difficile que cela puisse être, nous devons les laisser partir, détacher le boulet vissé à notre cheville avant qu'il ne nous emmène par le fond.

J'aimerais lui dire tout ça, je me contente d'un mot :

— Merci.

Il descelle ses lèvres, mais je secoue la tête.

Je ne suis pas quelqu'un d'expansif et s'il me coupe, si je ne lui dis pas tout de suite et d'une traite, je n'aurai plus le courage de lui ouvrir mon cœur. Alors je me lance, encouragée par son regard turquoise :

— Merci. Pour tout. Je sais combien ça doit vous coûter d'être ici et de m'aider dans mon enquête alors que Satan vous a promis votre liberté. Les quelques heures que j'ai pu passer avec ma famille n'avaient pas de prix. Et je vous les dois. Je ne pourrai jamais vous rendre ce que vous m'offrez aujourd'hui, je le sais, mais sachez qu'il n'est plus question de cochons volants ou de poules avec des dents. Vous êtes mon coéquipier. Et à la BMS, comme dans tous les services de protection des civils, ça signifie que je remettrai ma vie entre vos mains. Vous êtes peut-être un démon, Keziah, mais je connais des humains avec bien moins d'âme que vous.

Il se penche, dépose un baiser léger sur ma pommette.

C'est le contact le plus chaste que nous avons échangé depuis notre rencontre, et pourtant, je me sens plus bouleversée par cet effleurement que par la panoplie érotique déroulée jusqu'ici.

Lorsqu'il s'écarte de moi, c'est pour verrouiller son Alpine. À quelques mètres de nous, Freyja, accroupie, caresse le pelage soyeux de l'un de ses chats, et nous observe avec une expression indescriptible. Ses sourcils sont plissés, ses yeux impassibles, mais l'ombre d'un sourire flotte sur sa bouche pleine. Sans un mot, elle se redresse, replace les volants de sa longue tunique, se retourne pour se diriger vers la porte d'or, sertie de pierres précieuses.

Du bout des doigts, Freyja effleure le métal. Dans un cliquetis, les grilles s'ouvrent sur un paysage bucolique.

Si l'on m'avait demandé à cet instant ce qui, pour moi, représentait le mieux un conte de fées, j'aurais désigné l'apparition au-delà du portail.

Devant moi s'étend une vallée herbeuse qui ondule et grimpe avec paresse jusqu'à l'aplomb d'une falaise vertigineuse où un palais aux toits platinés brille devant la boule iridescente d'un soleil de fin d'après-midi. Des bosquets touffus grignotent l'étendue verte, créant dans ce paysage bucolique des recoins secrets d'où s'échappent des rires et des cris joyeux.

Deux femmes nues se baignent sous la cascade d'un lac cristallin, leurs cheveux tressés se répandant à la surface de l'eau comme des fleurs de lotus dorées.

Des tables dressées jalonnent la plaine, promettant faste et abondance à ceux qui s'y arrêtent, le temps de se restaurer.

Des hommes et des femmes, torses nus, s'entraînent à l'épée ou à mains nues tandis que d'autres, étendus sur l'herbe, les regardent ou écoutent des musiciens.

La petite route pavée que nous empruntons sillonne le Valhalla sur des centaines de mètres jusqu'à Gladsheim, le palais perché d'Odin, si bien que je ne peux m'empêcher de penser que nous n'arriverons jamais en haut avant la fin de la journée.

Puis je fais un pas, propulsée en avant.

Et je me retrouve brusquement le nez à moins de dix centimètres d'un monumental genou.

Je dresse le menton, lorsqu'on me tire en arrière. Puis la voix de Keziah raille dans mon oreille :

— Les jötnar n'aiment pas que l'on regarde sous leur tunique. Surtout que celui-ci ne porte pas de sous-vêtement et que vous ne voulez pas être marquée à vie par ce que vous pourriez y trouver.

Je lève les yeux, avec précaution cette fois, jusqu'au tranchant d'une hache plus grande que moi, posée sur une épaule qui culmine à six ou huit mètres de hauteur. Je déglutis puis recule un peu plus, me plaquant contre Keziah. Mais le géant ne fait pas attention à moi. Il s'efface devant la déesse et appose l'un de ses battoirs contre le métal de la monstrueuse porte qu'il garde. Ce dernier se met à onduler comme si des ridules venaient cercler la surface d'un lac puis Freyja et ses deux chats passent au travers.

Y a pas à dire, le système de sécurité est à la pointe.

Après avoir été encouragée par Keziah d'une légère poussée dans le bas du dos, je passe à mon tour au travers de la porte. Je n'ai pas le temps de détailler la cour pavée dans laquelle je viens d'atterrir que la déesse a déjà disparu derrière une nouvelle porte. Keziah et moi la rattrapons en trottinant.

J'aimerais m'extasier devant les riches tapisseries, les vases précieux, les sculptures colossales, les tableaux de maîtres, les tapis de soie, l'or, le marbre, la vaisselle, le mobilier, les bouquets de fleurs, les arbres fruitiers, mais le rythme de Freyja ne me le permet pas et bientôt, après un nombre incroyable de couloirs, de tournants et d'escaliers, nous débouchons sur une arcade donnant sur la fameuse salle des trésors.

— Il n'y a pas de porte ? Je croyais qu'Odin tenait à ses trésors comme à la prunelle de son œil ?

Keziah rit.

— Serait-ce de l'humour, inspecteur ?

— Seulement de la fatigue.

Il me sourit.

— C'est bientôt fini. Et pour répondre à votre question : le géant armé jusqu'aux dents à l'entrée fait office de verrou.

Nous passons sous l'arcade et nous retrouvons au milieu des trésors d'Odin.

— Mon époux est un collectionneur compulsif, nous informe Freyja en se lovant sur une banquette. Tout ce qui semble être de valeur, il le stocke ici. D'après moi, ce n'est qu'un monticule d'immondices, mais ça lui fait plaisir.

Elle semble en partie avoir raison. Entre les pièces d'or de tous les âges, les pierres précieuses, les calices, les armes de parade, les tissus chatoyants, les épices, les vases peints, la vaisselle de porcelaine, les lustres de cristal, on trouve également d'anciens postes de télévision cathodique, des cuillères en plastique, des capsules de bière, des dés à coudre, des coquillages, des plumes multicolores ou encore…

Je m'arrête net dans ma fouille, qui tient plus du travail de l'éboueur que de l'archéologue : quelque chose vient de trompeter doucement juste à côté de moi. Est-ce que le dieu des dieux scandinaves entrepose des choses vivantes ici ? Ma curiosité me pousse à m'approcher d'un cube recouvert d'une couverture satinée. Le cœur battant, je soulève légèrement le drap pour dévoiler la grille d'une cage dorée. Son occupant couine de terreur. Je me penche afin de jeter un œil au fond de la cage et ce que j'y vois me fait écarquiller les paupières.

Chimère. C'est le mot qui me vient à l'esprit afin de décrire l'étrange créature prostrée qui me dévisage de ses yeux brillants. La bête fait la taille d'un petit chien et semble en avoir le corps. À la différence que sa fourrure est tachetée à la manière des léopards. Une trompe et des défenses ornent son étrange faciès, tandis que ses pattes aux coussinets roses grattent le sol de la cage.

Je me redresse pour contempler le sourire serein de Keziah qui m'observe.

— Inspecteur, voici un baku. Notre petit ami est un mangeur de mauvais rêves. C'est une chimère japonaise. Ils sont extrêmement rares. Il n'en reste qu'une poignée à travers les Mondes.

— Pourquoi le garder ici, dans une cage ? Il va mourir de faim.

Keziah hausse les épaules, peu concerné.

— Je l'ignore, mais nous avons autre chose à faire. Cherchons le Narcisse.

Il se détourne et reprend sa fouille. De mon côté, je vérifie que Freyja est occupée ailleurs et déverrouille la cage en toute discrétion. Le petit être me regarde faire en tremblant comme si j'allais m'en servir en guise de viande à kebab.

— Quand nous serons partis, profites-en pour t'échapper, lui chuchoté-je d'une voix douce. Personne ne devrait pouvoir garder un être vivant en cage. Tu es libre, camarade.

Satisfaite, je m'éloigne et m'adresse à Freyja, toujours étendue sur sa banquette.

— Savez-vous où le Narcisse est entreposé ?

Elle me désigne un piédestal de la main. Je contiens mon excitation derrière un masque professionnel puis avance pour découvrir un emplacement vide.

— Vous êtes certaine qu'il devrait se trouver là ?

Elle acquiesce tandis que Keziah s'approche.

— Est-ce que quelqu'un a eu accès à cette salle ?

— Je vous l'ai dit : personne ne pénètre ici.

— Vous mentez.

Freyja se redresse brusquement. Son visage n'est plus aussi doux et avenant qu'une seconde auparavant. Je déglutis. *Merde*.

— Que me reprochez-vous ?

— De nous cacher qui vous avez fait…

Je m'arrête, les yeux rivés au sol. Au pied de la colonne se trouve une petite fleur blanche fanée. Ce n'est pas un narcisse. Je me penche et la ramasse avant de la placer sous mon nez.

Amande.

Je me jette presque sur Keziah et lui fourre la fleur entre les mains.

— Qui porte toujours un léger parfum d'amande ? Qui a fait peindre de monumentaux amandiers sur la fresque qui orne la façade de son club ? Qui s'en entoure dans ses rêves parce qu'ils lui rappellent son passé ?

— Ses rêves ?

— Une longue histoire, éludé-je.

— Donc c'est bien Lilith, grimace Keziah tout bas.

Je me tourne vers la déesse scandinave.

— Merci, déesse Freyja. Nous avons tout ce qu'il nous faut. Pouvez-vous contacter au plus vite ce membre du Conseil Céleste, comme promis ? J'ai des informations de la plus haute importance à lui transmettre.

Elle dresse sa belle silhouette.

— Suivez-moi dans ma demeure. Cela ne prendra que quelques minutes.

Un doute m'assaille.

— Quelques minutes ici, rétorqué-je, suspicieuse.

On m'a déjà fait le coup une fois. Et je ne fais plus confiance à personne sur ces choses-là.

— Ne vous en faites pas. Le temps ici est identique à celui qui passe sur *Miðgarðr*.

Keziah appuie la déclaration de la déesse d'un hochement du menton. Je plonge la fleur dans ma poche.

Nous rebroussons donc chemin jusqu'à nous retrouver cette fois devant le second portail monumental paré d'or blanc et incrusté d'une myriade de diamants noirs. J'ai l'impression de me tenir devant un ciel étoilé, mais inversé.

La déesse caresse l'ambre de son collier d'or d'une main distraite, désignant le portail de l'autre.

— Vous aimez ? C'est le cadeau de quatre amis forgerons. Une fois encore, ils n'ont pas su résister à mes charmes. (Elle glisse un rapide coup d'œil à Keziah, puis me murmure :) Mais vous savez ce que c'est, n'est-ce pas ?

Ne sachant que répondre, je fronce les sourcils. Freyja s'en contente et nous pénétrons au Fólkvangr. Il est en tout point identique au Valhalla avec ses guerriers et ses épicuriens. Après un bond jusqu'au palais de Freyja, quelques couloirs et un escalier interminable, nous pénétrons tous les trois dans un salon circulaire.

La vaste pièce possède pour seul mur une colonnade. Je suis caressée par une brise douce et parfumée qui charrie les embruns de la mer et un parfum capiteux d'épices. La vue est à couper le souffle. Rien n'empêche le regard de se poser à des centaines de mètres, sur l'horizon, là où le ciel rencontre la mer. Mais ce qui me bouleverse un peu plus, c'est l'homme assis au centre de la salle, devant une table d'échecs. À notre entrée, il lève le menton, l'air concentré.

Je n'ai jamais vu un homme plus beau que celui qui me fixe à l'instant de ses yeux d'or en fusion. De fins cheveux noirs balayent son visage pâle aux traits anguleux et ciselés. Sa peau semble irradier de sa propre lumière comme s'il brillait de l'intérieur. Son torse est moulé dans une chemise blanche dont les manches sont retroussées sur une peau imberbe. Mais plus que tout, ce sont ses ailes qui me soufflent. Passées par-dessus le dossier de son fauteuil, elles coulent dans son dos et jusqu'au sol comme une cascade soyeuse. Les petites plumes à la jointure de ses omoplates sont d'un blanc immaculé et se teintent, au centre, du même or que ses iris noyés. Elles foncent à mesure qu'elles grandissent pour se teindre en noir à l'extrémité des ailes.

Le menton posé sur son poing fermé, il me sourit.

Les deux chats de Freyja s'éloignent de leur maîtresse en ronronnant et s'allongent non loin, sur une large peau d'ours. La déesse s'approche de l'homme. Elle se penche sur le plateau de jeu sur lequel une partie est restée en suspens.

— Alors… où en étions-nous ? (Elle prend un air soupçonneux.) J'espère que tu n'as pas triché ?

— Je suis un ange, Freyja, je ne triche pas.

— C'est ce qu'ils disent tous, Michel.

J'hyperventile. J'ai dû mal entendre.

Il ne peut pas être un archange. Et encore moins le Prince des archanges. Où est son épée ? Son armure ? Son putain de dragon pourfendu ?

Michel pose son menton sur le bout de ses doigts et tourne la tête vers moi. Ses prunelles mordorées me détaillent comme si elles regardaient derrière mes yeux et au-delà de ma chair.

Freyja le désigne d'un vaste mouvement de main.

— Tu voulais parler à un membre du Conseil, Claire Defontaine ? Le voici.

Je tais la frustration qui me noue les tripes. « Du temps et des ressources », hein ? Je commence à en avoir ras le cul de me faire enfumer par tout le cosmos ! Je savais que j'allais regretter mon marché avec Freyja, mais pas si tôt. Je lui suis redevable et je déteste ça.

— Alors, voici donc la créature de Dieu qui nous révélera l'identité du meurtrier ? Approche, mon enfant. N'aie pas peur.

Je n'ai pas peur. Sous le choc, certainement. En pleine crise de tétanie, sans doute. Je me demande même s'il est possible de faire de l'apnée du sommeil éveillée tant la stupeur me cloue sur place. Et le fait qu'un homme de deux à quatre ans mon cadet m'appelle « mon enfant » ne fait rien pour arranger mon malaise.

Je n'ai pas envie de me séparer de Keziah. Je veux continuer à sentir la chaleur de son corps irradier dans mon dos. Je m'avance néanmoins, comme si des roulettes avaient été ajoutées à mon insu sous les semelles de mes baskets noires.

Lorsque la table n'est plus qu'à un mètre de moi, je m'arrête. Cette distance de sécurité, bien que ridicule, je le sais, me rassure.

— Inspecteur Defontaine, c'est bien ça ?

Une sorte de croisement entre un rire nerveux et un grognement s'échappe de ma bouche avant que je n'aie le réflexe de le ravaler.

— Vous pouvez m'appeler Claire. Vous avez passé l'âge de vous encombrer d'étiquettes, hein ?

Mais qu'est-ce que je raconte ? La prairie de Freyja était vaporisée au crack ou quoi ?

L'archange hoche poliment la tête sans quitter son sourire tandis que la déesse avance sa dame sur l'échiquier.

— Échec ! Essaye donc de parer ça.

Un instant, Michel observe le plateau, pensif, puis son index vient délicatement pousser sa tour. Il gobe la reine de son adversaire avec son cavalier, qui cligne plusieurs fois des yeux avant de croiser les bras sur sa poitrine, l'air boudeur.

— Échec et mat.

— Je suis certaine que tu as triché pendant mon absence. Cette tour n'était pas là, quand je suis partie.

Sans répondre au mauvais esprit de la déesse scandinave, l'archange se love contre le rembourrage de sa chaise puis croise ses longues jambes. Il s'est de nouveau tourné vers moi.

— Où en est ton enquête, mon enfant ?

— Elle avance.

— Tu as donc une vague idée de ce qui tue nos pairs ?

— Je sais exactement ce qui tue vos pairs et qui est à l'origine de ça.

Une lueur d'intérêt s'allume dans le regard de l'archange et Freyja se penche par-dessus la table pour ne rien manquer de la grande révélation. Elle me fait penser à la vieille fille à chat de mon immeuble qui se nourrit exclusivement de plats micro-ondables et de commérages juteux, et qui passe son temps à les répandre en espérant qu'ils prennent de l'ampleur comme on ensemence un jardin.

— Raconte-moi.

— Avant cela, vous devez me garantir que tout ce que je vous dirai sera rapporté au Conseil.

— Tu as ma parole.

Le soulagement me fait presque trébucher.

Freyja s'assied tandis que je prends une longue inspiration. Je parle du début de l'enquête, de la scène de crime, de Prius et de sa mort violente. Comment j'ai reconnu en lui un IT et réalisé que la magie qui tuait les humains se mettait désormais à tuer les Surnat'. À ce moment-là, les deux Célestes se font plus attentifs. Je continue mon histoire, leur révèle ma découverte du livre dans le bureau de Satan et mes soupçons quant à l'identité de son « Lys ». La dédicace et sa promesse d'un amour basé sur la destruction de l'humanité. Les confidences trop ostentatoires de Lilith. L'association, grâce à ma sœur, entre l'hybris démesurée des IT et le mythe de Narcisse. Narcisse, qui devrait se trouver dans la chambre forte d'Odin, mais qui a disparu. Ne laissant sur place qu'une fleur d'amandier et un parfum léger. Le parfum de Lilith. Lorsque je me tais enfin, les doigts de Michel tapotent la table.

— Ton époux devrait mieux protéger ses trésors, Freyja. Le Narcisse est une relique puissante. Entre de mauvaises mains, je ne m'étonne pas qu'il puisse être à l'origine du Mal qui coule dans le sang des mortels.

— Ce que fait Odin de ses jouets ne me regarde en rien. Tu lui en toucheras un mot lorsqu'il sera rendu de sa partie de chasse avec Artémis. Pour ce que cela changera…

Michel se tourne vers moi.

— Si Lilith est bien derrière tout ça, comment a-t-elle réussi à propager le poison ?

Là, il me pose une colle. Je n'en ai pas la moindre idée. C'est pourquoi je suis surprise quand Keziah prend la parole dans mon dos.

— L'Arbre-Monde, lâche-t-il devant trois paires d'yeux écarquillés. Empoisonner les racines d'Yggdrasill, c'est le moyen le plus simple et le plus rapide pour répandre un mal, quel qu'il soit. Nous nous sommes arrêtés devant ; la ramification de *Miðgarðr* est malade.

Je sens une migraine poindre derrière mes yeux. Entre théorie et pratique, il y a un gouffre. Le sang pulse jusque dans mes tempes et ma blessure à la hanche commence à tirer à force de rester debout. Mon corps souffreteux ne va pas tarder à me lâcher malgré les bons soins de Keziah.

— Comment tous ces mondes peuvent-ils exister en même temps ? Comment peut-il y avoir plusieurs versions de l'Enfer ou du Paradis ? Plusieurs portes ? Comment deux dieux peuvent-ils représenter la même chose ? demandé-je, prise dans le malaise d'une multitude de questions brûlantes.

— Cela dépend de l'âme, m'informe Michel, et des convictions de son porteur. Tu dois voir les différents lieux des différents cultes comme des Mondes, Claire. Chacun évolue sur un plan différent, c'est pourquoi l'Arbre-Monde ou les Limbes existent sur un plan différent. Tous deux sont un pont, une porte entre les Mondes. Si l'âme du défunt est catholique ou musulmane, elle ira au Paradis ou en Enfer, en fonction de sa pureté. Les morts qui croient aux anciennes religions sont accueillis au Fólkvangr, au Valhalla, aux Enfers ou dans l'au-delà. Le choix est vaste.

— Et ceux qui croient en la réincarnation ? Les athées ?

— Ceux-là, on les place après un pile ou face.

Un rire secoue Freyja. J'observe le visage placide de l'archange, incapable de me prononcer sur la véracité de sa dernière affirmation.

Me raclant la gorge, je fais rouler la théorie de Keziah dans mon esprit. Et j'en viens à une conclusion : il a raison. Le Narcisse se trouvait à Asgard, ainsi que l'arbre. Quoi de plus opportun que d'empoisonner le « réseau d'eau potable » des Surnat' pour répandre une pandémie ?

Mais Freyja n'est pas de cet avis.

— Yggdrasill est gardé par les trois Nornes, Urd, Verdandi et Skuld. Personne, ni humain, ni démon, ni dieu, ne peut tromper leur vigilance assez longtemps pour faire une telle chose.

— Lilith est maline. Elle a trouvé un moyen de contourner ou de tromper les Gardiennes, rétorqué-je.

— C'est vous, déesse Freyja, lâche Keziah.

Une nouvelle fois, je me tourne vers lui, surprise.

— Comment oses-tu m'accuser d'un tel sacrilège ! Je n'aurais jamais… ! s'insurge-t-elle.

— Pas à dessein, la rassure-t-il. Mais je pense que Lilith vous a dérobé votre collier. Il possède le pouvoir de séduction. Lilith a pu l'utiliser sur les Nornes. Toutes-puissantes qu'elles sont, rien ne résiste au Brísingar.

Les doigts de la divinité effleurent l'imposant bijou qui habille sa gorge.

— C'est une théorie intéressante, incube, mais le collier des Brísingar est continuellement pendu à mon cou. Comment veux-tu qu'elle l'ait dérobé ?

L'un des chats de Freyja se frotte langoureusement à sa chaise, comme s'il voulait la réconforter et elle répond à son appel en glissant ses doigts dans la fourrure soyeuse.

— Le portez-vous en permanence ? je poursuis, comprenant et tissant la pensée de Keziah.

— Bien sûr ! Je ne l'enlève jamais, pas même pour dormir. Je le porte même quand je… oh…

Le regard de la déesse s'est fait lointain. À son côté, Michel fronce les sourcils.

— Il m'arrive de partager ma couche avec Lilith.

Je lance un coup d'œil reconnaissant à Keziah qui me renvoie un sourire fier.

— Elle y a donc eu accès. Puis-je jeter un œil à votre collier ?

La déesse hésite. Son regard fait la navette entre l'archange et moi. Il l'encourage d'un hochement de menton, mais elle grimace.

— Sais-tu ce que j'ai dû faire pour avoir ce collier ?

— Si je vivais avec mon temps, je dirais que tu t'es prostituée, ma chère Freyja.

La déesse approuve.

— Je préfère dire que j'ai été récompensée d'un travail bien fait. (Elle hoche la tête, satisfaite.) Dois-je vraiment le remettre dans les mains impures d'une terrestre ?

— La terrestre vous entend, je grommelle dans mon col.

Freyja soupire puis s'exécute de mauvaise grâce.

J'inspecte la pierre centrale du bijou. L'énorme ambre me renvoie mon reflet. Je glisse l'ongle de mon pouce dans un mince interstice entre la pierre et le socle puis tire dessus. Dans un « plop », l'ambre saute de son support et roule jusqu'aux pieds de Freyja, dont le visage est déformé par une grimace catastrophée. Elle se penche et ramasse la pierre. Puis la fait tourner entre ses doigts.

— Ce n'est pas le collier des Brísingar ! s'exclame-t-elle, les paupières écarquillées.

— Non, et pour cause, Lilith vous l'a dérobé afin d'endormir la vigilance des Nornes.

— La garce !

Michel se tourne vers moi, ignorant les insanités que lâche sa compagne.

— Pourquoi Lilith ferait une chose pareille ? Pourquoi empoisonner l'esprit des Hommes avec une magie corrompue ?

— J'ai une théorie, mais nous devons nous en assurer.

Derrière l'ange, Freyja fait les cent pas. Sa fureur crépite autour de son corps, déployant l'or de sa chevelure comme des fers de lance. Ses chats, le poil hérissé, la fixent de leurs grands yeux verts en grondant sous les émanations négatives de leur maîtresse. Sa colère est si communicative que je sens mes propres émotions gonfler dans mon ventre. Keziah s'agite près de moi. Seul Michel respire dans cette tempête.

— J'aurai la tête de cette coureuse de remparts ! lance-t-elle. Se jouer de moi ? De moi ?

Ses pas martèlent le sol comme si elle voulait le briser à coups de talon. Un éclair fend brusquement le ciel. Le tableau idyllique qui déployait ses nuages blancs sur fond d'aquarelle quelques secondes auparavant s'est changé en un saisissant clair-obscur. Une crevasse perfore soudain les collines du Fólkvangr et les murs de Sessrúmnir se mettent à bourdonner, habités par une colonie de frelons.

Keziah pose deux paumes protectrices sur mes épaules tandis qu'un éclair tranche le magma noirâtre des cieux et qu'un coup de tonnerre gonfle au-dessus de nos têtes.

Si Freyja ne se calme pas bientôt, je sens que nous finirons tous en barbecue, perchés comme nous sommes sur la plus haute tour de la demeure.

Est-ce que c'est un flocon de neige qui vient de se déposer sur mon cil ?

Mon Dieu…

— Freyja… l'interpelle l'archange d'une voix douce en jouant de l'index avec son cavalier comme si elle n'était pas en train de déchaîner les éléments d'une simple pensée. Calme-toi.

Mais elle ne l'écoute pas.

Il s'est mis à grêler dans la salle. Keziah et moi rentrons la tête dans nos épaules, nous protégeant des piques de glace.

— Elle croit encore que c'est moi ! Moi qui ai influencé Dieu dans la création de cette pimbêche de Ève, moi qui aie suggéré de remplacer Lilith par la mignonnerie que voilà, et tout ça pour quoi ? La jalousie ! La maladie qui ronge Lilith et qu'elle s'applique à projeter partout pour ne pas voir la poutre qu'elle a dans l'œil ! Elle va voir que je peux être autrement plus vindicative que jalouse.

Un éclair plus téméraire que les autres zappe en plein vol un cochon bien gras qui n'avait pas encore eu le temps de s'abriter. Je sursaute tandis que l'infortunée bête dégringole, traînant derrière elle une fumée noire et une forte odeur de poils brûlés.

— Freyja, si tu continues ainsi, tu vas provoquer des fausses-couches et des récoltes gâtées, la prévient Michel.

La déesse contemple alors le mélange de neige et de grêle dans son intérieur. Elle se fige. Ses yeux se posent sur l'archange dont les flocons évitent miraculeusement les vêtements, puis sur Keziah et moi qui, mains en visière, tentons de distinguer ce qui se passe derrière le blizzard.

Elle cligne des paupières et la tempête disparaît aussi soudainement qu'elle est apparue. Le ciel s'éclaircit et la crevasse se cautérise comme les bords d'une plaie géante. Après avoir lissé sa robe et remis en place ses cheveux ébroués par le vent, Freyja inspire par le nez.

— Voilà. Tu ne voudrais quand même pas que des bébés innocents meurent par ta faute ?

— Bien sûr que non, s'insurge-t-elle tandis que ses deux énormes chats se frottent à ses chevilles, soulagés de retrouver leur maîtresse sous un meilleur jour.

Michel hoche la tête sur un sourire presque rêveur et je m'avance. Je suis trempée et gelée.

— Que va-t-il se passer, maintenant que je peux relier Lilith aux meurtres ?

— Je l'étouffe dans son sommeil avec ses propres porte-jarretelles… ricane Freyja.

C'est Michel qui me fournit une réponse plus réaliste après un soupir.

— Il va falloir pousser Lilith à avouer. Nous avons besoin d'un mobile et d'aveux. Sans cela, nous ne pouvons rien faire. Les preuves sont indirectes.

— Mon témoignage pourrait aider, propose la déesse. Il suffirait que j'enjolive un petit peu la situation en rapportant qu'elle m'a confié ses plans sur l'oreiller et…

— Non, Freyja. Le Conseil utilise des anges, tu le sais. Ils sauront que tu mens. Nous devons opérer dans les règles.

— Comment ? j'interviens.

— Tu lui tendras un piège.

— Moi, mais… et vous ?

— Je ne peux prendre part dans cette affaire. Je fais partie du Conseil. Il y a conflit d'intérêts. Toi, tu mènes cette enquête. Tu es humaine et neutre.

— Et Keziah ? Il pourrait…

— L'incube est un être mineur. Il ne compte pas.

— L'être mineur possède une ouïe supérieure, par contre, grommelle l'intéressé en essorant un pan de sa chemise.

L'archange l'ignore puis lance un regard à Freyja. En réponse, elle attrape le bras de Keziah et l'emmène admirer la vue imprenable que la tour déploie sur le Fólkvangr. Il n'objecte rien. Pourtant, alors qu'il s'éloigne, ses yeux couleur de lagon paraissent moins riches, leur lumière est étouffée par un je ne sais quoi que j'ai du mal à définir. Un regret ?

Je me détourne et croise le regard de Michel. Dans ces yeux-là, je pourrais m'abîmer pendant des heures, pensant qu'une seule seconde vient de s'écouler. Michel se lève, ses ailes ondoient dans son dos puis coulent jusqu'au sol comme une cape soyeuse.

— Tu lui tendras un piège, répète-t-il en enveloppant mes mains dans les siennes. Tu dois entendre comment elle s'y est prise. Ensuite, pense fort à moi. Je viendrai immédiatement.

Je hoche la tête. Ça a l'air si simple comme ça. Serait-ce enfin la fin de cette enquête ?

— Si ça fonctionne, je vais enfin pouvoir récupérer mon âme ?

— Ton âme ? Qui t'a raconté ça ?

Une grimace d'ironie tord ma bouche.

— Le DR du Bureau des Tentations, Âmes et Cie en personne. Il me l'a même montrée pour faire bonne mesure, grimacé-je comme si je venais de croquer dans un citron.

— Mon enfant… Samaël ne possède pas ton âme. Je peux la discerner à cet instant même.

Le choc me fait reculer. Mes mains quittent celles de Michel. Instinctivement, je tourne la tête vers Keziah à plusieurs mètres de là. Il ne me regarde pas, mais ses lèvres sont pincées, faisant presque disparaître sa bouche, et son teint, pourtant pâle, a significativement blanchi. Je sais qu'il n'est pas plongé dans l'explication que lui donne Freyja en balayant le paysage de sa main, non, il a entendu.

Et il savait.

Mon cœur s'accélère.

— Mais… si un parent offre l'âme de son enfant…

— Lorsqu'une âme est offerte en tribut par un parent, elle ne peut être réclamée qu'une fois la première heure du vingt-septième anniversaire de l'enfant révolue. Ce qui veut dire que Samaël ne sera propriétaire de ton âme que lorsque…

— … j'aurai vingt-sept ans. Dans cinq jours. Une journée avant la fin de ma mission. Le salopard !

Mon esprit tourne à toute allure. Les pièces de mon puzzle se mettent en place tandis que mes genoux grelottent.

— Tu dois comprendre que la récolte des âmes et leur assujettissement par contrat sont un domaine extrêmement surveillé. Nous avons mis en place des lois incompressibles il y a de cela quelques millénaires, lorsque Samaël s'est amusé avec Adam et Ève en Éden, et a tenté de s'approprier leur âme. Tu n'imagines pas la puissance qui aurait été sienne s'il avait réussi. Les deux premières âmes jamais créées… Ces lois brident également son emprise sur les vivants. Les seules âmes sur lesquelles Samaël possède du pouvoir, les seules qu'il est en mesure de fouler sont celles qu'il acquiert par contrat. Toute sa puissance réside dans la suggestion.

Dissimulée derrière ma nausée grandissante, je sens l'espoir gratter.

— Alors il m'a menti sur toute la ligne ? Mon père n'a pas…

— Si. Arthur Defontaine a bien offert ton âme à Samaël. Mais il te suffit de la réclamer avant l'expiration de la clause anniversaire et il n'aura plus d'ascendant sur toi.

Malgré les paroles optimistes de Michel, l'espoir bat en retraite tout au fond de mon cœur. Mon corps tremble tant que j'ai du mal à rester debout. Je secoue la tête.

— Le contrat… soufflé-je avec la difficulté de ceux qui ont failli se noyer et s'étonnent d'être encore en vie. C'est moi… c'est moi qui lui ai demandé d'en réviser les termes. Je ne peux pas croire qu'il ait réussi à me berner au point de lui offrir moi-même mon âme sur un plateau, alors qu'il n'en était même pas encore dépositaire.

— Ne te fustige pas, Samaël a eu des millénaires pour perfectionner sa technique. Tu n'avais aucune chance. En revanche, si tu parviens à faire parler Lilith, ton enquête sera résolue et tu pourras retourner à ta vie en pleine possession de ton âme.

Je ne l'écoute plus.

— Keziah savait… Il savait et…

Je me tourne vers lui. Sa trahison pèse de tout son poids sur mes épaules. S'il écoutait la déesse, Keziah s'en est complètement désintéressé. Il me fixe comme s'il voulait que je comprenne chacune de ses pensées par la seule vibrance de son regard. Il s'approche.

— Si tu le souhaites, je peux te ramener sur Terre.

C'est Michel qui vient de parler. Il doit comprendre ce que j'éprouve à cet instant. Keziah entame un second pas vers moi.

— Inspecteur, laissez-moi vous ex…

Je secoue la tête. Je ne veux rien entendre. Je n'ai plus besoin de lui.

— Oui, s'il vous plaît. Ce serait… pour le mieux.

— Inspecteur, ne faites pas ça… Je ne voulais pas… Je n'ai jamais voulu…

Les deux paumes de l'archange se posent sur mes épaules, puis ses ailes immenses se déploient et me recueillent au creux de leur étreinte. La pointe de ses plumes sombres effleure mes bras. Je ferme les yeux. Derrière mes paupières, j'aperçois encore le visage de Keziah. Il semble bouleversé. Mais il n'en a pas le droit. Je refuse qu'il se sente plus mal que moi. Tout ça. Tout ce qu'il y a pu y avoir entre nous n'était qu'un mensonge, une comédie dont le rôle du dindon me revient largement.

La brûlure de la trahison rampe jusqu'à mes yeux. Mais je retiens mes larmes.

C'est un démon, Claire. Il n'a jamais été autre chose que l'instrument de ta damnation éternelle.

Je résiste à l'envie d'ouvrir les paupières. Je résiste et mes ongles s'enfoncent dans ma chair comme pour me rappeler dans la douleur que mon enquête n'est ni terminée ni perdue.

Les ailes de Michel m'enveloppent un peu plus étroitement. À travers mes paupières closes filtre une lueur si blanche que je les serre plus fort. Un bourdonnement emplit mes oreilles et nous disparaissons.

— Claire ! j'entends comme un écho.

CHAPITRE 29

LE PIÈGE

J'ENROULE MES BRAS AUTOUR DE MON CORPS, frigorifiée. Jetant un coup d'œil à la façade en meulière de mon immeuble, je réprime un frisson. Je ne veux pas rentrer. Pas encore. J'ai besoin de prendre l'air une minute. Trop de sentiments violents soufflent leurs vents contraires dans mon esprit.

Marchant sur une centaine de mètres, je rejoins l'arrêt de bus de ma rue. Un lycéen patiente en fumant sa cigarette. Je lui en demande une. Il me sourit poliment, pourtant ses yeux sont légèrement méfiants. Il faut dire que je porte encore mon legging rapiécé et que je parais tout droit sortie de l'Enfer, avec mes multiples contusions. Il hoche néanmoins la tête avant de plonger l'une de ses mains dans la poche arrière de son jeans.

Je le remercie, puis m'adosse contre le mur bétonné de l'immeuble voisin et porte la cigarette à mes lèvres. La fumée s'échappe bientôt en volutes et je pousse un léger soupir de contentement tandis que la nicotine fait son office, accélérant mon rythme cardiaque et libérant mon adrénaline. Je reste prostrée, silencieuse, les yeux perdus dans le vague pendant de longues secondes, me contentant de faire rougir le bout de ma clope. J'ai arrêté de fumer des mois plus tôt. Mais on retourne facilement à ses travers.

Le bus passe et le jeune y fait grimper sa silhouette dégingandée. Sur le trottoir d'en face, une boulangerie et un sushi marchent à toute berzingue et accueillent leurs clients dans deux queues qui ne semblent pas vouloir se désengorger. Une boîte en carton enrubannée de bolduc rose dans une main, et des gyozas dans l'autre, les chalands se mettent ensuite en route vers leur activité du soir. Il est dix-neuf heures trente. Dernier carat pour faire ses courses dominicales avant que la semaine ne reprenne pour une majorité de citadins.

Je les observe. J'essaye de me souvenir depuis combien de temps je n'ai pas eu une vraie soirée de libre, sans parler d'un week-end. De ceux que l'on passe entre amis ou en couple, une bière ou un verre de vin à la main, habillé de son plus beau 31 ; de ceux qui ne demandent pas l'utilisation d'une combi-pyjama à motifs écossais, d'un bol de chips saveur crème et oignons et de la première saison de *Friends* ; ni de ceux – encore plus nombreux – qui se passent devant un écran d'ordinateur à plancher sur des rapports de police qui auraient pu attendre le lundi matin, mais qui paraissent moins tristes qu'un pot de glace à moitié entamé et la solitude d'un appartement sans compagnie.

Les yeux perdus dans le vide, je pense à cette sublime paire d'escarpins rouges que j'ai achetée il y a un mois lorsque j'ai flashé dessus en passant devant une vitrine et qui attend patiemment dans sa boîte, les étiquettes encore collées sous les semelles, que je l'emmène en soirée.

Je pense à tout ça et m'en moque. Non… je fais semblant de ne pas remarquer le pincement au cœur qui me prend lorsqu'un groupe d'amis passe en riant juste devant moi.

Rien ne me touche et tout m'énerve.

Malgré moi, je me sens trahie. Idiote. Vulnérable. C'est quelque chose qui m'a toujours fait penser à mon père, à son suicide et à quel point la vie peut être fragile.

J'écrase ma clope sur le trottoir, puis la jette dans une poubelle de rue avant de rebrousser chemin vers le hall de mon immeuble.

La clef se fraye un chemin laborieux dans la serrure. Je sursaute ; pourtant le clic du déverrouillage de ma porte d'entrée n'a pas changé, n'est pas plus fort. Mais l'épuisement et mes nerfs à vif me font tourner la tête sur chaque bruit depuis que Michel m'a déposée au pied du numéro 69 bis.

J'aurais cru qu'un Adonis ailé alerterait les passants qui rentraient chez eux d'un pas pressé, mais aucun n'a daigné lever les yeux.

Alors que je pénètre dans mon appartement, je m'y sens comme une étrangère. La porte claque dans mon dos et je réfrène un nouveau sursaut. Je clopine dans le couloir, mon regard longe les stores baissés des fenêtres puis glisse sur le comptoir de ma cuisine où deux tasses abandonnées témoignent d'une tranche de vie pas si lointaine.

Alors pourquoi ai-je la sensation que je ne suis pas revenue chez moi depuis des mois ?

Sur ma droite, le fauteuil club de mon grand-père patiente, immuable, familier. Je m'approche et tire sur le plaid qui le couvre. La tache de sang brun et le trou calibre .38 s'étalent sur le cuir. J'aurais préféré que ces derniers jours n'aient été que le fruit de mon imagination malade. Le contrecoup du traumatisme d'avoir perdu mes coéquipiers. Mais l'œil unique du fauteuil me fixe depuis sa cavité béante, frangé du sang de Keziah.

Putain d'enflure !

Je replace le plaid d'un geste rageur. J'y penserai plus tard. Pour le moment, il faut que je prenne un bain et que je glane quelques heures de sommeil.

Je me dirige vers ma salle de bain. Le miroir collé derrière la porte me renvoie une piteuse image. Mon legging coupé en haut de la cuisse – que j'ai tout juste eu le temps de rafistoler à l'aide d'épingles à nourrice – et mon débardeur noir sont limés, tachés et poussiéreux. Mes cheveux sont collés à mon front par une croûte de sang. Un hématome jaunit ma pommette. Sur ma hanche, les strips qu'on m'a posés tiraillent et grattent.

Ma bouche se tord. Lorsque les antalgiques ne feront plus effet, je douillerai comme jamais, même après un bisou magique express.

« Que comptes-tu faire, Claire Defontaine ? » m'a demandé Michel avant de me quitter.

« Boucler mon enquête et battre Satan à son propre jeu. Je ne lui ferai pas le plaisir de simplement réclamer mon âme. Je veux qu'il me voie gagner sur tous les tableaux. Je veux qu'il me regarde mettre sa femme derrière les barreaux. Je veux scruter son expression de défaite, lorsque je lui dirai que j'ai gagné. »

Il a hoché le menton, le visage impénétrable.

Je quitte mon reflet et mes souvenirs, puis retire la sangle de mon holster de cuisse avec des gestes minutieux.

Lorsque je sors de mon bain, une bonne demi-heure plus tard, je sais qu'il y a quelqu'un dans l'appartement. Je m'enroule précipitamment dans une serviette, attrape mon S&W puis, après une longue inspiration, déboule dans ma salle à manger, le canon pointé vers le comptoir de la cuisine.

Deux yeux réfléchissants me scrutent dans la pénombre. Mais cette fois, je ne fais pas l'erreur de tirer avant d'être certaine qu'un danger me menace. Et vu mon état, c'est un foutu miracle.

J'allume le plafonnier. Une petite créature de la taille d'un gros chat se tient sur l'îlot de ma cuisine dont la fenêtre est entrebâillée.

— Mais qu'est-ce que tu fous ici, toi ? Tu m'as suivie ?

Le baku émet un couinement gai et je pose mon arme sur un buffet.

— Je t'ai rendu ta liberté, bougre d'âne. Ce n'est pas pour que tu t'introduises dans mon appart' ! J'aurais pu te trouer la peau, tu sais ? le menacé-je gentiment en m'approchant de l'îlot.

Il continue à me fixer comme une chose curieuse alors que, de nous deux, c'est plutôt lui, la curiosité. Je ne peux m'empêcher de penser que celui qui a créé cet étrange croisement entre un félin et un éléphant/tamanoir devait avoir forcé sur le saké.

— Bon, puisque tu es ici : bienvenue. Tu as faim ?

En réponse, il barrit comme s'il avait compris mes paroles, ses yeux intelligents brillant au-dessus de sa trompe mouchetée et de ses petites défenses.

— Très bien. Qu'est-ce que je te sers ? demandé-je en ouvrant la porte du frigo, puis grimaçant après une brève inspection : tu as le choix entre un yaourt périmé, un reste de nouilles sautées aux crevettes, un céleri et une tranche de jambon. Ah, et j'ai aussi un pot de cornichons.

Je dépose ma maigre récolte hétéroclite sur le comptoir et présente chacun des aliments au petit animal qui tend une trompe timide. Lorsque chaque plat a été passé au radar de son odorat sans succès, je soupire.

— On fait le difficile à ce que je vois… Ouais, je te comprends. Moi aussi, ça me laisse sur ma faim. Sinon, je peux aussi commander des pizzas…

La trompe se tend vers les cornichons. Le seul aliment que je ne lui ai pas fait renifler.

— Sérieux ? Je veux bien te l'ouvrir, mon p'tit pote, mais je ne suis pas sûre que…

Je ne finis pas ma phrase. Inutile. J'ai à peine le temps de dévisser le couvercle que la trompe plonge dans la saumure. Les yeux ronds, je regarde les cornichons disparaître un par un dans la bouche du baku qui émet des petits cris de plaisir entre deux bouchées goulues.

— J'aurais dû me douter que tu ne mangerais pas des croquettes comme tout bon animal domestique qui se respecte.

Laissant le baku à sa dégustation, je vais passer une culotte en coton et enduire mon corps d'Hémoclar. Quelques minutes plus tard, je passe la tête par l'entrebâillement de la porte, vérifiant que mon nouveau colocataire est bien installé. Le pot de cornichons est vide et il émet des petits rots réguliers. Rassurée, je me glisse sous ma couette, mon Smith & Wesson caché sous l'oreiller. Les habitudes ont la vie rude.

Mes paupières pèsent si lourd que je suis certaine que le sommeil sera presque immédiat, pourtant, il ne vient pas et les minutes s'égrènent. Je tourne et retourne entre mes draps tandis qu'un flot d'images déverse sang et mort dans ma tête. Mes souvenirs des derniers jours s'enchevêtrent de scènes fantasmées. Je tressaute, les doigts crispés sur mon arme, le cœur au bord des lèvres.

Dans le jardin pour enfants, les yeux de la petite fille se voilent. Son regard mort m'observe tandis que sa tête penche sur le côté dans un angle improbable. Elle approche d'une démarche boiteuse. Un écho crie mon prénom en fond sonore. Le corps de mon père se balance sur la poutre du garage. De son ventre ouvert, des gouttes de sang s'échappent et colorent une feuille de parchemin. Un éclair vrille le ciel noir et l'immense sourire de Satan étincelle, sinistre. Je tente de lui tirer dessus, mais tout ce que je réussis à attraper dans mon holster, c'est l'un des *comics* d'Heimdall qui s'effrite sous mes doigts. Sur ma droite, j'aperçois Lilith. La démone est assise par terre. Elle berce le corps d'un homme. Keziah. Sa chevelure de feu se fond dans les cheveux roux de l'incube. Il m'observe. Ses yeux ne sont plus turquoise, mais verts, comme ceux d'un chat. Puis Lilith lui fait lever le menton et lui arrache un long baiser qui ne semble jamais finir. Satan continue à rire. La petite fille se rapproche, sa tête rebondissant sur son épaule à chacun de ses pas chaloupés. Les doigts de Keziah glissent sous la robe de dentelle de Lilith qui rejette la tête en arrière dans un gémissement.

Je crie dans mon demi-sommeil. Je pensais que j'en avais terminé avec les cauchemars, mais dès que je fais la paix avec moi-même, d'autres horreurs viennent boucher les emplacements vides.

« Alors, inspecteur ? me susurre Lilith tandis que l'incube lui empoigne un sein. Qu'est-ce que ça fait de savoir qu'il a toujours été à moi ? »

« Non, à moi », rit Satan.

« Ou peut-être à moi… » complète l'enfant.

Je me réveille en sueur, les yeux fixés sur le plafond. Des larmes silencieuses dévalent mes joues, mon cœur cogne contre mes côtes, le sang pulse dans chacune de mes plaies. Les antalgiques ont cessé de faire effet. Je gémis entre deux sanglots.

Depuis combien de jours n'ai-je pas eu une bonne nuit de sommeil ?

Un bruit feutré trouble le silence pesant de la chambre. Une forme dodue tente de se frayer un chemin sous mes doigts crispés sur le drap-housse. Elle glisse sous mon bras et s'installe sur ma poitrine. Une trompe tiède et humide caresse mes joues, essuyant mes larmes.

— C'est toi, p'tit pote ? murmuré-je dans la pénombre.

Le baku trompette puis émet une sorte de ronronnement qui roule jusque dans ma poitrine.

— Tu sens le cornichon.

Les ronronnements enflent jusqu'à engourdir chacune de mes sensations. Les images de mon cauchemar refluent les unes après les autres. La petite fille d'abord. Puis le sourire de Satan. Mon père. Et enfin Lilith et Keziah. Mes muscles se détendent, mes doigts glissent dans la fourrure rêche du mangeur de rêves.

— Merci, chuchoté-je en fermant les paupières.

La trompe du baku glisse dans mon cou, continuant ses caresses.

— Bonne nuit, p'tit pote.

Le lendemain, je m'éveille lentement. Après un instant d'adaptation, mes yeux glissent vers mon réveil.

13:06

Aucun cauchemar n'a interrompu ma nuit. Je caresse la tête du baku endormi qui s'étire de plaisir, m'autorisant à poursuivre sur son ventre tacheté. Les minutes défilent sur l'écran numérique du réveil. Puis je me décide et descends du matelas pour enfiler un T-shirt à l'effigie de mon groupe de rock préféré : AC/DC.

Après un grand café au lait de riz, cannelle et sirop d'érable, j'attrape mon téléphone et le rallume.

Marc m'a appelée deux fois, Luc, six, et Keziah, une bonne trentaine.

J'efface le journal d'appels. Je dois être seule pour ce qui va suivre.

J'entre sur le moteur de recherche les coordonnées que je cherche, hésite un instant, puis appuie, décidée, sur la touche d'appel. Le téléphone à l'oreille, je retiens ma respiration tandis que la première tonalité retentit. On décroche à la seconde et je manque de raccrocher d'un coup de sang. Mais je n'ai plus douze ans, je suis adulte, et une adulte prend ses responsabilités.

— Lilith à l'appareil ! annonce la voix guillerette de la démone.

Bien, je ne vais pas avoir besoin de passer par un intermédiaire. C'est exactement la démone que je cherchais à joindre.

— Lilith, c'est Claire…

— Claire… ?

Elle se fiche de moi ?

— Mhmmm… Claire…

Son ton se fait pensif, pourtant, je sais très bien qu'elle n'a pas pu m'oublier si vite. Elle joue. Elle adore ça.

— Defontaine…

— Ah, ma chère Claire, vous tombez bien ! J'étais sur le point de vous contacter ! J'ai un petit problème.

Je me fige. Quoi ? Quel problème ? Ma vie ne peut-elle donc pas se dérouler comme un long fleuve tranquille ? Faut-il toujours que je sois ballottée par des rapides ?

— Oui… ? je réponds, la gorge serrée.

— Oh, rien qui ne doit vous inquiéter. Pouvez-vous venir à La Clepsydre d'ici une heure ?

— Je préférerais que nous nous voyions dans un autre endroit.

Elle laisse passer quelques secondes.

— Ah oui, pourquoi ?

— Je ne veux pas vous manquer de respect, mais j'ai un assez mauvais souvenir de la dernière nuit que j'ai passée dans votre club…

— Oui… Chez vous alors ? Vous n'avez qu'à m'envoyer l'adresse…

— Pourquoi pas chez Keziah, plutôt ? je l'interromps.

— Excellente idée. J'ai hâte de vous voir, Claire. À dans une heure.

Elle raccroche. Sa jovialité me fait carrément froid dans le dos. J'ai à peine le temps d'y penser que mon téléphone fait sonner son « Highway to Hell ».

— Ils vont pas me foutre la…

Mais ce n'est ni Marc, ni Luc, ni Keziah à l'autre bout de la ligne, c'est mon frère. Je décroche.

— Oui, Louis ? Désolée pour hier, j'ai dû partir en vitesse à cause de…

Je m'interromps : Louis est en pleurs. Ses paroles sont entrecoupées et incohérentes. La seule chose que je comprends et qui revient en boucle, c'est « Lou », le prénom de sa fille. Je sens une nausée me submerger.

— Louis, Louis ! Calme-toi ! Je ne comprends pas un mot de ce que…

— Lou a disparu ! hurle-t-il. La fenêtre de sa chambre est grande ouverte.

Mon sang se glace. On ne peut pas avoir enlevé ma nièce. Pas ce petit bout de fillette adorable. Pas ses boucles châtaines, pas sa bouche en cœur, pas ses joues rebondies. Ce n'est pas possible !

— Claire, sanglote-t-il. Tu dois faire quelque chose. S'il arrive malheur à mon bébé…

Sa phrase reste en suspens, trop douloureuse. C'est à moi d'éteindre le bouton de mes émotions et de prendre cette affaire avec mon œil de policier.

— Louis, tu vas retourner dans sa chambre et je veux que tu me dises ce que tu vois.

— Je… je ne peux pas… C'est…

— Bouge ton cul et monte ! J'ai besoin de savoir si quelque chose t'interpelle.

J'entends ses pas lourds dans l'escalier, puis le grincement d'une porte.

— La pièce est comme je l'ai laissée ce midi. Lou va toujours jouer trente minutes dans sa chambre après le déjeuner avant de retourner à l'école pour le reste de la journée.

— Bien, dis-moi ce que tu vois.

— Ses poupées sur le sol, son camion de pompier, son dinosaure en peluche, sa robe *Reine des Neiges*, son pyjama… Claire, ça ne sert à rien.

— Continue.

— Son bac à Lego, sa tête à coiffer, son kit à savon, des fleurs, une ballerine bleue, une baguette de fée, un…

— Attends, reviens en arrière.

— Une ba…

— Avant !

— Je ne sais plus… son kit à savon, sa tête à coiffer, des fleurs…

— Elles sont où, les fleurs ? Elles sont où ? demandé-je d'une voix qui frôle l'hystérie.

— Sur… sur le rebord de la fenêtre.

— De quelles couleurs sont-elles ?

— B… blanches.

— Et elles sentent quoi ?

J'ai l'impression d'être une harpie, mais je n'ai pas le choix. Si je veux des réponses rapides, claires et précises, je dois bousculer mon frère.

— Euh… l'amande, je crois.

Mon cœur cogne si fort dans ma poitrine que je sens qu'il pourrait me briser les côtes en mille morceaux comme des éclats de miroir.

Je prends une longue et discrète inspiration. J'ai assez joué l'hystérique pour le moment et je dois être forte pour nous deux. C'est moi le flic.

— Je vais suivre cette piste, Louis. Dès que j'ai du nouveau, je te rappelle. Restez à la maison avec Odile. Prévenez le commissariat local.

— Il… il n'y a pas un délai… ?

— Plus maintenant. Pas pour les disparitions d'enfant. Appelle-les. Je reviens vers toi au plus vite.

Je raccroche avant de tanguer en direction du fauteuil et de m'y écrouler.

C'est Lilith. Mon Dieu, Lilith a enlevé ma nièce !

Les fleurs d'amandier, c'est sa signature. Elle en fout partout.

Elle était déjà venue une fois, hier, afin de faire du repérage. C'est elle qui a laissé la fenêtre de Lou ouverte. J'en suis persuadée.

Elle sait et elle veut marchander.

J'attrape mon Smith & Wesson, sors le barillet, vérifie les balles puis le referme d'un claquement sec.

— On va marchander… murmuré-je à mon flingue.

Je sais… C'est une mauvaise réplique de film d'action à la Bruce Willis, mais je m'en cogne.

Je fonce dans ma chambre. Ouvrant à la volée les portes de mon armoire, j'en ressors un legging de sport. Dans l'entrée, j'enfile mes rangers à même le cuir puis passe mon holster d'épaule, le dissimulant sous un sweat à capuche rouge. Je fonce dans l'entrée. Le baku me bloque le passage, me fixant de ses grands yeux intelligents.

— Bouge de là !

Il barrit de mécontentement.

— Okay, tu ne veux pas bouger ? Très bien ! On part en balade !

Je l'attrape sous un bras puis dévale les deux étages de mon immeuble, manquant de me fracturer une cheville sur la marche branlante. Mais je n'ai pas le temps pour ça.

Lou n'a pas le temps.

Le cœur au bord des lèvres, je déboule dans la rue, le téléphone collé à l'oreille.

— Répondez ! Putain, répondez ! je crie au moment où l'appel tombe directement sur la messagerie.

« Vous êtes bien sur la ligne directe de Keziah. Pour toute demande de nature sexuelle, dépucelage, triolisme, bondage, libertinage, jeux de rôle, orgies, je prends les rendez-vous du jeudi au lundi. (Silence.) Mais si c'est vous, inspecteur, je serai ravi de vous placer tout en haut de la liste... »

— Putain, Keziah !

Je recompose le numéro.

« Vous êtes bien sur la ligne directe de Keziah. Pour toute deman... »

— Keziah ! Retrouvez-moi chez vous ! Lilith a enlevé ma nièce !

Je raccroche et tends brusquement la main vers un taxi qui pile à moins d'un mètre de mes jambes tremblantes.

— Vous allez où avec un si gros feu au cul ? me demande le chauffeur avec la mine de celui qui sent déjà les embrouilles se déverser à grands flots dans son taxi.

— Je ne connais pas l'adresse, crié-je en me glissant sur le siège passager, le baku tranquillement pelotonné sur mes cuisses. Sortez de la ville et roulez vers le sud. Je vous guiderai.

Le chauffeur frotte son crâne chauve.

— C'est pas que ça me gêne, mais sans une adresse...

Je ne laisse pas le temps au chauffeur de poursuivre. Mon badge soudain vissé sur son nez aplati, je le fais loucher sur le sigle rutilant de la BMS.

— Roulez.

Une goutte de sueur dévalant sa tempe lisse, le taxi démarre pied au plancher tandis que je caresse machinalement la tête du baku.

— C'est quoi comme animal ? demande-t-il après quelques secondes en louchant dans son rétroviseur.

— Un pangolin.

— Ça a pas la rage au moins ?

— Il mord que si vous énervez sa maîtresse. Roulez plus vite.

— Je suis déjà à la limi…

— Si le badge vous fait si peu d'effet, on va peut-être passer au niveau supérieur ?

Lorsque j'écarte le pan de mon sweat, le chauffeur louche furieusement sur la crosse de mon S&W.

— Putain, vous êtes vraiment pas commode.

— Je suis pressée. Roulez plus vite.

Mon ton est si tranchant que le chauffeur avale sa salive en hochant la tête, avant de faire une queue de poisson à une berline noire pour s'engager sur un rond-point.

J'appuie sur le bouton d'appel de mon téléphone. Ça décroche à peine la seconde sonnerie entamée.

Lorsque je sors du taxi une demi-heure plus tard, je cours en direction du manoir de Keziah qui développe son ombre massive sur les gravillons de la cour. La voiture m'a déposée à cinq cents mètres de la propriété et, lorsque je gravis les marches de l'entrée, mes poumons sont en feu. Une main posée sur mon arme de fonction, je tourne la poignée de l'autre. M'arrête. Le baku à mes pieds me regarde avec curiosité.

— Tu restes ici. Je ne veux pas que tu sois blessé.

Son postérieur s'écrase sur les dalles et sa queue frétille. Je hoche la tête, satisfaite.

La sueur qui coule dans mon dos se fige, mes muscles se tétanisent, ma langue m'assèche. J'ai soudain l'impression d'évoluer en plein désert. L'air devient si étouffant que j'ai l'impression que l'intérieur de mon corps est en train de cuire sous une chaleur qui n'a rien de naturel.

— Belle journée, fait-on dans mon dos.

Dans un parfait demi-tour, je dégaine, le canon pointé sur une silhouette en contrebas des marches. Satan, dans un costume trois pièces bleu marine, a rivé ses prunelles de glace sur moi. Il me sourit.

Même en plein jour, même en plein soleil de midi, même affublé des traits d'un homme aimable, Satan Vaderet reste une vision de cauchemar. Le moindre de mes muscles s'est tétanisé. Mon corps a compris plus vite que mon esprit.

Du coin de l'œil, je vois le baku disparaître dans un buisson. Au moins l'un de nous deux possède encore un minimum d'instinct…

— Que faites-vous ici ? Je devais retrouver Lilith.

— Il semblerait que vous vous soyez écartée du droit chemin, Claire Defontaine. Je suis ici pour vous y remettre.

— Mon pied dans vos couilles ou mon poing sur votre nez : lequel de ces deux chemins vous conviendrait le mieux, Vaderet ?

Pas après pas, je descends les marches du perron, le canon de mon Smith & Wesson pointé vers Satan. Derrière lui, un épais nuage vient alourdir le ciel, le plombant d'un gris presque surnaturel.

Il me sourit sans répondre.

— Où est ma nièce ?

— Avec Lilith.

— Ça ne répond pas à ma question.

— Elles font une promenade dans le parc. C'est une journée idéalement ensoleillée pour créer des liens mère-fille.

Mes jambes se cotonnent, mais je tiens bon. Plutôt crever que de laisser Lilith s'approprier le bébé de mon frère !

— Pourquoi l'avoir enlevée ?

— Lilith la voulait.

— C'est tout ? C'est votre seule explication ? Votre cinglée de femme jette son dévolu sur l'enfant de quelqu'un d'autre et vous la lui accordez ?

Vaderet plonge une main dans la poche intérieure de son veston et en ressort un étui à cigares en argent massif.

— Lilith n'a aucunement besoin de mon autorisation pour faire quoi que ce soit.

— Mais vous nettoyez derrière elle. Mieux qu'une balayette à chiotte !

Une lueur sauvage s'allume dans les yeux de l'ange, mais elle disparaît vite, diluée derrière son sourire poli.

— J'y ai vu un intérêt personnel : la motivation idéale pour vous. Vous vous souvenez sans doute de notre conversation à propos de la carotte et du bâton ? Puisque ma carotte, l'incube, ne semble pas fonctionner sur vous, j'ai sorti le bâton.

Je plisse les paupières.

— Vous êtes au courant que c'est Lilith qui est à l'origine de la pandémie magique, n'est-ce pas ?

Le cigare est brusquement guillotiné, le bout tranché tombe entre nous. Je n'ai pas sursauté, mais il m'a fallu un effort presque surhumain.

— Bien entendu, lâche-t-il en allumant son cigare. Lilith a toujours trouvé des moyens… ingénieux pour attirer mon attention. Je dois avouer, à ma grande honte, que je ne serai jamais aussi créatif. J'ai été embarrassé d'apprendre que le virus avait muté, en revanche.

— Alors, pourquoi avoir continué à la protéger ? Ce sont vos pairs qui succombent désormais. Et il y en aura d'autres !

— C'est pour cette raison que vous avez été engagée, inspecteur Defontaine, lâche-t-il en éludant ma question. Vous deviez éviter que la maladie ne se propage en trouvant l'origine du mal. Mais vous avez joué de zèle et avez fouiné là où vous n'auriez pas dû.

Je resserre ma prise sur mon arme pour me donner du courage.

— Ça vous donne la trique, hein ? Jouer avec la vie d'innocents.

— Peu de choses me donnent la *trique*, Claire.

Il goûte lentement à un large serpentin de fumée blanche avant de la recracher entre nous.

— J'espère que vous avez apprécié le cadeau empoisonné de votre *Lys*, parce que ce sera le dernier qu'elle vous fera avant de croupir son éternité en prison.

L'esquisse d'un sourire creuse le coin de sa bouche.

— Je vois que la police a diversifié son apprentissage. Où est le livre que vous m'avez dérobé ?

— Rendez-moi ma nièce et vous l'aurez.

— La petite n'est pas retenue contre sa volonté. Et tant qu'elle souhaitera rester avec Lilith, je ne vois aucune raison de contrarier l'enfant ou ma femme.

— Notre contrat stipule que vous ne pouvez vous en prendre à aucun membre de ma famille ! De plus, j'ai résolu votre enquête ! Lilith est coupable ! Elle a empoisonné l'eau du puits d'Urd qui sert à arroser les racines de l'Arbre-Monde avec la fleur de Narcisse, ce qui a créé la pandémie magique !

— Alors, c'est ainsi, fait-il avec une lueur d'intérêt dans le regard. C'était si simple. Elle a toujours refusé de me dire comment elle s'y était prise. Comment la maladie a-t-elle muté ?

Je n'en ai pas la moindre idée, mais ça, Satan n'a pas besoin de le savoir.

— Vous trouverez tout ce dont vous avez besoin pour corroborer mes dires à Asgard. J'ai résolu votre enquête, répété-je. Que sa conclusion vous plaise ou non, ça n'est pas mon problème. Vous n'avez donc aucun droit ni sur Lou ni sur moi !

Un chagrin affecté brouille les traits de Satan.

— Vous mélangez tout, Claire.

— Je vous jure que si vous ne me rendez pas ma nièce, c'est là que ça va vraiment se mélanger ! Et salement !

Satan ne semble même pas m'entendre.

— Nous avons conclu un contrat, Vaderet ! Vous devez le respecter.

Un sourire mauvais se dessine sur le menton imberbe de Satan.

— Oh, tu veux dire… ce contrat ?

Une liasse de feuilles apparaît soudain dans sa main. Le cigare entre les dents, il relève chaque feuillet avec lenteur. D'un coup, je ne me sens plus aussi sûre de moi tandis que les centaines de lignes d'encre défilent devant mes yeux.

Un doute s'enfonce dans ma gorge comme une boule de chiffon imbibée au chloroforme.

Est-ce que j'ai signé le contrat ?

Satan lit dans mes yeux mon interrogation tandis que sa main soulève l'avant-dernière feuille.

Non. J'ai ma réponse. Comment ai-je pu oublier ? Comment ?

À l'emplacement qui devrait contenir ma signature, il n'y a rien. Seulement une immensité blanche qui me donne la nausée. Je n'ai jamais pris le temps de la signer. Satan secoue la tête, navré, avant de faire disparaître le parchemin.

— Dans un accord, chaque détail compte, Claire. Et celui-ci n'était pas des moindres. Comment as-tu pu oublier de signer notre contrat ? me demande-t-il en écho.

— Je…

— Un certain incube t'aurait-il finalement fait perdre la tête ?

La colère déchire soudain mon apathie à coups de crocs.

— Allez vous faire foutre !

— Ce que l'espèce humaine peut être primitive ! Vous ne savez répondre à une frustration qu'à travers la violence. Qu'elle soit physique ou verbale. C'est navrant. Vraiment.

Son regard parcourt l'espace devant le manoir.

— En parlant d'espèce primitive. Où est l'incube ?

— Il s'appelle Keziah !

Il lève un sourcil à mon intention.

— Où est l'incube ? répète-t-il en balayant mon intervention d'un panache de fumée.

— Je suis venue seule.

— Comment ?

— Un taxi m'a déposée à l'entrée de la propriété. Je ne voulais pas risquer que vous le bouffiez au petit déjeuner.

— Je ne « bouffe » pas les humains. Leur chair est soit trop paresseuse et grasse, soit trop peureuse et dure comme des bâtons de réglisse. Je déteste la réglisse.

Je me serais bien passée de cette remarque.

Sous les pieds de Satan, les gravillons crissent. Il vient de faire un pas dans ma direction. Je sursaute et recule, le canon de mon arme pointé entre ses yeux.

— Restez où vous êtes ! crié-je sans savoir si une balle l'arrêtera.

Vaderet sourit. Une boule se forme dans mon estomac. Non, une balle ne l'arrêtera pas.

— Puisque ce contrat n'a jamais été signé, le précédent est toujours d'actualité. Je peux choisir n'importe lequel de tes frère et sœurs. Et si l'on regarde dans les petites lignes en bas du contrat, ça inclut également le sang du sang d'Arthur Defontaine. Donc, la petite Lou.

Je tremble de la tête aux pieds, j'ai l'impression que mon cerveau manque d'oxygène. Si seulement je pouvais avaler une longue goulée d'air. Peut-être que j'arriverais à réfléchir plus clairement. Mais pour le moment, tout ce que je vois, c'est ma nièce transformée en démon.

— Je veux voir Lou ! Et je veux la promesse que ma famille n'a plus rien à craindre de vous.

— Nous devons donc signer un contrat, Claire.

— Que voulez-vous ?

— Ton âme, pour commencer. Et ton silence sur l'implication de Lilith. Et, que ce soit grâce au bâton ou grâce à la carotte, je l'aurai, sois-en certaine.

Je plonge mon regard dans celui de Satan. Je suis pétrifiée de peur, mais si je le lui montre, c'en est fini de moi et de Lou.

— Comment pouvez-vous la protéger après ce qu'elle a fait ? Ce sont les âmes, c'est ça ? Vous récoltez les âmes des IT.

— Oui, mais là n'est pas la question. Comme je te l'ai déjà dit : « le bétail doit être contrôlé, pas massacré ». Les âmes que je reçois grâce à la petite farce de Lilith sont en quantité négligeable. De plus, elles sont frelatées par la magie. Inutilisables.

— Un bon point pour Lilith, grincé-je.

Il secoue la tête. Je lui vois presque un air morose. Presque.

— Ici, nous risquons l'extinction de l'humanité et de la communauté Surnat'. Et ce n'est pas ce que je souhaite.

— Alors, pourquoi la protéger ?

Un sourire, un vrai, monte jusqu'aux yeux de Satan et je me rends soudain compte qu'il l'aime et que ça ne changera jamais. Je ne sais plus quoi dire, quoi faire, pour me sortir de là. J'ai posé presque toutes mes cartes sur la table sans faire le moindre pli. Je tente le tout pour le tout.

— Michel est au courant. Je lui ai déjà révélé tout ce que je savais. Ce n'est qu'une question de temps pour que tous les membres du Conseil aient vent de vos petites manigances.

L'éclair de peur que je pensais voir briller dans les yeux de Satan reste aussi inerte que l'expression de son porteur.

— Et en quoi cela m'intéresse ?

Je sens mon assurance crever comme une bulle de savon.

— C'est… c'est un archange. Il peut vous faire arrêter tous les deux ! Vous et Lilith !

Un sourire mauvais étire les lèvres de Satan. Au bout de mon bras, mon arme tremble légèrement. Non, il essaye simplement de m'embrouiller. C'est un maître de la manipulation. *Tu dois te battre, Defontaine* !

— Je suis également un archange. Mon frère ne possède pas plus de pouvoir que moi. Il ne peut rien pour toi.

J'hésite. C'est pourtant bien ce que m'a dit Michel. Je n'ai qu'à l'appeler et…

Je resserre ma paume sur la crosse de mon arme. Mon assurance me revient.

— Je n'ai qu'à fermer les yeux et à penser à lui…

— Il ne viendra pas.

— Vous voulez qu'on prenne le pari ? Vous semblez adorer ça.

— Michel est peut-être un archange, mais il se fiche de toi, Claire Defontaine. Il se moque des humains. Vous êtes les pions d'une éternelle partie d'échecs. Le Conseil n'a jamais cherché à savoir ce qui causait la pandémie magique. C'était pourtant juste sous son nez. Tu as mis quoi ? Moins d'une semaine à découvrir la vérité ? Tu penses que si les Célestes avaient réellement fait l'effort de chercher, ils n'auraient pas trouvé ? Le Bien, le Mal. Le Ciel, l'Enfer. Tout ça, ce n'est que de la poudre aux yeux. On choisit simplement un camp lors des Éclipses d'Opale pour le millénaire à venir. Tout ce que tu dois savoir, c'est que, quel que soit le camp choisi, notre but unique est de survivre et, pour ça, nous avons besoin des humains. De leur âme, de leur chair, de leurs émotions, de leurs sentiments, de leurs doutes, de leurs peurs, de leur souffrance, de leurs erreurs, de leurs joies, de leur amour, de leurs désirs… Vous êtes du bétail, Claire Defontaine. Du simple bétail.

Je cille plusieurs fois des paupières.

Pourquoi Michel m'aurait-il menti ?

— Tu doutes, maintenant, n'est-ce pas ? Je vais donc t'aider à te décider. Tu as deux choix, Claire. Soit tu t'obstines à vouloir révéler la vérité sur Lilith, et je tue chacun des membres de ta famille sous tes yeux, à commencer par l'enfant, et te laisse vivre avec ta folie et tes regrets, soit tu gardes le silence, tu m'accordes ton âme et je laisse vivre tes proches. Je leur ferai même créer des souvenirs sur mesure dans lesquels tu n'as jamais existé. Ils vivront tous heureux, sans toi.

J'ai l'impression d'être une biche encastrée dans un pare-brise. Ma famille, c'est tout ce que j'ai de vraiment précieux dans ma vie. Même mon badge ne représente rien s'ils ne sont plus là. Mon cœur se serre, mais c'est ma mâchoire qui saille pour la galerie.

— P… pourquoi, bégayé-je. Pourquoi tenez-vous tant à mon âme ?

— Je m'en moque. Vraiment. Elle n'a pas plus de valeur qu'une autre à mes yeux. Mais je veux l'assurance que tu ne cafteras pas notre petit secret. Et pour cela, je dois te posséder.

Du fond du jardin, Lilith s'avance ; dans sa main, elle tient celle d'une toute petite fille en salopette rouge dont les couettes rebondissent sur les joues au rythme de ses pas guillerets.

— Lou ! hurlé-je.

Je tente de courir vers ma nièce, mais rien ne se passe. Je suis comme figée sur place, les pieds profondément ancrés dans la terre.

— Tataaaaa ! crie Lou avant de courir vers moi et de m'enlacer de ses bras potelés.

Je tente de la prendre dans mes bras, mais je suis incapable de bouger. Lou lève son petit menton vers moi.

— La dame dit qu'elle va me montrer une licorne, tata. Tu viens ?

Des bras décollent Lou de moi.

— Tata n'est pas contente, susurre Lilith à son oreille avant de la prendre dans ses bras.

J'ouvre la bouche, mais rien n'en sort.

— Pourquoi ? demande Lou, dont les yeux se sont déjà embués de chagrin.

— Tu n'as pas été sage aujourd'hui.

— Pas sage ?

Lilith secoue la tête, la mine désolée.

— Tata ne veut plus te voir pour le moment. Elle n'aime pas les vilaines petites filles.

— Tata ? me lance Lou d'une voix haut perchée dans laquelle filtre tout son chagrin.

Je ne peux rien dire, je ne peux pas esquisser le moindre geste. Satan m'oblige même à détourner le regard. Je sens la moindre parcelle de mon être se fissurer.

— Tu vois ? lui fait Lilith. Elle ne veut pas de toi. Mais moi oui, et on va s'amuser comme des folles, toutes les deux. Tu veux toujours savoir si les cheveux de licorne se mangent ?

Lou hésite quelques secondes, le regard tourné vers moi, puis, le menton tremblant, elle enfouit son nez dans le cou de Lilith.

— Oui, gémit-elle.

Impuissante, je vois Lilith disparaître, ma nièce dans ses bras. Puis Satan entame un pas, je recule. Cette fois, je suis libre de mes mouvements.

— Où l'a-t-elle emmenée ?

Satan secoue la tête.

— Que choisis-tu ?

Mon sang bout dans mes veines. La chaleur se fait de plus en plus dense autour de moi à mesure qu'il approche. La peur me poignarde les tripes.

— Je veux ta réponse, Claire Defontaine.

Cette fois, une insulte me semble trop propre ; je lui crache au visage. Une gifle me cueille à la pommette, directe, impersonnelle. Satan pose un doigt sous mon menton.

— Je peux lire dans les âmes, Defontaine. Je peux te faire voir ce que tu désires.

Une violente bourrasque me fait reculer d'un pas. Main en visière au-dessus des yeux, je ferme les paupières une seconde. Lorsque je les rouvre, Satan a disparu. À la place se tient Keziah. Le soleil du début d'après-midi fait flamboyer ses boucles rousses comme une rivière d'ambre. Il porte un pantalon en flanelle gris effet tartan dans lequel est glissée une chemise blanche. À travers ses cils plus sombres, ses iris turquoise me dévisagent. Ses lèvres sont étirées dans un sourire penaud.

— Je suis désolé, Claire. J'aurais dû le savoir dès le début. J'aurais dû comprendre que le seul camp valable était le tien. Laisse-moi me racheter.

Chaque mot ressemble à une caresse. J'ai l'impression que la crosse de mon S&W est en train de me couler entre les doigts et, lorsque mon bras se plaque le long de mon corps, ma main est vide. Je ne porte plus ni mon legging, ni mon sweat, ni mon haut de pyjama, ni mes rangers ; je porte une robe blanche en dentelle et mes pieds sont nus.

Ce n'est pas réel.

Keziah s'approche, sa main se glisse dans la mienne. Il embrasse chacun de mes doigts et je réprime un frisson de plaisir. Lorsqu'il me relève la tête, son sourire s'est étiré, dévoilant ses dents.

Ce n'est pas réel.

— Je suis tout à toi, murmure-t-il dans ma bouche avant de m'embrasser.

Mon cœur tambourine, propulsant avec violence mon sang dans mes veines, faisant battre mes tempes.

Ce n'est pas réel.

Le baiser est pressé, avide. Il ne possède pas ce que distille en moi le vrai Keziah.

Je murmure. Il rompt notre baiser et je plonge dans ses si beaux yeux.

— Ce n'est pas réel ! crié-je.

Les mains posées sur son torse, je le repousse avec détermination. Puis mon poing s'écrase sur le nez de l'incube. Une violente décharge part de mes phalanges jusqu'à mon épaule et je grimace. Les doigts de Keziah recueillent le sang qui coule de son nez fendu. Lorsqu'il observe la tache rouge, son regard reste dénué d'émotion.

L'illusion s'efface comme un trait de craie sur un tableau noir et le sourire du démon se noircit. Satan retrouve son apparence, ses vêtements aussi.

Mon Smith & Wesson fuse le long de mon bras et je tire.

Satan sursaute. De son épaule dégueule un liquide noir et épais. Une deuxième balle se loge dans sa poitrine, puis une autre dans son foie. Pourtant – inexorablement –, il continue d'avancer.

— J'ai tout le temps du monde, Claire Defontaine.

L'Amandier

La Géhenne s'embrasait.

Non pas comme lorsque leurs corps consumés de désir enlaçaient leurs deux chairs, mais bien à force de flammes.

Hautes, dévorantes, implacables.

Elle était debout, immobile sous son amandier, observant des centaines d'années de souvenirs se consumer sous ses yeux en une poignée de minutes.

Et elle ne faisait rien.

Un sourire para son visage de mélancolie.

Pourquoi tout ne pouvait-il pas être aussi éternel qu'elle ? Fallait-il vraiment que le monde change malgré le cycle infini sur lequel il reposait ?

Printemps, été, automne, hiver. La boucle ne s'altérait jamais. Les saisons revenaient, toujours identiques, fleurissant les amandiers, mûrissant leurs fruits, pourrissant leurs feuilles, gelant leurs racines. Pourtant… Il y avait bien une différence. Infime. Suffisante.

Et la vallée s'était métamorphosée depuis la toute première fois qu'elle y avait trouvé refuge après sa fuite du Paradis.

L'Homme était arrivé, colonisant ses flancs et les perçant d'immondes petites huttes sans esthétique, sans âme. Il avait retourné sa terre, la transformant en boue, arraché l'herbe grasse pour y planter sa pitance. Il avait abattu les arbres pour ériger tantôt autels, tantôt bûchers. Et finalement, il avait apporté la folie, la maladie et la mort.

La Géhenne s'était desséchée quand les cultes idolâtres, les rituels infanticides, les cérémonies crématoires avaient aspiré son essence.

L'Homme en avait fait un dépotoir, une décharge à ciel ouvert pour Yerushaláyim, où immondices et corps humains fusionnaient sans que l'on ne puisse plus différencier l'un de l'autre.

L'Humanité n'avait rien d'un cadeau. Elle n'en voulait plus.

Une larme roula sur sa joue tandis que l'une de ses mains se plaçait sur son ventre infertile.

Les lépreux et leur pestilence, dont on pouvait sentir les remugles à des lieux lorsque le vent soufflait bas, avaient été la goutte d'eau.

Elle qui avait tant chéri cette terre durant des siècles voulait la voir disparaître. Engloutie par le feu sacré de son châtiment.

Son poing se contracta sur le manche de l'objet qu'elle tenait en main et qui faisait danser une rage rougeoyante au fond de ses prunelles.

Son Paradis était devenu son Enfer.

Des pas aplatirent l'herbe derrière elle dans un chuintement. Elle ne se retourna pas ; elle savait qui était le nouveau venu. Elle l'aurait reconnu sous n'importe quelle forme, à travers n'importe quelle vie, dans n'importe quel Monde.

Lorsqu'il s'arrêta à sa hauteur, il garda le silence, suspendu à sa propre contemplation de l'immense bûcher qui dévorait la vallée.

L'odeur âcre des corps calcinés leur parvint avant les cris.

Les Hommes tentaient de s'enfuir, mais ils avaient créé leur propre Enfer et il était désormais impossible d'échapper à la Géhenne.

— Pourquoi ? demanda-t-il simplement.

Elle haussa les épaules puis posa sa tête contre le bras de son amant.

— Regarde ce qu'ils ont fait d'elle, Samaël. Regarde.

Il regarda, aussi immobile qu'elle. Mais ses yeux à lui n'étaient pas emplis de nostalgie. Il se moquait bien de la Géhenne. C'était son Paradis à elle. Lui n'en avait pas besoin. Lilith accordait bien trop d'importance à la terre, cherchant à y enfoncer ses racines. Elle s'accrochait à un reste d'humanité comme un faon à sa mère. Cela passerait.

— Viens, mon Lys.

Il la détourna du spectacle apocalyptique, de sa fumée noire et de sa douloureuse terreur.

— L'humanité est un troupeau de brebis galeuses ! s'emporta-t-elle, refusant de le suivre.

— Ne blâme pas les bêtes, mais le berger. Ils ne suivent pas le bon maître, mon Lys. C'est aussi simple que cela. Mais les choses changent. Et notre propre troupeau grandit. Bien plus fort.

— Je me moque de ton troupeau. Tout ce que je voulais, c'est une fa…

Elle ravala ses mots avant même que l'orage ne se déclenche dans les yeux de Samaël. Non pas parce qu'elle avait peur de lui, mais parce que leur simple évocation soulevait son cœur.

Elle soutint son regard sombre, peu impressionnée, se nourrissant de sa colère pour assouvir la sienne.

— J'aurais dû t'enlever bien plus que ce que je t'ai pris, souffla-t-elle, ses cheveux roux soulevés par la fumée.

Il glissa une main dans sa nuque, le corps électrisé d'une rage dévorante. Il n'avait pas besoin de respirer, mais à cet instant, il était persuadé de pouvoir s'y noyer.

— Et j'aurais dû te tuer, feula-t-il.

Elle sourit, grisée par les émanations de pouvoir qui filtraient entre eux, et avala sa bouche dans un baiser avide.

Les doigts entrelacés aux siens, elle jeta un dernier regard à la Géhenne. Son bras se tendit au-dessus de sa tête, là où leur amandier développait ses premières branches. Sa torche embrasa les feuilles sèches aussi vite et facilement que du foin. Et tandis qu'ils quittaient la vallée, l'arbre consuma les dernières graines de sa mélancolie.

CHAPITRE 30

LE CHOIX

UNE VOITURE FONCE À TRAVERS LA PELOUSE, ses pneus crissent sur les gravillons, droit sur Satan. La suite de la scène me donne l'impression d'avoir été filmée au ralenti.

Les yeux de Satan s'écarquillent de stupéfaction, il ouvre la bouche, hésite. Le pare-chocs n'est plus qu'à quelques centimètres de son flanc. La collision est aussi imminente qu'inévitable.

Satan disparaît.

Et se rematérialise quelques mètres plus loin, tandis que la voiture entame un dérapage en tête à queue avant d'être arrêtée par l'un des bras de l'escalier de pierre qui monte vers l'entrée de la demeure. L'aile passager s'y est enfoncée comme une motte de beurre tandis que de la fumée grise s'échappe de sous le capot.

On tousse.

Lorsque la portière du conducteur s'ouvre dans un couinement, deux grandes jambes en émergent, et c'est un Keziah échevelé qui titube dans la cour. Sa lèvre et son nez saignent.

Satan en revanche est indemne.

— Si tu comptais me renverser avec ton tacot, incube, tu aurais dû te faire plus discret.

Keziah l'ignore. Il s'est déjà dirigé vers moi. Accroupi, il me redresse en position assise, puis me prend la tête entre les mains, évaluant les dégâts sous différents angles. Mon épaule gauche saigne. Je me suis également éraflé le front et le bout du nez en me jetant à l'abri. Le reste de mon corps paraît fonctionnel.

— Votre Alpine, je lâche comme si c'était la seule chose que mon cerveau avait réussi à assimiler.

Il hausse les épaules.

— Un vieux tas de rouille.

Vidée de mes forces, j'appuie mon front contre son bras. Je suis folle de colère contre lui, mais, à cet instant, je n'ai jamais été aussi heureuse de voir cet abruti de démon.

— Merci, soufflé-je.

Il passe une main douce dans mes cheveux.

— Je suis désolé, Claire. Pour tout.

Je secoue la tête, incapable de parler et encore trop blessée pour lui octroyer mon pardon. C'est tout ce qu'il mérite.

À quelques mètres de nous, la voix de Satan retentit :

— Bien, maintenant que les retrouvailles sont faites, nous avons quelques détails sur le feu, Claire.

La sensation caractéristique de la téléportation me comprime soudain l'estomac et, moins d'une seconde plus tard, nous nous retrouvons tous deux assis sur le bord d'un bassin. Je me décolle de Keziah pour prendre la mesure de l'endroit dans lequel Satan nous a fait atterrir.

Nous sommes au centre d'une ceinture de pins, sous un kiosque en fer forgé recouvert de roses et assis sur une magnifique fontaine de marbre. Une statue se tient tout près de nous, plongée dans sa lecture. Elle a l'air si réelle que mon cœur en loupe un battement.

Lucie, me souffle mon esprit. C'est la Lucie de Keziah !

Nous sommes toujours dans la propriété et la statue n'est autre que l'amour de sa vie, pétrifiée pour toujours par Lilith.

Je me tourne vers Keziah. Son regard brillant d'émotion est rivé sur Lucie. Il bondit sur ses jambes, m'entraînant avec lui et nous plaçant entre Satan et la statue.

— Que faisons-nous ici ? Vous n'avez aucun droit de…

Satan fait un geste dans sa direction et Keziah se retrouve soudain incapable d'ânonner le moindre son. Il ouvre puis ferme la bouche comme un poisson hors de l'eau. Et tente également de faire un pas en avant, mais, comme moi un peu plus tôt, il a été enraciné en terre. De mon côté, tout fonctionne ; je doute que ça dure longtemps.

Une lueur de panique se met à briller dans les prunelles de Keziah et je comprends ce qu'il redoute. Je glisse ma main dans la sienne. L'ange n'a rien perdu de mon geste. Un sourire de requin se découpe sur son visage blanc.

— Tu penses tenir suffisamment à lui, Claire Defontaine ? Tu te trompes. La nature humaine est brodée dans le manteau de l'égoïsme.

Est-ce qu'il va cesser avec ses maximes à la con ?

— Puisque tu n'as su te décider assez tôt, j'ajoute une condition à notre marché, en addition à ton âme et ton silence.

Je grince des dents, ravalant l'insulte qui menace de bondir de ma bouche. J'ignore ce qui me fait encore tenir après une telle semaine. Je me sens comme ces guêpes, prises dans leurs pièges à confiture, qui s'enlisent toujours plus profondément, mais qui, pourtant, continuent à battre des ailes pour s'en sortir sans savoir que leur effort les tue plus rapidement.

— Tu vas faire un choix. Un choix qui prouvera la nature égoïste de l'humanité.

Ma gorge se serre. Je ne sais pas encore ce que Satan désire, mais rien qu'à la lueur que je discerne dans ses iris bleus, je sens que je vais détester. Et Keziah aussi…

— Ce que je veux, Claire Defontaine, c'est que tu choisisses entre l'enfant de ton frère et l'amour de ton cher incube.

Keziah tente de crier, mais un bâillon invisible l'en empêche.

— Pour sauver Lou, tu dois briser Lucie en un millier de morceaux. Claire, tu seras son bourreau. Ou celui de ta nièce.

Mon sang se fige, mes yeux croisent ceux de mon partenaire. J'y lis tant de douleur, tant d'angoisse, tant de fatalité que mes yeux s'embrument de chagrin. Le visage de Satan reste impavide, imperméable à tout sentiment humain. Comment cet être abject a-t-il pu un jour être un ange ?

Keziah s'écroule à genoux, libéré des entraves de Satan. Je m'accroupis, enveloppant son visage livide dans mes mains.

Je cherche autour de moi le miracle qui nous sortira de cette situation. Tout ce qu'il me faut, c'est du temps.

— Il n’y a pas de solution, murmure Keziah, la tête résolument baissée, comme sanglé à la terre, impassible, défait.

Je lui dresse la tête, le forçant à me regarder. D’un geste habile et lest, il m’attrape les poignets, plonge dans mes yeux.

— Nous pouvons le battre, je le persuade.

Je *me* persuade.

Keziah passe la barrière de mes yeux, voit plus loin que mes vaines paroles, comprend. Il sait que mon choix est fait.

Pardon, Lucie, les humains sont bien égoïstes. Et j’aime ma nièce plus que je ne t’aimerai jamais. J’aurais voulu te connaître. J’aurais voulu voir Keziah à travers tes yeux. J’aurais voulu pouvoir tout sacrifier par amour comme tu l’as fait. Mais tu es plus forte. Bien plus forte que je ne le serai jamais.

Satan allume un second cigare et souffle sur le bout afin de le faire rougeoyer. Nous sommes au cirque, et il joue les dompteurs de singes.

Keziah me quitte pour venir s’agenouiller devant la statue. Il glisse une paume sur sa joue, retire une feuille morte de son giron. Son sourire s’étiole, presque imperceptiblement, mais je n’ai rien loupé de ce changement, aussi subtil soit-il. Il ferme les yeux dans un long soupir. Je détourne légèrement le menton, je n’ai rien à faire au milieu de cet échange, j’ai l’impression de jouer les voyeuses.

Si Keziah ne m’avait pas déjà mise au courant de leur passé commun et amoureux, en le voyant ainsi je n’aurais pu l’ignorer plus longtemps.

Je me sens soudain très seule.

Je reporte mon regard sur le couple. Keziah dépose ses lèvres sur les pétales de marbre. Des sillons de chagrin dévalent ses joues blafardes, son pouce caresse doucement la courbe pétrifiée du visage de Lucie.

— Que ton éternité soit douce, *ástin mín*, souffle-t-il dans sa bouche.

Je ne comprends pas la fin de sa phrase, ce moment ne m'appartient pas. Et la solitude frappe, encore, plus fort.

Je m'approche, ferme les yeux, et soudain le fracas du marbre qu'on écrase brise mon cœur en même temps que celui de Lucie. Et de Keziah.

Je me tourne vers Satan, je ne sens rien que le vide, je me hais, je le hais, et cette haine est une douleur infinie.

Tout ce qu'il me faut, c'est du temps.

— Vous avez ce que vous vouliez ! Maintenant, rendez-moi ma nièce.

Une liasse de feuillets apparaît soudain entre mes mains, ainsi qu'un Bic.

— Signe.

Je jette le contrat par terre et attrape mon arme dans mon holster.

Mais Satan l'envoie immédiatement valser dans un rosier d'un négligeant mouvement du bras.

— Vous n'êtes pas mieux que les humains que vous méprisez, Vaderet ! Vous jouez les enfants capricieux ! C'est tout ce que vous êtes ! Un sale petit enfant capricieux avec un complexe d'infériorité, en quête de l'approbation constante de son cher papa !

En un clin d'œil, Satan a parcouru la distance entre nous. Mais au lieu de me prendre à la gorge, fou de rage, il me recrache calmement sa fumée au visage.

J'espère que Michel ne s'est pas trompé.

— Des millénaires ont coulé sous les ponts, Claire. Je me moque de Son approbation.

Dans la poche de mon sweat, mes doigts s'animent.

Tout ce qu'il me faut, c'est du temps. Du temps et des réponses.

— Vous vous moquez de tout, sauf de votre petit troupeau d'âmes damnées. Vous savez pourquoi ?

Satan soupire sa fumée diaphane.

— Éclaire-moi.

— Parce que vous n'avez pas d'emprise sur le monde. Parce que les seuls êtres sur lesquels vous possédez le moindre pouvoir sont les âmes que vous détenez, lâché-je en écho aux paroles de Michel.

Satan s'approche encore.

— Je pourrais t'écraser comme un moucheron, me souffle-t-il dans la bouche.

Nous y voilà.

— Non, vous ne pouvez pas. Votre seul pouvoir, c'est la suggestion. Vous ne pouvez lever la main sur les âmes qui ne vous appartiennent pas.

— Pas encore. Signe.

Je secoue la tête, le cœur battant. L'adrénaline vient de bondir dans mes veines. J'ai ma réponse.

Tandis que mon sang se gorge d'une énergie nouvelle, je sens que le voile que Satan a posé sur mes yeux se lève enfin.

Ses manipulations s'étiolent comme les aigrettes d'un pissenlit. Il pensait me noyer sous les informations, il pensait me faire oublier. Oublier qu'il ne possède pas mon âme. Oublier que je n'ai qu'une seule chose à dire.

— Pense à l'enfant. Pense à l'incube, susurre Vaderet dans une tentative de me ramener sous son voile.

Je lui lance un regard amer avant de tourner la tête. Keziah est toujours recroquevillé dans les graviers, le regard vide. Déconnecté.

— Je ne signerai pas. Jamais.

— Alors Lucie sera morte en vain.

— Je ne signerai pas, répété-je. Parce que je réclame mon âme.

— Quoi ?

Je ferme les paupières.

— Je réclame mon âme.

Une légère décharge électrique traverse ma poitrine, puis plus rien. Pourtant, je sens quelque chose de différent en moi. Comme si j'avais enfin repris ma place dans ce monde, les deux pieds bien ancrés sur terre.

C'est si facile, si évident que je manque de défaillir. Une phrase aurait pu tout changer. Ma colère et ma frustration me font tenir debout.

Satan glousse. J'aurais pourtant cru qu'il serait en rage d'avoir perdu ce pour quoi il a engagé tant d'effort.

— Tu t'attendais à quoi ? Un roulement de tonnerre et une procession de chérubins ?

Mais je ne l'écoute pas, mon oreille se tend vers un bruit infime au-delà de la ceinture de pins qui nous sépare du reste du parc. Un craquement. Je vois à l'éclat surpris dans son regard que Satan n'en a rien perdu non plus. Il me fixe un instant et ses yeux coulent vers mon sourire en coin.

Et soudain – enfin –, mon plan se met en action : une détonation, un sifflement de métal tordu, des semelles qui bruissent dans l'herbe. S'infiltrant dans le cercle de conifères, les combinaisons anti-magie éclosent sous le kiosque par dizaines, arme au poing, casque en place, lunettes sur le nez. En un battement de cils, elles nous ont tous les trois encadrés. Les lasers de visée sont pointés sur la poitrine de Vaderet.

Je sors mon téléphone de la poche de mon sweat, l'écran bien en vue. « Commissaire Lefèvre » y est indiqué en lettres lumineuses juste au-dessus du bouton rouge de fin d'appel. J'entends sa voix bougonne à l'autre bout du fil.

— Defontaine !

— Oui, commissaire ?

— Dis à l'autre enfoiré que s'il touche à un seul poil de ton cul d'emmerdeuse, mes hommes lui poinçonnent le portrait.

Satan récupère calmement mon portable, coupant la communication, et l'écrase d'une seule main. Plastique et composants ensemencent l'herbe lorsqu'il ouvre la paume.

— Vos armes ne me feront rien.

— Et vous ne ferez rien à ces hommes. Leurs âmes ne vous appartiennent pas. C'est ce que vous m'avez gentiment confirmé avant que je ne les fasse intervenir.

— Claire, Claire, Claire, me taquine Satan en tirant sur son cigare.

— Vous ne possédez plus rien.

— Mhmmm. Je ne suis pas de cet avis, Claire Defontaine.

Je n'ai pas le temps de répliquer que Satan a déjà disparu.

— Enfoiré !

Le kiosque vide se fout de moi de son œil métallique.

Je pensais ressentir du soulagement, mais je ne peux m'empêcher de penser que Satan n'en a pas fini avec moi. Et ça me fout une trouille bleue. Néanmoins, je ne suis plus seule.

C'est dans le taxi que j'ai décidé que je n'affronterai pas Satan seulement armée de mon Smith & Wesson et de ma tête dure. J'ai donc appelé Marc pour tout lui raconter, même cette histoire d'âme que j'avais passée sous silence. Il a juré comme jamais sur à peu près tout ce qui lui tombait sous la main, puis m'a offert ce dont j'avais besoin sans réfléchir : l'intervention de la fameuse section spéciale de la BMS. Il me fallait désormais gagner deux choses : du temps, afin que le détachement s'organise et arrive sur place à l'aide du GPS de mon téléphone ; et une information cruciale : celle que Vaderet ne pourrait riposter en cas d'assaut. J'avais assez de sang d'hommes et de femme de ma brigade sur les mains.

Le grésillement d'une oreillette me fait sursauter. L'un des hommes s'avance vers moi.

— La seconde équipe a récupéré l'enfant. Elle l'amène ici. Sa ravisseuse demande à vous voir, officier Defontaine.

Je hoche la tête et me traîne jusqu'à Keziah.

— Je dois aller trouver Lou. Restez ici. Je reviens, d'accord ?

Il ne dit rien, se contente de fixer les morceaux de marbre qui gisent dans ses paumes.

— Nous vous accompagnons, me lance le policier.

Je l'arrête.

— Récupérez ma nièce et mettez-la à l'abri au QG. Je vous rejoins dès que j'en ai fini. C'est entre Lilith et moi.

Quatre cadavres jonchent le rez-de-chaussée du manoir : la seconde équipe.

Mes nerfs à fleur de peau me donnent envie de hurler toute ma rage et ma détresse, mais Lou m'attend. Je n'ai pas le droit de craquer. Je n'ai pas le droit de la décevoir. Pas elle.

Je n'ai pas le temps de retourner chercher les autres membres de la brigade d'élite et Satan a atomisé mon téléphone.

Comme une tornade, je grimpe l'escalier menant aux premières chambres. Et me retrouve nez à nez avec un vaste poitrail qui garde l'une des portes. C'est Gel, le golem à l'intellect discutable de Lilith. Je parie qu'elle se trouve dans la chambre juste derrière lui. Tout ce que j'ai à faire, c'est le contourner. Mais, même si toutes ses lumières ne sont pas allumées aux étages, Gel comprend vite que je suis une intruse.

— Lilith m'attend. Bouge.

Le golem reste de marbre.

À quoi joue Lilith ? Pourquoi son demeuré de videur m'empêche-t-il de pénétrer dans la chambre où se trouve sa maîtresse ? J'ai à peine le temps de me poser la question qu'il m'attrape les deux bras et commence à serrer.

Je tourne et retourne la situation dans mon esprit en ébullition afin de trouver une échappatoire. Il est hors de question que je crève ici ! Il est même carrément exclu que je meure alors que ma nièce se trouve en compagnie de sa démone de ravisseuse dans la pièce juste à côté.

Je secoue le buste avec énergie, fouettant l'air d'une queue-de-cheval enragée. Mon geste n'aurait pas eu moins de résultats si j'avais tenté de soulever une voiture avec mon gros orteil : le golem est aussi inébranlable qu'un militant écologiste enchaîné à un arbre.

— Gel ? tenté-je d'une voix baignée dans l'eau de la décontraction.

Aucune réaction.

Je ravale ma frustration et me compose l'air détaché d'une conversation dominicale.

— Vous vous souvenez de moi, Gel ? Je suis venue au club avec Keziah l'autre matin. Nous avons eu une discussion passionnante. On pourrait presque considérer que nous sommes amis à présent. Et vous savez ce que l'on ne fait jamais à un ami, Gel ? On ne le séquestre pas. Non, Gel, en effet, on ne séquestre pas ses amis. Du coup, si vous pouviez, je ne sais pas, moi, desserrer un tout petit peu votre prise, l'air de rien, histoire que je m'échappe, je vous promets que ça restera entre nous. D'accord ?

Mais le golem n'est visiblement pas sur la même longueur d'onde que moi. Ou du moins, ne semble ni m'avoir écoutée ni m'avoir entendue. Tournée comme je le suis, je ne peux discerner son visage, mais je foutrais ma main au feu qu'il affiche la même expression vide que je lui ai toujours connue.

De rage, je lui écrase le talon sur le tibia en lâchant une série de commentaires qui aurait fait rougir 2Pac. Puis le silence retombe sur le couloir. Seul le bruissement léger des feuilles caressant les carreaux de fenêtre anime notre tête-à-tête.

— Gel, je dois aller faire pipi.

Le gros bras de Lilith ne moufte pas.

Oui… Je m'en serais doutée. Pourtant, j'ai vraiment besoin d'aller aux toilettes. Il me manquerait plus que je me fasse dessus pour que ma honte et ma défaite, cuisantes toutes les deux, prennent des proportions cosmiques.

Un bruit feutré à l'entrée du couloir attire mon attention.

Dans l'encadrement de la porte vitrée se tient la progéniture insolite d'un chat et d'un tamanoir. Les yeux brillants de la petite chimère me fixent avec ce que l'on peut considérer comme une expression pleine d'espoir. Je comprends vite pourquoi, lorsque j'aperçois ce qu'il tient entre ses petites pattes avides : un putain de bocal à cornichons ! La sale bête a pillé la cuisine du manoir pendant que tout le monde était occupé ailleurs !

L'espace d'une seconde, j'hésite entre rire aux larmes et pleurer d'hystérie avant qu'un savant mélange des deux n'exulte de ma gorge. Le golem n'a même pas tressailli.

— Je vois que tu as trouvé la cuisine, je constate après avoir repris mes esprits.

Il trompette comme s'il pouvait me comprendre et, pleine d'espoir – les derniers jours m'ont appris qu'il ne faut jamais penser qu'une chose est trop folle pour exister –, je continue sur le même ton :

— Tu veux que je t'ouvre ce bocal, c'est ça ?

Un coup de trompe euphorique.

Il semblerait que même Gel ait tourné la tête sur notre nouvel ami. Je tente un coup de poker.

— J'aimerais bien, tu sais ? Mais je ne peux pas, je me lamente en baissant un menton défaitiste sur mes bras prisonniers.

Trompe en berne.

— Mais… si tu venais m'aider, peut-être que je pou…

Je n'ai pas besoin d'en dire plus : le baku range ses précieuses friandises dans une poche marsupiale, tel un mini-kangourou – ah, parce que ça a des poches, en plus ! – et s'élance sur ses quatre pattes. Lorsqu'il se ramasse pour nous sauter dessus, je ne peux m'empêcher de fermer les yeux. J'ignore comment le baku et ses dix kilos comptent venir à bout d'une montagne aussi inerte et pesante que Gel, mais le choc fait néanmoins vaciller suffisamment le colosse pour que je réussisse à me libérer une main.

Bordel, ce que mon Smith & Wesson me manque ! Mais je n'ai pas eu le temps de le chercher dans la pelouse. Et à la place de vider mon chargeur sur le golem, ce qui aurait été inefficace au possible, mais pleinement satisfaisant, je me tortille de plus belle tandis qu'il secoue la tête afin de faire lâcher le petit animal piaillant qui lui griffe sauvagement le visage.

La poigne de Gel se détend de quelques millimètres ; c'est suffisant. Je fais taire ma douleur et tire violemment sur mon bras. Mon élan me propulse aux pieds du golem. Je rampe à l'abri d'une causeuse en velours, reprenant mon souffle.

Dans mon dos, un petit cri de douleur me fait bondir sur mes pieds. J'attrape à la volée une jolie lampe Tiffany sans doute d'époque et valant plus que tout le contenu de ma garde-robe, et la brandis au-dessus de ma tête. Un peu plus de ridicule ne me tuera pas.

Gel a réussi à se défaire du baku et le maintient au bout de son bras où il s'agite avec des couinements hystériques.

— Lâche-le ! crié-je en lançant la lampe sur l'homme de main de Lilith.

L'objet se fracasse sur son bras gonflé aux protéines avec autant d'effet qu'un pet dans un jacuzzi. Il tourne la tête vers moi sans desserrer sa poigne.

— C'est moi que tu veux, nan ?

Il me fixe, la prunelle vide. Je me demande avec un frisson si ce genre de créature possède une âme.

— Viens me chercher, mon gros. Viens me chercher ou ta maîtresse ne sera pas contente, l'appâté-je en claquant des mains et sautillant sur mes pieds comme un tennisman en attente du service adverse.

Ayant compris où se trouve sa cible, il lâche finalement la pauvre bête qui s'effondre et se ramasse sur elle-même en une petite boule immobile. Je serre les dents.

— Je te jure que tu vas me payer ça, pauvre taré.

Le golem ouvre les bras, se penche en avant, et les referme sur du vide. Je me suis déjà déportée. Il repasse à l'attaque à une vitesse surprenante pour un être avec aussi peu d'esprit d'initiative. J'esquive en renversant l'une des vitrines du couloir avant de descendre à la hâte les escaliers et de m'engouffrer dans la bibliothèque, Gel sur les talons. En passant près d'un rayonnage, j'attrape une encyclopédie Universalis et la largue sur mon poursuivant. Le gros volume relié de cuir est vite rejoint par un déluge de Kant, Molière, Proust, Pratchett qui mine la pièce comme une zone antipersonnel. Le golem trébuche, mais reprend à chaque fois sa course, faisant barrage de son corps et m'empêchant de quitter la bibliothèque.

À notre troisième tour de piste, je ressemble à un fumeur de Havane sexagénaire à la fin d'un semi-marathon improvisé. Heureusement que j'ai arrêté la clope…

Profitant de mon moment de faiblesse, Gel me crochète le poignet. Je sais d'expérience que lorsqu'il tient sa proie, il ne la lâche plus. Je dois trouver un moyen de m'en sortir ou je suis perdue. Je refuse que le sacrifice de Lucie ait été en vain et de laisser ma nièce à Lilith ! J'ai promis à mon frère que je lui rendrais sa fille. Et ça, coûte que coûte. J'ai bien trop mauvais caractère pour me laisser faire sans me battre.

Le golem me ferre entre ses deux grands battoirs.

— L'attention est touchante, Gel, mais je ne sais vraiment pas danser, lancé-je, faute d'une meilleure répartie.

J'ai entendu dire que l'humour – même mauvais – réduit le stress.

Je n'ai jamais été si proche de la face du colosse et ce que je lis dans ses yeux me fait froid dans le dos : le néant. Il n'y a strictement rien à voir. Même les cadavres sur lesquels je tombe à la sortie de certaines scènes de crime possèdent plus d'expression. Ils sont morts en ressentant quelque chose : de la douleur, de la peur, de la surprise, mais ils ne sont jamais figés dans une telle expression de vide.

Au-dessus des yeux de Gel, sur son front, quelque chose a été gravé sur les tatouages : תילל. C'est écrit si petit que c'est la première fois que je le remarque. Je plisse les yeux tandis qu'il me maintient les épaules afin de m'immobiliser. Les symboles font écho à ma mémoire. Où les ai-je déjà vus ?

La poigne se resserre. Je grimace.

Oui ! À la bat-mitsva de Tamara Minkche, ma meilleure amie du collège : dans sa Torah ! Le mot gravé sur le front de Gel est donc de l'hébreu.

Un nouveau souvenir, plus récent, fuse dans mon esprit et je me maudis de ne pas y avoir pensé plus tôt. Réussissant à tendre le bras grâce à une torsion d'épaule, je tente d'enfoncer mes doigts dans le front du golem, mais mes ongles restent en surface. Je griffe aussi fort que je le peux ; sans succès. Sa peau est dure comme de la pierre.

— Putain ! T'es vraiment coriace !

Me tordant le cou afin de chercher un moyen de me débarrasser de mon ravisseur, mes yeux tombent sur le Dalmore Single Malt trente ans d'âge de Keziah et sa carafe de cristal. Sans m'en excuser une seconde, je l'agrippe par le col et la fracasse sur le front du golem. Puis je passe la paume sur la gravure. Cette fois, ma main s'enfonce dans la chair. Car ce n'est pas de la chair, mais de l'argile. Imbibée d'alcool. Lorsque, sous mes doigts, la glaise se ramollit enfin, j'en attrape une poignée et la jette au sol.

Gel s'est immobilisé, ses doigts se sont ouverts ; je me dégage, essoufflée. Sur le front du golem, le mot en hébreu s'est effacé.

Je sais exactement ce qu'il représentait : un nom, Lilith. Le nom de son maître, celui dont la magie lui insufflait vie. Sans lui, le golem n'est qu'une sculpture d'argile sans âme. Je suis heureuse d'avoir été une bonne élève. Fière d'avoir entrepris des recherches sur les êtres mythiques qui avaient croisé ma route jusque-là et qu'on puisse, malgré la rumeur éhontée, se fier à Wikipédia. Je me promets de faire une généreuse donation au site une fois sortie de mon fabuleux merdier.

Me détournant de l'homme d'argile, je cours dans l'escalier puis cherche des yeux le petit corps roulé en boule du baku et m'accroupis près de lui.

— P'tit pote ? murmuré-je.

Aucune réaction.

— Allez, p'tit pote. Tu vas quand même pas tirer ta révérence sans un dernier cornichon ?

Malgré mon ton enjoué, je sens que les larmes ne sont pas loin. Je prends le baku dans mes bras et lui caresse la tête.

— Il est hors de question que tu meures ! Tu me dois un bocal de cornichons plein ! Et je détesterais que tu me sois redevable, tout ça parce que t'es incapable de rester en vie !

Cette fois, je sens de grosses larmes chaudes dévaler mes joues. Pourquoi rien ne peut-il jamais se passer comme il faut ? Pourquoi tous ceux qui croisent ma route sont-ils obligés de mourir ?

— S'il te plaît…

Un hoquet secoue le baku. Ses paupières battent un instant, puis deux billes noires se fixent sur moi. Sa trompe s'enroule autour de mes doigts.

— Te voilà, soupiré-je entre deux sanglots. Tu m'as fait une peur bleue, Cornichon !

Un ronronnement s'échappe de la gorge de la chimère tandis que je la dépose délicatement sur un bout de tapis.

— Tu vas m'attendre gentiment ici, d'accord ?

Il plonge ses pattes dans sa poche marsupiale, en ressort le bocal et me le tend.

Je glousse en lui ouvrant.

— Oui… Tu as raison, l'attente sera plus douce avec des concombres nains en saumure.

Je me lève, le regard vissé au couloir. Lou m'attend.

J'ouvre la porte. Une jolie mélopée filtre immédiatement de la chambre plongée dans une douce pénombre. On a baissé les volets aux trois quarts et une silhouette est assise sur le bord d'un grand lit double tandis qu'une seconde, plus petite, ronfle doucement sous les draps. Je pénètre dans la chambre et referme derrière moi.

Lilith n'a pas bougé. Je sais pourtant qu'elle n'a pas pu louper mon entrée. Elle poursuit sa chanson comme si je ne représentais pas une menace suffisante. Au bout d'un court moment, sa voix se module dans des intonations plus graves et elle termine sur quelques dernières notes.

— J'ai eu du mal à l'endormir, murmure-t-elle en caressant la tête de Lou. Vous avez fait un boucan de tous les diables en venant.

— Excusez-moi si mon entrée n'était pas à votre goût, grogné-je en réponse. Je viens récupérer ma nièce.

Lilith pousse un long soupir. Ses doigts écartent une mèche de cheveux du front de Lou.

— Je sais, exhale-t-elle. J'aurais voulu avoir un peu plus de temps, mais elle est toute à vous.

L'étonnement étire mes traits. C'est tout ? Comme ça ? Cette salope a liquidé quatre hommes juste pour s'amuser ?

Lilith se redresse puis s'écarte du lit, me laissant un passage. Je ne la quitte pas des yeux, soupçonneuse, tandis que je m'approche de ma nièce endormie afin de vérifier qu'aucun mal ne lui a été fait.

— Elle est très vive d'esprit, murmure Lilith à mon côté.

— Je sais, je rétorque d'une voix sèche. Mais vous me pardonnerez si je n'ai aucune envie de m'en taper une tranche avec sa ravisseuse.

— J'ai voulu la protéger. Satan commençait à s'agacer.

— C'est drôle, raillé-je. Votre cher et tendre vient de me dire que le rapt de ma nièce était votre idée.

— Vous faisiez trop de progrès et Keziah trop peu. Il ne parvenait pas à vous ralentir.

— Merci pour vos recommandations, d'ailleurs, mais sauter Keziah ne m'aurait pas détournée de ma tâche.

— Je n'ai dit ça que dans votre intérêt. Je le répète : mon combat, c'est la femme. Toutes les femmes.

Elle secoue la tête, malheureuse. Je peux presque croire à son jeu d'actrice.

— Satan a évoqué le fait de s'en prendre à votre famille. À la petite. Je ne pouvais pas le laisser faire. Alors je l'ai prise la première en faisant valoir mon droit.

— Mère modèle !

Lilith me dévisage, le menton dressé, le regard sûr, l'échine à la verticale, et je suis incapable de dire si elle ment. Je n'aurai sans doute jamais le fin mot de cette histoire-ci.

Elle avise une banquette au pied du lit et s'y assied, gracieuse, avant de lisser les plis de son tailleur-pantalon et de croiser les jambes.

— Je ne touche pas aux enfants, se défend-elle tandis que je la toise de toute ma hauteur, les bras en bouclier. Je n'ai jamais touché aux enfants. Et toutes les tortures du monde n'y changeront rien. Pensez de moi ce que vous voulez, Claire, mais je suis une mère. Bien qu'*il* m'ait refusé ce cadeau.

La pénombre qui règne dans la chambre est propice aux confidences et je sens que la démone est assez ouverte pour m'en dévoiler davantage. Je m'adosse au mur face à elle.

« Connais ton ennemi. »

— Pourquoi avoir répandu cette pandémie magique ?

Elle secoue la tête, la mine grave.

— Avez-vous vu le film *Jeux d'enfants*, Claire ?

Je hoche la tête.

— Un vrai modèle pour une relation durable et saine.

Elle défroisse de nouveau son pantalon. À croire qu'il possède plus de plis qu'une jupe d'écolière.

— Nous sommes des déités, Claire. Des immortels. Ne regardez pas notre relation à travers le prisme de vos émotions humaines. Nous sommes au-dessus, au-deçà.

Je ricane sans joie.

— C'est pour cette raison que vous utilisez des carburants comme la vengeance, la perversité, la jalousie pour pimenter votre relation toxique ? Tuer des innocents vous fait monter au rideau ?

Lilith se lève, elle est tout en fureur contenue.

— Ce que nous faisons par amour dépasse votre entendement, Claire.

— Mais ce n'est pas de l'amour ! m'agacé-je sans réussir à me contenir.

— Lorsque la simple présence de l'autre met le feu à vos entrailles, lorsque vous ne pouvez respirer que lorsqu'il vous regarde, lorsque le manque vous consume, qu'est-ce que c'est, si ce n'est de l'amour ?

Je me tais. Son regard flamboie d'assurance, et d'un petit quelque chose d'autre. Si je lui balance que ça ressemble beaucoup à de la démence, elle va foutre le feu à la chambre. Et dans cette chambre, il y a Lou.

— Samaël est mon monde et je suis le sien. Depuis le commencement des temps, nous nous déchirons. C'est ainsi. Il peut coucher avec qui bon lui semble et je peux faire de même, mais au bout du compte, seul notre amour est véritable.

— Tant que vous pouvez faire passer une ou deux petites vengeances à lourd potentiel génocide entre deux infidélités, ça m'a tout l'air de fonctionner, en effet. Mais vous détruisez des vies, Lilith ! Vous qui vous vantez d'être une mère, une féministe ! Comment votre morale s'accommode-t-elle de ça ?

Elle regarde dormir Lou un court instant.

— J'ai des principes. Pas de morale. Tout comme Samaël. Voyez comme il a instillé le doute, la peur, l'insécurité dans votre cœur. Vous n'oublierez jamais votre rencontre. Ces quelques jours resteront à jamais gravés dans votre mémoire, inscrite dans votre chair. Vous regarderez toujours par-dessus votre épaule dans la peur de représailles. Et il pourrait y en avoir. Ou non. Pourtant, dans quelques jours, Samaël vous aura oubliée. Parce que c'est ce qu'il est. Il évolue sur un autre plan. Il joue sans prendre de plaisir. Il règne sans joie. La seule qui puisse le faire ressentir quelque chose, c'est moi, Claire. Et c'est pour cette raison que nos « jeux » qui vous semblent si immoraux nous sont si chers. Samaël vit à travers moi, à travers nos travers. C'est ainsi. Immuable.

— Drôle de manière…

— C'est ainsi, répète-t-elle en haussant ses fines épaules. Lorsque j'ai mis mon plan à exécution, je voulais lui offrir un cadeau empoisonné à l'image de celui qu'il m'a offert, lorsque j'étais encore mortelle. Et quoi de mieux que de lui retirer la source de son pouvoir ? Sans humain, pas d'âme, et sans âme, pas de pouvoir.

— Un altruisme sans borne…

— Avez-vous déjà croisé un enfant IT, Claire ?

Elle attend une poignée de secondes avant de répondre à ma place :

— Non, bien sûr. Car j'ai fait en sorte que mon poison ne puisse flatter que l'ego sale et démesuré d'un adulte.

— Pourquoi m'avoir laissé des indices, Lilith ? L'évocation du Narcisse, vos souvenirs mélancoliques, la fleur d'amandier dans la salle des trésors ?

— Satan faisait tout pour vous mettre des bâtons dans les roues. J'aime lui en mettre à lui. Ça fait partie de mes plaisirs coupables.

— Ça n'a aucun sens, m'agacé-je.

Elle rejette sa cascade rousse derrière son épaule.

— Il n’y en a pas toujours.

J’ai presque toutes les réponses que je souhaitais. Même si certaines me laissent encore sceptique.

— Pourquoi vouliez-vous priver Satan de son pouvoir ?

— La vengeance, longue, froide, immense. J’ai frappé là où ça lui ferait le plus mal. Comme je l’ai fait par le passé. En revanche, je ne pensais pas que la maladie muterait. Je ne pensais pas qu’elle m’enlèverait Éden. Elle était spéciale. Comme Keziah.

— Drôle de façon d’aimer que de punir comme vous l’avez fait avec Keziah…

— Quand vous tenez à quelqu’un suffisamment profondément, vous faites tout pour le garder auprès de vous, Claire. Vous comprendrez un jour.

Non, je ne suis pas sûre. Et pourtant, derrière chacune de ses actions, une part de moi se regarde. J’aimerais la haïr, la juger, la ranger dans la case des blancs ou des noirs, mais tout est gris et rien ne fait sens ouvertement.

— Dites-moi comment réparer ce que vous avez fait. Dites-moi comment je peux arrêter cette maladie magique.

— Je ne sais pas.

— Comment ça ?

— Si je l’avais su, j’aurais agi. Mais je ne sais pas.

Je manque soudain d’oxygène.

— Alors tout ça… toute cette merde… ce n’est pas fini ?

— Le Conseil s’est offert les services de la meilleure enquêtrice humaine qui puisse exister. Je ne m’en fais pas pour la suite des événements. Vous trouverez la solution.

— Je ne passerai pas sous silence votre implication, Lilith. Le Conseil est déjà au courant. Vous allez devoir assumer ce que vous avez fait.

Elle secoue la tête.

— J'aime votre esprit de justice, Claire. Pourtant, il ne m'arrivera rien. Le monde est fait de nuances, oui, mais il est souvent bien sombre. Plus gris que blanc. Plus noir que gris. Tous les méchants ne sont pas punis.

— Vous avez des centaines de morts sur la conscience, Lilith !

— J'en ai mille fois plus que ça, Claire Defontaine.

Et sans crier gare, elle s'évapore, me laissant seule avec le ronflement de ma nièce et un parfum d'amande.

CHAPITRE 31

LE CHAGRIN

L'ÉQUIPE DE NETTOYAGE DES SURNAT' S'ACTIVE autour de nous dans un ballet qui sent la javel et le bain antiseptique. Les mouvements sont précis, cultivés par l'expérience. Personne ne fait vraiment attention au couple qui gît au milieu du cercle de pins. Et c'est pour le mieux.

Quand Lilith a disparu, j'ai émis une prière muette. Michel s'est immédiatement matérialisé dans la chambre. Je lui ai glissé Lou dans les bras en lui demandant de la déposer chez ses parents. Il n'a pas posé de question. J'aurais dû le faire moi-même ; je l'avais promis à son père ; mais pour le moment, je ne pouvais pas croiser le regard de Louis et Odile. Je n'aurais pas pu accueillir les pleurs reconnaissants alors que j'étais en partie responsable du kidnapping de leur fille. Je ne l'aurais pas supporté. Alors, je l'ai confiée à un ange et je suis restée au manoir.

Quand j'ai rejoint Keziah sous le kiosque, il n'avait pas bougé, pas cillé. Je n'ai pas réfléchi ; j'ai enroulé mes bras autour de ses larges épaules.

Je ne vois pas son visage : il le presse contre ma poitrine. Ses poings refermés dans mon dos agrippent mon sweat à capuche comme un enfant accroche ses draps lorsque les cauchemars deviennent trop réels, mais que même la barrière la plus mince suffit à le rassurer.

Je connaissais l'existence des démons. Et, il y a encore quelques jours, je leur portais une haine aveugle et viscérale ; maintenant que j'ai mis un pied dans leur monde, je m'étonne d'en voir un pleurer et plus encore que son chagrin soit si violent qu'il me meurtrisse l'âme.

Mes mains tremblantes se coulent dans la rivière de soie rousse de Keziah. Mes doigts s'entremêlent aux lourdes boucles qui habillent sa nuque. La plainte brisée qui s'élève de sa gorge gonfle en écho jusque dans mes os. Je ne suis pas certaine d'avoir jamais ressenti une peine si profonde.

Lucie était son monde. Son ancre. Son humanité.

Je ne sais que trop bien ce que l'on ressent quand on perd quelqu'un qu'on aime. Chaque pas que l'on tente de faire s'enlise un peu plus. Bouger, parler, respirer, tout fait mal. Le simple fait de penser vous arrache les tripes et les passe au broyeur.

Alors, peu à peu, on laisse la léthargie prendre le dessus, lorsqu'il n'y a plus de larmes. On se laisse envahir par le vide. On appuie sur ce petit interrupteur planqué au fond de soi et les sanglots s'espacent, les hoquets redeviennent contrôlables, la respiration se lisse. On n'oublie pas, mais on prend de la distance.

Les combinaisons noires remplissent le jardin secret de Keziah. C'est moi qui les ai appelées en trouvant le numéro de Letha dans le téléphone de l'incube. Elles n'ont pas mis plus de trois minutes avant de se matérialiser sous le kiosque. Un échange de regard a suffi pour faire comprendre à l'équipe que leur point de chute se trouvait juste à côté de nous. Au pied de la fontaine.

Pendant les vingt minutes qu'a duré l'opération, Keziah n'a ni bougé ni dit un mot. Il a peu à peu glissé sur mes cuisses, les paupières rouges et les yeux éteints.

Derrière nous, là où une tasse à thé ébréchée et des morceaux de marbre sont tout ce qui atteste de la présence de Lucie sur les lieux, deux membres de l'équipe de nettoyage prélèvent des échantillons dans des tubes à essai avant de faire disparaître le reste des preuves dans un grand sac-poubelle.

Le marchand de sable est passé.

Si la situation n'était si tragique, j'aurais ri jaune à cette pensée.

L'odeur de javel se fait plus puissante, portée par la brise qui ondule entre les rosiers parfaitement taillés du petit jardin. Est-ce tout ce qui restera de Lucie ? Une odeur entêtante et impersonnelle de chambre stérile ?

Une paire de chaussures de sécurité se plantent dans mon champ de vision. Mes yeux se relèvent sur des cuisses rondes et un bassin large pour finir par s'arrêter sur les verres fumés d'une paire de lunettes de protection.

— Nous avons fini, annonce Letha. Le corps de l'humaine…

— Lucie, la coupé-je sans réfléchir.

La brune à la mâchoire de Rubik's Cube semble perdue. Ses sourcils se rétractent derrière ses lunettes.

— Son prénom. Elle s'appelle Lucie.

Letha s'autorise une pause pensive avant de reprendre, le menton pointé vers Keziah, qui n'a pas réagi :

— Le corps de Lucie sera rapatrié dans les Limbes pour y être détruit. Nous ne pouvons pas le laisser aux humains. Les flics pourraient se mêler de nos affaires.

— J'aimerais la garder.

Cette fois, c'est la voix de Keziah qui vient d'intervenir. Letha et moi le fixons. Comme s'il était fait de papier et que le moindre mouvement trop brusque pouvait le déchirer entre deux articulations. Sa tête quitte mes genoux et son corps se déplie avec une lenteur d'automate rouillé. Le chagrin a creusé des rides au coin de ses yeux et grisé ses cernes, les veines dans leur blanc sont dilatées et ses paupières gonflées.

— Il n'y a rien à garder, Keziah. Lucie est morte.

— Je veux pouvoir l'enterrer moi-même.

La bouche de Letha se tord dans une grimace.

— Épargne-toi cette peine. Il va falloir que j'envoie mon rapport au Conseil. Est-ce que l'un de vous deux peut témoigner de ce qu'il s'est passé ici ?

Je hoche la tête.

Pour ce que ça servira. Je n'ai que des preuves indirectes de l'implication de Lilith dans l'affaire. Encore plus pour Satan. Pourtant, c'est lui l'origine de tout ce mal. C'est lui qui le sème dans le vent et regarde, souriant, ses semis germer.

Satan est la tête de mon serpent.

— Bien. Pour le moment, j'ai une autre mission sur le feu, mais… (Letha griffonne rapidement dans un carnet corné, puis en dégrafe la page qu'elle me tend.) C'est un pass à remettre à Heimdall. Il vous mènera directement dans mon bureau. Venez me voir le plus vite possible.

Une fois encore, je hoche le menton. En silence, j'observe la brune lancer des ordres à son équipe pour les rassembler. Un brancard recouvert d'une housse mortuaire passe devant nous, faisant crisser les gravillons.

Je me mords l'intérieur de la joue. Je n'ai pas le droit de pleurer. Ce n'est pas mon moment. Mais Keziah a séché ses larmes, son regard fixe le sac noir et il s'est figé dans une neutralité parfaitement élaborée. Le démon qui tente d'étouffer l'humain. J'y trouve quelque chose de glaçant. Mais je me rassure dans tout ce que Keziah n'arrive pas à maîtriser : le tremblement de son menton, la lueur dans ses iris, la contraction de ses épaules, les spasmes dans ses doigts.

L'humain et le démon aimaient Lucie. Et toutes les menaces, toutes les punitions, tous les lavages de cerveau du monde n'y ont rien changé.

Nous avons quitté le cercle de pins, son kiosque, ses rosiers et sa fontaine, observant Letha et son équipe. Un dernier retardataire se joint au groupe qui s'est formé au milieu du parc, puis d'un coup de talon sec, ils disparaissent avec leur cargaison.

Le silence retombe en même temps que le vent.

— J'ai besoin d'un verre.

La phrase a été lâchée si brusquement qu'elle déchire ma léthargie. D'un pas rapide, Keziah s'élance droit sur la silhouette du manoir, je trébuche à sa suite comme une enfant empotée qui suivrait un adulte à l'allonge trop prononcée pour ses petites jambes en pleine croissance. Il grimpe les marches, pousse la porte et pénètre dans le hall. Keziah s'est figé. Un peu plus et je lui rentrais dedans. Il ne bouge pas. Je le contourne pour lui faire face.

— C'est trop tôt, Keziah. Si vous voulez changer d'air, je peux vous offrir mon canapé.

— Lucie déteste les maisons vides. Elle dit toujours que ce qui crée un foyer, c'est le quotidien. Les rires, les cris, les bruits de pas, les portes qui claquent, les moments d'intimité… même les peines y ont leur place.

L'usage du présent, je le comprends. Je sais qu'il a besoin de se raccrocher à une image vivante de Lucie.

— Je vais vous chercher à boire.

Je me détourne, il m'arrête un instant d'une requête.

— Le Dalmore Single Malt, trente ans d'âge.

Je grimace.

— C'est-à-dire que… cette bouteille a eu un… petit accident de golem.

— Alors qu'importe. Choisissez la première bouteille qui vient.

Je hoche la tête. Mais une fois encore il m'arrête ; ce sont ses doigts qui enserrent mon poignet.

— Inspecteur…

Son ton est suppliant, lourd d'émotions. Il n'en dit pas plus tandis que je le dévisage. L'eau de ses yeux reflète un ciel nuageux. Triste. Ils ne sont plus un appel à jouer entre leurs vagues, à se prélasser sur leurs plages. Ils crient leur souffrance et leur solitude. Ils me magnétisent jusqu'à m'avaler tout entière.

— Claire…

Mon bras se tend sous une vive tension et avant que je ne comprenne vraiment, la bouche de Keziah se fait avide sur la mienne.

Sur les lèvres agitées du démon, je goûte au sel de son chagrin. À son désir exacerbé par un besoin presque primal de trouver du réconfort. D'annihiler sa peine dans l'ivresse.

Sans rompre notre baiser, il m'allonge à même le sol de l'entrée. Ses muscles roulent sous mes paumes. Je me sens fiévreuse. Noyée par le désir impérieux de Keziah.

Dois-je me laisser emporter à mon tour ? Que peut-il sortir de bon de cette partie de jambes en l'air ?

Je gémis quand ses dents pincent mon lobe, puis que sa langue agace cette zone si érogène chez moi.

Il dézippe mon sweat puis fait passer mon haut AC/DC par-dessus ma tête et le balance sur le côté. Le vêtement se suspend à un parapluie comme un drapeau en berne. Je quitte la vision des yeux, pour les plonger dans ceux de Keziah. Ils brûlent d'une envie si puissante que mon cœur s'accélère encore. Je ne porte pas de soutien-gorge : je n'ai pas eu le temps d'en enfiler un. Il observe ma peau nue, mes tétons durcis par le désir et son regard s'enflamme. Ses lèvres, sa bouche, ses dents, sa langue parcourent ma peau piquetée de frissons.

Nous ne sommes jamais allés si loin. J'ai peur. Peur que nous soyons en train de faire une bêtise. Mais surtout, peur de mes propres envies. Car ce sont elles qui viennent de glisser mes mains sous la chemise de Keziah et qui savourent le roulement de ses muscles contractés. Ce sont elles qui refusent catégoriquement de nous empêcher de nous envoyer en l'air dans un hall d'entrée à quelques mètres du lieu d'un drame.

Putain d'hormones !

La bouche de Keziah revient à la mienne après avoir exploré chaque parcelle de ma peau vibrante. Je crochète mes jambes autour de sa taille et il me soulève du sol, m'asseyant sur lui.

Je sens que je suis au bord d'un précipice ardant, pourtant, il ne m'a même pas encore touchée sur les zones les plus érogènes de mon corps.

J'enfouis mon nez dans la nuque de l'incube, mordant sa peau fine et goûtant à sa saveur saline. Je n'ai jamais ressenti le besoin de mordre mes partenaires, mais, à cet instant, je veux – non, je dois – le marquer. Il gémit. Mélange de plaisir et de douleur.

Keziah récupère mon visage entre ses deux grandes mains et m'observe un long instant. Chaque centimètre de mon visage est passé au crible.

Que voit-il ?

La teinte rose de mes joues ? Le léger essoufflement qui s'échappe d'entre mes lèvres ? Ma bouche sèche d'une attente insupportable ? Mes yeux brillants d'anticipation ? Voit-il plus loin ? Mon aura électrisée, colorée par la passion ?

C'est moi qui reprends notre baiser. Il est étrangement doux, presque timide, alors que nos corps, pressés l'un contre l'autre, ne peuvent plus rien se cacher. Je me consume d'en goûter plus. Je resserre les cuisses autour de sa taille. Je sens qu'il est prêt. Pourtant, il s'échappe, pose son front contre le mien. Son souffle est court et, lorsqu'il prend la parole, sa voix est si rauque qu'il me fait l'effet de sortir tout droit d'une retraite silencieuse.

— Pardon, Claire, je… ce n'est pas… bien.

Un battement de cœur plus fort que les autres et je reviens à la réalité.

Enserrant ma taille, il me soulève et me repose sur le sol à côté de lui. Je croise soudain les bras sur ma poitrine, désormais trop consciente de ma nudité.

Lorsque Keziah se redresse, dos à moi, je n'aperçois de lui que ses poings contractés et tremblants. Je relève les yeux et son reflet s'étale dans le grand miroir doré de l'entrée.

— Je suis désolé. Je n'aurais pas dû.

Il se prend la tête entre les mains. Je me redresse à mon tour, les seins à couvert derrière mes bras. Je récupérerais bien mon T-shirt, mais il se trouve juste devant Keziah.

Je me mords la langue. Ce que je m'apprête à dire résiste : je ne me suis jamais dévoilée ainsi. À personne. Peut-être est-ce le fait qu'il soit de dos et que son reflet soit mon seul interlocuteur qui me donne du courage. Je n'en sais rien, mais je me lance :

— J'en avais envie.

Il secoue la tête, son visage toujours dissimulé entre ses mains.

— Mon pouvoir d'incube est exacerbé par mes émotions, Claire. En temps normal, tu ne te serais jamais abaissée à coucher avec moi.

— Abaissée ?

Ses doigts se décrochent de son visage. Son reflet me dévisage. Il hoche les épaules, fataliste.

— J'en avais envie, je répète. Quand je te regarde, je vois l'homme.

— Pourtant, la bête est là.

— Je sais.

Il m'observe avec tant d'intensité que j'ai l'impression que ses mains sont toujours posées sur ma peau. Je me tortille.

— Si on doit continuer cette conversation, est-ce que tu pourrais me passer mon haut ?

Keziah suit mon doigt pointé vers le porte-parapluies, il décroche le T-shirt et observe les quatre lettres imprimées en rouge sur le tissu blanc. Un sourire fait frémir le coin de ses lèvres, puis il me le tend. Je l'enfile à la hâte et nous nous retrouvons soudain englués dans le silence avant qu'il ne se dirige sans un mot vers la bibliothèque où Gel est toujours immobile en plein milieu. Keziah le contourne et je le suis jusqu'au bar. Après quelques manipulations de bouteilles, il se retourne et me tend un verre. Je secoue la tête.

— Non, non. Je dois avoir les idées claires…

— Ce n'est pas un Dalmore trente ans d'âge, mais ça ne se refuse pas quand même. Et on en a tous les deux besoin.

Je me mords la lèvre, hésitante, puis finis par accepter le liquide ambré. Le portant à mes lèvres, je l'avale en une unique gorgée. L'alcool me brûle le palais, réchauffe ma gorge, enveloppe mon estomac pour finir par me rosir les joues. Je ne bois jamais et, lorsque je le fais, je préfère un verre de vin à un whisky sec. Mais je dois avouer que je me sens mieux. Plus détendue. Mon regard se perd dans le fond de mon verre vide. Keziah ne s'assied pas, préférant s'appuyer sur le dossier de l'un des fauteuils. Après un moment, il s'approche de la cheminée. Ses yeux se posent sur un cliché de Lucie et lui, vieux de plus d'un demi-siècle. Et par-delà.

— Je suis désolée… je commence d'une voix rauque et faiblarde. Lucie n'aurait jamais dû…

Ses épaules se contractent. Il ne me regarde pas. Comment lui en vouloir ? Ce qu'il y a entre nous est trop lourd. Puis, enfin, Keziah se racle la gorge.

— Tu as été formidable, Claire. La petite Lou a pu retrouver ses parents grâce à toi. Lucie serait heureuse d'avoir pu contribuer à sauver la vie d'une petite fille. Tu es une équipière merveilleuse.

Je grimace. Je ne veux pas penser à mon échec, pas si tôt. Sans quoi je plongerais sous la couette et n'en ressortirais jamais. Ce n'est pas moi que l'on devrait encenser.

— Je ne t'ai pas remercié pour ton intervention avec l'Alpine, j'élude. Sans toi, Satan n'aurait fait qu'une bouchée de moi. Et… il se trompait…

— À quel propos ?

— L'égoïsme de l'humanité. Il n'a réussi qu'à prouver que l'humain – même celui que l'on a privé d'âme depuis un millénaire – est capable de sacrifice.

Il hausse les épaules et se tourne finalement vers moi. En retour, je me racle la gorge, jouant avec le bouton pression qui referme mon holster vide.

— Lucie ne m'aurait jamais pardonné si j'avais choisi sa vie plutôt que celle d'une petite fille. Et puis… Lou est bien trop mignonne pour finir entre les sales pattes de Vaderet.

Je prends ensuite une longue inspiration. Ce que j'ai à dire me vrille l'estomac.

— Et maintenant ?

— Et maintenant quoi ?

— Satan… Il va te rappeler à lui.

Il hoche le menton, une douleur dans le regard.

— Tu pourrais t'enfuir.

— Ne dis pas de bêtises. On ne s'enfuit pas des bons services du diable, Claire. Et puis… il ne me reste que quelques mois à tirer. Ensuite, je reprends du service auprès de Lilith.

— Quelques mois… Au regard de Satan, ça peut durer bien plus que ça…

— La douleur peut faire paraître le temps plus long, en effet. Mais ne t'en fais pas, je survivrai. Surtout si tu es là à mon retour.

— Keziah…

Il soupire, récupère la carafe et nous sert de nouveau. Il sait exactement ce que je veux lui dire et il a visiblement besoin d'un peu de courage en bouteille pour ce qui va suivre.

— Pourquoi ne m'avoir rien dit ?

Il savait que mon âme n'était pas réellement entre les mains de Satan, du moins pas avant quelques jours et, malgré tout, il m'a caché cette information. Lorsque Michel m'a ramenée chez moi, j'étais trop bouleversée pour l'écouter, mais maintenant, je veux savoir. Je veux comprendre.

Ma colère tend le nez, tâtant le terrain.

— Je ne sais pas. Par jalousie ?

— Par jalousie ? je toussote dans mon verre. Tu m'as caché que Satan ne possédait pas mon âme ; ce qui aurait pu changer le cours de *beaucoup* de choses ; par jalousie ?

Il se passe une main gênée dans les cheveux avant de vider son verre et de plonger son regard dedans.

— Tu étais libre. Sans attache. Sans contrainte. Chose que je n'ai pas été depuis un millénaire. J'ai été humain, Claire… Quand j'ai gardé la vérité pour moi, j'ai été humain.

Posant mon verre, je croise les bras et prends une profonde inspiration, mes yeux ancrés à ceux de Keziah.

Au bout d'une longue minute inconfortable, il s'approche de moi, une main tendue vers mon épaule. Je me crispe. Mes émotions se battent violemment entre elles, me ravageant l'intérieur. L'alcool les attise, je crois. Ou alors ce n'est que moi. Moi qui m'étouffe dans l'incompréhension. Je ne sais plus quoi penser. Comment réagir. La première chose qui me vient, c'est l'autopréservation. Je m'éloigne et m'assieds sur le bord du canapé.

Il s'approche.

— Tu devais tout me dire. Tu me l'avais juré.

— Je suis désolé, je…

— Tu me l'avais juré ! crié-je.

— J'ai été faible ! Putain, Claire !

Je me mets à pleurer. Merde. Je me mets à pleurer comme un bébé alors que je voudrais que ce soit la colère qui prenne le dessus. Mais mes larmes dévalent mes joues.

Keziah ravale immédiatement sa hargne.

— Claire, est-ce que tu vas bien ?

Je ne réponds pas. Il s'approche.

— Claire ?

L'index de Keziah me relève doucement le menton. Je me dégage en secouant la tête. Je ne veux pas qu'il me touche.

— Arrête.

— Claire…

— Je refuse de retomber là-dedans, Keziah. Je ne peux plus laisser mes émotions me manipuler. Tu as trahi ma confiance tellement de fois…

— Claire, laisse-moi…

Cette fois, je bondis sur mes pieds puis contourne le canapé. C'est une maigre barrière que je place entre nous, mais c'est déjà bien.

— Arrête, Keziah ! C'est trop facile ! Je ne peux plus faire ça, tu comprends ? Peut-être que… si tu avais été honnête avec moi dès le début. Peut-être que tout ça…

— Claire…

— J'en ai assez. Je veux rentrer chez moi, d'accord ? Je…

— Écoute-moi !

Je me fige dans ma fuite. Une décharge électrique vient de recracher son jus dans mes veines. L'aura de Keziah crépite autour de lui. Je relève la tête ; ses yeux brûlent autant de douleur que de colère. Et je ne sais pas exactement laquelle de ces deux émotions me fait le plus peur.

— S'il te plaît… Écoute-moi, fait-il en se radoucissant.

Je plisse les paupières.

— Choisis bien tes mots.

— Pourquoi crois-tu que je t'aie fait venir dans la demeure de Freyja ? Je voulais que tu découvres la vérité ! J'ai renoncé à tout… pour toi.

C'est à mon tour de crier.

— Tu aurais pu tout me révéler. Avec des mots ! Des mots sincères !

— Je ne pouvais pas. Mon rôle était de te séduire et de retarder la résolution de ton enquête le temps que…

— … que Satan puisse faire valoir ses droits sur mon âme et me condamne à une éternité de servitude. Oui, j'avais saisi cette partie, Keziah, ricané-je, amère.

Ses poings se contractent en même temps que sa mâchoire. C'en est trop.

— Je t'interdis d'être en colère, lâché-je froidement. J'ai le droit d'être en colère ! Je suis celle à qui on a menti, que l'on a manipulée. Dont on s'est moqué. Je suis l'humaine stupide, utilisable, jetable et remplaçable à souhait !

— Alors, comment ai-je le droit de me sentir après qu'on m'a arraché la femme que j'ai aimée pendant cinquante longues années, Claire ?

— Coupable.

Le mot est parti tout seul. Comme une flèche empoisonnée. Je ne pouvais pas le garder. Je ne *voulais* pas le garder.

Oui, Keziah ne devrait ressentir qu'une chose : de la culpabilité. S'il avait été honnête. S'il n'avait pas joué sur deux tableaux différents tout au long de notre partenariat, Lucie ne serait pas morte, Lou n'aurait pas été en danger. J'aurais réclamé mon âme dès le départ et Satan n'aurait rien eu à négocier.

Je pense à ma famille, à ma nièce. Que se serait-il passé si Lilith avait décidé de la kidnapper pour de bon ?

Coupable.

La peur et la colère s'entremêlent au fond de mes yeux tandis que je toise le grand Viking et que je le mets au défi de me contredire.

— Je crois que nous en avons fini, lâche Keziah d'une voix rauque.

— Je crois bien que oui.

ÉPILOGUE

IL EST CINQ HEURES DU MATIN et je ne me suis jamais couchée. Le vrombissement de la machine à café me déconnecte un instant tandis que mon regard se focalise sur le liquide qui crachote dans mon mug Cendrillon.

Sur le plan de travail, le reste de mon attirail pour préparer « le meilleur café du monde » est déjà sorti : lait de riz, cannelle et sirop d'érable. Pourtant, je n'y prends aucun plaisir. Debout, immobile devant le comptoir de ma cuisine, je me demande avec amertume à quel moment ma vie a dérapé. Peut-être avec le visage fondu de Mika ? Ou peut-être que je suis juste née comme ça : avec une âme corrompue par un contrat satanique et donc avec un karma *bien* merdique.

J'aurais aimé tomber dans les bras de Morphée – ou quel que soit l'être mystique se cachant réellement derrière la notion de sommeil –, mais j'en suis incapable. Même les ronronnements de Cornichon n'ont pas réussi à m'endormir. C'est dire.

J'attrape ma tasse, complète mon breuvage avec des gestes mus par l'habitude et la lève à la santé de mon frigo.

— Quitte à ne pas dormir, autant y aller franco. À la tienne, Étienne.

Sur un soupir et une pensée pour mon humour à chier, je bois une longue gorgée de café. Puis, j'attrape mon téléphone et me pelotonne sur mon canapé, sous un plaid abyssalement moelleux.

« Dis à maman que j'arrive demain en fin de matinée. Besoin de vacances », j'écris d'un pouce, le nez dans mon mug.

La réponse ne tarde pas à arriver. Bien sûr que ma sœur est réveillée : elle est sans doute en pleine « étude sur l'insuffisance de sommeil chez la nouvelle génération ou comment les écrans prévalent sur la santé des plus connectés ». Et Ella ne fait jamais rien à moitié. C'est ce que j'aime chez ma cadette.

« Je te rappelle que maman a son propre portable et que tu n'es plus obligée de lui envoyer des télégrammes ou d'utiliser ta petite sœur pour effectuer tes sales besognes. »

« J'ai d'abord pensé à des signaux de fumée, mais mon portable était à côté. »

Le message suivant met quelques secondes à arriver.

« Bon okay, je lui dirai avant d'aller à la fac. »

Je remercie ma sœur intérieurement. Je n'ai ni la force ni l'envie d'avoir ma mère au téléphone. Je préfère un bon tête-à-tête et qu'on en parle plus.

J'ai envoyé mon SMS sur un coup de sang. Je dois mettre de la distance entre moi et le surnaturel un moment. Et après tout, je suis mise à pied. Autant en profiter pour humer l'air vivifiant de la campagne. M'éloigner, c'est la solution que j'ai trouvée pour ne plus penser à…

Dans ma chambre, un ronflement plus puissant que les autres me fait sourire.

Je récupère mon téléphone.

« Vous avez des cornichons ? »

« Pourquoi, t'as un nouveau régime monovégan ? »

« Je ramène mon nouveau compagnon. »

« Et c'est un fan de cornichons ? »

« Si tu savais ! Par contre, il doit faire un mètre quarante de moins que moi. »

« T'inquiète. Je suis un être supérieur à l'esprit ouvert. Tu ne traînes plus avec le beau gosse roux ? Maman est tombée raide dingue de lui. Elle aimerait que vous lui fassiez des p'tits enfants "poil de carotte" dans un avenir pas trop lointain. »

Une boule d'amertume gonfle dans mon ventre. C'est le premier sentiment qui me vient dernièrement lorsque je pense à lui.

Je souffle la mèche qui me chatouille le nez avec un roulement d'yeux exaspéré. Ma mère est insupportable et ma sœur n'est pas mieux. Mon pouce se fait plus agressif sur l'écran.

« C'est un collègue, Ella. Rien d'autre. Et non. Notre partenariat a pris fin. Notre enquête est terminée. »

« Un collègue, hein ? Et c'est pour ça qu'il te regardait comme si t'étais le dernier Oreo du paquet ? »

Je sens mon estomac se contracter sur ma dernière gorgée de café. J'inspire, me maîtrise et réponds :

« À demain, pipi de chat. »

« Très bien, élude. J'arriverai à te faire craquer. À demain, vieille mégère ! »

L'écran du téléphone retourné, je bascule la tête en arrière, la nuque posée sur le dossier du canapé. Mes yeux se perdent sur le plafond.

Depuis quand est-ce que cette tache est là ? Et qu'est-ce que c'est ? Du vin ?

Un souvenir me fait sourire. Non, du champagne. Issu de la bouteille que Luc a fait exploser lorsque nous avons signé l'appartement. Il en avait foutu partout.

Je chéris un instant ce souvenir d'un temps plus simple. Un temps où je baignais en dehors du bon gros baquet de merde qu'est devenue ma vie dernièrement.

On cogne à ma porte d'entrée.

Je sursaute et renverse le contenu de ma tasse sur mes mains, me brûlant dans l'opération. Après un fort joli collier de jurons, je m'expulse de mon canapé.

Qui peut bien sonner à une heure pareille ?

Dans le doute, j'attrape l'étui de mon Smith & Wesson pendu à la patère à torchons et fais sauter le bouton pression.

De nouveaux coups sont frappés à la porte. Est-ce que l'enfoiré veut réveiller tout l'immeuble ou juste tester la résistance de mes gonds ?

Mon cœur répond en rythme et en puissance à ce que je prends clairement pour une menace. D'un coup de talon, je déchausse mes chaussons Pikachu confortables, mais impraticables, et me dirige à pas de loup dans le couloir qui mène à l'entrée.

Les méchants ne frappent pas aux portes. Les méchants ne frappent pas aux portes, me répété-je comme un mantra.

Je ne suis plus qu'à quelques pas. Cette fois c'est la sonnette qui retentit.

Non, ils préfèrent entrer par effraction ou se matérialiser dans un panache de fumée, pensé-je, amère.

Je m'ébroue, assure ma prise sur mon flingue et ouvre la porte à la volée.

Le canon de mon S&W est presque collé sur le front hâlé de l'intrus aux yeux verts réprobateurs. Il louche dessus avant de laisser échapper un grognement.

— C'est pas trop tôt !

Je baisse mon arme.

— Qu'est-ce que tu fais là, Luc ?

— Tu n'as pas répondu à mes appels, lâche-t-il avant de s'enfoncer dans mon appartement sans y être invité.

Une mauvaise habitude dont il va devoir se passer.

— Tu sais que ce n'est pas une heure pour frapper chez les gens, n'est-ce pas ?

— J'ai eu une mauvaise nuit, Claire, fais pas chier.

— Pas pire que la mienne, crois-moi.Je referme la porte et suis mon ex dans le salon. Ses yeux sont rivés sur un emplacement vide.

— T'as enfin viré ton vieux fauteuil mangé aux mites ?

Je récupère mon mug et en bois une longue gorgée avant de perdre mon regard sur le carré de parquet dépouillé. Puis je reporte mon attention sur Luc, qui attend une réponse, les pouces passés dans son ceinturon.

— Ça te dit une virée chez Ikea ?

Page de recommandations
et de réclame

Amie lectrice, ami lecteur,

Vous venez de finir ce livre et vous l'avez aimé (enfin on le souhaite). Pour poursuivre l'aventure, nous ne saurions que trop vous conseiller de vous rendre sur le site de notre maison d'édition : **www.editions-actusf.fr**. Vous y retrouverez tous nos autres romans, recueils de nouvelles, guides et anthologies.

Les éditions ActuSF font partie du collectif « **Les Indés de l'Imaginaire** » avec nos camarades des éditions des Moutons électriques et des éditions Mnémos. N'hésitez pas si ce n'est pas déjà fait à aller jeter un œil à leurs magnifiques livres et à rejoindre la page Facebook des Indés.

Pour trouver de l'info tous les jours sur l'actualité de la science fiction, du fantastique et de la *fantasy*, le site **Actusf.com** est un passage obligé (parutions, interviews, chroniques, concours, fil d'actu…). Tout comme le site **Mespremièreslectures.com** l'est pour l'actualité de la littérature jeunesse et **Bepolar.fr** pour le polar.

Enfin, si vous aimez les livres numériques, la librairie en ligne **Emaginaire.com** fera votre bonheur.

Et évidemment, **nos réseaux sociaux** sont là pour échanger et partager, notamment la page Facebook de la collection **Naos** dans laquelle ce livre est publié, aux côtés d'autres univers !

Merci à vous d'aimer les livres.
Nous avons la même passion…

Et que vive l'Imaginaire !

AVEC LE SOUTIEN DE

La Région
Auvergne-Rhône-Alpes

Achevé d'imprimer en avril 2021
par SMILKOV – Imprimé en Bulgarie

Dépôt légal : mai 2021